HEINZ WITTMANN

Georg Raphael Donner

ROMAN

ÖSTERREICHISCHE VERLAGSANSTALT WIEN
BILDTEIL:
VERLAG ANTON SCHROLL & CO · WIEN

Dieser Band enthält außer dem Frontispiz und einem Abdruck der Todesanzeige Georg Raphael Donners aus dem „Wiener Diarium" 92 Tafeln nach Aufnahmen von Helga Glassner. Diese stammen aus dem im Jahre 1944 im Verlag Anton Schroll & Co, Wien, erschienenen Buch von Kurt Blauensteiner „Georg Raphael Donner" (Sammlung Schroll).

CIP-Kurztitelaufnahme der Deutschen Bibliothek

Wittmann, Heinz
Georg Raphael Donner
Wien: Österreichische Verlagsanstalt, 1980
ISBN 3-85202-065-4

Druck: Agens-Werk Geyer + Reisser, Wien
ISBN 3-85202-065-4

Georg Raphael Donners Bedeutung ist uns noch nicht voll klargestellt. Sein Leben und seine Tätigkeit wurden bisher nur in einer seiner Stellung ganz unwürdigen Weise geschildert. Donners Leben nach wenigen Urkunden zu zeichnen ist ein ebenso schweres Attentat auf die heimische Kunstgeschichte, wie wenn wir nur dem Bildhauer ein Plätzchen in Österreichs Ruhmeshalle gönnen, denn Georg Raphael Donners hehre Größe drückt sich nicht nur in den erhaltenen Arbeiten seiner Hand aus. Diese sind nur Zugeständnisse seiner großen Meisterschaft. Man muß nicht nur die Person betrachten, man stelle ihn in das Kunstleben seiner Zeit. Man verfolge seinen Kampf mit Fachgenossen und Rivalen, man hebe seinen Einfluß auf die Nachfolger hervor, man würdige seine Schule.

H. Kabdebo (1880)

Sub pondere surgo
(Unter der Last beuge ich mich)

Eines Tages kam Franz Georg Zsakovic, ein ehemaliger Kriegskamerad von Peter Donner, mit Roß und Wagen durch Alland. Donner erkannte seinen Kameraden sofort wieder und so kamen sie ins Gespräch. Donner erzählte aus seinem Leben, schilderte sein Schicksal bisher und gab seiner Unzufriedenheit Ausdruck.

„Was willst du nun tun?" fragte Zsakovic.

„Ich will mir eine neue Bleibe, ein neues Daheim suchen. Was soll mir ein Ort wie dieser, der kaum Arbeit bietet, und Kinder wollen wir schließlich auch einmal . . ."

Zsakovic saß still auf dem Bocke; er dachte nach, band dann die Zügel fest und kletterte zu Donner hinunter: „Komm mit mir . . ."

Ungläubig und fragend sah dieser Zsakovic an: „Wie meinst du das, was soll ich . . ., wohin meinst du?"

„Eben und nicht gerade üppig ist zwar die Gegend, aber es sind viele Möglichkeiten da, und vor allem gibt sie Brot. Ich habe Grund und einen Hof in Eßling und will bauen. Hilf mir, wenn du Tischler bist. Auch du wirst Gelegenheit finden, einen Grund zu erwerben, und auch du könntest dann bauen, bis dahin bleibst du bei mir, willst du?"

Zsakovic wartete, was Donner sagen würde. Der aber schwieg, ließ dann Zsakovic einfach stehen und lief weg, um sich mit seiner Frau Ursula zu besprechen. Als er zurückkam, sagte er bloß: „Sie ist einverstanden. Wir haben uns entschlossen. Wir kommen, Georg, wenn du uns mitnimmst."

Zsakovic band die Leine der Gäule an einen Pflock der halbverfallenen Keusche fest.

So führte ein Zufall Peter Donners Leben einem neuen Schicksal entgegen. Schon am nächsten Tage verstauten sie ihre geringe Habe auf Zsakovics Wagen. Ursel Donner nahm am Bock neben Zsakovic Platz. Peter jedoch saß, ihnen den Rücken zukehrend, am Ende des rumpelnden Wagens. Sie verließen den Ort, der bisher ihre hoffnungsarme, trostlose Heimat gewesen, und fuhren einem neuen Leben entgegen.

Sie kamen nach Wien. Da und dort wurde außerhalb der Basteien gebaut. Durch das Kärntnertor passierten sie den Wall. Eine Wache mit Armbrust und Federhut musterte die Reisenden. Von den Spuren des Türkenkrieges war fast nichts mehr zu sehen, so schnell verwischte diese die Zeit. Größer wurde die Zahl der Fußgänger. Zsakovic lenkte den Wagen durch die schmale und enge Kärntnerstraße. Auf dem Hohen Markt wollten sie rasten, die Pferde füttern und tränken und auch selbst etwas essen. Zsakovic hielt die Zügel nur locker und ließ seine Gäule gehen, wie sie wollten.

„Hoher Markt, so auch Fischmarkt genennet wird . . ." las Peter, dann waren sie vor der hölzernen Statue, welche die Vermählung Josephs und Mariens darstellte. Das deutete Peter als gutes Omen. Sie hielten hier an und sahen ein Vaterunser lang auf die vermorschende Schnitzerei. Auch Ursel war schon vom Bock gesprungen. Zsakovic versorgte einstweilen die Pferde, fütterte und tränkte sie mit dem Wasser aus dem steinernen Brunnen nebenan. Dann gingen sie durch den Markt, die Buden entlang, an denen allerhand Fische, wie Karpfen, Hechte, Aale, Störe usw., aber auch Frösche und Schildkröten in Mengen feilgeboten wurden. Hierauf kamen sie wieder zum Wagen zurück, aßen etwas und fuhren dann wieder weiter. Sie zogen an Butiken vorbei, bogen beim „Stock im Eisen" ab, zum Stephansdome, in die starke Passage, und je näher sie dem Roten Turme kamen, desto mehr stockte der Verkehr. Der Lärm der Hü- und Hott-Rufe der Kutscher, welche ihre Gäule antrieben, wurde noch verstärkt durch das Stimmengewirr der Bürger, das Pferdegewieher und Knarren der Wagenachsen. Erst nach der Enge des Tores, vor den Basteien, lockerte sich wieder das Gedränge.

Die Mehrzahl der Leute und Wagen aber strömte der Donau zu, zu den Brücken über den Strom oder zu den Schiffen. Buschwerk und Auen säumten die steingepflasterten Straßen. Brücken und Stege führten über die vielen Arme der weiten, wilden Donau.

Immer weiter zurück blieben nun Wälle, Bastei und die Befestigungstürme der Stadt. Von der Taborstraße aus sah man den Kahlenberg. Peter Donner war seltsam ruhig und still. Er ließ seine Blicke nicht von den mit Wein bewachsenen Bergen, die sich halbkreisförmig an der Peripherie der Stadt hinzogen. Über unterschiedlich breite Wasserarme und mit dichtestem Auholz bewachsene Inseln führte sie der Weg, und über allem lag der segnende Frieden des Himmels, während ein leichter, erfrischender Wind die müden Sinne neu belebte.

So kamen sie nach Eßling. Zsakovic hatte nicht zu viel, aber auch nicht zu wenig gesagt und versprochen. Peter und Ursel Donner fanden Arbeit und auch ein Obdach. Sie fanden sich immer besser zurecht und lebten nur ihrer Arbeit, damit aber auch die neue Heimat liebgewinnend.

Arbeitsreiche Jahre vergingen in Eifer und Freude. Ein unaussprechlicher Segen lag über ihrem ehrlichen Fleiß, und so geschah es denn auch, daß Ursula Donner oder, wie sie dort die Leute hießen, die Thannerische, schwanger wurde und ihrem Manne Peter am 24. Mai 1693 bereits ihren ersten Sohn gebar.

Die Tatsache der Geburt eines Menschen ist im Augenblicke ihres Geschehens eine so natürliche und selbstverständliche, daß es sich nicht lohnt, sie besonders hervorzuheben. Allerdings gewinnt dieser Augenblick manchmal erst späterhin an Gewicht, und zwar dann, wenn der Neugeborene im Laufe seines Lebens durch besondere Begabung oder durch sein schöpferisches Werk von unvergänglichem kulturellen Wert vom Schicksal aus der großen Masse herausgehoben wird. Die Geburt des Knäbleins namens Thanner oder Donner, mit der richtigen Schreibweise nahm man es damals nicht so genau und sie wurde darum auch nicht eindeutig festgelegt, wäre also völlig belanglos und eigentlich nur für die Eltern einigermaßen von Interesse gewesen, wäre nicht gerade aus diesem Knäblein später der bedeutende und bekannte große Künstler geworden.

Der Tag der Taufe war ein schönes Familienfest. Franz Georg Zsakovic übernahm selbstverständlich mit Stolz die Patenschaft. Die kleine Wohnstube war vom Krähen des Täuflings erfüllt und die Eltern waren auch ganz in ihrem Glück.

„Es wird sicher ein streitbarer Junge“, sagte Zsakovic, „drum soll er auch wie der tapfere heilige Georg heißen, Johann Georg Donner . . .“

Peter Donner und seine Frau waren damit einverstanden. Der Vater setzte keinen Stolz darein, dem Erstgeborenen, wie es so üblich war, seinen eigenen Vornamen zu geben, und auch die Mutter stimmte ohne Zögern dem Vorschlag des Paten zu.

Peter Donner sagte: ,,Er soll mir nur ja kein rauher Kriegsgeselle werden. Ich möchte nur, daß er mir einmal ein anständiges Handwerk lernt, dann bringt er sich im Leben schon durch."

Das Leben ging weiter, die Zeit verrann.

Als Georg Donner vier Jahre alt war, bekam er von seiner Mutter einen Kohlenstift zum Kritzeln. Sie hatte den Stift von einem Hausierer erstanden, um dem Buben eine kleine Freude zu bereiten, und hatte damit unbewußt das Richtige getroffen. Der Kleine wollte sich keinen Augenblick mehr von dem Stift trennen und kritzelte, wie und wo er nur konnte, auf Brettern, Balken, Hölzern und Bänken, so daß es vom Vater, der für dieses Tun kein Verständnis hatte, manchen Klaps setzte. Am Abend, wenn ihn die Mutter ins Bett schickte, nahm er den Stift mit, um ihn nur ja immer bei sich zu haben. Tagsüber verbrachte er so manche Stunde mit dem Zeichnen, verhielt sich ganz still dabei und wurde beinahe widerspenstig, wenn man ihn von dieser seiner liebsten Beschäftigung wegzuholen versuchte.

Drei Jahre später, zu Beginn des Jahres 1699, wurde der Friede zu Carlowitz geschlossen. Zweiundsiebzig Tage lang hatten die Gesandten der feindlichen Mächte beraten und die künftigen Schicksale ihrer Völker zu gestalten versucht, und jedermann hatte, als es endlich soweit war, aufgeatmet, weil jetzt das Gespenst des Krieges gebannt zu sein schien und man hoffen durfte, für eine lange Zeit den Frieden gewonnen zu haben.

,,Es ist höchste Zeit, daß die Welt wieder zur Ruhe kommt, daß man nach dieser fünfzehnjährigen Kriegsdauer wieder richtig arbeiten kann und nicht stets aufs neue vor Kriegsnot und Verwüstung bangen muß", sagte Peter Donner zu Georg, der nunmehr sieben Jahre alt war und inzwischen auch noch zwei Geschwister bekommen hatte. ,,Du sollst es einmal besser haben als ich; ich möchte gerne, daß du zu den Zisterziensern gehst und bei den Mönchen in Heiligenkreuz lesen, schreiben und ein Handwerk lernst. Dann brauchst du später keine Sorge um dein tägliches Brot haben und kannst nach Wien gehen. Dort wird jetzt überall eifrig gebaut. Wäre ich noch jünger, ich wollte gleich dahin. Das Lustschloß Schönblick, das Prinz Eugen vor sechs Jahren zu bauen begonnen hat, wird nun vollendet; in der Himmelpforte baut man neue Paläste, und vom Kahlenberg schauen auch schon kleine Landhäuser und Gehöfte her, daß es eine Freude ist . . .“

Peter Donner war ins Erzählen gekommen. Georg nickte zwar dem Vater beifällig zu, folgte jedoch nur unaufmerksam dessen weiteren Gedankengängen. Pferde, die draußen vorbeitrabten, hatten es ihm weit mehr angetan, ebenso das seltsame Leuchten des zinnernen Krügleins, das auf einem Brett über dem Ofen stand und auf dem sich jetzt ein heller, goldener Sonnenstrahl gleißend verfing. Der Vater seufzte auf, als er dies merkte, und sagte murmelnd: „Weiß Gott, was mit dem Buben los ist, er ist manchmal so sonderbar.“ Er sprach wirklich so leise, daß es bloß Ursula hören konnte. „Er ist so einsilbig und zurückgezogen. Was wohl einmal aus ihm werden wird?“

Georg jedoch hatte einstweilen wieder ein anderes Spielzeug gefunden. Ein vom Boden aufgehobenes Stückchen Lehm formte er zwischen Fingern zu Würfeln, Kugeln und seltsamen Figuren.

„Was soll das sein?“ frug ihn der Vater.

Mit großen, leuchtenden Augen sah Georg ihn an: „Das ist ein Brunnen!“

Der Vater schüttelte den Kopf. Er sah nichts, was einem Brunnen ähnlich gewesen wäre: „Was du für eine Phantasie hast, Bub!“

Auf einmal läuteten in der kleinen Dorfkirche die zwei Glöckchen; beide wetteiferten mit ihrem schwachen Ton und bimmelten aneinander vorbei. Georg, der auf dem Fußboden spielte, hielt bei ihrem Klang inne. Er wurde dadurch vom Spielen abgelenkt, und seine Gedanken verfingen sich im Schnurren des Spinnrades, das die Mutter drehte.

„Mutter“, frug er, „wie wird eigentlich gesponnen?“

Die Mutter sah einen Augenblick vom Rade weg und sagte dann, sich diesem wieder zuwendend: „Sagen kann man das schwer, du mußt nur zusehen. Das Spinnen, so einfach es ist, so geheimnisvoll ist es zugleich. Man kann von Wolle, Hanf oder Flachs spinnen, und aus dem Bausch, den man nimmt, entsteht an der schwächsten Stelle ein Faden, der durch die stete Drehung zum schwer zerreißbaren Garne wird.“

,,Ja, das sehe ich", ereiferte sich Georg, ,,aber wie wird es dazu?"

,,Wie? Nun, das ist eben so . . ." Fast verlegen klang die Antwort, aber sie wollte es ihm doch gerne erklären. ,,Weißt du, das geschieht nach einem schwer zu fassenden Gesetz. Auch große Künstler können manchmal nicht sagen, wie es kam, daß sie ihr Werk gerade so und nicht anders schufen. Vielleicht haben sie sich darum geplagt und darüber gegrübelt, vielleicht haben auch sie es zu ergründen versucht, und dann ist es mit einem Male klarer und vollendeter geworden, als sie es sich selbst vorzustellen gewagt und dann sogar vollendet haben. Schau einmal selbst und beobachte, vielleicht erfaßt du es viel besser, als ich es dir erklären könnte. Bei der Handspindel wird der Faden gleichzeitig gedreht und aufgewikkelt, aber bei dem Spinnrad hier ist die Spindel von der Spule getrennt, und dann drehen sie sich auch nicht gleich schnell."

Die Glocken des Kirchleins verklangen. Der letzte verhallende Ton war schrill wie ein zorniger Schrei. Georg nickte und wandte sich ab; er kehrte wieder zu seinem Spiel zurück.

Heimlich sprachen die Eltern über ihn, und die Mutter meinte: ,,Ein seltsamer Bub, von wem er das nur hat; für alles interessiert er sich."

,,Das ist ja gut", sagte der Vater, ,,ein richtiger Bub muß viel fragen und sich für alles interessieren. Alle großen Geister sind immer vielseitig gewesen . . . Michelangelo, Leonardo da Vinci . . ."

,,Peter, Peter . . .", lächelte die Mutter, ,,du wirst doch Georg nicht mit solchen Männern vergleichen wollen, das sind doch große Künstler gewesen, die hat Gott geschickt . . ., es wäre doch vermessen, an so etwas nur zu denken . . ."

,,Und meinst du, daß uns der Herrgott keinen solchen schicken könnte? Möglich wär's schon, nur wissen wir es nicht. Aber versteh mich nicht falsch, ich wollte ja nicht vergleichen, ich will ja nur, daß einmal was Rechtes aus ihm wird. Wann, denkst du, daß wir ihn nach Heiligenkreuz schicken sollen?"

Die Mutter entgegnete: ,,Ich weiß, es ist dein Lieblingswunsch, aber ein bißchen können wir schon noch zuwarten."

,,Es ist wirklich mein Wunsch", sagte Peter Donner, ,,und zum Lernen ist es nie zu früh." Der Gedanke an Heiligenkreuz ließ Vater Donner nicht los.

Schon 1701 gab es wieder einen neuen Krieg. Prinz Eugen war mit seinem Heer in Eilmärschen über die Alpen gezogen, hatte die Etsch übersetzt und die Dörfer sowie Schlösser erobert, so als hätte es keinen Gegner gegeben. In Preußen, das man zum Königreich erhoben hatte, war Friedrich I. eingesetzt worden. Besorgnis erfüllte da und dort wieder die Menschen. Würde sich das Wort: ,,Solange es Menschen gibt, so lange gibt es Krieg!" immer wieder erfüllen?

Im Hause Donner jedoch lag neben der harten Arbeit der Friede. So schwer die Nahrungssorgen und so hart und rauh die Handarbeit waren, so sehr schien doch das Schicksal alles wenigstens durch den häuslichen Frieden auszugleichen. Aber Peter Donner war trotzdem irgendwie nicht zufrieden; denn so sehr er sich auch plagte und mühte, so wenig sah er einen Erfolg. Er strebte danach, einen Hof zu erwerben und eigenen Grund, um wenigstens der Sorgen um das tägliche Brot enthoben zu sein. Georg mußte mit seinen neun Jahren schon fleißig mitarbeiten. Beim Morgengrauen hieß es raus aus dem Bett, und erst spät abends kam er wieder zur Ruhe. So ging es tagaus, tagein. Georg waren diese abendlichen Stunden immer die liebsten.

Als er eines Abends mit seinem Vater heimkam (an diesem Tage hatten sie nichts anderes getan als Bauholz gestapelt, und Georg hatte Werkzeug herbeitragen und Haltekloben untersetzen müssen), wurden sie von Peterl und den beiden Mädchen Kathi und Maria überfallen, denn diese wollten etwas erzählt bekommen.

,,Heute mußt du uns vom Krieg erzählen, Vater!" schrien sie durcheinander, ,,Mutti hat uns gesagt, daß du dabei warst, als man die Türken davongejagt hat!"

,,Kinder, Kinder . . ." wehrte er die Zudringlinge ab, ,,laßt mich heute doch in Frieden. Ich bin rechtschaffen müde. Wir haben fest gearbeitet!"

,,Aber das tust du ja alle Tage", bemerkte Peter, der Zweitälteste, naseweis, und Kathi fügte hinzu: ,,So kannst du uns ja nie etwas erzählen." Da ihm nun aber auch Georg zuredete, lenkte der Vater, im stillen schon dazu bereit, noch etwas ab: ,,Muß es denn gerade etwas vom Krieg sein? Ein Krieg ist immer ein sehr unerfreuliches Kapitel . . ."

„Dann erzähle uns von etwas anderem!" bettelte Kathi, „aber erzählen mußt du uns heute etwas, da lassen wir nicht locker!"

„Erzähl uns von Wien . . ."

Peter Donner wurde weich: „Was habe ich euch denn nicht schon alles erzählt, den Basilisken kennt ihr und die Geschichte vom Donauweibchen, die Sage vom Klagbaum und die Legende vom Stock im Eisen . . ."

„Den Kegelscheiber zu St. Stephan . . ."

„Erzähle uns vielleicht einmal etwas anderes von den Häusern, Kirchen oder den Brunnen. Von einer Stadt wie Wien gibt es doch so viel zu erzählen . . ."

„Allerdings, und besonders dann, wenn man diese Stadt ins Herz geschlossen hat, weil man sie liebt und weil man in ihr geboren wurde . . ."

„Erzähle uns also von den Brunnen . . ."

Die Buben wurden stille. Kathi, die Dreijährige, war auf des Vaters Schoß geklettert, Georg und Peterl hockten zu seinen Füßen, und Marie, die Jüngste, lag im Schoß der Mutter und lutschte am Daumen.

Vater Donner begann zu erzählen, von der Zeit, in der er noch selbst Lehrling und Geselle gewesen war und im Stifte Heiligenkreuz sogar am Gestühle mitschnitzen durfte. Dann kam er auf den Mehlmarkt und schließlich auf die Brunnen zu sprechen. Daß der Platz bis ins 16. Jahrhundert hinein für scharfe Rennen und Stechen als Turnierplatz gedient hatte, wußte er zu berichten, und davon, daß diese Stätte jetzt als Schauplatz für die prunkvollen Schlittenfahrten diene, die der Kaiser nunmehr seit dem Erlöschen der Pest alljährlich veranstaltete und zu welchen ganz Wien als Zuschauer komme. Dort also stünden gleich zwei solcher Brunnen, die das aus dem Wienerberge hingeleitete Wasser in ein mit Kindchen, Laubwerk und Stadtwappen geziertes Becken laufen ließen. Gerade neben den Gerichtstätten stünden sie, aber sie sollten, wie er vor kurzem vernommen habe, auf Anordnung des Kaisers, der jene, nämlich den Pranger und den Galgen, entfernen ließ, abgetragen und durch einen neuen großen Brunnen ersetzt werden. Doch er glaube, daß dies nicht so bald der Fall sein würde, denn der Bau eines neuen Brunnens verschlinge sehr viel Geld, das der hohe Stadtrat im Augenblick wohl kaum verfügbar haben werde, und er denke, daß die Kinder, wenn sie einmal nach Wien kämen, noch immer Gelegenheit haben dürften, diese beiden alten Brunnen noch zu sehen.

Georg unterbrach seinen Vater: „Wieviel Geld kann denn so ein Brunnen kosten, Vater?"

Der Vater mußte lachen: „So viel Geld werden wir in unserem ganzen Leben niemals sehen . . ."

Georg schien etwas verstimmt, weil der Vater lachte, und er sagte ganz ernsthaft: „Wenn ich groß bin, werde ich einen neuen Brunnen schnitzen, Vater!"

Peter Donner strich seinem Jungen über den Scheitel: „Was denkst du bloß? Das wird etwas ganz Großes und etwas besonders Schönes sein müssen, wenn es für wert befunden werden soll, auf einem so schönen Platz aufgestellt zu werden."

„Dann will ich eben was Großes und was ganz Besonderes machen, einmal, wenn ich groß bin!"

„Da mußt du aber vorher noch recht viel lernen; ein richtiges Handwerk. Und dann, weißt du, Brunnen aus Holz macht man ja jetzt kaum mehr. Auch die Säule auf dem Hohen Markt hat man schon vor einiger Zeit abgetragen, weil sie ganz vermorscht war, und noch viel schneller vermorscht dann eben ein hölzerner Brunnen. Ich glaube, daß man den neuen Brunnen bereits aus Stein machen wird."

Peter Donner erzählte weiter. Als er einmal eine Pause machte, frug ihn Georg unvermittelt: „Vater, wann soll ich denn eigentlich zu lernen beginnen?"

Peter Donner staunte über diese Frage, aber er ließ es seinen Sohn nicht merken und sagte leichthin: „Vielleicht, daß wir noch zwei Jahre warten, dann sollst du lernen . . ."

Aber es vergingen im Hause des Zimmermannes Peter Donner weitere Jahre, ohne daß irgendeine Veränderung in den Lebensgewohnheiten oder dem täglichen Werk der Familie eintrat. Peter Donner und seine Frau Ursula waren äußerste Sparsamkeit gewohnt, nur eigenen Grund und Boden zu erwerben, war ihr einziges Streben. Leider dauerte die Erreichung dieses Zieles länger, als sie es vorgesehen hatten. Den vier Kindern hatte sich noch ein fünftes, der Bruder Matthäus, zugesellt, und die großen Geschehnisse der Welt erfuhren sie von den Vaganten, Hausierern und den wandernden Kaufleuten.

Die anderen Zeitungen, so z. B., daß der Kaiser nach den Plänen Fischer von Erlachs den Grundstein zu einem neuen Lustschlosse nächst der Wien bei dem alten Schönbrunner Schlosse legte oder daß sich Prinz Eugen in der Himmelpforte ein neues Palais für den Winteraufenthalt bauen ließ, schienen ihnen nicht so wesentlich, sie wurden eben bloß als Neuigkeit aufgenommen.

Im Hause selbst führte Peter Donner ein strenges Regiment. Er verlangte, daß die ganze Familie allabendlich vollzählig beim Ave-Läuten daheim sei, ging alltäglich selbst um das ganze Gehöft des Zsakovic, schloß die Türen und Ställe ab und brachte die Schlüssel eigenhändig an den hierfür vorgesehenen Platz. Obgleich er tagsüber reichlich zu schaffen hatte, entging ihm nicht die geringste Kleinigkeit in der Wirtschaft.

An einem der arbeitsschwächeren Tage verließ Peter Donner einmal zeitlich in der Früh den Hof, ohne jemanden zu wecken und ohne es seiner Frau zu sagen. Zsakovic hatte ihm erzählt, daß in Wien auf dem Stephansplatz eine Versteigerung verwaister, während der Türkenkriege verwüsteter und noch nicht wiederaufgebauter Besitztümer stattfinden würde. Da hatte er kurzerhand überlegt, das mühsam ersparte Geld hervorgeholt, hatte es in seine Tasche verstaut und war damit losgezogen.

Die Sonne schien trübe und fast schon winterlich kalt vom grauen, einem Bleigewölbe ähnlichen Himmel; dieser überspannte die Ebene des Marchfeldes mit einem dichten Nebelschleier, an dessen wallenden Rändern sich dunkle, fast lilafarbene Reflexe bewegten.

Peter Donner schritt tüchtig aus, fest sein Ziel vor Augen, das er baldestmöglich erreichen wollte. Gleichmäßig wehte ein leichter Wind vom Norden her, als fiele er vom Himmel, bloß um ihn zu necken, und es verdroß ihn nicht, die Eintönigkeit dieser Landschaft zu durchschreiten.

Noch bevor er zur Donau kam, rastete er bei einer Schenke. Ein Schild, an knarrenden Ringen baumelnd, eine offene Tür, durch die man Reihen von Tonflaschen, Fässern und bauchigen Krügen sah, kennzeichneten den Zweck dieses alten Hauses. Gitterfenster mit trüben Gläsern, braune und wetterverschwärzte Holzläden der

Fenster, ausgetretene Steinstufen, die zur erhöhten Eingangstüre führten, gaben dem ganzen Bau dennoch ein gemütliches und heimeliges Aussehen. Taglöhner, Fuhrwerker, Wachposten und anderes anspruchsloses Volk kehrten hier ein, um zu schwatzen, ein Glas Bier, ein Vierterl sauren Weines oder billigen Most zu trinken, eventuell auch dem Karten- oder Würfelspiel zu frönen. Er verzehrte seine Jause und zog dann gelabt und frohgemut wieder weiter.

So kam er immer näher zur Stadt; bald erkannte er neben der Stephanskirche und der Burg auch die Stadtbefestigungen, die Minoritenkirche mit der Ludwigskapelle, das Ruprechtskirchlein und den markanten gotischen Turmhelm der Maria-Stiegen sowie die vielen spitzen und schlanken ziegel- oder schindelgedeckten Dächer der Bürgerhäuser. Der Kahlen- und Leopoldsberg grüßten vom Horizonte her.

Als er in der Stadt war, bestätigte ein alter Fuhrmann, den er auf dem Mehlmarkte ansprach, Zsakovics Bericht.

Die Sonne kam aus ihrem Nebelschleier hervor und tat so ein übriges, seine frohe Laune und Hoffnung noch zu unterstreichen und zu bestärken.

Durch das Gedränge auf dem Markte, an rasselnden Fuhrwerken vorbei, sich an säckeschleppenden Männern, einkaufenden und geputzten Frauen zwischenschlängelnd, durch das tolle Hasten übermütiger Kinder hindurchzwängend, kam er zum Platz vor dem Dom. Eine größere Menschenmenge stand nächst des Riesentores bei einem der Heidentürme. Gleißend schimmerte das die Chöre überdeckende Dach aus bunten Ziegeln, und von der Höhe der Turmspitze blinkte der goldene Doppeladler des Drehkreuzes. Ehe er sich der Menge zugesellte, nahm er die Bilder in sich auf. Und dann kam alles viel schneller, als er dachte.

Auf einmal las und vernahm auch er das Edikt, „daß, wofern sich Leute finden möchten, die sich auf Acker- und Weingartsbau verstanden, selbige sich anzugeben möchten, weilen man resolvieret, nebst denen Brandstetten, ihnen auch noch ein gewisses Stück Lands eigentümlich einzuhändigen und auf zehn Jahre von allen Anlagen und Abgaben zu befreien". Trompetenschall zeigte den Beginn der Versteigerung an, und er brauchte nicht lange zu warten, daß er sich auf dieser Basis für eines dieser verwaisten Gehöfte entschloß. Der Ganzlehenhof wurde ihm auch durch Zuschlag so zugesprochen, wie er im Grundbuche verzeichnet stand. Der Auktionator hatte die 84 Gulden und 45 Kreuzer, die ihm auf den Tisch gezählt wurden, gegen Quittung entgegengenommen und mit seiner Unterschrift kurzerhand die Übertragung ins rechtmäßige Eigentum des Käufers erwirkt.

Am meisten jedoch freute Donner der Umstand, daß der Kauf nicht seine ganze Habe verbraucht hatte, sondern ihm noch mancher Gulden im Beutel verblieben war. Mit diesem Geld schmiedete er bereits auf dem Heimwege weitere Pläne. Der erworbene Besitz war unweit seiner jetzigen Heimstätte, doch näher bei Stammersdorf gelegen; auch das erfüllte ihn mit Freude und Befriedigung.

Als Peter Donner heimkam und berichtete, lag die seltene Feierlichkeit eines großen Augenblickes auf jedem der Gesichter der ganzen Familie. Nur Georg sagte: ,,Viel Geld wird es trotzdem noch kosten und sehr viel Mühe und Arbeit, aber ich werde nun in die Lehre gehen, und dann ist auch wieder ein Esser weniger."

Peter Donner sagte nichts darauf, er fühlte nur, daß sein Sohn recht hatte. Tatsächlich machte Peter Donner schon nach wenigen Wochen den gleichen Weg zur Stadt; doch dieses Mal war Georg mit. Es war alles sehr schnell gekommen, und wieder war Zsakovic der Urheber gewesen. Daß Georg einmal in irgendeine Lehre werde müssen, war ja klar, doch hatten bisher jede Notwendigkeit, Überlegung und Gelegenheit dazu gefehlt. Zur Erlernung des Tischler- oder Schmiedehandwerks zeigte er keine Lust, viel anderes kannte er nicht, und zudem mußten die Kenntnisse im Lesen und Schreiben, die er sich selbst angeeignet hatte, vervollständigt werden. Zsakovic, der viel herumkam, hatte von einer freien Lehrstelle beim Juwelier Brenner in Wien gehört, dies Vater Donner erzählt, und Georg war sofort damit einverstanden gewesen, es mit dem Goldschmiedehandwerk zu versuchen. So wurde kurzerhand das Nötigste in ein kleines Bündel gepackt und man begab sich stadtwärts.

Je weiter sie sich jedoch von zu Hause entfernten, desto schwerer wurde es Georg ums Herz; er fühlte genau, daß für ihn, auf eigene Füße gestellt, etwas ganz Neues begänne, ein Abschnitt, der in seinem Leben wesentlich werden würde; zwar waren seine Gedanken darüber noch recht nebulos und unklar, aber er spürte, daß eine schöne, wenn auch manchmal von schwerer Arbeit erfüllte Zeit endgültig vorbei war.

Der dichtere Verkehr in der Nähe der Stadt lenkte ihn dann von seinen schwermütigen Gedankengängen etwas ab. Schon als sie von der Leopoldstadt her an die Tore zum Roten Turm kamen, gab es eine Menge zu schauen, und Georg verflog das letzte Stück des Weges durch die Stadt wie im Traum. Plötzlich waren sie dann vor dem feudalen Laden des Hofjuweliers Johann Kaspar Brenner gestanden. Sie traten ein und wurden von einem älteren, graumelierten und ausnehmend freundlichen Herrn angesprochen und empfangen. Ein Wort gab das andere, und bald war es klar und abgemacht, daß Georg gleich als Lehrling bleiben würde. Mit einem Versprechen in die Hand des Meisters, mit dessen Ermahnung, der Verlokkung des Goldes nicht zu erliegen, sondern lebenslang ehrlich zu bleiben und ein ehrsamer fleißiger Geselle zu werden, wurde der Lehrvertrag bekräftigt. Brenner hatte Vater Donner noch einen halben Gulden Lehrgeld gegeben, und nach einem kurzen Abschied sah sich Georg seinem weiteren Schicksal allein überlassen.

Der Meister führte Georg zunächst einmal in die Küche zu seiner Frau, damit diese ihm erst einmal zu essen gäbe, und nachdem er schweigend alles verzehrt hatte, brachte ihn Meister Brenner in die Werkstätte und stellte ihn seinen Arbeitern vor. Zwischen zwei Gesellen bekam er an dem fünfbäuchigen Arbeitstisch seinen Platz zugewiesen, und Georg fühlte sich dabei auf einmal froh und frei und fast wie daheim; nun wußte er wenigstens, woran er war.

Die Zeit verging. Georg war mit Lust und Liebe bei der Sache, allerdings interessierte er sich weniger für das Drahtziehen, das Metallschmelzen und die sonstigen technischen Dinge, die man sich ihm beizubringen bemühte, wohl erledigte er diese Arbeiten so, daß man nichts daran auszusetzen fand, er suchte jedoch eigene Wege und interessierte sich weit mehr für das Gestaltende seines Meisters. Sobald dieser mit einer Gravure beschäftigt war, stahl er sich die Zeit, um mit Begeisterung zuzusehen; das „Wie" und „Wo" interessierte ihn, wenn das Stück, im Siegellack eingekittet, unter dem Stichel die glitzernd-goldenen Späne ließ und das Gravierte Form und Gestalt gewann, wenn der Meister von der alten Kunst erzählte, von den Gefäßen von Bernay und Hildesheim oder wenn er von dem erzählte, was sich heute draußen in der Welt auf diesem Gebiete begab; von Benvenuto Cellinis wunderbarem Salzfaß aus purem Gold, das zwar schon im vergangenen Jahrhunderte geschaffen, von Karl VI. dem Erzherzog Ferdinand II. von Tirol geschenkt wurde und das der Verwalter der Kunstkammer zu Ambras, der Schloßhauptmann Alois Primisser, jetzt erst so richtig wiederentdeckt habe. Brenner erzählte, daß Primisser selber bei ihm gewesen sei und ihm davon berichtet habe; und der Eifer und die Begeisterung von dessen Rede färbten nun auch auf des Meisters Erzählung ab und teilten sich den horchenden Gesellen mit: Neptun und Tellus, aus reinem Golde gebildet, säßen einander gegenüber, ein kleiner Triumphbogen, gekrönt von einer weiblichen Gestalt . . .

In der darauffolgenden Nacht träumte der Lehrling Donner erstmals von wunderbaren Gestalten und Dingen, und wenn er in den nächsten Tagen seiner einfachen Lehrlingsarbeit, die neben den handwerklichen Handreichungen technischer Art darin bestand, Ordnung zu halten, zusammenzukehren oder die fertiggestellte Ware austragen zu gehen, indes die Gesellen oder der Meister an wertvollem Tafelgerät, an Ringen, Siegeln oder Medaillen arbeiteten, bewegte ihn immer wieder jene bezaubernde Romantik in der Erzählung seines Meisters, entrückte seine Gedanken dem Alltag so, daß er manchmal ermahnt werden mußte, denn doch ein wenig aufmerksamer zu sein.

„Ich möchte gern auch einmal ein Bildhauer werden!" sagte er eines Abends zu seinem Meister, als er mit diesem allein war.

Auf des Meisters Antlitz erschien ein weises, verstehendes Lächeln. „Ist gut, Georg. Wir werden noch sehen. Ich will dir, wenn es soweit ist, gerne helfen!"

Georg wurde rot und schwieg. Mit seinen zwölf Lebensjahren verstand er, daß der Meister bereits weiter gedacht und sehr edel gesprochen hatte.

Von da an aber wußte Georg, was er wollte.

Er begann seinen eigenen Gedanken nachzuhängen, und ein brennendes Verlangen war in ihm, das spielerische Gestalten seiner

Freizeit zu verbessern. Wenn die Gesellen Brenners nach Feierabend in die Bierstuben gingen oder zu galanten Frauenzimmern, dann bat sich Georg immer aus, noch in der Werkstatt bleiben zu dürfen.

Dort bastelte er und spintisierte dann. Was ihm nun seine Vorarbeiter und Gesellen auch zeigen und sagen mochten: ihm erschien dies zu eintönig und uninteressant. Wenn er Wege erledigen, Aufträge ausführen mußte, da und dort die bestellten Arbeiten abzugeben und bestätigen zu lassen hatte, blieb er immer länger als notwendig aus. Er hatte immer Papier und Stift bei sich, und im Winkel eines Tores versteckt oder von einer Mauer aus beobachtete er dann das Leben und Treiben ringsum. Die Bilder schienen ihm in jeder Sekunde anders zu sein: die Leute, die vorbeigingen, wechselten in der Geschäftigkeit oder im Schlendrian des Alltags ihr Gehaben. Allein der Rahmen dieses Geschehens jedoch war von wunderbarer Unveränderlichkeit. Er empfand eine seltsame Lust, den keifenden Kerzelweibern zuzusehen oder den stolzen Bedienerinnen mit ihren drolligen Goldhauben, oder aber den Kutschern und den vielfältigen Gestalten des Marktes. Er blieb dadurch oft stundenlang vom Lehrplatz weg, und jedesmal, wenn er an sein Dreibein voller Unrast zurückkam, glühte er wie im Fieber.

Natürlich blieb Georgs sonderbares Gehaben auch dem gütigen und langmütigen Meister nicht verborgen, und als einmal Vater Peter Donner, das war etwa im Jahre, als Kaiser Leopold im Mai 1705 starb und dessen 27jähriger Sohn als Joseph I. mit großem Gepränge die Nachfolge antrat, in der Stadt war und auch nach seinem Sohne sehen wollte, erzählte der Meister dem Vater alles. Beide zürnten Georg nicht, man versuchte ihn zu verstehen und ihm zu helfen. Vater Donner erschien es nun naheliegend und gleichsam als Fügung, den Gedanken an das Stift Heiligenkreuz wieder aufzugreifen, und sein langgehegter Wunsch wurde unter den gegenwärtigen Umständen zum raschen Entschluß. Einvernehmlich besprachen die beiden Männer alles, und die Folge davon war, daß Georg 1707 freigesprochen wurde, er sein Bündel schnüren und mit dem Vater nach Heiligenkreuz zum Zisterzienserstift wandern mußte. Für Georg kam das alles so rasch, daß er zuerst nicht wußte, wie ihm geschah. Auf dem Wege erst versuchte der Vater, der zwischendurch auch das Neueste von daheim berichtete, Georg die beschlossene Veränderung auf seine Art einzureden und diesem das Leben im Stift möglichst lebendig und verlockend zu schildern. Georg machte aber kein besonders erfreutes Gesicht und blieb sehr einsilbig. Zu sehr beschäftigte ihn der plötzliche Zwiespalt seiner Gedanken, der sich aus der Freude über den vorzeitigen Lehrabschluß und aus den nun ungewissen und nicht gerade sehr deutlichen Aussichten ergab, die sein Vater ihm in den rosigsten Farben zu schildern nunmehr bemüht war. Er empfand dies in seiner augenblicklichen Stimmung als Anpreisung, und gerade dieser Umstand war geeignet, bei Georg, vielleicht sogar nicht zu Unrecht, das Gegenteil zu bewirken.

Georg Donner wurde von den Zisterziensern gerne aufgenommen. Es bedurfte nicht vieler Worte des Vaters, den man immer noch und auch als guten Handwerker kannte. Der Abschied, den es diesmal zwischen Vater und Sohn gab, war in vielem ein anderer als der erste. War es damals noch ein vages, unbewußtes Auseinandergehen, so mischte sich diesmal schon Wissen darein, das Wissen um den Beginn eines neuen Lebensabschnittes.

Schon die ersten Tage behagten dem Novizen nicht. Er bekam eine graue Kutte und mußte gleich zur Feldarbeit mit hinaus. Es war ein heißer Juni und die Grasmahd in vollem Gange. Georg bekam einen Rechen in die Hand gedrückt, der um einiges größer als er selber war, und mit diesem mußte er nachrechen. Der Schnitt der Mäher hatte regelmäßige Straßeln gelegt, die nach dem Wenden die Stränge der Heureihen ergaben. Zwischen diesen fuhren die schweren pferdebespannten Wagen. An den beiden Wagenlängsseiten stemmte je ein Mönch mit langer Heugabel die aufgespießten Bündel hoch, und Georg hatte dahinter nachzuzotteln und die Grasreste einzusammeln. Besondere geistige Regsamkeit war bei dieser Arbeit nicht vonnöten, dennoch trieb ihm die monotone Arbeit, die flott getan werden mußte, tüchtig den Schweiß aus den Poren. Gerne trank er daher den Most, den man ihm in den kurzen Pausen aufmunternd anbot. Eine Wiese nach der anderen wurde abgemäht und mit jedem Tage wurde Georg verdrießlicher und mißmutiger, so daß er schon nach wenigen Tagen die schüchterne Frage wagte, wie lange denn die Mahd noch dauern würde. Ja, wurde ihm darauf geantwortet, das wäre doch die Hauptbeschäftigung hier und eben gerade jene Arbeit, die überhaupt erst die Ernährung sichere, und schließlich wäre dies ja auch der Zweck des Ordens, der gerade wegen seiner bekannten Bodenkulturen und Landwirtschaften über fast ganz Europa verbreitet sei. Nach der Grasmahd, die noch in diesem Monat zu Ende sein würde, wenn eben alles gut ginge und kein anhaltender Regen käme, wäre der Kornschnitt an der Zeit, dann kämen der Drusch und das Öhmd, und so ginge es eben weiter bis tief in den Herbst. Ein Landwirt habe für sich selbst fast keine Zeit übrig. Wenn man da noch etwas lernen wolle, müsse man dies schon irgendwie von seiner Freizeit abknappen. Und das Studieren überhaupt . . .

Georg war sehr bedrückt. Alles weitere, was ihm da noch erzählt wurde, nahm er gar nicht mehr so richtig auf. Er hörte von Bußübungen, Lateinexerzitien, Betlitaneien und kam sich wie ein Adler vor, dem man die Schwingen gestutzt hatte.

Es schien, als wollten die Felder, die abzuernten waren, wirklich kein Ende nehmen. Kaum war eines abgearbeitet und sauber durchgekämmt, gingen die Mähder schon voraus, das nächste umzulegen und zu wenden. Diese Tage empfand Georg doppelt so lange. Wenn er nach dem gemeinsamen Mahl im großen Saale in seine Zelle eher schlich als ging, sah er sich immer um, ob sich wohl niemand über ihn lustig mache. Aber die Weißkutten mit ihrem schwarzen Skapulier sahen auf die „grauen Brüder“ etwas hochmütig herab und schienen solche geringe Novizen überhaupt nicht zu bemerken. Im Grunde genommen war Georg froh darüber, er stahl sich in seine Zelle und kroch auf seinem Strohlager unter die härene Decke.

Wenn nunmehr die Landarbeit die meisten Stunden seines Tages ausfüllte, so holte man ihn doch recht oft, später allzuoft, wie es ihm, der gerne Ruhe haben wollte, schien, aus mancherlei anderem Grunde. Einmal mußte er Namen und Daten angeben, ein anderes Mal wollte man ihn plötzlich mit der Geschichte der Zisterzienser, deren Gründer Bernhard von Clervaux war, und mit deren erstrebenswerter Lebensweise bekanntmachen. Er hörte dabei etwas von Cistercium, von Beschaulichkeit, Enthaltsamkeit und Askese, aber er saß so teilnahmslos vor dem sich um ihn Bemühenden, daß es dieser aufgab und ihn in seine Zelle schickte.

An solchen Tagen, an denen alle seine Knochen schmerzten, wünschte er sich fast wieder in die Lehre zu Brenner zurück, und er fand nicht einmal Freude daran, träumenden Gedanken nachzuhängen.

Die wenigen Stunden, die ihm halbwegs erträglich schienen, waren die an Sonntagen. Wohl hieß es auch am Sonntag zur Messe gehen und die Exerzitien mitmachen, aber es blieben immerhin ein paar Stunden, die ihm allein gehörten. In diesen wanderte er in die umliegenden Wälder hinaus, auf die Lichtungen und Waldwiesen und fühlte sich dabei frei und glücklich. Sooft er sich in seiner Verzagtheit, die ihn die Woche über des öfteren überkam, fragte, was wohl seinen Vater bewogen haben mochte, ihn gerade hierher ins Stift zu bringen, wußte er keine Antwort darauf, denn gelernt, wie es ja sein Vater bestimmt annahm, daß es geschehen würde, hatte er praktisch wirklich noch nichts; und die andere Arbeit, die er leistete, die konnte jedes Knechtlein verrichten.

Im Dämmer des Abends kehrte er befreit und gestärkt zurück.

Mehr aus Gewohnheit als aus Bedürfnis begab er sich in die Kirche, um ein kurzes Gebet zu verrichten. Die Helle des hohen Schiffes war an Sonntagen stärker als unter der Woche, weil die Wallfahrer an diesen Tagen immer wieder neue Lichter und hohe lange Kerzen ansteckten.

Träumend beobachtete Georg das flackernde Spiel der Flammen. Sein Auge erfreute sich an dem Zerfließen des Wachses, das in weißen oder gelben Bächlein wieder zu neuen, bizarren Formen erstarrte. Mit einem Male dachte er an Brenner, und es überkam ihn die Lust zu formen. Er bückte sich nach einem solchen zur Erde geträufelten Wachsstück, brach es mit schnellem Ruck von der Glätte der Fliesen und wollte es unter der Kutte verbergen, aber weil er sah, daß ihn jemand beobachtet hatte, ließ er es liegen. Der alte Mönch, der vorne im Gestühl in der Leier seines Rosenkranzes versunken war, hatte ihn nicht gesehen, aber ein anderer Mönch, der in einer der Bänke saß und in seinem Brevier blätterte, hatte ihn beobachtet. Schnellen Schrittes ging Georg aus der Kirche und seiner Zelle zu.

Die Feldarbeit war nun im wesentlichen getan. Jetzt wurde er zu anderen Diensten herangezogen. Diese behagten ihm je nachdem weniger oder mehr. Oft blickte er des Abends betrübt seine vier nackten Wände empor und harrte wie ein Tragesel auf seinem Lager der Dinge, die man ihm am kommenden Morgen neu aufbürden würde, indes sein geistiges Auge, in herrlichen Träumen auflebend, den Kalk des Gewölbes phantastisch belebte. Für sich arbeiten, formen, formen, schnitzen . . .

An den Exerzitien nahm er mit stoischer Ruhe teil und tat pflichtschuldig und mit Gleichmut seinen Dienst. Er fegte die Treppen, wusch die Fliesen, half den Gärtnern und trug alle Last, wie die Mönche es bestimmten, abends aber und auch in der Nacht holte er Ton und Holz hervor und arbeitete zu seiner Freude daran.

Eines Tages, als man das Hochamt zelebrierte, starrte Georg wieder in die flackernden Lichter der Kerzen. Wieder hingen seine Augen am Fließen des Wachses, das, in trägen Strömen übertropfend, plastische Dinge formte. Unbändig wurde da die Lust in ihm, diese Formen nach seinem Willen zu gestalten, aber das Wissen um seine Ohnmacht quälte ihn. Erst als die Glocken zum Segen riefen und ihm der Weihrauch zu stark in die Nase stieg, fand er wieder in die Wirklichkeit zurück. Wie ein Lamm in der Schafherde tat er das Werk mit, das für diese Männer das Heilige des Tages war.

Als der Abend kam, schlich er sich aus der engen Zelle. Barfuß eilte er über mehrere Gänge, jenen Weg entlang, den er sich am Tage eingeprägt hatte. Schwer ging das Tor, aber es bewegte sich, und sein Knarren verwehte im Winde. Dann stand er ruhig und verharrte lauschend. Sonach lief er weiter, schlich in die Kirche und kam den gleichen Weg wieder zurück, mit einem Klumpen Wachs, den er sich vom Opferstock geholt hatte.

Am nächsten Tage rief ihn Abt Marian zu sich. Georg erschrak sehr, da er annahm, ertappt oder gesehen worden zu sein, aber seine Angst erwies sich als unbegründet. Der Abt und Älteste des Stiftes wollte nur seinen Novizen einmal sprechen. Er forderte Georg auf, von sich, von daheim und von seiner Lehre bei Brenner zu berichten. Dabei stellte es sich aber heraus, daß der Abt von allem mehr wußte, als Georg im Augenblick zu erzählen einfiel. Zum Schluß deutete auch Georg seine Wünsche an, aber es deuchte ihm, als wolle der Abt gerade diese geflissentlich übergehen; daher wurde er mit seinen Worten zurückhaltender, blieb verschlossen und beschränkte sich allein darauf, nur die gestellten Fragen zu beantworten. Der Abt merkte dies, drang auch nicht weiter in ihn und fragte ihn nach ermahnenden Worten zuletzt nur noch: ,,Und wenn du einmal einer der unseren vollauf würdest, welchen Namen würdest du dir wählen?"

Ohne sich des langen zu besinnen, antwortete da Georg: ,,Raphael, . . .", aber sofort fügte er hinzu: ,,Aber ich möchte kein Pater werden, ich möchte . . ."

Der Abt überhörte, daß Georg noch etwas sagen wollte. Nickend und fast bedächtig wiederholte er den Namen: ,,Raphael, des Erzengels Namen!"

Eine längere Pause entstand, in der beide, jeder auf seine Art, ihren Gedanken nachhingen.

Abt Marian hob die Hand: ,,Nun geh, Raphael, mein Sohn, ora et labora, damit der Herr seine Freude an dir habe. Er segne dich und behüte dich, er lasse sein Angesicht leuchten über dir und sei dir gnädig."

Unter den gespreiteten Händen des Abtes verbeugte sich Georg. Er küßte des Abtes Kutte am Saum des schwarzen Skapuliers, verneigte sich und verließ dann den Raum.

,,Knäblein, Knäblein . . ." sprach der Abt laut vor sich hin, ,,ich merk's, du fühlst dich hier gar nicht wohl."

Tatsächlich hatte er damit die gleichen Gedanken wie Georg, der hochroten Kopfes fast laufend in seine Zelle eilte und sich einschloß. Raphael hatte der Abt zu ihm gesagt. Tränen füllten seine Augen; er wollte ihrer wehren, aber er vermochte es nicht. Ein hemmungsloses, unbändiges Schluchzen wühlte ihn auf. Sehnsucht, Heimweh und ungestilltes Drängen packten ihn und er warf sich auf sein Lager. Dann aber holte er plötzlich den Wachsklumpen unter dem Fußteil des Bettes hervor, wo er ihn in dieser Nacht verborgen hatte. Er begann daran zu kneten und zu formen und fand sodann zu seinen Träumen zurück.

In mühseliger Heimlichkeit beschaffte er sich nunmehr auf die gleiche Weise immer neues Wachs, um in der verbleibenden Einsamkeit stets Neues formen zu können. So ging es manche Woche, manchen Monat lang. Immer lag die Nacht über diesen seinen Wegen. Ihre Schatten, vom Mondlicht erzeugt, vollführten flatternd und wiegend einen unsteten Tanz, und im gleichen Schimmerlichte stand der Bau der alten romanischen Kirche, stand das Tor, in dem Georg verschwand. Wieder knirschte die Angel der schweren Pforte, aber ehe noch die verräterischen Laute verhallt waren, hatte er sich hastig weiterbewegt, sich dann vor dem Ewigen Lichte bekreuzigt und war dann zu dem beleuchteten Stocke, der die lichtspendenden Kerzen trug, gegangen. Mit Eifer und Gier nahm er das Wachs und die tropfenden Stalaktiten von den eisernen Stäben, schob alles in seine Taschen und rannte den Weg, den er gekommen, wieder zurück, den zärtlichen Nachtwind nicht merkend, der sein geheimes Tun verhüllte.

Im fahlen Lichte seiner Zelle, in die der flüchtige Mondstrahl nur wenig einzudringen vermochte, hob er dann die ergatterten Schätze; er kramte sie, die teils noch weich die Wärme der Flammen trugen, teils wie Kiesel erstarrt zum Vorschein kamen, aus den Falten seiner Kutte und verbarg sie wieder zwischen Decke und Brett seines Lagers.

So wie er also das Wachs von den Kerzen holte, so nahm er im Laufe der Tage auch bei günstigen Gelegenheiten die zinnernen Deckel von Gläsern, die da und dort standen. Wohl wunderten sich die Eigner, wohin die Deckel verschwänden, aber diese belanglosen Kleinigkeiten wurden übersehen und vergessen, von Georg jedoch als kostbare Schätze gepflegt und behütet, da er sie zu seinem heimlichen Formen brauchte.

Eines Nachts führte das Licht, das aus Georgs Zelle in den Stiftshof drang, einen Bruder zu Georg. Als der Pater, der Georg eingeschlafen wähnte und daher das Licht auszulöschen in die Zelle kam, sachte die Tür öffnete, fand er den Novizen vor einer Statue Georgs des Drachentöters in Betrachtung versunken. An den Wänden hingen die zinnernen Deckel, die man schon lange vermißt hatte, aber in jedem war so zierlich und zart eine Zeichnung ziseliert, als hätte eine Engelshand die Nadel geführt. Kleine Figuren aus Wachs und aus grobem Holz geschnitzte Plastiken von Köpfen, Fischen und Drachen standen in buntem Durcheinander umher. Pankraz, der erstaunte Bruder, stand vorerst still und rührte sich nicht. Erst als eine Mücke das aufflackernde Licht umschwirrte, wurde Georg des gelinden Luftzuges gewahr, sah nach der Türe und direkt in des verblüfften Paters Gesicht. Wie schützend erhob er sich und stellte sich vor seine Schöpfungen.

Pater Pankraz kam näher, nahm eine dieser Figuren in die Hand und las das Signum Raphael. Er wiederholte: „Raphael? Hast du das gemacht? Du heißt doch Georg?"

Dieser aber antwortete sicher und bestimmt: „Ich heiße Georg Raphael Donner. Gehet hin und fraget den Abt!"

Pankraz stellte die Figur an ihren Platz zurück und ging.

Georg ging am nächsten Tage mit gemischten Gefühlen zum Lateinstudium der Stiftsschüler. Dort galt die allgemeine Aufmerksamkeit jedoch nicht dem Lehrstoffe, sondern man besprach die augenblickliche politische Situation, die von einem aus dem Stammkloster in Citeaux zurückgekehrten Mönch ausführlich geschildert worden war. Hin und her gingen Widerstreit und Diskussion. Die Kämpfe Prinz Eugens bei Turin und Ramillies, das Ende des Krieges in Italien und viele andere Begebenheiten und Tatsachen wurden besprochen, aber Georg hörte nur mit halbem Ohre zu. Dann übten sie in der Stunde des Chorgesanges aus „Musae Sioniae" des Michael Praetorius Lied: „Allein Gott in der Höh sei Ehr." Auch dabei war Georg nicht bei der Sache. Die drei Kreuze des handgeschriebenen Notenblattes und der verschnörkelte Violinschlüssel, die ein pedantes Mönchlein säuberlich auf starke Blätter geschrieben hatte, störten ihn irgendwie. Er sah die Noten kleinen Vögeln gleich, die hinter einer Dornenhecke um die Freiheit flatterten. So unruhig und unaufmerksam war er, daß er vom Chormeister öfters ermahnt werden mußte. Sehr gedrückt und teilnahmslos tat er mit. Irgend etwas lag in der Luft, das spürte er. Er würde zum Abt gerufen werden. Eine Moralpredigt würde folgen, vielleicht auch eine Strafe. In seine Papiere würde man etwas eintragen und am Ende sogar vielleicht von Diebstahl sprechen, aber ändern würden sie damit an seinem Entschluß nichts, um so mehr, als ihm die mit fortschreitender Dauer immer unliebsamer werdende im Stift verbrachte Zeit keine Möglichkeit einer Veränderung zu bieten schien. Die stille, heimliche Arbeit, welche ihm die Eintönigkeit erträglich gemacht hatte, sah er nun durch die Entdeckung Bruder Pankraz' auch gefährdet, und die bange Ungewißheit über die etwaigen Folgen versetzte ihn in eine trostlose Stimmung.

Als man ihn wenig später tatsächlich holte und zum Abte kommen hieß, fühlte er sich fast erleichtert. Mit einem befreienden Gefühl, ja beinahe mutig, machte er sich auf den Weg.

Hinter dem Bruder, der ihn gerufen hatte, stapfte er nach. Dabei wirkte sein Gehen, an den Schritten des voranschreitenden Paters gemessen, nur wie ein Zappeln. Er mußte Zwischenschritte machen, so daß sein Gehen zum Hüpfen wurde, worauf sich der Mönch mit sauertöpfischer Miene umdrehte und Georg mißbilligend ansah. Dabei hatte der Bruder die Hände über dem Bauche gefaltet, was bei Georg den Eindruck erweckte, dieser hätte grimmige Leibschmerzen; und um sich das Lachen zu verbeißen, senkte er den Blick. Trotzdem bemühte er sich Schritt zu halten und nützte das Ebenmaß der Steinfliesen des Ganges dazu aus, genau in der Mitte der Platten einer Reihe zu gehen.

Dann mußte er vor einer Türe warten. Es verstrich einige Zeit, ehe man ihn in das Zimmer des Abtes rief.

Der saß an seinem Tische und fahles Sonnenlicht umglänzte sein schlohweißes Haar. Vor ihm auf dem Tische aufgebaut standen all die Dinge, die man in Georgs Zelle gefunden hatte.

Beim Erkennen dieser Sachen schrie Georg Raphael leise auf, dann erst leistete er den vorgeschriebenen Gruß.

„Komm näher, mein Sohn . . .“ sprach freundlich der Abt: „Sind das die Dinge, die man bei dir fand?“

Georg errötete und schluckte. Er fühlte, wie sein Gaumen trokken wurde. Zunächst war er unfähig, etwas zu sagen; schließlich stieß er ein leises „Ja“ heraus. All sein Mut und seine Keckheit waren wie weggeblasen.

„Georg Raphael“, nickte der weise Alte, „du machst aber deinem Wahlnamensvetter, dem Erzengel Raphael, damit wirklich keine Ehre. Was hast du dir denn bloß dabei gedacht?“

„Hochwürden“, stotterte Georg, „ich weiß nicht, was ich sagen soll; ich tat's nicht um zu stehlen . . .“

Abt Marian lachte: „Na, das will ich denn doch hoffen!“

Dieses Lachen erleichterte nun auch Georg etwas: „Ich fand Freude am Kneten, am Formen . . ., oh, ehrwürdiger Vater, es ist alles so traurig, und wenn diese Dinge nicht wären . . .“

„Du hast Heimweh, mein Junge . . .“

,,Nicht so sehr Heimweh, aber keine Lust zu so manchen Dingen hier."

,,Aber lernen muß man doch etwas. Was du lernst, lernst du doch für dich!"

,,Ich weiß es, aber man braucht doch alle diese Dinge wie Latein und Singen nicht unbedingt!"

,,Immer das gleiche; daß doch das die jungen Menschen nicht verstehen können; einmal wirst du sicher dafür dankbar sein!" Er schüttelte den Kopf. ,,Aber nun sage mir doch, was würde dir denn sonst mehr Freude machen, was wolltest du lernen? Was willst du einmal werden?"

Ein Leuchten ging über Georgs Gesicht: ,,Ich will Bildhauer werden!"

Abt Marian wiegte bedächtig den Kopf: ,,Weißt du, was du da sagst, mein Junge? Bildhauer können doch nur richtige Künstler werden!"

,,Dann will ich es eben versuchen, ein Künstler zu werden!"

,,Wie stellst du dir denn das vor?"

,,Ich weiß nicht . . . ich weiß es nicht . . . ich werde es einfach tun müssen . . . ich muß es tun . . . verstehen Sie denn das nicht?"

Gütig lächelte der Abt: ,,Ich versuche es, dich zu verstehen. Aber trotzdem wirst du vieles lernen müssen. Härter als jede andere ist die Schule des Künstlers. Sie wird auch dir nicht erspart bleiben."

,,Gerne will ich mich fügen, nur was ich will, möchte ich tun . . ."

Der greise Älteste der Mönche dachte nach, dann kam wie aus weiter Ferne, so hohl und tief, die Stimme des Alten wieder: ,,Ich werde sehen. Jetzt aber bleibe in deiner Zelle, bis du wieder von mir hörst."

Georg senkte den Blick. Impulsiv ging er eiligen Schrittes auf den Abt zu, um dessen Hand zu küssen, dann verließ er den Raum.

In seiner Zelle fand er wieder zu sich selbst zurück.

Abt Marian aber schrieb mit eigener Hand in die Chronik: ,, . . . der in Heiligenkreuz als ein Knabe von dreizehn Jahren beiläufig aufgenommene Donner zeigte ein besonderes Genie. Er raubte die Kerzen und zinnerne Krügeldeckel und stach mit seinem Griffel bei Nacht . . ."

Pater Pankraz, der sich selbst als Maler betätigte und daher mit der Kunst der Farben vertraut war, bereute seine voreilige Handlungsweise, und er war froh darüber, an Georg des Abtes freudige Botschaft überbringen zu dürfen, daß ihm verziehen sei und er die Möglichkeit haben würde, in eine der beiden dem Stift gehörenden, dennoch unabhängigen Arbeitsstätten für Malerei beziehungsweise Bildhauerei zu kommen. Unverhohlen zeigte Georg seine Freude. Er wurde lebhaft wie schon lange nicht und fragte dieses und jenes. Dann rannte er hinaus aus der Zelle, über den Flur, über den Hof, durchs Tor ins Freie und in den Wald.

Georg Raphael Donner kam nun in die Werkstätte des erfahrenen Giovanni Giuliani als Lehrling und Gehilfe. An dieser Arbeit hatte nun Georg endlich große Freude, und Giuliani war mit ihm mehr als zufrieden. Die Werkstätte, in der der Meister arbeitete, sah zwar eher einer Rumpelkammer gleich als einem den tatsächlichen Erfordernissen eines künstlerischen Handwerkes entsprechenden Arbeitsraum, aber der Meister fühlte sich dadurch in seiner Arbeit nicht behindert; im Gegenteil, er hatte gerade dort das Empfinden, seinem Werk am intensivsten dienen zu können, und nur höchst ungern erfüllte er Aufträge, die außerhalb dieses Werkplatzes ausgeführt werden mußten. Diese Eigenart hatte sich in ihm mit der Behäbigkeit des zunehmenden Alters gefestigt und zugleich seine Ansicht bestärkt, daß ausschließlich und allein die Einsamkeit dem Genius des selbstschöpferischen Menschen förderlich sei. Im Laufe der Jahre war er ein Weiser und Wissender geworden, den ein buntes, hartes Leben geschult und die Güte des Verstehens zu einem Einsamen gemacht hatte, daß er in den Augen seiner Mitmenschen als eigenwillig, schrullig, ja sogar absonderlich erschien. Nach außenhin war er darum zuerst auch rauh und abweisend, als man ihm den Stiftsschüler zuwies, aber dann fand er immer mehr Gefallen an dem schlanken, offen blickenden Jungen und freute sich schließlich, diesem von seinem Wissen und Können etwas weitergeben zu dürfen. Bald wurde auch darum aus der anfänglich schweigsamen Arbeitszeit eine mit reger Unterhaltung. Es ergaben sich Frage und Gegenfrage, Neugier und Interesse, und Giuliani wußte alles sehr lebendig darzustellen und zu schildern. Die verschiedensten Themen verstand er anschaulich zu vermitteln, und

Georg war von dieser Art des Unterrichtes begeistert. Er hörte aufmerksam zu, nahm alles auf und gewann so für seine Bildung vielfältigen Nutzen. Auch des Meisters Leistung wurde durch diese ereifernde Steigerung neu befruchtet, was ihm gleichfalls einen Ansporn zu neuem Schaffen gab.

Er sprach mit Georg über große Künstler, schilderte deren Arbeitsweise und Werk und warf dabei Probleme auf, welche Künstler aller Zeiten immer wieder zu Diskussionen und Streitfragen angeregt hatten. Über eine Elementarfrage solcher Art, ob die Malerei oder die Bildhauerei in der Kunst höher stünde, unterstrich Giuliani seine Ansicht mit Leonardo da Vinci, daß eine Kunst um so vollkommener sei, je weiter sie sich vom Handwerk entferne. Deshalb empfehle er auch ihm, dereinst in der Bildhauerei niemals ein Handwerk, sondern ausschließlich eine Kunst zu sehen.

Neben der ihn reichlich in Anspruch nehmenden Arbeit für das Stift fand Giuliani jedoch immer noch Zeit, in der Bibliothek des Stiftes nach diesem oder jenem zu suchen oder etwas nachzublättern. So brachte er einmal in einem der Gespräche jene Aussage Leonardos vor, die den Hauptunterschied zwischen den beiden Künsten in den Erfordernissen der Kräfte darlegt, indem Leonardo in der Malerei jene des Geistes, in der Bildhauerei jedoch die des Körpers erblickt. Giuliani sprach weiter und folgerte daraus, daß diese Auslegung eine bloße Herausforderung Michelangelos bedeutet hätte, wie es auch tatsächlich der Fall war, denn jeder Künstler, der ernst in seiner Arbeit genommen werden will, müsse das gleiche von dem anderen, der dieselben Ziele habe, voraussetzen. Manchmal befürchtete Giuliani, daß ihn der Knabe Georg nicht richtig verstehe, aber dieser erwies sich als sehr aufgeschlossen und zeigte trotz seiner Jugend für vieles ein tieferes Verständnis als mancher jener sich erfahren dünkenden Männer, die in Giulianis Kreis verkehrten. Je mehr Verständnis er bei Georg verspürte, desto mehr ging er, der Verschlossene, aus sich heraus und erzählte schließlich auch aus seinem bisherigen Leben, indem er von seinen Fahrten, seinen Schulen und Mißerfolgen und letztlich von der gegenwärtigen Arbeit im Stift berichtete. Irgendwie spiegelte sich in diesen Erzählungen eine Abgeklärtheit, die Georg seltsam berührte, die ihn aber auch näher zum wahren Künstlertum hinführte, obwohl er dies im Augenblick noch nicht ganz richtig erfaßte. Es mangelte bei ihm da und dort noch an vielem, sowohl an handwerklichem Können als auch an ideeller Gestaltungsreife, aber der Brand, der still in ihm geschlummert und geglost hatte, wurde auf wunderbare Art geschürt und gefördert.

Eigenartig und groß war das Erleben Georgs, wenn er Giuliani bei der Arbeit zusah, dann nämlich, wenn der rohe Stein durch das Zusammenwirken von künstlerischem Auge und der Anspannung aller Körperkräfte endlich Form und Gestalt annahm. An einem solchen Tag – während des Schaffens in Schweiß, Steinstaub und Splittern – erzählte Giuliani, von seinem Geburtsort in Venetien angefangen, über seine Lehre beim berühmten Meister des damals entstandenen süddeutschen malerischen Barocks, Andreas Feistenberger, bis zu seiner Aufnahme ins Stift.

Giuliani oder, wie ihn die Brüder nannten, Frater Julian, erzählte später einmal Georg, wie er damals seinetwegen zum Abt gerufen worden war. Man hatte ihm die kleinen verzierten Dinge, die auf so eigentümliche Art entstanden waren, vorgelegt und ihn um seine Meinung gefragt. Schon damals hätte er dem Abte gesagt, daß Georg zwar noch nicht über das nötige fachliche Können, doch aber über ein gesegnetes Talent verfüge, und er habe dieser seiner Meinung auch mit dem Hinweise Ausdruck verliehen, daß es nicht schwer sein würde, gute Priester zu gewinnen, daß es jedoch solche Talente nur selten gebe und er es begrüßen werde, Georg zu sich zu nehmen. Übrigens habe ihm auch der Name Georg Raphael gut gefallen.

„Meister", sagte Georg bescheiden, „Sie verwirren mich. Ich habe nichts als meine Hände und guten Willen. Ist das nicht ein bißchen zu wenig?"

„Das ist viel, sehr viel, das ist alles, Georg!" sagte Giuliani. „Aber es mag sein, daß dies in der großen harten Welt nicht gilt. Kümmert dich das? Erheischest du denn den Lohn des Augenblicks?"

Bei gar mancher Arbeit assistierte Georg Raphael seinem Meister. Immer wieder gab es Neues zu schaffen, auszubessern, Zierate, Statuen und andere bildhauerische Dinge, und Giuliani verabsäumte es auch nicht, Georg in die Geheimnisse der alten augsburgisch-münchnerischen Metallgußkunst einzuweihen, die dieser mit fast noch größerem Interesse aufnahm als all die erworbenen Kenntnisse bisher. Waren ihm Wachs und Blei bzw. Zinn instinktiv als bevorzugtes Bildnermaterial erschienen, so sah er nunmehr eine gewisse Bekräftigung dieser seiner Meinung und verwendete diese Materialien bevorzugt auch bei seinen Arbeiten. In diesen fand Giuliani, obgleich er Georg aus der Erkenntnis heraus, daß sein Leben zur Neige ging, nichts von seinem reichen Wissen verschwieg oder vorenthielt, nicht den leisesten Anklang oder Einfluß seines künstlerischen Werkes, sondern immer wieder nur des Schülers eigenen klaren, eigenartigen Ausdruck.

Im Kollegium des Domkapitels hatte man plötzlich andere große Sorgen. Abt Marian war unerwartet gestorben, und zu seinem Nachfolger war Pater Gerhard Weichselberger gewählt worden. Von überallher kamen aus diesem Anlaß nun die Botschaften vom Geschehen in der Welt, welche mit dem Alltag der klösterlichen Abgeschiedenheit in Einklang gebracht werden mußten. Wenn auch die Ereignisse des großen Erbfolgekrieges in Spanien, die große Allianz oder der gewaltige Sieg Prinz Eugens keinerlei direkte Schatten nach Heiligenkreuz zu werfen vermochten, so wurden dort diese Tatsachen doch diskutiert und besprochen. Tiefer noch wirkte und befruchtete das künstlerische Schaffen von außen her; so vor allem das Beispiel aus den anderen Landen, aus Kärnten etwa, oder die Tätigkeit, die der Renaissancefanatiker Erzbischof Wolf Dietrich von Salzburg hinterlassen hatte, oder die umgestaltende Tätigkeit des Markus Sittikus. Diese Einflüsse konnte man in Heiligenkreuz nicht übersehen, und die Aufträge, die der Abt, in der Absicht, Ähnliches zu schaffen, an Giuliani oder Bruder Martin Hohenberg, den man im Stifte Altomonte nannte, erteilte, hätten die beiden auch in einem Leben von doppelter Dauer nicht zu bewältigen vermocht.

Aber auch sonst ereigneten sich neben den liturgischen Gepflogenheiten manche Dinge, die für die Zisterzienser von wesentlicher Bedeutung waren. Abgesehen davon, daß der Tod des Augustiner Barfüßers Abraham a Santa Clara am 1. Dezember 1709, der im Volke wegen seiner vortrefflichen Predigten eine weit über das Normale hinausgehende Popularität, in den Kreisen des Klerus jedoch wegen seiner lehrhaften und geschliffenen Worte sowie Bücher und Aussprüche ein allgemein anerkanntes Ansehen genoß, Anlaß zu Feiern und Messen, auch zur Beschäftigung mit dessen Werk gab, kamen von Rom überdies dringende Anweisungen, den immer weiter um sich greifenden Protestantismus möglichst zu unterbinden. Obwohl sich im Bereiche des Stiftes solche Erscheinungen bis jetzt in keiner Weise gezeigt hatten, war es doch notwendig, daß man die gewünschten Vorkehrungen traf und anordnete. Es war somit nur verständlich, daß man einen Novizen, wie es Georg Raphael Donner einer war, überhaupt nicht beachtete. Dennoch ergab sich bald darauf eine Zufälligkeit, die sich für ihn wieder bestimmend und für seinen Lebensweg sogar ändernd auswirkte.

Aus südlichen Landen war ein fremder Pater gekommen und hatte eine Botschaft aus Rom mitgebracht. Diesem wurde der kunstverständige Georg Raphael zugewiesen, damit er ihm in der Zeit seiner Anwesenheit in Heiligenkreuz als ortskundiger Begleiter diene.

Raphael freute sich über diesen Dienst sehr, weil er ihm reiche Abwechslung bot und er mit dem Pater Paulus dahin und dorthin kam. Die stiftseigenen Schätze durfte er ihm zeigen, die Geschmeide, Monstranzen, Meßgeräte der Schatzkammer, sogar auch das Partikelchen des heiligen Kreuzes, das dem Stifte einstens seinen Namen gab. Doch waren diese Aufgaben mit dem Besuche des Kapitelsaales und der Gräber der Babenberger sowie Ausflügen in die Wälder und nähere Umgebung bald beendet, so daß sich Pater Paulus in der letzten Zeit seines befristeten Aufenthaltes hauptsächlich in den Werkstätten Altomontes und Giulianis aufhielt. Hier erkannte er das ureigenste Gebiet des jungen Raphael, und da kam ihm auch die Idee zu einem Plan, der ihm, je länger er sich damit beschäftigte, je mehr er ihn überdachte, um so ausführbarer erschien.

Eines Tages nahm Pater Paulus den Jungen nach Wien mit und besuchte einen ihm bekannten Bildhauer. Während Paulus mit dem Künstler sprach, durfte sich Raphael allein umsehen und sich die Zeit auf eigene Weise vertreiben. So sah er manches, was ihm bisher fremd geblieben war, doch wußte er sich auch alles selbst aus der Überlegung des Zweckes heraus zu erklären. Er sah Skizzen und Modelle, studierte die Arbeit am Gips und fand auch da und dort Blätter, die Skizzen über den Guß von Metallen zeigten. Er suchte und forschte weiter und kam so schließlich auch in das eigene Atelier des Künstlers. Raphael erkannte, daß dieser, um seinen Besuch empfangen zu können, seine Arbeit unterbrochen hatte. Alles lag in der gewohnten Unordnung unvollendeter Arbeit. Eine Statue der Juno war es, an welcher der Bildhauer schuf. Die Figur stand inmitten des Raumes, und helles, blendendes Licht fiel durch die großen Fenster ein und spielte um die Weiße des Steins. Georg Raphael trat ganz nahe heran, sah auf die Statue und berührte sie schließlich sanft, fast verstohlen an den Wangen und Brüsten.

Da lachte es irgendwo auf. Raphael drehte sich um und sah verdutzt in das belustigte Gesicht des Modells; es war nackt wie die Statue selbst und trat auf ihn zu. Unbefangen fragte es ihn, was ihm besser gefalle, das Werk oder das Modell. Er sah dem Mädchen nicht in die Augen, aber sein Blick glitt über die Wölbung der Brüste, die ihm wie die beiden Hemisphären der Erdkugel erschienen, und über den ganzen Körper, welchen dieses Mädchen ohne Scheu und freimütig zum Anblick darbot. Er fühlte, wie ihm das Blut in die Wangen schoß. Da er aus lauter Verlegenheit keine Antwort fand, wandte er sich wortlos um und verließ rascher als er gekommen den Raum. Hastig schloß er die Tür hinter sich, als er plötzlich ein gluckerndes girrendes Auflachen hörte, und fühlte, wie schnell sein eigenes Herz pochte. Er blieb still und abwartend stehen, aber es geschah nichts. Innerlich aufgewühlt, wartete er dann geduldig, bis Pater Paulus wieder kam.

Noch am gleichen Abend frug ihn der Pater, ob er mit ihm nach Italien mitkommen wolle. Er hätte dort für einige Zeit zu tun und müsse dann wieder nach Wien zurück. Wenn er also Lust hätte, könne er mitfahren. Die Erlaubnis des Stiftes würde er erwirken. Freudig und ohne sich zu besinnen, stimmte Raphael zu.

In dieser Nacht konnte er nicht schlafen. Er träumte mit offenen Augen. Namen von Städten fielen ihm ein, die jemals zu sehen er nie zu denken gewagt hätte, und die jungen Brüste eines lachenden Mädchens verwirrten seine träumende Phantasie.

Bereits eine Woche später saß Raphael neben Pater Paulus in einer von drei Pferden gezogenen Postkutsche, welche, von den weithin hallenden Peitschenschlägen des Schwagers begleitet, über Graz, Klagenfurt und dann in Richtung Udine nach Venedig südwärts rollte. Wohl waren sie schon da und dort über Nacht geblieben, meistens in den Poststationen, in denen die Pferde gewechselt wurden, aber die erste größere Rast hielten sie doch erst in Venedig. Raphael kam nun aus dem Staunen nicht heraus. Die Stadt im Meer, die Straßen am Wasser, alle diese neuen Eindrücke stürmten auf ihn ein, und Pater Paulus war ihm nun gleichermaßen Führer durch all die wunderbaren Dinge, so wie es Raphael im Stifte ihm gewesen war.

Sonderbarerweise hatte Raphael in der Fremde kein Heimweh. Er gedachte weder seiner Eltern oder seiner Heimat noch Brenners oder des Stiftes. Er hatte kein anderes Verlangen, als Neues zu sehen und in sich aufzunehmen. An manchen Tagen hatte Pater Paulus weniger freie Zeit, so daß Raphael viel allein war. Ob es nun Orvieto war oder in Bologna oder schließlich auch in Rom, immer wieder fragte er nach den Denkmälern und Bauten, die als bedeutungsvoll bekannt waren. Reich an Erlebnissen und vollbepackt mit vielen Bildern von all dem Gesehenen, Neuen und Schönen, aber auch mit eigenen Plänen und Gedanken, trat er mit Pater Paulus die Rückreise an. Raffael, Leonardo da Vinci und Michelangelo schienen ihm die Götter der Kunst zu sein, deren Werken er nacheifern wollte. Zudem wurde ihm jedoch klar, daß seine Bleibe im Stifte Heiligenkreuz nicht mehr von langer Dauer sein würde.

Tatsächlich ergab es sich, daß Georg Raphael wirklich bald wieder nach Wien zurückkam, und im stillen gestand er sich, daß er darüber sogar sehr glücklich war. Er begann wieder bei Brenner zu arbeiten. Als man im April 1711 den Tod Kaiser Josephs I. betrauerte und hernach die Thronbesteigung Karls VI. feierte, erreichte Georg Raphael die Nachricht vom Tode seiner Mutter. An den Folgen des Kindbettfiebers war sie nach der Geburt des siebenten Kindes, des Mädchens Eva Maria, gestorben und beerdigt worden, ohne daß Raphael sie noch einmal hätte sehen können. Man hatte ihn zwar vom Ableben verständigt, der Brief war ihm auch vom Stifte nachgeschickt worden. Als er diesen dann bei Brenner erhielt, war es aber bereits zu spät.

So waren sie nun sieben Geschwister, vier Brüder und drei Schwestern. Er überlegte, ob er heimfahren solle oder nicht, aber er erkannte, daß er seinem Vater in keiner Weise Hilfe sein würde, darum ließ er es sein. Die Musik eines jungen Mannes, die man in jenen Tagen erstmals in der Kirche auf der Orgel spielte und der, wie er hörte, Bach und mit dem Vornamen Sebastian hieß, brachte ihn wieder auf andere Gedanken.

Nun arbeitete Georg Raphael wohl bei Brenner mit, doch hatte er in einem kleinen Raum Gelegenheit, für sich allein zu schaffen. Ein neues Quartier bezog er am 28. Februar 1712; ein kleines Zimmer in der Mansarde eines alten, einem Lebzelter gehörenden Hauses am Neumarkt.

In Wien ist jeder Mensch ein Roman; Liebe und Schönheit scheinen alles zu beherrschen.

Prinz von Ligné

Wien lag im strahlenden Licht der Sonne. Leichter Dunst schwebte über der grauen geballten Masse der Häuser, aus der nur einzelne Torgiebel und der spitze Turm St. Stephans emporragten. Dahinter lagen die sanften Hügel der Waldberge, die Rebenhänge, Wiesen und Äcker. Es war einer jener schönen Sommertage, welche die Menschen von den Straßen der Stadt locken und sie ins Freie führen. Georg war noch vom Erlebnis jenes Tages erfüllt, der sich für ihn ganz besonders günstig gestaltet hatte. Meister Brenner selbst hatte sich mit ihm gefreut, als die Kunde kam, daß man Georg in die von Ludwig von Sinzendorf geleitete Akademie aufgenommen habe, da es ja Brenner gewesen war, der die Wege hiezu vorbereitet und geebnet hatte. Brenner sah in dieser bestätigenden Nachricht nicht nur eine Krönung seines Bestrebens, sondern auch ein stilles Lob für sich, denn die Akademie, die schon Leopold I. in der Absicht geschaffen hatte, den Künstlern einen Rückhalt zu bieten und ihnen eine bestimmte Haltung und Richtung zu geben, genoß das beste Ansehen, und ein Erfolg seines Schülers kam auch ihm selbst wieder zugute. Daher beherrschte die Freude darüber und eine gewisse Sorglosigkeit zudem Georg Raphaels Gedanken, als er auf der Straße entlang des Wienflusses dahinschritt. Durchs Widmertor, an dem zerstörten Freihause vorbei, war er über die hölzerne Brücke bei der Laimgrube gekommen, war weiter westwärts auf die Höhen um Meidling und Hietzing gewandert, hatte da und dort Zeichenpapier und Stift zur Hand genommen und zu zeichnen versucht. Dann lief er wieder wie gejagt einen Hang hinunter, über Wege, durch Stauden und Büsche und mitten hinein in die Wildnis eines Weihers. Schwankende Stege ging er und verwilderte Pfade, durch manches Gestrüpp arbeitete er sich durch und über viele der Tümpel, die der Wienfluß nach den Regengüssen gebildet hatte. Bei einem uralten Ahornbaum verweilte er für einen Augenblick. Dann lief er weiter bis zum Fluß und seinen vielen Seitenarmen. Dort warf er sich ins Gras. Hell leuchtete die Sonne über ihm, und vor ihm sang der Wienfluß sein glucksendes fröhliches Lied. Eine Zeitlang lag er so, wunschlos, glücklich und still.

Da sah er plötzlich ein nacktes Mädchen vor sich. Es überraschte ihn wie seinerzeit die unvermittelte Begegnung im Atelier des Bildhauers mit dem Modell der Juno, und es war ihm, als sähe er schicksalhaft ein neues fremdes Leben, das sich, ihm unerwartet und unversehens nahegekommen, mit dem seinen irgendwie unlösbar verbinden sollte. Er sah das Mädchen an, aber es sah ihn nicht. Es reckte sich in der Sonne, streckte seine Hände aus, tastete auf den Zehen langsam über Moos und Stein und ergab sich der rieselnden Kühle des Wassers. Mit seinen Fingern fuhr es durch das gelöste Haar und schüttelte es, daß dessen Helle im Winde aufwehte. Es beugte sich nieder und pflückte eine Wasserrose. Leicht und biegsam wie eine Gerte genoß es voller Unbefangenheit diese Einsamkeit.

Georg Raphael aber sah unentwegt zu ihr hin. Er griff nach Blatt und Stift, und mit hastiger Hand setzte er Strich an Strich. Er zeichnete das Bild des Mädchens, wie er es sah. So flüchtig die Skizze war, so vollkommen schien sie ihm dennoch zu sein. Er sprang auf und ging mit selbstverständlicher Unbefangenheit auf das Mädchen zu und sagte zu ihm: ,,Ich weiß nicht, wer du bist, Mädchen, aber ich konnte nicht anders, ich mußte dich zeichnen!"

Das Mädchen erschrak. Eine zarte Röte der Scham schoß ihm in die Wangen, als es in rührender unbewußter Verlegenheit seine Lage jäh erkannte und in Gedanken rasch nach einem Ausweg suchte, um der Überraschung dieses Augenblickes Herr zu werden, aber es gelang ihm nicht. Da sich Georg Raphael weiter unbefangen näherte, wollte das Mädchen davonlaufen, aber er sagte schnell: ,,Bitte tu's nicht, bleib!" Er hielt ihm das Blatt hin. Da blieb das Mädchen stehen, vergaß seine Nacktheit und senkte den Blick.

,,Bin ich so schön?" fragte es, aber es lag nichts von Eitelkeit in seiner Stimme.

,,Schöner noch, Mädchen!" rief er, ,,viel schöner noch!"

Nun ergriff Georg ein Rausch seines Blutes. Um von der Schönheit noch mehr zu trinken und sich an ihr zu sättigen, versenkten sich seine Augen in die des Mädchens. Da empfand dieses seine Nacktheit wieder und wich zurück, doch Georg sprang herzu und hielt es an den Händen fest: ,,Bitte nein, ich bitte dich, bleib!"

Da widersprach das Mädchen nicht mehr und blieb wirklich stehen.

,,Aber seht mich nicht an . . . nicht so . . .", sagte es bittend, ,,so soll es nicht sein!" und warf sich ins hohe Gras.

,,Sollen wir die Sonne nicht sehen, nicht den blühenden Baum oder das Tier, beflügelt und scheu?"

Das Mädchen entgegnete nichts. Sonderbar lag ein Gefühl der Verbundenheit zwischen beiden, und sie fühlten sich eins, als hätten sie einander längst gekannt. Sie sprachen nicht viel, aber was sie erzählten, war erfüllt von glücklichster Natürlichkeit und scheuloser Selbstverständlichkeit eines Alltags. Während dieses vertrauten Gespräches merkte Georg nicht, daß sich das Mädchen inzwischen ankleidete. Die Sonne sank tiefer und verwandelte die Landschaft in Abendstimmung; ihre Strahlen vergoldeten die Au, und eine unendliche Ruhe lag über allem. Ein weiter Himmel spannte sich grenzenlos übers Firmament. Als sie Abschied nahmen, nannte er seinen Namen und frug auch nach dem des Mädchens.

,,Ihr müßt es Euch selber zuschreiben, Georg Raphael, wenn Ihr eine Begegnung wollt. Ich vertraue Euch und Eurem Schweigen. Simonetta nennt man mich. Simonetta Gretti."

,,Ich wohne auf dem Neumarkt!" sagte er schnell: ,,Werdet Ihr kommen?"

Statt einer Antwort strich ihm Simonetta mit der Hand durchs Haar.

Georg ging durch die Nacht erst heim. Rasch durchschritt er das hohe Gras. Morsche Hölzer zeichneten den Weg, und es geschah oft, daß er über vermoderte Äste stolperte, daß er strauchelte, wenn er über Wasserrinnen sprang oder Bäumen auswich.

Der Mond stieg hoch, blaß und silbern, und der Himmel schien nur ein fahles blaugraues Tuch zu sein. In der Nähe der Ulrichskapelle setzte er sich an eine Fichte und träumte in die glitzernden Sterne des Himmels. Die dunklen Silhouetten der Stadtmauern lagen schon unweit von ihm. Er erhob sich wieder. An der Laimgrube vorbei kam er wieder zum Kärntnertor. Der Wächter merkte nicht, daß er unter dem Schranken durchkroch. Behäbig, heimelig und verträumt standen die spitzgiebeligen Häuser in der Kärntnerstraße, und beim Freisingerhof bog er in die Karnerstraße ein. Lächelnd sah er zum Turme auf. Dann ging er weiter seiner Kammer auf dem Neumarkt zu. Ein paar Katzen jaulten und huschten pfauchend an ihm vorbei. Langsam tappte er sich die Wendeltreppe hoch. Nur das Ticken der Pendule erwartete ihn in seiner Stube. Er schloß die Türe hinter sich, und die Enge, die ihn jetzt umgab, beglückte ihn. Er stand noch lange am winzigen Fenster und sah über die ausgebreiteten Dächer und Türme. Dann erst kleidete er sich aus und ließ sich ins Bett fallen. Ich werde Simonetta formen . . ., dachte er, in Wachs oder Marmor.

Mit klarem Kopf erwachte er nach bleiernem Schlafe am nächsten Morgen. Er richtete sich auf, streckte sich, sprang aus dem Bett und legte bedächtig seine Kleider an. Vom Turme schlug es die volle Stunde, aber er zählte die Schläge nicht.

Simonetta!

Er strich sich durch die Haare, da kam ihm ein Gedanke. Schnell wandte er sich um und lief die enge Treppe hinunter.

Zu ebener Erde lag die Neuhauser'sche Wachszieherei und Lebzelterhandlung. Er ging nicht vorne von der Straße hinein, sondern nahm den Hofeingang, der direkt in die Werkstätte führte. Zimt, Ingwer, Nelken, ein Gemisch verschiedener Gewürzdüfte stieg ihm seltsam in die Nase . . . Hier war niemand an der Arbeit. Er tappte weiter durch die düsteren Gewölbe. Im Lichte flackernder Wachslichter fand er den gesuchten Gesellen; allein stand dieser vor der Teichbreche und säuberte sie.

„Guten Morgen, Steffen! Ich brauche etwas von dir!" sagte Georg, und seine Stimme klang dabei noch etwas erregt.

„Wir haben heute die ganze Nacht durchgearbeitet", sagte Steffen Wolfstriegel und sah ihn fragend an, „darum ist niemand mehr da! Was willst du denn?"

„Kannst du mir Wachs geben?"

„Wenn es weiter nichts ist? Dort hinten. Nimm dir, was du brauchst, aber mach schnell. Der alte Neuhauser ist noch da, und wenn er auch nichts sagt, so braucht er doch nicht von allem zu wissen . . ."

„Borgst mir ein Körbel?"

Georg nahm den Korb und füllte ihn an der Kiste mit weißem,

weichem Wachs. Erst wollte er das gelbe nehmen, aber das war ihm zu hart erschienen, als er es mit den Fingern zu kneten versucht hatte. Er füllte den Korb voll, dann schulterte er ihn: „Ich danke dir, Steffen! Bist ein feiner Kerl. Ich werde mich schon einmal revanchieren!"

„Ist schon gut!" brummte Steffen und scheuerte weiter. „Wäre noch schöner, he. Mach nur fort jetzt!"

An diesem Tage ging Georg zum erstenmal in die Akademie.

Als er von dort nach Hause kam, fing er an wie ein Besessener zu arbeiten. Er bearbeitete das Wachs und ruhte nicht eher, bis dieses die Rohform zeigte, die er sich vorstellte. Als er einmal, die Arbeit unterbrechend, vor den Spiegel geriet und in das Gesicht sah, das ihm entgegenblickte, schien ihm dieses fremd zu sein und einen Ausdruck mystischen Feuereifers und heimlicher, brennender Unrast zu zeigen. Als er Hunger verspürte, schnitt er sich ein Stück trockenes Brot ab und aß es. Ein Gedanke kam ihm immer wieder und ließ ihn nicht mehr los. Wenn sie nur bald käme. Er arbeitete lange. So wie er begonnen hatte, endete er dann auch völlig unvermittelt.

Die Stube mit ihren kleinen, anheimelnden Dingen wurde ihm zum Märchen. All die nüchternen Sachen zeigten plötzlich einen Abglanz seltener Schönheit, den er vorher noch nie bemerkt hatte. Stärker als sonst verspürte er auf einmal eine Müdigkeit und hatte das Bedürfnis, auszuruhen. Im Wechsel zwischen Traum und Schlaf schrak er auf. Ein Lichtschein weckte ihn. Fahler Schimmer kam aus dem Winkel oben an der Wand. Durch das Fenster fiel der sanfte Schein des Mondes auf das gegilbte Elfenbein des Kruzifixes, das er von Giuliani bekommen hatte. Flüsternd und eindringlich sprach er seine Bitte zu dem Gott da droben, der nun mit einem Male um ihn und bei ihm war. Da ebbte endlich seine Unrast ab.

Sonderbar verbunden aber blieb von diesem Augenblick an seine Welt auch weiterhin mit dem Bilde Simonettas. Zwischen den täglichen Dingen leuchtete es auf und wirkte belebend auf seine Phantasie. Mit verdoppeltem Eifer, aber in sich verschlossen, arbeitete er an der Akademie sein abgestecktes Pensum. An den Tagen, an denen er in Meister Brenners Werkstätte schuf, arbeitete er mit einem solchen Eifer, daß es selbst den anderen Gesellen auffiel. Abends lief er dann immer schnell nach Hause, so als erwarte ihn jemand in seiner Stube hoch oben im Lebzelterhaus. Sein Werk gedieh unter seinen Händen und gewann Form und Gestalt, aber die, der es galt, hatte er noch nicht wiedergesehen.

Unversehens stieß er einmal mit ihr zusammen; beim Neuen Markte zwischen dem Bierhause „Zu den sieben Körben" und dem Wartenbergpalais traf er sie. Er hätte sie fast nicht erkannt. Sie hatte ein einfach gerafftes, blaues Kleid an und trug den Lieferkarton eines bekannten Coiffeurs. Als sie ein paar Schritte vor ihm war, rief er leise ihren Namen: „Simonetta!" Sie sah auf, erkannte ihn und bekam sofort rote Wangen. Ihre Blicke trafen sich, aber sie vermieden es, einander länger in die Augen zu schauen.

„Simonetta!" sagte er wieder, und sie verstand, was er damit sagen wollte.

„Ja", meinte sie, „ich konnte bisher noch nicht kommen, aber vielleicht morgen. Ist es recht?"

Georg Raphael lachte: „Freilich, und ob! Wann denn?"

„Um drei bei der Bäcken-Madonna an der Wien", sagte sie: „Jetzt muß ich aber laufen. Ich habe an der Himmelpforte eine neue Perücke abzugeben." Sie lachte und wollte wieder weiter: „Wird Er kommen?"

„Sicherlich! Wird aber auch Sie kommen?"

Sie gab ihm die Hand und nickte bloß. Als er sein „Auf Wiedersehen!" sagte, war sie schon weg von ihm. Er sah ihr nach und achtete nicht auf die Späße der Rumorknechte, die an der Hauptwache saßen, ihn beobachteten und nichts Besseres zu tun hatten, als sich über die Passanten und die Begebenheiten auf der Straße lustig zu machen.

Um drei Uhr des folgenden Tages stand er pünktlich auf der steinernen Brücke, die über die Wien führte. Als interessiere ihn die Kreuzsäule mit der Madonna, blieb er wartend davor stehen. Er betrachtete das Muttergottesbild mit dem Jesusknaben und hatte schon zum zehnten Male die Inschrift gelesen, die die Bäckerinnung zur Ehre Gottes im Steine gesetzt hatte. So stand er fast eine Stunde. Simonetta kam nicht. Die dümmsten Gedanken hatte er sich zusammengereimt, aber auf den naheliegenden, daß sie vielleicht ihrer Arbeit wegen verhindert sei, kam er nicht.

Mißmutig schlenderte er heimwärts. Im Bierhaus „Zur schwarzen Bürste“ unter den Lauben auf der Brandstätte kehrte er ein. Er versuchte, die schlechte Laune loszuwerden, aber es gelang ihm nicht. Daher ging er heim und legte sich sofort ins Bett.

Am nächsten Morgen ging er wie gewöhnlich in die Akademie. Anfangs war er nicht bei der Sache, da man nur von verschiedenen Meistern gesprochen hatte, ihren Techniken und Anatomiestudien, aber sein Interesse wurde dann geweckt, als man auf die Werke selbst zu sprechen kam. Man studierte die Einzelheiten und Feinheiten im Gefüge des Aufbaues und den Aufbau selbst am Beispiel der „Venus nach dem Bade“, die Giovanni di Bologna gestaltet hatte. Georg hatte bereits etwas davon gehört, als er in Rom mit einem Kunstfanatiker vor der von Mari nach den Plänen Berninis erbauten Fontana del Moro gestanden hatte. Er erinnerte sich, damals von Bernini begeistert gewesen zu sein und aus dieser Begeisterung heraus den Vorsatz gefaßt zu haben, etwas ähnlich Großes aus eigener Kraft zu gestalten. Nun wurde er daran erinnert. Kleine Erlebnisse des Tages, Empfindungen des Herzens und das geheimnisvolle Walten menschlicher Sehnsucht, zugesellt dem Schaffensdrang, sind es, die den Charakter, den Willen und damit Tat und Werk eines Menschen bestimmen. Dieser Einfluß ist ein werdender, und im vergleichenden Erinnern, im Streben wirkt er, da seine Eigenwilligkeit nicht zu bemerken ist, unbewußt nach und bewirkt bei jedem Menschen, seinen eigenen Weg zu gehen. Eine Ahnung dieser Zusammenhänge dämmerte da in Georg Raphael auf. Seine Gedanken über die Plötzlichkeit und Unmittelbarkeit des Entstehens gültiger Werke verwoben sich mit anderen, aber alle Gedanken zerflossen ihm wieder, weil sie in seiner jugendlichen Wirrnis bis zu seiner Bewußtseinskraft durchdrangen. Bei einer Anrede, die ihm galt, ertappte er sich dabei, wie er an einer Brotschmolle wie am Wachse knetete. Nun beteiligte auch er sich an der Diskussion und verfolgte diese aufmerksam bis zu deren Ende. Dann aber fielen ihm wieder sein Streben und das Erlebnis mit Simonetta, welches dieses Drängen vergrößert und befruchtet hatte, ein, und das machte ihn unruhig. Er konnte das Ende des Unterrichtes kaum erwarten. Als es soweit war, lief er hinaus in die Gänge. Zerstreut schob er das Brot, an dem er geknetet hatte, in den Mund, spie es jedoch gleich wieder aus. Befremdet sah ihn ein Kollege an. Georg ging weiter und mußte dabei innerlich über sich selbst lachen. Daß ihn ein Gedanke so zu übermannen vermochte, so zu beherrschen wußte, schien ihm unbegreiflich zu sein, da er sich selbst zu erkennen glaubte, zugleich aber mußte er feststellen, daß er nicht dagegen ankämpfen konnte. Dieses Gefühl war in ihm, das Gefühl seiner schöpferischen, gestaltenden und zeugenden Kraft lag aber im Widerstreit mit Unreife und Ohnmacht.

Er kam in den Raum, in welchem man die Vorbilder der Klassik aufgestellt hatte. Plastiken, Gruppen, Torsi standen da, und er schlenderte zwischen diesen weiter. Jedem Stück versuchte er etwas anderes abzugewinnen, diesem die Komposition, jenem die Technik, da Faltenwurf und Material und dort verborgene Geheimnisse des Künstlers selbst. So stand er betrachtend vor den Werken, um Neues in sich aufzunehmen und zu lernen. Vor einer Büste Pyrrhus', des Königs der Epiroten, blieb er etwas länger stehen. Eine Vielfalt von Empfindungen kam in ihm auf und bedrängte ihn. Er dachte daran, Simonetta nach dem Vorbild dieser Büste zu gestalten. Im Augenblick des Entstehens dieser Idee war er sich ihres weiteren Wertes und ihrer Wirkung noch nicht bewußt, aber der Gedanke war gegeben. Seine Verwirklichung und Gestaltung zum Bleibenden würde sich jedoch erst nach Jahren der Mühe erweisen oder im vollendeten Werke zeigen. Erst nach redlichem Bemühen und Suchen findet sich ein eigener Weg. Raphaels Gedanken arbeiteten mit jugendlichem Eifer und Besessenheit. Wer solches zu schaffen vermöchte! Weiß in Marmor, geäderter Stein als ein unsterbliches ewiges Leben! Ein einziges Werk, das diesem hier gliche, dann könnte sein Leib vergehen und verwesen, und dennoch würden sein kleines menschliches Sein und sein Name weltenlang bleiben. Beim Anblick dieses herrlichen Marmors verspürte er eine Sehnsucht, die ihm Tränen in die Augen trieb, in Gedanken durchlebte er nun alle Stationen seines bisherigen kurzen Lebens, von erstem fühlbar gewordenem Schmerz, dem Tode seiner Mutter, bis zu der ihn gegenwärtig immer wieder umdrängenden Liebe zu dem Mädchen Simonetta. Er erschrak über den Gedanken Liebe und sagte dann, als spräche er mit Pyrrhus: „Ich muß es schaffen . . . Ich will und werde es gestalten . . .“

Da fand er in die Wirklichkeit zurück und ging weiter.

Er schritt durch die Straßen und Gassen der Stadt. Waren feilbietend saßen da die Weiber, Kerzlsitzerinnen vor den Kirchentoren, Fratschlerinnen auf den Märkten und Pfaidlerinnen in der Wollzeile. Hatte er jemals so das Leben beobachtet? frug sich Georg. Er sah den Wasserträgerinnen nach, blieb wie andere Müßiggänger auch da und dort neben den Ladnerinnen stehen und sah ihrem Handeln zu. Er schaute und schaute.

Die Welse, Hechte, Karpfen, Forellen und Lachse fanden ebenso seine Aufmerksamkeit wie Obst oder Wildpret, und meistens wandte er sich erst dann ab, wenn eine der Fratschlerinnen an ihn die direkte Frage richtete, was er denn brauche oder wolle.

Er ging ein paar Schritte weiter und blieb dann auf einmal stehen. Er versank in brütende Gedanken und das mitten am Tage, mitten im treibenden Leben der Arbeit und des Handelns um ihn, dann richtete er seinen Blick hinaus in die flirrende sengende Glut des Tages und dachte an das Ungewisse der Zukunft. Der Zwiespalt, der einer seiner treuesten Begleiter war, saß fest in ihm. Dennoch fühlte er, daß eben dieser Zwiespalt, gepaart mit seiner Unrast, jenes Werkzeug war, das ihn vorantrieb.

In der Nacht, die diesem Tage folgte, litt es ihn nicht im Bett. Die Unrast, die in seinem Blute saß, ließ ihn hin und wieder durch seine kleine Stube marschieren. In breiter Lichtfülle stand der Mond über der Stadt, und sein silbernes Leuchten drängte sich mächtig in die kleine Mansarde. Ein Schemen gaukelte ihm Simonettas Bild vor, und ein Schaudern erfaßte ihn so, daß er vor sich selbst Angst bekam. Wieder tastete er sich zu seinem Bett zurück. Große Müdigkeit, Hämmern in den Schläfen und dumpfer Kopfschmerz zwangen ihn schließlich in die heilsame Traumlosigkeit tiefen Schlafes. Am nächsten Tag wieder war er wohlauf und frisch, und klar empfand er einc unbeschwerte Fröhlichkeit, als hätte er nie etwas von einer Bedrängnis gespürt. Er trällerte vergnügt vor sich hin, als er die engen gewundenen Treppen hinunterstieg, und als er dann aus dem Schatten des Hauses in die Helle des Platzes trat, stand plötzlich Simonetta Gretti vor ihm. Sein Schritt stockte, und das Herz schlug ihm bis zum Hals hinauf. Aber auch Simonetta wußte in dem Augenblick, da sie ihn erkannte, vorerst nichts zu sagen.

„Kommt Sie zu mir, Jungfer Simonetta?" frug er endlich.

Simonetta antwortete verlegen: „Ich muß Ihn enttäuschen. Ich komme zum Herrn Neuhauser; der ist ein guter Kunde bei uns; ich habe ihm eine Perücke zu bringen."

Georg Raphael wußte nicht, was er sagen sollte. „Ich kann Perücken eigentlich nicht leiden!" sagte er hilflos am Ende einer Pause der Verlegenheit, „so etwas Unsinniges."

„Ja!" sagte das Mädchen und überbrückte damit wieder eine Pause, dann fügte es hinzu: „Herr Neuhauser ist ein Junggeselle und legt Wert auf solche Dinge. Nachdem dies bei Hofe üblich ist, ist es auch bei reichen Leuten zu einer Marotte geworden. Ja, und schließlich leben wir ja auch davon!"

„Dann werde ich wohl nie Perücken tragen!" sagte Georg nachdenklich, „denn ich werde schließlich nicht reich werden. Idealisten waren noch nie mit irdischen Glücksgütern gesegnet."

Simonetta lachte: „Ich könnte es nicht ertragen, immer arm zu sein!"

Georg staunte: „Um nicht arbeiten zu müssen? Was gibt es doch Schöneres als Arbeit, die einen freut. Was könnte man anderes tun als arbeiten, immer nur arbeiten."

„Ach, geht es ohne Arbeit wirklich nicht?" Fast kindlich stellte Simonetta diese Frage, aber es war ihr anzumerken, daß sie der Frage einen anderen Inhalt unterstellte. Ihre Augen blitzten in seltenem Feuer, und ein zwingender Ausdruck lag in ihnen. Sie lenkte ab: „Ist Er mir böse gewesen, daß ich nicht gekommen bin?"

Georg machte eine nichtssagende Handbewegung, neigte den Kopf und schwieg. Da sprach sie weiter: „Ich konnte wirklich nicht, man hat mich wieder gebraucht, aber ich werde kommen, ich werde einmal ganz bestimmt kommen, das verspreche ich Ihm!" und fügte noch hinzu: „Es wird sehr bald sein, weil . . . jetzt aber muß ich wieder gehen."

Fast gleichzeitig sagte Georg: „Ja, jetzt weiß Sie wenigstens, wo ich wohne."

Beide verstummten gleichzeitig, aber sie wußten dennoch, daß noch etwas gesagt sein wollte. Er gab ihr die Hand zum Abschied.

In den folgenden Tagen trug Georg ein Glück in sich, das ihm unfaßlich schien und schön. Geduldig wartete er und füllte dabei seinen Tag aus. Die Arbeit in der Akademie ging ihm leicht von der Hand, auch das Werk, an dem er für sich selbst schuf.

Dann kam auf einmal jener Nachmittag, an dem Georg Raphael das Mädchen Simonetta wirklich nicht erwartet hatte. Simonetta stand vor seiner Türe und dann in der trauten Enge der Mansarde. Eine Weile standen die beiden stumm einander gegenüber, dann machte Simonetta einen Schritt zurück, als hätte sie es sich überlegt und bereut, hierhergekommen zu sein. Aber sie blieb. Georg fand auch keine Worte.

„Nun?" fragte sie, „Er freut sich wohl gar nicht, daß ich mein Wort gehalten habe, daß ich gekommen bin? Oder", fügte sie schelmisch hinzu, „soll ich wieder gehen?"

„Nein, nein, nein . . ." beeilte sich Georg zu sagen, „weil ich mich freue, mich unsagbar freue, weiß ich nichts zu sagen, aber komme Sie bitte nur weiter. Was bin ich doch für ein unhöflicher Tölpel!"

Sie lachte und ging weiter ins Stübchen hinein. Beide waren sich jetzt des Alleinseins bewußt, so daß sie mühsam nach Worten suchten. Simonetta ertappte sich beim Gedanken an die Unschicklichkeit, allein hierhergekommen zu sein, aber die Stunde lockte, und da sie nun einmal hier war, würde es nun gleichgültig sein, wann sie wieder ging, und wenn sie jemand darum fragen sollte, würde sie sagen können, bei Neuhauser gewesen zu sein. Georg, der ihre Gedanken zu erraten schien, sagte nur: „Ich freue mich, Simonetta, ich kann es gar nicht sagen, wie . . ."

Simonetta blieb. Georg war wie ausgewechselt. Er begann, ihr seine kleinen Schätze zu zeigen, Andenken an seine Italienfahrt, Bücher, Skizzen, ein paar seiner Arbeiten. Sie sprachen zwar über nebensächliche Dinge, aber ihre Herzen schlugen mit jedem Worte stärker.

Da unterbrach ein Donnerschlag das Idyll. Ein Gewitter stieg herauf und die Dämmerung kroch ins Zimmer. Immer dichter fielen Nebelschleier über die Stadt. Georg sah, daß in Simonetta eine Angst hochkommen wollte und sie fröstelte. Er zog seinen Rock aus und hängte ihr denselben über die Schulter. Willig ließ sie es geschehen. „Sie braucht keine Angst zu haben!" sagte er.

Ein greller Blitz zuckte auf und erhellte das Bild der Stadt in dem gelblichen Dämmer, ein zweiter folgte, und dann schien sich ein naher Donnerschlag in der Enge der Gasse gefangen zu haben, so gewaltig widerhallte sein Echo in den Ecken, Giebeln und Wänden. Im Erschrecken drängte sich Simonetta zu Georg. Ein seltsames Gefühl des Behagens erfaßte ihn. So standen sie nah am Fenster und der Wind strich durch Simonettas Haar. Georg stand so dicht bei ihr, daß es kosend zu ihm aufflatterte.

Ein wolkenbruchartiger Regen ging nieder. Die vom Himmel stürzenden Wassermassen verwandelten die Straßen zu reißenden Sturzbächen, und vor die Fenster senkte sich ein dichter Nebelschleier, so daß man die Häuser davor kaum noch sah. Georg zog sie unwillkürlich an sich, als müßte er sie schützen; sie ließ es ruhig geschehen. Wie Perlen saßen ihr die hereingestäubten Regentropfen im Haar. Ein neuerlicher Donnerschlag ließ das alte Haus erzittern. Als müsse er sie noch besser schützen, führte er sie zurück in den Raum. Am Bettrand ließen sie sich nieder; beide sprachen kein Wort, nur ein unsagbar reiches Glücksgefühl durchströmte sie. Simonetta ließ sich zurück in die Kissen gleiten. Draußen ebbte das Walten der Natur ab. Ein gleichförmiges Rauschen brachte etwas Beruhigung in diese aufwühlende Stunde.

„Nun brauchst du keine Angst mehr zu haben, Simonetta!" sagte er und war sich dessen nicht bewußt geworden, daß er „du" zu ihr gesagt hatte. Simonetta aber hatte es gehört und war darüber froh geworden. Mit einem seligen Lächeln sah sie zur Decke hinauf. Georg Raphael wußte sich dieses Lächeln nicht zu deuten, aber es machte ihn ihr gegenüber etwas freier. Er wagte es, sie beim Kinn zu fassen und ihren Kopf so zu drehen, daß ihre großen Augen seinem Glück begegneten.

„Du hast doch keine Angst mehr?"

„Nein, wie sollte ich, jetzt . . ." Leise und fast tonlos kam es von ihren Lippen, und da sie seinen Atem ganz dicht über sich spürte, legte sie seine Hände gegen seine Brust: „ . . . ist nichts köstlicher . . ." Beide fühlten die Nähe des anderen und überließen sich ganz dem Übermaß unnennbaren Glücksempfindens. Wie von ferne erklang ein Hämmern, einer Glocke Schlag, das Ticken einer Pendule und das leise Rieseln des Regens umschmeichelte sie wie eine rhythmisch verzauberte Melodie. Die Worte des drängenden

Fühlens blieben dennoch unausgesprochen. Lautlos verrann die Zeit, und die Dämmerung glitt in das Dunkel der Nacht über. Auch die natürliche Scheu, die zuerst zwischen ihnen lag, hatte sich gelegt. Abwechselnd begannen sie einander von ihrem Leben zu erzählen, zuerst leise, tastend, die verständliche erste Scheu bezwingend, die zwischen ihnen lag, dann lösender, freier, munterer und auch bekennender. Sie sei heute allein, begann Simonetta, der es nun in dem sie umhüllenden Dunkel leichter fiel, weil der Vater an den Hof, also außer Haus, beordert wurde und erst nach Tagen wieder käme, auch sonst aber wäre sie fast stets allein. Von Marly bei Paris war sie gekommen. Ihr Vater sei ein Ingenieur gewesen, der beim Bau jener großen Wasserspiele nächst Versailles mitgewirkt habe. Überall habe man ihn geehrt und anerkannt, ja selbst Peter I., der Große, von Rußland habe ihn aufgefordert, nach Petersburg zu kommen, aber er habe abgelehnt, weil er Frau und Tochter nicht verlassen wollte. Eines Tages aber habe er dann einen Unfall gehabt und wurde tot nach Hause gebracht. Die Mutter hätte, da sie das Alleinsein nicht ertrug, ein zweites Mal geheiratet. Der Stiefvater sei ein bekannter Coiffeur, der besonders die Kunst des Perückenmachens verstehe und sich damit in weiten Kreisen des Hofes bekannt gemacht habe. Einer Einladung des Prinzen Eugen nach Wien habe er dann Folge geleistet, und so hätte er die Reise nach Wien angetreten. Unglücklicherweise jedoch sei ihre Mutter auf der Fahrt überraschend einem Herzschlag erlegen, so daß sie selbst nun, zur Waise geworden, bei ihrem Stiefvater lebe, der aber in ihr nicht das Kind, sondern nur ein Laufmädel sehe.

Die Aussprache und Raphaels Verstehen hatten ihre Scheu gelöst, und köstliches Vertrauen erfüllte glückhaft die Stunde dieser Gemeinsamkeit. Sie vergaßen die Zeit, und beide wußten, daß sie diese Nacht beisammen bleiben würden.

Raphael sah zur Straße hinunter, zum Markt, der ihm heute besonders bunt und lebhaft schien. Bauern mit ihren ratternden Karren kamen von den Toren her, vollbeladene Leiterwagen erfüllten den Platz, und die Frauen der Bürger zwängten sich zwischen den Pferden, Körben und Waren, von einem Stand zum anderen pendelnd. Wählerisch sichteten und erstanden sie die begehrte Ware. Er blickte einem Mädchen nach, welches ein Körbchen am Arme trug und den Fischständen zueilte. Er dachte an Simonetta und begann, an der Büste, die er von ihr gestalten wollte, weiterzuarbeiten. Er hatte es nicht gewagt, sie zu bitten, daß sie ihm Modell stehen möge, und seine Phantasie schien ihm jetzt Ersatz zu sein, da die Büste, je klarer sie wurde, desto genauer und vollkommener ihrem Konterfei glich. Aber noch war es nicht soweit.

Für einen Abend der kommenden Woche war im Hause des Bürgers und Schmiedemeisters Basilius Raab ein Tanz angesagt. Das erzählten sich die jungen Leute, und jeder war gerne ohne besondere Einladung willkommen. Als Georg es hörte, fiel ihm ein, daß bereits Simonetta davon gesprochen hatte, und er überlegte jetzt auch, hinzugehen.

Auf der Straße unten sang jemand:

Der Lipp und der Lenz
hab'n an andedlerts Mensch,
und es hat keiner g'wißt,
daß es andedlert ist.

Ärgerlich über die Störung und Zerstörung seiner Gedanken wandte sich Georg vom Fenster ab. Aber die Stimme sang weiter:

Der Lipp und der Lenz
san zwa kreuzbrave Leut,
aber der ane is teppert
und der and're net g'scheit.

Dabei fiel es ihm ein, daß er ja nicht zum Tanze kommen konnte. Seine Kleidung war durchaus nicht in Ordnung. Sein feinstes leinernes Hemd hatte ein Loch und sein Sonntagsrock war schon etwas abgeschabt. Ursprünglich hatte er es sich vorgenommen, diese Schäden selbst zu beheben, aber dann entschloß er sich, doch damit zu warten, bis eine frauliche Hand, eine Frau Wenzel, die ihm diese Arbeiten gegen kleines Entgelt immer abnahm, zur fachkundigen Ausbesserung Zeit fände.

Noch einmal überlegte Georg. Er entsann sich seines Anzuges, den er Steffen zur Aufbewahrung gegeben hatte. Wie konnte er nur nicht daran denken. Der Rock aus meergrünem Tuch, mit Ponceau und resedagrünem Croiset gefüttert, den er von seinem Vater bekommen hatte. „Gibst ihn mir", hatte Steffen gesagt. „In meinem

Kasten ist mehr Platz als in deinem Stübchen oben. Ich hab' ja nicht so viele Sachen, und wenn du ihn brauchst, ist er gleich bei der Hand. Weißt, Junggesellen müssen schon einander helfen!"

Schöpferische Geister legen kaum Wert auf modische Belange. Am folgenden Sonntag holte er sich den Anzug von Steffen. Er wolle zur Kirche gehen, sagte er, und er tat es dann auch, weil er Steffen nicht belügen wollte. Seit er in diesem Hause wohnte, war er noch nicht zur Kirche gewesen. Das bedachte er jetzt, ohne über diese Vernachlässigung Gewissensbisse zu empfinden. Da er die Kirche betrat, meinte er sich verirrt zu haben. An den Kirchensäulen lehnten Jünglinge und betrachteten die Moden der Damen, und die Frauenzimmer beantworteten die frechen Blicke mit kokettem Lächeln. In den Betbänken saßen die Bürgerinnen wie gestirnte Himmel, die man ja nur möglichst genau zu sehen bekommen sollte. Die Patrizier hatten fast jeder einen Lakaien hinter sich, deren jeder eine Auswahl von Gebetbüchern in einem Büchersack trug . . . Geschäftsleute, Händler, ja vielleicht selbst Politiker und Staatsleute mit gestäubten Perücken plauderten miteinander, kehrten dem Altare den Rücken, präsentierten einander Schnupftabak, lasen in mitgebrachten oder ausgetauschten Briefen und erzählten sich die neuesten Zeitungen. Georg hatte sich in ein Vaterunser geflüchtet und war dann mitten während der Predigt wieder davongegangen. Daß die Kirche zu solchem Tun der richtige Ort sein sollte, das zu verstehen war er nicht bereit. Wie immer schon war er auch hier über jene unsinnige Erfindung der Perücken ergrimmt, von denen er nicht verstehen wollte, daß man sie aus Eitelkeit über den Kopf zog. Verlieh man damit wirklich jenem Standesdünkel Ausdruck, nachdem die Ehrgeizigen streben, oder geschah es bloß um jener Torheit willen, die eben Frankreich im gegenwärtigen Zeitpunkt gerade forcierte?

Er kam zur Stephanskirche. Nächst dem Churhause las er einen Anschlag. Ein Roßballett war im Burghofe angekündigt, bei welchem eintausenddreihundert Personen in kostbare Brokate und edelste Pferde in prachtvolle Schabracken gehüllt und mit Gold reich geschmücket zu sehen sein würden. Georg Raphael fand nicht den geringsten Anreiz, solchem Schauspiele beizuwohnen. Er hatte noch aus Vaters Erzählungen her die Erinnerung an seine Schilderungen der kaiserlichen Schlittenfahrten bewahrt, denen er aber damals schon kaum Geschmack abzugewinnen vermochte. Wer Dinge gesehen hatte, wie er dazu in den Städten Orvieto, Venedig, Rom oder Florenz Gelegenheit hatte, dem konnte nach solchen Schätzen nicht die Lust nach schalem Vergnügen kommen, nach einem Vergnügen, wie es der Durchschnitt des Volkes etwa am Glacis beim Kärntnertor bei Mirandolinis Raketenzauber suchte und wahrscheinlich auch fand. An den Sonntagen wimmelte es vor den Garküchen und in den Trinkstuben, und überallhin klangen Pauken und Trompeten aus den Höfen, ja selbst aus vielen der Häuser und manchem der Paläste.

Am folgenden Tage brachte ihm ein Bote die Einladung zu der am Ende der Woche stattfindenden Soiree im Hause des Bürgers der Stadt Wien, Herrn Stadtrat Basilius Raab. Georg jubelte zuerst innerlich, fand sich aber dann in ein noch stärkeres Widerspiel der Gefühle verstrickt als zuvor. Simonetta hatte an ihn gedacht. Simonetta hatte ihn nicht vergessen. Sie hatte gehalten, was sie zu versuchen versprochen hatte. Gewiß wären, wie es Simonetta erwähnt hatte, junge Leute jederzeit auch ohne Einladung willkommen geheißen, die Einladung aber gab dennoch eine zweifellose Beruhigung.

Der Abend kam. Georg hatte seinen Anzug angelegt, war dann lange vor dem Spiegel gestanden und hatte schließlich genickt. Das eigene Nicken war ihm Ermutigung gewesen und er hatte sich auf den Weg gemacht. Es war nicht weit. Dennoch aber ging er den Weg mit Bedacht und in Vorfreude. Es war ihm, als müßten alle auch seiner Freude teilhaftig werden. Schließlich stand er vor dem Bürgerhaus, und wie selbstverständlich war er mitten in der Gesellschaft. In der Mannigfaltigkeit der festlich gewandeten Menge fiel er nicht auf. Darüber war er froh. Alles fügte sich flink und wie selbstverständlich. Damen in hellen Kleidern, Bürgerinnen und Bürgerstöchter, in Stickereien und Krausen reich gehüllt, belebten Haus und Garten. Da er wie die anderen auch neugierig spazierend hin und wiederging, sah er den Reichtum, den holzgetäfelten Speisesaal, die Zimmer und Kammern, die, dem Feste dienend, in ihrem Luxus und Prunk mit Spiegeln und Kristallen antiker Pracht gleichkamen. Hin und wieder sah er, daß auch er betrachtet wurde. Er erkannte auch Leute, die er schon des öfteren in der Nachbarschaft gesehen, dennoch aber nicht weiter beachtet hatte. Die Geschirre, Möbel, ja selbst die Bilder an den Wänden sah er wohl, aber er fand dazu kein näheres Verständnis. Zu sehr brannte die Erwartung in ihm, um derentwillen er eigentlich gekommen war.

Ein Mädchen kam auf ihn zu und begrüßte ihn. Sie richtete einige konventionelle Fragen an ihn, parlierte höflichst mit ein paar französischen Brocken und überließ ihn dann wieder seiner Einsamkeit. Später sagte sich dann Georg, daß dies wohl die Tochter des Hauses gewesen sein dürfte, die ihn im Namen der Eltern willkommen geheißen haben mochte. Aber darüber machte er sich dann weiter keine Gedanken mehr.

Er ging in den rückwärtigen Trakt des Hauses und von dort in den Garten, wo sich die Mehrzahl der geladenen Gäste sammelte. Man begann die Kerzen in den Gläsern und Lampions anzuzünden. Dann sah Georg Simonetta. Sie war in Seide gekleidet und erschien ihm ganz anders, als er sie bisher zu sehen gewohnt war. Damenhaft, kühl und irgendwie unnahbar schien sie ihm. Sie stand an der Seite ihres Stiefvaters, wurde allen vorgestellt und von vielen umschwärmt, so sehr, daß sie Georg mit einem Male weit und unerreichbar schien, aber da hatte sie ihn schon entdeckt, kam ihm entgegen und begrüßte ihn mit einem bezaubernden Lächeln, welches alle seine Besorgnisse wieder vergessen machte. Dennoch aber gestaltete sich der Abend nicht so, wie sich's Georg vorgestellt, wie er es sich in seinen schwelgenden Träumen ausgemalt hatte. Er sah den Glanz und das Leuchten in ihren dunklen Augen. Da begann die Musik, und eh er sich's versah, hatte sie ein anderer zum Tanze geholt. Er war zu verträumt und mit den ihm unbekannten Gepflogenheiten der Gesellschaft nicht vertraut. Weich und blond trippelte auf langen schlanken Beinen wie eine Bachstelze eine kindliche Gestalt vorbei, aber Georg verstand die stille Aufforderung nicht und sah wie abwesend durch sie hindurch. Jemand lud ihn ein, einen Imbiß zu nehmen, aber er lehnte ab und flüchtete sich in eine Ecke. Er suchte Simonetta, er fand sie auch zwischendurch, doch das Spiel wiederholte sich. Er fand einfach keine Gelegenheit und hatte andererseits auch nicht die nötige Beweglichkeit, sie im richtigen Augenblick aufzufordern und wegzuholen. So wurde es Mitternacht, ohne daß er auch nur einen Tanz wenigstens mit Simonetta zusammen gewesen wäre. Längere Zeit sah er sie auch dann wieder nicht, nur einmal hatte er sie zwischendurch an der Seite des alten Lebkuchenbäckers und Wachsziehers Georg Neuhauser gesehen, jenes Neuhauser eben, in dessen Haus er wohnte. Der hatte das Mädchen in auffälliger Weise hofiert und war dabei, so schien es ihm, von Simonettas Stiefvater begünstigt worden. Georg hatte nichts weiter dabei gedacht, sondern war nur von dem Wunsche beseelt gewesen, doch einmal wenigstens mit ihr zu tanzen. So standen sie denn tatsächlich einmal nebeneinander und fanden sich. Sie hielten einander, tanzten und vergaßen alles um sich. Auch eine Tanzpause, in welcher Kuchen, Creme und Likör serviert wurden, vermochte es nicht, sie zu trennen, und auch die Aufforderung einiger sich um Simonetta bemühender Kavaliere blieb erfolglos. Geigend, flötend, baßbrummend taktete die Musik, und das Gefühl des Glückes hielt ohne jeden Umweg bis zum Morgen an. Als sie ihren Stiefvater sah und sie erkennen mußte, daß dies das Ende der schönen Nacht bedeutete, flüsterte Simonetta Georg Raphael ins Ohr: „Ich komme bald wieder zu dir!" Einen Augenblick lang, der aber dennoch nicht so lange war, daß er für einen Kuß gereicht hätte, hatte ihre Wange die seine berührt, und mit einem flüchtigen Gruß, einem hastigen, heißen Händedruck war die Nacht zu Ende.

Auf dem Heimwege erst wurde er sich des Wiederalleinseins bewußt. Er sah und fühlte die Seide wieder, die sich mit einem warmen Körper schmiegsam angedrängt hatte, er träumte die Leibeszärte des breiten Kleidausschnittes wieder, in deren süßen Mulden der Brüste eine gelbe Rose noch tieferen Einblick verbarg, und er hob schließlich die Hände zum Gesicht, in deren Schalen sich diese Rose als Zeichen der Wirklichkeit befand. Sie schien jetzt blaß und kalt, körperlos und wächsern im fahlen Licht der Nacht, aber sie roch unsäglich gut und stark.

Fackelträger begleiteten vom Tore weg heimleuchtend die festlich gestimmten Menschen. An Georg zogen sie vorbei wie Nebelkulissen, die ihn nicht berührten. Reich und glücklich schlenderte er durch die engen Gassen heimwärts. Vor ihm her begleiteten zwei Fackelträger einen behäbig watschelnden Mann des Wegs. Es war, wie er ihn schon von hinten erkannte, der alte Neuhauser, der Lebkuchenbäcker und Herr des Hauses, in welchem er wohnte. Da er ihm nicht zu begegnen wünschte, verlangsamte er seine Schritte und ließ den Mann vor sich herzotteln. Er verbarg sich in der Nische des gegenüberliegenden Hauses und wartete, bis dieser das Tor des Hauses wieder hinter sich verschlossen hatte und die Fackelträger weitergegangen waren. Erst dann ging auch er nach einer kleinen Weile ins Haus und stieg summend die steinerne Wendeltreppe zu seiner Mansarde hoch. Als er an der Neuhauserschen Wohnungstür hörte, wie ein Stiefel in eine Ecke geknallt wurde, hielt er lauschend seinen behutsamen Schritt an und wartete, ob der zweite Stiefel folgen würde. Da nichts dergleichen in den nächsten Minuten geschah, schlich er auf Zehenspitzen weiter. Der Schlaf, der ihn nach wenigen Minuten umfing, war ihm nicht aufwühlendes Verlocken, sondern Erwachen und Erstrahlen der Sonne, die aus feuchten, zerstreuten Nebeln zum Tage aufbrach.

Georg erwachte um ein Uhr mittags. Sein erster Blick fiel auf die kaum begonnene Büste Simonettas. Die Rose lag matt und schlaff davor. Er sprang aus dem Bett, tat die Blume in ein Glas mit Wasser und kleidete sich nach dem Waschen an. Er fühlte sich traumlos, gedankenlos und war kaum hungrig.

In diesem Augenblick öffnete sich die Türe und er sah Simonetta. Er war verblüfft und erstaunt. Er setzte sich nicht, tat keinen Schritt und dachte bloß . . . ich komme bald . . .

,,Georg!" rief sie noch in der Türe stehend. Da erst jubelte er: ,,Simonetta!" Er nahm sie bei der Hand, drückte die Türe hinter ihr zu und schob sie zu sich weiter. Erwartungsvoll sah er sie an.

War es Ratlosigkeit, war es das Glück der Liebe, daß ihrer beiden Seelen gleichsam Atem anhielten und sie in einer großen wunschlosen Stille verblieben. Georg sah auf sie mit erfassendem und schöpferisch gestaltendem Blick, wie der Augenblick festgehalten werden könne, er sah sie in der ewig gültigen jungfräulichen Nacktheit ihrer Jugend, und im An-sich-Pressen ihres Leibes schloß er die Augen. Simonetta indessen fühlte sich am Ende eines ihr vorbestimmten, vorgezeichneten, natürlichen Weges geborgen und sehnsuchtslos. Dennoch aber zitterte in ihr eine Angst vor einer an Liebe reichen Armut, vor der sie aus Wissen und Gewissensnot zu ihm geflüchtet war.

Georg spürte dieses bebende Zittern. Wie durch Wasser gefiltertes Licht schien ihm Simonettas Haar überflutet, als er die Augen wieder öffnete. Er spürte ihren Atem. Er fühlte den Schlag ihres Herzens.

,,Simonetta", sagte er: ,,. . . es ist wunderschön, daß du gekommen bist!"

,,Ich mußte kommen!" sagte sie und ihr Blick fiel auf die gelbe Rose. Er sah, wie sich eine Träne in ihren Augenwinkel stahl. Sie schlang plötzlich die Arme um seinen Hals und klammerte sich noch enger an ihn. ,,Du mußt mir helfen . . ." flüsterte sie: ,,. . . du bist so gut!"

Georg erschrak jetzt, aber er wagte es nicht, sie noch fester zu umfassen: ,,Was ist dir, Simonetta? Was hast du?"

,,Vater bedrängt mich, den alten Neuhauser zu heiraten . . ." stammelte sie: ,,Ich weiß nicht, was ich tun soll, du mußt mir helfen . . ."

Sein Blut geriet in Wallung. Er sah ihren verzagten Blick, fühlte aber zugleich auch stärker und stärker, daß sich ihre Wünsche begegneten. Da sah er auch ihre leicht geöffneten Lippen vor sich und küßte sie. Er schloß sie noch fester an sich, so fest, daß er ihr dadurch fast das Atmen erschwerte, aber sie sagte nichts und gab sich ihm durstig und gern. Ihre Sinne waren erweckt und schrien nach Leidenschaft und verlangten nach Erfüllung und Liebe. Irgendwie kamen beide aus dem Gleichgewicht. Sie kippten, fielen und sanken in Weiches. Jedenfalls ließen sie nicht voneinander, und ihre Blicke versanken lächelnd und in Freude ineinander. Gegenseitig tasteten sie des anderen Züge ab, die Wangen, das Kinn, die Lippen und das Beben der Nasenflügel. Torheit ist das schöne Vorrecht der Jugend. Aber sie empfanden beide diese Sekunde nicht als Torheit.

,,Wie schön du bist, Simonetta!"

,,Das ist deine Antwort?" entgegnete sie ihm schalkhaft. ,,Aber die Schönheit ist doch vergänglich!"

,,Vielleicht auch deines Vaters Drängen!"

Rätselhaft und zweifelnd sah sie zu ihm auf.

,,Du mußt mir Modell sein!" sagte er fiebernd. Sie spürte, wie sehr ihn ihre Mitteilung ergriffen hatte, und sie fühlte, wie ernst er ihre bedrängende Frage nahm, zugleich aber auch, wie er vor dieser durchaus im Bereich der Möglichkeiten liegenden Gegebenheit zu flüchten versuchte. Sie beherrschte sich und war ihm mit ihrer Antwort nackt in Körper und Gedanken: „Ich will und werde dir Modell sein!"

Die eigene Angst, die sie zu so früher Stunde zu Georg getrieben hatte, war abgeklungen. Schweigend lagen sie eng aneinandergeklammert.

Von da an kam Simonetta täglich. Georg lief nach der Akademie nach Hause und bereitete Tee und Kuchen oder Brot, und Simonetta beeilte sich, nach ihrer täglichen Dienstleistung rasch in Georgs Mansarde zu kommen und Blumen, Näschereien oder ähnliche Dinge mitzubringen, die dem Alltag immer wieder neuen und anderen Glanz schenken sollten. Selbstverständlich, scheulos und natürlich gaben sie sich jene Intimität, welche ihnen die jugendlichen Illusionen der Geborgenheit in den Beziehungen ihres Geschlechts erfüllend verwirklichte. Sie gaben und nahmen, sie tranken und verschenkten, sie war im Modellstehen ebenso glücklich wie er im Zeichnen, Modellieren und Gestalten. Immer wieder entdeckten sie neue Herrlichkeiten, erschlossen sie das Wunder, welches jede neue Jugend immer wieder erleben, erforschen und erobern muß, um es späterhin auch unverlierbar besitzen zu können. Durch dieses gemeinsame Erleben genoß Simonetta das Hinausschieben der väterlichen Wunscherfüllung, das Betäuben des Immer-daran-denken-Müssens und die fast unwahrscheinliche Erfüllung ihrer geheimsten Jungmädchenträume; Georg indessen schenkte dieses Erleben jene Reife, die sowohl seinem Wesen als auch seinem Wollen zugute kam. Er spürte durch solche Gemeinsamkeit das Wachsen und Hineinwachsen in seine Arbeit.

Manchmal gingen sie zusammen hinaus. Über Margareten, das Ratzenstadtl und den Hundsturm wanderten sie oft weit über Meidling und St. Veit bis nach Maria Brunn. Dicht wucherte das Weidengesträuch an dem wilden Flüßchen, welches vom Westen her kam, aus den dunklen, dichten Wäldern, die noch urhaft und einsam und nur von engen Pfaden spärlich durchzogen waren.

Freilich erwuchsen Georg Raphael in dieser ungemischten Freude auch neue Gedanken. Gedanken um die Zukunft, um Kunst und Verdienst. Von daheim hatte er nichts zu erwarten. Hin und wieder, je nach der gebotenen Gelegenheit, ging und kam ein Brief, daß alles wohlauf sei daheim, daß es den Brüdern gut gehe, die nun auch bereits in der Lehre stünden, und daß sich der Vater nach dem Ableben der Mutter eine zweite Frau zu nehmen gedächte, da er der Arbeit auf dem Hofe allein weiterhin nicht mehr gewachsen sei. Doch wurden die Briefe immer seltener, und schließlich blieben sie aus.

Im Überlegen, was nach Absolvierung der Akademie und dem damit verbundenen Aufgeben seines Verdienstes bei Brenner geschehen sollte, bedachte er, daß er sich nicht einfach um des billigen Geldes willen verdingen wollte. Das lag ihm einfach nicht, und er fühlte sich einfach dazu berufen und befähigt, Größeres zu leisten als bloße Gipsserien herzustellen, Schablonenarbeit zu tun oder gar nur Friedhoffiguren oder Heiligenstatuen auszubessern, zu kitten oder zu restaurieren. Gewiß mochte solche Arbeit gesicherter und mit weit weniger Schwierigkeiten verbunden sein als die Erfüllung seiner bedeutend schwierigeren Vorhaben, aber er strebte eben danach, selbständig zu schaffen und eigenwillig einen eigenen Weg zu gehen, auch wenn es noch so viel Mühe machen sollte. Wie aber sollte er das beginnen. Oft und oft grübelte er darüber nach, und wenn er zu Simonetta davon zu reden begann, wehrte sie ihn ab und küßte ihn, damit er nur ja nicht davon weitersprechen solle. Dennoch aber wurden diese Grübeleien immer stärker und intensiver. Schließlich stand er an der Schwelle des zwanzigsten Jahres, und für Simonetta, die gleichaltrig war, wurde das Nicht-umgehen-Können einer Verbindung mit Neuhauser immer deutlicher und gewisser. Zwischendurch sprach sie zu Georg immer wieder von der unabänderlichen Absicht ihres Stiefvaters, er sähe die eheliche Verbindung gerne und würde sie zu seiner Entlastung aus dem Hause haben wollen, aber sie, Simonetta, wäre durchaus nicht bereit, eine willfährige Stieftochter zu sein, egal, was sich daraus ergäbe. Georg war nur zu gerne bereit, dies zu glauben, da es durchaus seinen Wünschen entsprach, aber beide wußten sie dennoch im Augenblick um keinen gangbaren Weg. Immer wieder fiel Georg Simonettas einmal getane Bemerkung ein: „Ich könnte es nicht ertragen, arm zu sein . . .“

Im Augenblick dünkte sie sich nicht arm, auch wenn sie nur die

Perücken abzuliefern oder für ihren Stiefvater Einkaufswege absolvieren mußte. Immer war sie die Gebende. Georg spürte das, und er fühlte sich, je mehr er sich seiner eigenen Armut bewußt wurde, desto mehr beschämt. Brücke und Halt wurden und blieben in solchen Stunden immer wieder jene Worte: „Wir gehören einfach zusammen . . .“

Und beide wiederholten diese Worte gerne und ehrlichen Herzens immer wieder.

Die Pest.

Die Pest war ausgebrochen. Mit einem Male war sie wieder da. Wild und wie durch den Sturm, der eine Feuersbrunst weiterträgt, griff sie um sich. Man schloß sich ab, igelte sich ein und ergriff alle Vorsichtsmaßnahmen, derer man sich noch aus der Zeit Sorbaits erinnerte. Kaum jemand wagte sich in die Straßen, und mit äußerster Vorsicht erledigte man die unumgänglich notwendigen Geschäfte der Nahrungsmittelbeschaffung.

Die Akademie sperrte, und auch Brenner schloß sein Geschäft. Georg mußte sich um einen anderen Verdienst umsehen. Er fand bei einem Meister, dem alle Gesellen fortgelaufen waren, handwerkliche Arbeit. Er war um Simonetta besorgt und fand es verständlich, daß sie sich nicht meldete. Dennoch aber ergriff ihn Unruhe und er suchte nun ihre Wohnung auf. Dort aber hörte er nur, daß sie mit ihrem Stiefvater blitzartig fortgezogen war und man keine Ahnung habe, wohin. Georg blieb nun den ganzen Tag in der Werkstätte und wurde von seinem neuen Meister pfleglich betreut. Er hatte Sorge, daß auch er seinen Betrieb sperren müsse, wenn ihm nun auch Georg auf und davon ging. Meister Benedikt Frühwirth stellte nur Gebrauchswaren her: Votivtafeln, Steinplatten, Grabinschriften, Gipsengel und dergleichen Dinge. Arbeiten, die Georg weder zu erfreuen noch zu befriedigen vermochten. Dennoch leistete sie Georg willig, da er darin jene Betäubung fand, die ihm die Lücke, welche durch die plötzliche Abreise Simonettas entstanden war, ausfüllen und überbrücken konnte. Wasser schleppen, Gips kneten, Formen füllen, binden, säubern, trocknen, stemmen, meißeln, kehren und tausend Dinge reihten sich in ununterbrochener Folge aneinander, daß er manchmal nicht die Zeit fand, zur

Vesperzeit ein Brot zu sich zu nehmen. Todmüde fiel er abends ins Bett. Doch ergaben sich, je länger solche Tätigkeit andauerte, dennoch auch andere Vorteile für Georg Raphael: Zu seiner bisher vorwiegend künstlerischen Schulung gesellte sich eine solche des rein Handwerklichen. Bald fühlte er sich auch in dieser Hinsicht seinem Meister gewachsen und wurde ihm dabei fast auch überlegen. Er wußte die richtigen Werkstoffe zu wählen, sie in ihrer besten Mischung zu binden und lernte es, jedem Auftrage das gemäße Material zugrunde zu legen. Schließlich eignete er sich auch die geschäftlichen Erfordernisse des Einkaufes, der Beschaffung und ähnlicher Dinge an, die sich zur kaufmännischen Führung einer solchen Werkstätte als notwendig und zweckmäßig erwiesen.

Georg Raphael suchte nun auch nicht mehr seine Wohnung auf, sondern schlief bei seinem Meister auf einem knarrenden Bett mit einem schütter gefüllten Strohsack als Lager.

Eines Abends bekam Georg Fieber. Er legte sich wie er war, bekleidet, weiß von Staub, zu Bett. Meister Benedikt Frühwirth erschrak, da er meinte, auch seines einzigen Gesellen letztes Stündlein sei gekommen. Er hieß ihn, sich nur ruhig zu verhalten, stellte ihm Milch hin, Wein und Wasser, etwas Butter und Brot und überließ ihn jedoch ansonsten ganz sich selber, aus Angst und Furcht, etwa auch angesteckt zu werden.

Georg Raphael fieberte. „Pater noster qui es in coelis . . .“ betete er und sah sich wieder als Klosterschüler in seinem grauen Habit. „Vota mea reddam in conspectu timentium deum . . .“ hörte er sich murmeln, dann wußte er nichts mehr von sich.

Am nächsten Tag war er gesund wie zuvor. Er fühlte sich noch ein wenig schwach, aber er ging in die Werkstätte. Der Meister war erfreut. „Er muß heute nicht so viel schaffen!“ sagte er, aber schon im nächsten Augenblick wies er ihm die Arbeiten an, so als ob nichts geschehen wäre.

Einmal doch in dieser ganzen trüben Zeit war Georg auf der Straße gewesen. Mit dem Rufglöcklein von St. Stephan war die Bürgerschaft darauf aufmerksam gemacht worden, daß sie sich zu bestimmter Zeit an den Kundmachungsplätzen zu versammeln habe, da eine Verlautbarung von ganz besonderer Wichtigkeit verlesen werden würde. Georg hatte im Auftrag seines Meisters dieser Einladung Folge geleistet und war zur angegebenen Stunde auf den der Werkstätte zunächst gelegenen Graben gegangen. Durch einen Ausrufer, der hoch zu Roß von einem zum anderen der Plätze zog und dem ein Trompeter voranschritt, wurde der Aufruf kundgetan. Es wurde ein pactum mutuae successionis bekanntgegeben, der in der Hofburg zu Wien von Karl VI. beschlossen worden war, nach dem in Ermangelung aller männlichen Erben des Kaisers das Erbrecht den Töchtern zufallen solle.

Georg hatte nach der Proklamation zuerst Lust verspürt, noch etwas auf der Straße zu bleiben, aber er fand sich enttäuscht, da die Pest zu sichtbare Spuren hinterlassen hatte, und kehrte unverzüglich in die klösterliche Enge seines Arbeitsplatzes zurück.

Als im Oktober desselben Jahres, da die Epidemie noch immer nicht zum Erlöschen gekommen war, der Kaiser einen Bittgang ansetzte, der, mit ihm selber an der Spitze seines ganzen Hofes, zur Stephanskirche führen sollte und hiezu die ganze Bürgerschaft zur Teilnahme aufgefordert wurde, nahm Georg nicht daran teil. Auch der Meister nicht. Erst von einem Kunden vernahmen die beiden vom Ablauf der Ereignisse. Der enge Platz zwischen dem Stephansfreithofe und dem an den fürsterzbischöflichen Palast anschließenden Tore sei derart überfüllt und die Beteiligung der Stände trotz der noch herrschenden Seuche überaus groß und rege gewesen wie schon seit Jahren nicht. Die Krebsenzähler, Salzmäßler, Strabler und Kreuzgießer wären ebenso mitgegangen wie die Brotsitzerinnen, Beutelstricker und die Patschenmacher. Vor seinem gesamten Hofstaat und vor allen seinen Ministern habe der Kaiser ein Gelübde abgelegt, zu Ehren des heiligen Karl Borromäus eine Kirche zu bauen.

Fast wie ein Wunder schien es allen, als knapp darauf, zu Beginn des Winterwetters etwa, als Zeichen des Erlöschens der Pest an den Stadttoren die weißen Fahnen gehißt wurden und die Glocken läuteten. Langsam, ganz langsam kehrte damit alles wieder in ein halbwegs normales Leben zurück.

Auch Georg beschloß, wieder in seine im Neuhauser'schen Hause gelegene alte Mansardenstube zurückzukehren, welche die ganze Zeit über leergestanden hatte. Als es tatsächlich soweit war, wäre er fast nahe daran gewesen, wieder umzukehren und alles beim alten zu lassen. Aber da hatte ihn wieder der Gedanke an Simonetta, von der er die ganze Zeit hindurch nichts gehört hatte, gepackt, und er wollte zumindestens das Bildnis, an dem er gearbeitet hatte, wieder einmal besehen.

Als er zum Marktplatz kam und etwa auf der Höhe des hölzernen Brunnens stand, sah er im Torbogen des Neuhauser'schen Hauses Steffen lehnen. In weißer Schürze mit ebensolcher Haube, die Hände in den Taschen und eine Tabakspfeife im Mund, döste der mit Georg Raphael etwa gleichaltrige Geselle da und füllte fast die kleine Öffnung des Tores.

Raphael kam direkt auf ihn zu.

„Bist auch wieder da?" begrüßte ihn der dickliche Geselle und streckte ihm die Hand entgegen. „Fast hab ich gedacht, dich hätte die Pest verschluckt, so lange warst du schon nicht hier. Was war denn los mit dir?"

„. . . beinahe . . ." lächelte Georg Raphael. „Ich hab geschuftet, daß ich nicht zum Schauen gekommen bin, aber das ist jetzt wieder etwas besser! Und was macht die Lebzelterei?"

„. . . wir machen jetzt Herzen und Türken, und die Leut kaufen das Zeug wie närrisch. Die kaufen alles, wenn's nur picksüß ist und ein schönes Bildl obenauf hat. Dabei wird der Alte schwerreich. Stell dir vor, und jetzt hat er auch noch geheiratet, eine ganz junge. Du kennst sie auch. Das Mädel hat früher immer vom Coiffeur dem Alten die Perücken geliefert . . ."

„Simonetta", stieß Georg diesen Namen heraus.

Steffen wiederholte ihn und lachte: „Simonetta. Spaßiger Name, gelt . . . muß eine Welsche sein. Da sie einen Barbier zum Stiefvater hat, wird sie eben gelernt haben, den Richtigen einzuseifen!" Steffen Wolfstriegel lachte unmäßig. Georg indessen stand blaß und konnte kein Wort sagen. Damit hatte er nicht gerechnet. Er zwängte sich an Steffen vorbei und sagte flüchtig: „Ich war schon lang nicht oben, ich muß einmal nachschauen . . ."

Während Georg die Wendeltreppe hochstieg, schwirrten ihm vielerlei Gedanken durch den Kopf . . . ich soll den Alten nehmen . . . ich könnte es nicht ertragen, immer arm zu sein . . . wir gehören zusammen . . . Es drehte sich mit einem Male alles um ihn, daß er auf der Treppe stehen bleiben und die Augen schließen mußte. Er hörte das Türeknarren nicht, nicht die kleinen trippelnden Schritte und auch nicht das Rauschen von Kleidern. Als er die Augen aufschlug, stand Simonetta vor ihm. Sie sah ihm in die Augen, und beide fanden in den Blicken neben unverkennbarer Freude auch die Angst des Zweifelns, des Hörenmüssens und des Bekennens.

„Simonetta!" sagte Georg und bot ihr die Hand. Simonetta nahm sie und senkte den Blick.

„Ich habe es eben erst gehört!" bekannte Georg. „Ist es wahr?"

„Ja", gestand Simonetta tonlos: „Es ist alles so schnell gekommen. Ich konnte es bei meinem Stiefvater nicht mehr aushalten und . . . ach Georg, du warst ja nicht da. Ich erzähle dir einmal alles ganz genau . . . nur sollst du mir nicht böse sein . . . Georg!"

„Ich könnte dir niemals böse sein . . ."

Simonettas Augen bekamen plötzlich einen freudig leuchtenden, wilden Glanz. So weit und so eng es das schmale Stiegenhaus erlaubte, kam sie ganz dicht an ihn heran. Sie spürten den Hauch ihres Atems, der von ihren fiebernd geöffneten Lippen kam. Sie standen so dicht beisammen, daß er sie fast an die Wand preßte und das Atmen ihrer Brust gegen die seine verspürte.

Irgendwo knarrte ein Laden.

Simonetta löste sich los, wehte mit knisternden Kleidern an ihm vorbei, ließ ihn in der Enge der Wendel allein und lief, ohne sich noch einmal umzusehen, hastig zur Straße.

Georg schlich in seine Stube. Alles war verstaubt. Die Fenster waren trüb und vom Regen verwaschen. Er rührte nichts an. Alles, was er sich zu tun vorgenommen hatte, war vergessen. Auf dem Arbeitstischchen, auf dem er die Blätter und Skizzen liegen hatte, war ein Buch umgefallen. Er stellte den Band fast mechanisch wieder zurecht und glättete mit apathischer Gleichgültigkeit ein Eselsohr.

Es war der Simplizissimus. Grimmelshausen schrieb: „Adieu, Welt, denn auf dich ist nicht zu trauen. In deinem Haus ist das Vergangene schon verschwunden. Das Gegenwärtige verschwindet uns unter den Händen, das Zukünftige hat nie angefangen, adieu Welt, denn in dir ist nichts beständig . . ."

Georg Raphael las diese Stelle. Er ließ die Arme sinken, wußte nichts zu tun und war von einer erschreckenden Gedankenleere und von einer Verzagtheit gleichermaßen.

Simonetta stand in dem Zimmer, welches ihr der Neuhauser als Ankleideraum eingerichtet hatte. Ein Mädchen war damit beschäftigt, der Reihe nach alle Türen der vielen aneinandergereihten Kasten aufzuschließen. Viele Roben hingen da, aus Samt, Damast, Mailänder Zeug und Moirée, einige davon mit langen Schleppen. Mäntel aus Hermelin, blauem Samt mit Federverbrämung, aus rosafarbenem Damast mit Goldborten, englische Mäntel, Mantillen, Casaquen mit weiten Ärmeln. Pelze, Muffe und Federwerk. Für jede der gesellschaftlich möglichen Verpflichtungen war reichlichst vorgesorgt worden, für die Visiten, die Jagden, die Bälle, die Gartenfeste und Maskeraden, denn der Lebzelter hielt auf dergleichen und achtete auf Repräsentation. Er verkehrte gerne in höfischen Kreisen und ließ sich daher den Glanz, den seine junge, schöne Frau auszustrahlen vermochte, gerne etwas kosten, da dieser auch wieder ihm zufiel und sein Ansehen erhöhte. Simonetta mußte lächeln. Sie wußte ganz genau, daß dies allein der Grund war, warum er sie zur Frau genommen hatte, sie war darum auch ganz bewußt vom vormundschaftlichen Zwang in den ihr freier erscheinenden der Ehe geflohen.

Spielerisch strich sie über die Roben. Die Gedichte aus Atlas, Taft, Lisée, Spitze und Gros de Tour, die allein als äußere Hülle über den Reifrock getragen wurden, berauschten sie, gleichzeitig aber auch machte sie der Gedanke frösteln, daß sie, statt jetzt allein diese Kleider tragen und mit ihnen repräsentieren zu dürfen, vom Schicksal hätte ausersehen werden können, diese bloß anzufertigen. Allein bei dem Gedanken, daß sie alle diese komplizierten Rüschen, Besätze und Stickereien, die Stich um Stich in mühsamer Handarbeit und nicht anders hätten gefertigt werden können, selber hätte nähen müssen, schauderte sie.

„Ich will ausgehen!" sagte sie.

„Madame?"

Das Mädchen stand dienstbeflissen vor ihr.

„Sie soll doch nicht immer Madame sagen!" scherzte sie. „Ich bin einfach die Frau Neuhauserin!"

„Welches Kleid soll ich richten?"

Simonetta wählte ein einfaches, blau-golddurchwirktes Kleid.

„Dieses!" bestimmte sie.

„Und die Wäsche?"

Simonetta begann sich zu entkleiden.

Das Mädchen wußte nicht, wo jetzt zuerst zu helfen sei. Sie zappelte zwischen Schrank und der Herrin hin und her.

„Laß Sie nur, richt Sie nur die Robe her."

Allein löste Simonetta Lätzel, Mieder und Korsette, dabei sagte sie: „Ich mag die Korsette gar nicht leiden . . ."

Das Mädchen wendete ein: „Madame haben es auch gar nicht nötig, aber die Mode verlangt es jetzt. Die Fürstin Eleonore zu Schwarzenberg, bei der ich vor Ihnen die Ehre zu dienen hatte, konnte es nicht oft genug einschärfen, und sie hatte eine mindest ebenso umfangreiche Garderobe wie Sie."

„Mag sein!" knurrte Simonetta. „Die Etikette bei Hofe ist aber doch etwas strenger als hier in unserem einfachen Bürgerhaus!"

Als Simonetta alles abgelegt hatte, ging sie zum Spiegel. Ein matter Glanz wie der Hauch eines Pfirsichs lag auf ihrer blassen, zartweißen Haut. Sie stand und schloß die Augen. Sie erinnerte sich des beklemmend schönen Augenblicks in der Enge der Wendeltreppe. Sie warf ein Hemd aus Brüsseler Spitzen über sich, welches mit goldenen Fäden durchwirkt war und Ausschnitte hatte, die Schultern und Busen entblößten. Sie lief zum Schrank und wühlte in nebensächlichem Zubehör, Schatullen mit reich ornamentiertem Silberbeschlag, Steinen und Korallen. Gebetbücher in goldgestickten, scharlachroten Samtetuis. In den Laden lagen Petschafte aus Kristall und silbergefaßt, Schreibtafeln, Tabatieren mit Jaspis und Goldfassungen, Rubine und andere unnütze Dinge bunt zuhauf.

„Hochzeitsgeschenke . . . alles Hochzeitsgeschenke . . .", sprach sie laut vor sich hin: „. . . und alles ohne Herz." Sie wühlte alles durcheinander und suchte eine wächserne Rose. Als sie sie gefunden hatte, löste sie die wächserne Blume behutsam aus dem Wust, hielt sie vor sich hin, lief vom Schrank weg und warf sich in die Kissen ihres Bettes.

„Geh jetzt!" rief sie dem Mädchen zu: „Ich werde nicht fortgehen. Ich bleibe hier."

Das Mädchen wies stumm auf die Unordnung im Raum.

„Das laß Sie ruhig liegen!" befahl Simonetta: „das kann Sie auch später machen . . . Ich will jetzt allein sein . . . ganz allein . . ."

Das Leben entfliegt in gewissen Jahren unglaublich schnell. Es war Georg Raphael Donner drohend klar geworden, daß ihn diese Zeit der Pest gelähmt hatte, daß sie verloren war und daß sich in dieser Zeit nicht das Geringste getan oder geändert hätte. Während er sich in der leeren und närrischen Tätigkeit, die er überstürzt und notgedrungen zugleich übernommen hatte, übernehmen mußte, hin- und herpendeln ließ, stumpf arbeitete, viel zu stumpf arbeitete, mit der verzweifelten Beharrlichkeit, dem Pflichtbewußtsein und der Einfältigkeit eines Fischers lebte, der seine Netze in einen leeren Fluß senkt, indes er nichts tat, nichts aber zugleich tun konnte, was seiner Intuition entsprach, hatte er unbewußt gewartet. Er versuchte nun einfach über alles, was ihm durch seine Begegnung mit Simonetta klar geworden war, hinwegzukommen. Der Versuch gelang, aber er war dennoch noch nicht vollkommen. Wie ihm die Gedanken an Geschehnisse aus seinen Kindheitstagen von daheim einschossen oder an unvermittelt aufsteigende Bilder aus dem Stifte oder bei Giuliani oder Brenner erinnerten, so stahl sich immer wieder ein Steinchen Simonetta ins Mosaik.

„Auf dich, Welt, ist nicht zu trauen", mahnte es wie ein Beichtiger in ihm, und obwohl er den gegebenen Tatsachen zuerst eigentlich ziemlich fassungslos gegenübergestanden hatte, so spürte er dennoch jetzt keinerlei Zorn oder Empörung über Simonetta. Was hatte er denn gedacht, daß wirklich geschehen würde, daß wirklich geschehen könnte? Er hatte doch einfach nur ein Glück genommen, das sich ihm in unsagbarer Süße spontan geboten hatte. Vielleicht hatte er wirklich mit Gedanken gespielt, die eine Zukunft bedeutet hätten, aber geplant oder darauf gebaut hatte er sicherlich nicht. Konnte er darum jetzt enttäuscht sein? Dennoch stieg hinter der täglich geleisteten Arbeit abgedämmte Verzweiflung mit jedem Tag höher. Er befand sich in dem schlimmsten Notstand seines Lebens bisher und verachtete sich für seine Unterlassungen. Sind große Prüfungen das Vorrecht großer Naturen? Er hätte gerne daran geglaubt, aber es war dem nicht so, denn auch die einfachsten unausgegorensten Naturen haben ihre Krisen.

So blieb denn eigentlich aus der großen Leere nur jener Rest von Unerschütterlichkeit übrig, der wirklich nicht nur Inspiration, sondern einfach nur ein zähes Festhalten an sich selber war.

Papier und Holz, Gips, Wachs und Zinn bekamen eine Vielfalt der Form aufgeprägt, die eine Sehnsucht nach Vollendung in sich trug, die eine innere Schau sichtbar werden ließ, unsichtbar für andere, dennoch aber jugendlichen Feuers voll, überdurchschnittlich und gültig. Aufhorchend ging Georg Raphael durch jene Tage, sehnend, verzaubert, aber gleichermaßen fröhlich. Die kleine Bitternis, die noch im Herzen saß, wagte sich nicht vor. Er vermied es, nach Simonetta zu forschen, aber dennoch geschah es immer wieder, daß man ihm von ihr zu berichten wußte. Er ließ den Dingen ihren Lauf. Er tat nichts dazu, aber auch nichts dagegen und glitt so in eine Gleichförmigkeit, die ihn schließlich beruhigte.

Eines stand fest: seine Jugend war zu Ende. Das Mannesalter hatte begonnen. Es war für ihn jetzt einmal erst wichtig, daß er fähig gewesen war, Simonetta mit seiner echten Arbeit zu vertauschen.

Uns ist gegeben an keiner Stelle zu ruh'n.
Hölderlin

An einem wolkenlos hellen Morgen, die zartgrünen Teppiche der weiten Felder verschmolzen pastellsanft mit dem silbrigblauen Himmel, wanderte Georg Raphael Donner nach Tagen schwerer, pausenloser Arbeit in unbeschwerter Freie des Gefühls die staubige, einförmige Landstraße entlang. Er wollte zum elterlichen Hofe, um zu sehen, wie man dort die bittere Zeit der Not überstanden hatte.

Als er dem kleinen Heimatdorfe näherkam, begegnete er den ersten Fußgängern, feierlich dunkel gekleideten Gestalten, Männer in Trachten und Frauen in schweren, von farbenfreudig aufgelockerten Bändern geschmückten Kitteln. Sie grüßten den einsamen Wanderer höflich und ließen sich auf ihrem Wege zur Kirche nicht stören. Das kleine, kapellenähnliche Gotteshaus selbst, welches er nach wenigen Schritten erreichte, war von einer dichtgedrängten Menge umsäumt, Bauern und Knechte, Frauen und Mägde, viele Kinder und kräftige Burschen und knospende Mädchen. Georg Raphael stellte sich etwas abseits und betrachtete das bunte Bild, dabei fiel ihm besonders das schmale Gesicht eines Mädchens auf, welches hellblond geflochtene Haare trug und aus dunklen, großen Augen in die Welt guckte. Die werde ich um den weiteren Weg fragen, dachte Georg Raphael bei sich und versuchte, durch die Menge hindurch in ihre Nähe zu kommen. Als er fast so weit war und mit trockenen Lippen und hastigem Atem seine Frage stellen wollte, war ihm das Mädchen aus den Augen verschwunden und wie von der Menge verschluckt.

„Können Sie mir sagen, wo es hier nach dem Ganzlehenhofe geht?" hörte er sich wie abwesend einen Burschen fragen, und er schlug dann auch, nachdem er sich knapp und fast unhöflich bedankt hatte, den Weg ein, den ihm dieser gewiesen hatte.

In Georg wuchs eine seltsame Erregung, als er dem gewünschten Ziele näherkam. Er dachte an das fremde Mädchen, er dachte an Simonetta, und er fühlte sich jäh von einem starken Gefühl, welches die Schwere eines süßen Rausches trug, umweht. Das Aufschwirren einer aufjauchzenden Lerche, die plötzlich von einem Felde aufstieg, schreckte ihn auf. Nach einer Wegkrümmung sah er auf den väterlichen Hof. Er wurde unruhig, als er das Anwesen vor sich liegen sah. Er hatte zwar nur eine kleine Spanne seiner Kindheit dort verbracht, aber er begegnete nun doch erinnernd wieder manchem lieben Fleck. Der Hof war vergrößert worden. Da und dort gab es Zubauten, und er hatte jetzt ein fast stattliches Gepräge bekommen. Sein Fuß überschritt die Schwelle der Türe. Es war derselbe Holzstaffel, der noch das eigenartige Drudenzeichen trug, nach dem er schon seine Mutter gefragt hatte. Als er sich seiner Mutter erinnerte, bedachte er, daß sie die einzige sein würde, die er nun bei seinem Wiederkommen vermissen mußte. Es waren immerhin neun Jahre, seit er zum letzten Male an diesem Drudenzeichen vorbeigegangen war, und sechs Jahre waren es, daß auch der Fuß der Mutter nicht mehr darüber hinweggeschritten war.

Er zögerte, weiterzugehen. Er kehrte um und wollte wiederkommen, wenn sie alle bei Tische saßen, der Vater, die Geschwister und das Gesinde. So kam er zu einem kleinen unscheinbaren Hügel. Dahinter lag ein weiter Obstgarten und auf dem südsonnigen Abhang des Hügels ein gepflegter Weingarten. Ein in den Abhang des Hügels getriebener Stollen wies auf einen Weinkeller hin. Die Ziellosigkeit verlockte Georg, nachzusehen, da die Türe des Kellers offenstand. Er ging hinein, und das Licht einer Kerze zitterte die feuchten Wände des Kellergewölbes entlang und streute seltsam bronzenen Schimmer über die Lehmwände. Das fahle Licht ließ das Schattenbild eines gebeugten Mannes erkennen, der vor einem großen Fasse stand und Wein daraus abließ. Die Hand des Mannes schloß jetzt das Spundloch, aber ehe sie sich senkte, hielt sie plötzlich inne. Der Mann bückte sich. Den Krug abstellend, sah er zur Tür des Gewölbes. Auch im Dämmerdunkel erkannte der Vater den Sohn.

„Vater!“

„Georg! Ist gut, daß du einmal da bist. Ich habe gerade den Trunk für den Mittagstisch geholt. Komm!“

Die wenigen Worte verbanden sie wieder und ketteten die neun Jahre, die sie einander nicht gesehen hatten, zwischenraumlos aneinander.

Georg nahm den Krug und kostete daraus, wie es ihm der Vater zum Willkomm tun hieß. Georg verspürte die Herbe nicht, nur die Erfrischung, die labte.

Vater Donner tapste die Kellerstufen hoch, und Georg ging hinter ihm her, den Krug in der Hand, wie er es ehedem als Bub getan.

,,Schön ist der Hof jetzt, Vater!" sagte Georg.

,,Nun wär' er gerade recht. Schade nur, daß ihr alle drei nicht viel Freude an derlei Dingen habt. Auch Kühe haben wir jetzt!"

,,Mathias ist nicht daheim?"

,,Er ist in der Lehre. Er will Bildhauer werden . . ."

,,Und Bastl . . .?"

,,Wird Silberschmied. Ich selber habe wieder heiraten müssen", sagte der Vater bedächtig. ,,Ein großer Hof braucht eine Frau. Maria Magdalena Prechtlin ist's, die Tochter der Zehentbäuerin. Und wo bist du gewesen?"

,,Florenz, Bologna, Rom . . . Ich mußte jetzt einmal sehen, wie es euch geht. Neun Jahre ist eine lange Zeit . . ."

,,Aber nun komm ins Haus!"

Der Vater geleitete den Sohn. Man saß bereits bei Tisch, und erwartungsvoll sahen alle auf Georg.

,,Das ist unser Georg!" sagte der Bauer Peter Donner nicht ohne Stolz. ,,Setz dich!" Man machte ihm einen Platz frei, und die Bäuerin legte ein Gedeck zu. Forschend, prüfend, tastend, freundlich gingen die Blicke hin und wider. Von der Türe her kam ein Mädchen und brachte die Suppe. Georg erschrak. Es war das Mädchen mit den geflochtenen blonden Haaren und den großen dunklen Augensternen, welches er um den Weg fragen wollte. Nun stand es nahe bei ihm, erkannte ihn ebenfalls, senkte den Blick und errötete. Der Vater hub zu beten an.

Es war ein anderes Essen wie vor Jahren. Es gab verschiedene Gerichte, und Georg sah, daß dies alle Tage so sein mußte, denn man hatte es ja nicht voraussehen können, daß er gerade heute kommen würde. Er aß freiweg, denn der lange Weg hatte ihm immerhin einigen Hunger gemacht. Indessen erzählte man, und die Neuigkeiten sollten dem heimgekehrten Sohne die lange Zeitspanne seines Fernseins überbrücken. Georg hörte zu, sah aber dabei unentwegt auf das Mädchen Eva-Elisabeth, welches plötzlich seine Schwester geworden war. Auch das Mädchen sah öfters zu Georg hin, und als es geschah, daß sich ihre flüchtigen Blicke länger verhafteten, hob Georg seinen Becher und trank ihr zu.

Der Vater merkte es sofort und sagte dann: ,,Eva-Elisabeth soll sich dann etwas deiner annehmen." So kam es, daß nach dem Mittagstisch die beiden nebeneinander her gingen. Eva war erst etwas befangen, aber je länger sie mit Georg sprach und je öfter er sie ansah, desto mehr verflog diese Befangenheit. In ihren Augen fand Georg etwas, was ihn an ihre Mutter erinnerte, und sie sprachen über Dinge, die sie eigentlich beide nicht interessierten. Erst als Georg frug: ,,Ist das kleine Wäldchen noch hinter dem Gärtel?" und Eva errötete, änderte sich das.

,,Das ist mein Lieblingsplatz!" strahlte Eva-Elisabeth. Sie lenkten ihre Schritte dorthin. Schlanke, silbrig weiße Birkenstämme trugen die bauschig flatternden, zitternden Blätter. Hohes Gras spielte im Winde und die Sonne trug neckend flackernde Schatten darüber hinweg. Eva stand schlank und aufrecht vor ihm. Sie blickte ihn frei und ohne Scheu an. Der Duft der Feldblumen umströmte sie. Glücklich und begehrend standen sie voreinander, und sie wußten, was geschehen würde, was geschehen mußte, und daß es gar nicht anders kommen könnte.

,,Wann mußt du wieder nach Wien zurück?" frug sie beiläufig.

,,Bis morgen bat ich mich bei Meister Frühwirth frei . . ."

Warm und heimelnd glühte der Nachmittag. Die Blätter an den dünnen Stengeln zappelten wie silbrige Fische im unermeßlich blauen Meer.

Am 8. August 1714 starb der Vater, Peter Donner, und nach einem Jahr der Trauer heiratete Georg Raphael Donner das Mädchen Eva Maria Elisabeth Prechtlin am 13. August 1715. Die Trauung fand im kleinen Ulrichskirchlein zu Wien statt und die Tafel hatte man im Ganzlehenhofe bereitet. Mit Roß und Wagen fuhren sie festlich geschmückt dahin, wo man alles, was gut und teuer war, zur Feier bereitet hatte.

An der Tafel fiel Georgs Blick auf Maria Elisabethens weiße Rose, die sie am Ausschnitt des Kleides trug, und dabei fiel ihm jene Wasserrose ein, die Simonetta brach, als er sie das erste Mal unbefangen und nackt vor sich gesehen hatte. Einen Augenblick lang schloß Georg Raphael die Augen, dann griff er unvermittelt nach einem Glas und stürzte den Trunk gierig und in einem Zug in sich hinein.

Eva Maria legte ihre Hand auf die seine und lachte. ,,Du wirst mir rauschig!" sagte sie.

Georg entschuldigte sich: ,,Mir ist plötzlich so heiß geworden!"

,,Wollen wir ein wenig hinaus ins Freie gehen?"

Als sie aufstanden, warf Eva Maria einen Becher um. Der Wein ergoß sich über das Gedeck. ,,Eine Kindstaufe!" sagten die einen. ,,Ach, das bringt Unglück!" fanden die anderen. Aber Georg besänftigte die Gemüter. ,,Ich habe keinen Grund, abergläubisch zu sein!"

Irgendwie wurde aber Georg dieses Tages denn doch nicht mehr froh. Er fühlte das Glück seiner jungen liebwerten Frau, er sah die wundersame Reife des sonnigen Augusttages, aber er war mit einem Male durch einen Gedanken bedrückt, der ihm plötzlich Zweifel aufkommen ließ, ob diese Hochzeit am Ende nicht doch etwas wie eine Flucht vor sich selber war, da er gerade an diesem Hochzeitstage an Simonetta denken mußte. Er wehrte sich dieses Gedankens und versuchte mit aller Kraft, seiner Herr zu werden. In unvermittelter Wallung riß er Eva Maria an sich, preßte sie und nahm ihren Mund.

Drei Tage währte das Gepolter des Festes im Brauthause, dem Ganzlehenhofe zu Eßling, aber noch ehe es zu Ende ging, war Georg Raphael mit seiner jungen Frau nach Wien zurückgefahren, wo sie in einem dem Stift gehörenden Hause im Heiligenkreuzer Hof ihre bescheidene Wohnung einrichteten. Raphael hatte die wenigen Sachen aus dem alten Quartier übersiedelt und mit einigen Stücken aus Meister Frühwirths Wohnung ergänzt. Maria Elisabeth, die vordem noch nie in Wien gewesen, gewöhnte sich nur schwer, dennoch allmählich an die Gewohnheiten des Stadtlebens. Georg Raphael indessen wurde die Ehe zum Ansporn. Neben seiner mühevollen Alltagsarbeit schuf er erstmals wieder nach langer Pause ein eigenes Werk, eine kleine Pietà, die ihm gut gelang und mit der er zufrieden war.

Er nahm wieder öfters die Gelegenheit wahr, sich in der Stadt umzusehen, er sah, wie der Bau des Freihauses auf der Wieden wuchs, wie der prunkvolle, die kleinen Häuser der Himmelpfortgasse fast erdrückende Palast des Prinzen Eugen vollendet und ausgestaltet wurde, er blieb in der Wollzeile stehen und frug die Arbeiter, wozu sie Pfähle in die Gehsteige der Straße rammten. „Funserln kriegen wir, damit uns a Licht aufgeht!“ bekam er zur Antwort. Donner mußte lachen, und es fiel ihm dabei ein, daß ja Statthalter Jörger versprochen hatte, die Straßenbeleuchtung über Auftrag Graf Johann Quintins nach dem bewährten Vorbilde der Stadt Paris auch in Wien einzuführen. In der Dorotheergasse hatte man mit den ersten Versuchen begonnen, und da sie approbiert wurden, wurden die Pläne realisiert. Aus solchen kleinen Erlebnissen fand und nahm er Ansporn und Auftrieb. Er wollte wieder selbst schöpferisch tätig sein, und deshalb begann er sich umzusehen, und er war sich darüber voll im klaren, daß hierbei seine Rastlosigkeit würde manches ersetzen müssen, was billigerweise Fürsprache oder Gönnerschaft zu erwirken imstande war. Es hieß nur, an der richtigen Stelle einzuhaken und nicht liebedienernd und devot, sondern überzeugend und beweisend anzufangen. So nahm er sich den Mut, zu Fischer von Erlach zu gehen, von dem er wußte, daß er durch den Prinzen Eugen große Aufträge hatte und auch bei dem gewaltigen Baudirektor Gundacker in hoher Gunst stand. So entschloß er sich, ihn an seiner Arbeitsstätte aufzusuchen. Es war ein nüchterner, schwerfälliger Bau mit überaus dicken Mauern. Ein dunkler Flur, ein mächtiges, düsteres Foyer mußten durchschritten werden, ehe eine breite steinerne Treppe mit Marmorbalustrade zum ersten Halbstock führte. Georg Raphael Donner bekam direkt Lust, die flachen Treppen hochzulaufen, so leicht ließ es sich darauf steigen. Im Halbstock jedoch brach der helle Glanz wieder ab. Eine lange Flucht von Fenstern auf der einen und eine weißgestrichene kastenähnliche Verbauung auf der anderen Seite veranlaßten ihn, wieder innezuhalten. Ratlos ging er weiter, und die Fliesen auf dem Gange widerhallten das Echo seiner Schritte. Er versuchte vergebens, verschiedene Türen zu öffnen. Kein Name, keine Tafel wiesen den Weg. Auf Zehenspitzen schlich er weiter. Nichts rührte sich. Wie in einem verwunschenen Schlosse kam er sich vor. Willkürlich, zögernd zugleich drückte er die große Klinke einer Türe. Sie war nicht verschlossen, aber eine tiefe Dunkelheit hinderte ihn, einzutreten.

Aufs Geratewohl ging er weiter und versuchte eine Türe aufzumachen. Er kam in einen Vorraum, den eine Glaswand abschloß. Er klopfte an der einzigen Türe, die sich dort befand. Obgleich sich wieder nichts rührte, trat er ein.

Vor einem langen Zeichentische, der über die Breite zweier heller großer Fenster reichte, arbeitete Fischer von Erlach. Georg Raphael blieb bei der Türe stehen.

Eine wie ferne kommende und die Gegenwart nur schwer erfassende Stimme frug: „Bist du's, Heinrich?" Zugleich aber sah der Sechzigjährige von der Arbeit auf und blickte auf Georg: „Was ist mit Euch? Wer seid Ihr? Was wollt Ihr hier?"

„Verzeihung", stammelte Donner und versuchte eine linkische Verbeugung, und dann erst fand er den Mut, weiterzusprechen, und je mehr er zu sagen hatte, desto mehr verschwand auch die anfängliche Scheu. Er kam ins Erzählen und der Meister hörte ihm geduldig zu. Sie kamen ins Gespräch, und innerhalb weniger Minuten war eine Brücke geschlagen, welche die Weisheit und Reife des Alters mit dem Eifer und dem fanatischen Idealismus der Jugend verband. Der zweiundzwanzigjährige Donner hatte von seinen Studien und Träumen, von seiner Lehre und dem Tun bisher gesprochen, der Sechzigjährige hingegen von seiner Arbeit und seinen Plänen, in einer Art, die er gewiß nicht jedermann in der gleichen offenen Weise erzeigte: vom Bau an der Himmelpforte, vom Auftrag des Kaisers nach dem erfolgten Wettbewerb mit Hildebrandt und Fernando Galli Bibiena, die Kirche zu bauen, die der Kaiser nach dem Erlöschen der Pest zu bauen gelobt hatte, mit dem Motiv der Säulen des Herkules, die an den fernen Gestaden Spaniens standen und die er mit einer korinthischen Vorhalle und mächtiger Kuppel verbinden wolle.

„Ich habe alle diese meine ersten Pläne bereits in meiner ‚Historischen Architektur' publiziert, und das hat viel Arbeit gekostet, aber große Dinge werden eben nur aus wirklich ganz großer Arbeit. Das ist nicht so einfach aus dem Ärmel zu schütteln", sagte der Baumeister, „und da darf man sich's auch nie verdrießen lassen, auch wenn man manchmal nahe daran wäre und auch wenn einer da ist, der vielleicht etwas mehr dazu zu sagen hat . . ." Er deutete resigniert auf das Bild des Baudirektors Graf Althan.

Fischer von Erlach zeigte seine Pläne dem jungen Mann und ließ ihn einen Blick in die Welt seiner Arbeit tun. Er erklärte die sachlichen Gründe seiner barocken Ideen, wies Grundrisse und Bleistiftskizzen vor, Steinzeichnungen, nach denen die Steinmetze später die Blöcke zu behauen hatten. Ganz wie in der Bauhütte zu St. Stephan, dachte Donner, dennoch aber anders, irgendwie gelöster und leichter, schwebender, wienerischer und nicht so voll von der Schwere und ernsten Dunkelheit der Gotik. Das Feuer, von dem Georg Raphael Donner entflammt war und welches ihn begeisterte, ergriff auch Fischer von Erlach so sehr, daß er Blatt um Blatt, Plan um Plan aufblätterte.

„Mich quält jetzt der Bau des kaiserlichen Lustschlosses, mit dem ich bereits vor zwanzig Jahren begonnen habe und der die Stelle des alten Schönbrunner Schlosses einnehmen soll und einnimmt, denn der Bau ist jetzt wohl im wesentlichen bereits abgeschlossen, aber ich bin im Laufe des Geschehens von dem ursprünglichen Plane eines ‚Über-Versailles' abgekommen, und jetzt quäle ich mich noch mit den Dächern, die einfach den Erfordernissen nicht standhalten wollen. Aber das scheint in der Natur eines künstlerisch tätigen Menschen zu liegen, daß er nie mit seiner Arbeit wirklich zufrieden ist, weil es eben nie etwas wirklich Vollkommenes gibt."

Fischer von Erlach hielt inne. Aufatmend sah er zum Fenster hinaus in die Enge der Straße: „Werde ich wenigstens einen Teil meiner vielen Pläne noch durchführen können?" dachte er bei sich. Der Baumeister sprach nichts mehr, und es schien, als habe er den jungen Mann vergessen. Georg stand verdattert da. „Ich darf also wiederkommen?" sagte er mehr zu sich selber, und die Frage kam auch ganz leise, fast unhörbar, aber es schien ihm, als hätte Fischer von Erlach genickt.

Ein leiser Windhauch wehte auf, dann fiel die Tür plump und schwer ins Schloß, daß es in den nackten Gängen des Gebäudes nüchtern und kalt widerhallte. Georg Raphael Donner lief mehr als er ging wieder die Treppe hinunter. Das Echo verfolgte ihn. Er lief auf die Straße hinaus und ins Freie. Aus der Stille der vergangenen Stunde fühlte er sich wieder plötzlich in das Gelärme des Tages versetzt. Ihm war die Kehle wie ausgetrocknet. Er spürte irgendwie ein

Brennen im Hals. Ziellos war er durch die Straßen gelaufen, dann stand er plötzlich unter den Tuchlauben. Er ging zum „Lothringer Bierhaus" auf dem Michaelerplatz und bestellte ein Glas Bier. Als er das weiße schäumende Gebräu vorgesetzt erhielt, blieb er still und in sich zusammengesackt sitzen wie ein genießender Zecher. Maler, Dichter, Schriftsteller trafen in diesem Lokal einander, und er hörte ein paar Kumpanen zu, die um den Streit der Weinbauern debattierten, die in Abordnungen zur Hofburg gezogen waren, um gegen die Bierschänker zu protestieren, weil sie sich durch den Import des neuen Regensburger und Breslauer Bieres schon am Hungertuche nagen sahen, nachdem sie zuvor noch aus dem Bierhause „Zum breiten Stein" auf dem Hohen Markt im Leinwandhaus Kumpane zur Verstärkung ihres Haufens herangeholt hatten. Donner war zuerst ihrem Disput gefolgt, aber dann hatten die eigenen Gedanken an Kraft und Fülle gewonnen, und sie brachten ihn aus der Dürre solchen Disputes in eine freiere Atmosphäre. Er hätte nicht zu sagen vermocht, wie lange er so dagesessen, dahingeträumt und gedöst hatte, hätte ihn nicht ein Hackbrettspieler wieder in die Wirklichkeit zurückgerissen. Ein gewisser Sturm-Ferdl, wie er so zumindest bei seinem Erscheinen akklamiert wurde, sang vom Lipp und Lenz, von liederlichem und versoffenem Jerum und schließlich auch das immer wieder von allen begehrte „Augustin, 's Geld ist hin, 's Mensch is hin". Bald darauf aber läutete schon die Bierglocke vom Stephansturm her. Alle lästerten über die Gurgelabschneiderin, verspotteten den Bieresel, zahlten aber dann und fügten sich in die Sperrstunde. Auch Donner tat desgleichen, irgendwie war er unklar und unzufrieden mit sich selbst, und erst die frische Luft des Abends hieß ihn sich besinnen, den Tag, den er sich Fischers wegen freigenommen hatte, rekapitulieren, und als er schließlich auch an Eva dachte, die sicherlich schon lange auf ihn warten würde, beschleunigte er seine Schritte.

Als er von der Bognergasse zum Graben zu ging, stand der Mond bereits bläßlich und matt hinter dem Turm der minderen Brüder.

Da rief ihn jemand an: „Heda, Georg, wohin des Wegs?"

Georg sah auf und blickte geradeaus in das lachende Gesicht Steffens. „Hab' dich schon lange nicht gesehen, warst lang schon wieder nicht bei uns!" rief er.

,,Was sollte ich?"

,,Hast recht, seit unser Meister wieder geheiratet hat . . ."

,,Simonetta, ich weiß, auch ich hab' inzwischen geheiratet . . .!"

,,Gratuliere", brummte Steffen, ,,das hätt' auch noch Zeit gehabt."

,,Was macht der Laden?"

,,Neue Pläne! Wir sollen Lebzelterformen machen, aber nicht immer nur Herzen, sondern etwas, was die Mädchen auch den Buben schenken können. Reiter, Türken, Soldaten. Siehst du, du könntest mir eigentlich einmal solche Holzformen schneiden . . ."

,,Will's versuchen!" nickte Georg: ,,Hab' jetzt ohnehin etwas mehr Zeit, und die Engerln mit den Flügerln, die Grabsteine und die Gipsfiguren wachsen mir ohnedies schon zum Hals heraus. Möcht' einmal was Größeres machen . . ."

,,Tu's, Georg!"

,,Leicht gesagt. Aber der Geschmack der Leute ist einfach zu blöd. Jede Nahterin und Stubenreiberin trägt Federn und im Winter einen Pelz, und dabei sehen sie wie aufgeputzte Weywadeln oder wie teuflische Höllenvögel aus. Fledermäuse und affige Springinkerl. Es ist zum Kotzen. Und da wundert es einen, wenn die Leut', die Geld haben, auch wieder immer nur so gipsernen Blödsinn bestellen."

,,Aber da müssen eben die Künstler einhaken. Sie sind es, die ihre Ideen durchsetzen müssen . . . Mein Gott, und ich komme jetzt auch noch mit meinem einfältigen lebzelternen Wunsch!"

,,Den mach ich dir!" lachte Donner, ,,aber jetzt muß ich wirklich nach Haus!"

Eva hatte wirklich auf ihn gewartet, nun aber wusch er sich, und sie legten sich sofort zu Bett. Lange lag er noch wach. Die Frau neben ihm war längst eingeschlafen, und ihr Atem ging unmerklich leise in geruhsam friedlichen Zügen. Wie jung sie war. Ein Kind noch. Hatte er sich . . . nein, er verscheuchte die Gedanken, aber sie irrlichterten und kamen ausgewechselt wieder. Ein Schloß zu bauen. Fischer von Erlach baut ein Schloß, Schönbrunn würde größer und schöner vielleicht als das bereits berühmte Versailles. Der Stadtpalast Prinz Eugens, der Schönborn- und Trautsohn-Palast, die Kollegienkirche in Salzburg und jetzt die Karlskirche. Große

Dinge werden eben nur wirklich aus ganz großer Arbeit. Das ist nicht so einfach aus dem Ärmel zu schütteln, hörte er den Meister sagen, aber da gehört dann auch wirklich viel Mühe, Fleiß und natürlich auch Können dazu. Arbeit . . . aber ich arbeite doch . . . er stöhnte laut auf, so laut, daß er selber erschrak. Hatte ihn Eva gehört? Sie lag mit einem Male so stille, als wäre sie tot. Ein Schaudern überkam ihn. Er beugte sich über sie, bis er ihren Atem wieder hörte. Was wird aus mir?

Der Mond, größer und heller geworden, zog draußen vor den Fenstern auf seiner milden überglänzten Bahn. Es war derselbe Mond, der bei seinem Aufgang an diesem Tage bläßlich und matt hinter dem Turme der minderen Brüder gestanden hatte. Ein Hahn irrte sich und meinte, der Tag begänne bereits zu dämmern. Er krähte mit heiserer, dünner Stimme. Georg lächelte noch darüber, aber dann schlief er ein. Er schlief in einen neuen Morgen hinüber, der allerdings auch wieder eintönig und ungewiß werden würde.

Siehe da, er wurde es nicht: Die Geburt eines Sohnes des Kaisers Karl VI. wurde bekanntgegeben, und Georg hörte davon, als er eben den Umriß eines türkischen Reiters in ein Holz ritzte, daraus eine Lebkuchenform entstehen sollte.

Der Sieg Prinz Eugens bei Peterwardein über die Türken gab weiteren Anlaß zu Freude und festlicher Stimmung, er wurde schließlich auch Anlaß zur Bekanntgabe einer Reihe von Beförderungen, von denen Georg am meisten die Ernennung des Grafen Gundacker von Althan zum Generalbaudirektor aller Hof-, Lust-, Zivil- und Gartengebäude interessierte, denn damit war von allerhöchster kaiserlicher Stelle manifestiert worden, daß dies jener Mann war, der in künstlerischen Dingen das letzte Wort zu sprechen hatte. Georg wurde vieles klar, es wurde ihm auch Fischer von Erlachs resignierender Hinweis auf das Bild in seinem Arbeitsraume verständlich: Es gibt immer jemanden, der noch mehr zu sagen hat, und bei dem spielt weder das Können noch das Alter eine Rolle, sondern lediglich das Amt und die Macht. Das ist die Aufgabe des Künstlers, solchen Dingen nicht zu unterliegen, sondern allen Widerwärtigkeiten trotzend über sich in eine echte und wahre Kunst hinauszuwachsen und diese so festzuhalten, daß sie alt werden und in eine noch so unbestimmte Zukunft hineinragen könne.

Feste wurden gefeiert. Schauspielertruppen überboten sich in und mit ihren Darbietungen. Die Prunkoper „Il pomo d'oro", die schon Leopold I. anläßlich der durch Burnacci erbauten Oper den Wienern fast ein Jahr lang vorgesetzt hatte, wurde wiederaufgeführt, und bei solchen Gelegenheiten wurde von den Damen des Hofes und der Gesellschaft ein Kleider- und Coiffeurluxus getrieben, der in ziemlich hohler Form die Toiletten-Luxusgebilde und schließlich auch die höfischen Gewohnheiten dieser Tage widerspiegelte. An diesen Dingen konnte Georg allerdings nicht teilnehmen, und auch wenn sich Eva danach sehnen mochte, waren auch kleinste geheime Wünsche unter den gegebenen und bescheidensten Umständen nicht zu erfüllen.

Georg arbeitete insgeheim weiter an sich selbst. Am liebsten gönnte er sich Spaziergänge in die nähere Umgebung der Stadt. Da wanderte er mit seiner Frau in die freie Landschaft, in der neben Landhäusern und Schlössern auch Parks und Meiereien entstanden und in der man Weizen neben Kuhställen baute. Noch gab es in unmittelbarster Nähe der Stadt äsende Rehe, die sich ab und zu bis an die Wälle heranwagten, und vom Wienerwalde her wurden der Holzstöße und Lagerstapel gefällten Holzes mehr und mehr, welche die Wege, die zur Stadt führten, säumten. Lieblich lagen die Wiesen und die Bäche, so der Ottakringer Bach, der Alserbach, der Halterbach und wie sie alle geheißen haben mochten, plätscherten still und ruhig donauwärts. Diese Stunden waren es, welche Georg Raphael Donner den Frieden gaben, die seiner Unrast Hemmnis waren. Die Spiele der Falter, die unbestimmten Wege der Käfer, das Zwitschern und Rufen der Tiere überströmten die Unbestimmtheit seiner dauernd gärenden Gedanken mit köstlich stillem Frieden und wirklicher Besinnung. Es ist nun wie beim Wein, erst süß, dann Sturm, er schmeckt und stillt den Durst, aber erst die Reife und die Zeit machen ihn klar und wunderbar. Es war tatsächlich wie beim Wein. Gespeichert und gekeltert zu werden, vergären, um zu reifen. Alle Lasten seines jungen Lebens schien ihm die Landschaft zu lösen. Sie war genauso in ihm, wie sie außerhalb seiner war. Er durchmaß sie von außen nach innen und von innen nach außen. Er war noch zu wenig Täter, aber auch noch zu wenig Träumender. Er war ein Sinnender, der von den Menschen wenig hielt, weil er erkannte, daß nicht sie, sondern er ihnen etwas geben konnte. Es war darum, wo einer das Maul aufriß, nicht seines Bleibens, und an seinen Ohren versagte jeder falsche Ton, an seiner Nüster jeder unreine Duft. Aus der Landschaft fand er wieder zur Arbeit, die sich im Gleichmaß erschöpfte. Dennoch aber arbeitete er auch stärker an sich selbst, geistig und materiell. Die Luft lag als graues Tuch auf den Häusern und Straßen, und unter diesem Tuch war ihm dennoch, das Raunen zu vernehmen, das aus Gründen heraufdrang und von Gründen verschluckt wurde. Manchmal war sein Denken ohne Ort, ohne Licht und ohne Luft, und dennoch wuchs daraus eine überdimensionale Kraft, die freizuwerden versprach.

Steffen stand vor ihm. Georg war gleichermaßen erfreut wie erstaunt. Irgendwie verband er diesen Mann mit der Gestalt Simonettas.

„Schön, daß du mich einmal aufsuchst!"

„Hab 's doch versprochen!" lachte Steffen, und sein Lachen verbreiterte sich fast zu einem Grinsen, das dennoch ehrlich und voll gutmütigen Ausdrucks war.

„Ich hab' auch schon etwas für dich bereit!" sagte Georg und holte von einem der Regale eine Holzform hervor, die das Model mit einem türkischen Reiter war. „Da hast du deinen Reiter", sagte Georg. „Aber ich hab' ihn dir gemacht und nicht dem Neuhauser . . ."

„Aber ich darf ihn doch verwenden?" stammelte Steffen verlegen fragend.

Sie kamen ins Plaudern, und Steffen wußte viel zu erzählen, vom Besuch einer Lady, die aus England gekommen sei und Bücher schreibe, eine gewisse Montagu, von der bereits ganz Wien sprach. Er wußte auch von seinem Besuch auf Schloß Schönblick des Prinzen Eugen zu berichten, wo man sonderbare Gebilde, halb Weib, halb Löwin, aufgestellt habe, und er schwärmte schließlich vom Prinzen selber. Schwelgerisch meinte Steffen, daß er der einzig wirkliche und richtige Mann sei, den es jetzt in der Stadt überhaupt gäbe. „Er sagte: ‚Denen, die nicht in der Liebe etwas gewagt haben, würde ich auch nicht gerne den Befehl auch nur über hundert Mann anvertrauen.' So etwas imponiert mir! Meinst du nicht auch dasselbe?"

Georg lachte: „Hast du selbst gewagt? Heiratest du?"

Steffen wehrte ab: „Ich denke nicht dran. Warum soll ich's mir wegen einer mit allen anderen verderben?"

Es war ein Sonntag. Georg Raphael saß an seinem Arbeitstisch und arbeitete. Eva rumorte in der Küche. Eine Schwalbe kam durch das offene Fenster herein, schwirrte im Zimmer umher und stieß sich an der Decke und an den Wänden. Schließlich fing sie sich an Evas Brautkranz, der wie ein Kleinod auf dem Glasschrank lag, wie in einer Falle und blieb mit ihren kleinen flatternden Flügeln in dem zarten Netzwerk hängen. Georg hatte sie beobachtet. Nun trat er hinzu, befreite die Gefangene, nahm sie behutsam, um ihr nicht wehe zu tun, in die Hand, küßte sie auf das seidige schwarze Köpfchen und ließ sie zum Fenster hinaus. Die Schwalbe schwang sich auf und verschwand freudig zwitschernd am Himmel.

„Wer hilft dir, wenn du in Not bist?" dachte Georg und blickte ihr neidisch, mit traurigem Blick, nach. Dann betrachtete er wieder seine Arbeit. Was waren das doch für Arbeiten? Lauter kleine unscheinbare Dinge, die kaum das tägliche Brot einbrachten. Große Arbeiten müßte man kriegen. Große Arbeiten, dachte er, und er sah dabei Eva vor sich, wie sie ihm vor einiger Zeit mit einem leichten spöttischen Zucken um den Mund die Worte zugerufen hatte: „Wo sollst du große Arbeiten hernehmen? Wenn wir nur recht viele kleine hätten." Es war das erste Mal gewesen, daß sie ihren Ängsten Ausdruck verliehen hatte. Georg war daraufhin in widerspruchsloser Einsicht wortkarg und verschlossen geblieben, und als sie an diesem Abend zu Bett gingen, hatten sie doch kaum mehr, obwohl sie einander doch nicht böse waren, ein Wort miteinander gesprochen, und Eva hatte auch nicht den üblichen Gutenachtkuß bekommen.

Die Schwalbe war frei. Er gestand sich selber eine bedrückende Enttäuschung ein. Unlustig, müde, gequält fast, ging er wieder an die Arbeit. Notizen, Vormerkungen, Vorbereitungen, Skizzen, Überlegungen. Alles erschien ihm gräßlich, tölpisch, dümmer denn je und auch zweckloser. Und morgen dann würden wieder dieselben handwerklichen Griffe getan. Gips rühren, einfüllen, zubinden, losbinden. Bildhauer nannte man das, und das Geld, welches er am Ende auf die Hand bekam, reichte immer gerade nur dazu aus, um die notwendigsten Lebensmittel und die täglichen Dinge beschaffen zu können, und das schien ihm denn doch etwas zu wenig, selbst für eine noch so anspruchslose Bescheidenheit. Wie gerne hätte er sich einmal eine neue Gewandung gekauft, wie gerne hätte er Eva einmal ein neues Pfaid geschenkt. Es war einfach nicht möglich. Gewiß war es bei Eva auch noch nicht notwendig, da sie eine Unmenge an Heiratsgut von daheim mitgebracht hatte, aber es hätte ihm Freude gemacht, auch ihr einmal eine Kleinigkeit schenken zu können. Und als er dann bei sich selber begann? Sein eigener Rock war schon recht zerschlissen und an den Enden abgestoßen. Manche Kunden, die in Frühwirths Geschäft kamen, lächelten ihn mitleidig an. „Komme Er einmal zu mir", hatte ein weißperückter, vornehmer Herr gesagt, „ich kann Ihm einen Rock geben, wenn Er einen braucht!"

„Ich muß ein wenig hinausgehen, Eva", sagte er.

Schon war er bei der Tür draußen. Im Stiegenhaus noch dachte er daran, wie er puterrot geworden war und nichts als Beschämung empfunden hatte. Von da an hatte er eine besondere Aversion gegen diese gelackten Herren bekommen, die nur französisch parlieren, sich mit parfümiertem Wasser besprengen und junge Weibsleute hofieren konnten und dabei doch in Geld schwammen, von dem sie nicht wußten, woher es kam und wieviel es eigentlich war.

Ziemlich ziellos schlenderte er durch die Gassen. Er wandelte zum Judenplatz und trank in der Schenke „Zur schwarzen Bürste" ein Glas Bier. Er wollte dann zur Straße, die zur Favorita führte, da dort von Fischer von Erlach mit dem Bau eines neuen Sommerschlosses für den Kaiser begonnen wurde. Auf dem Wege dahin, ehe er in die Kärntnerstraße einbog, fühlte er sich gegrüßt. Er erwiderte den Gruß und hielt an. Ein junges Mädchen war stehen geblieben und lächelte ihn an: „Kennt Er mich nicht mehr, Herr Donner?"

Georg Donner stand verlegen. „Sei Sie mir nicht bös, Jungfer, aber ich weiß nicht . . ."

„Ich bin Klara Basilia Raab, des Stadtrates Tochter. Er war doch einmal zum Tanz bei uns . . ."

„Und daran erinnert Sie sich noch und hat mich erkannt?" Donner wurde die Sommernacht wieder gegenwärtig, das Bürgerhaus, Simonetta . . .

„Mag Er nicht wieder einmal kommen? Es bedarf keiner besonderen Einladung. Er kann kommen, wenn Er mag. Auch Simonetta . . ."

Georg wurde fast schroff: „Sie ist verheiratet . . . ich bin es auch."

Das Mädchen Klara Basilia tat erstaunt: „Ja, dann nehm Er doch seine Frau mit . . ."

„Ich werde gerne einmal kommen."

Sie verabschiedeten sich, und Georg wußte mit einem Male nicht mehr, was und wohin er wollte. Er war mit einem Male wieder jugendhaft froh und glücklich geworden. Wir werden zum Tanze gehen. Mit Eva. Mit meinem Rock aus meergrünem Ponceau. Mit einer wachsgelben Rose. Mit . . .

Er ging nach Hause und kam gerade zum Mittagstisch zurecht.

Nach Tisch erzählte er dann von seiner Begegnung. „Wir werden einmal zum Tanze gehen", sagte er, und Eva Maria Elisabeths Herz hüpfte. Schon lange war es ihr Wunsch gewesen, aber sie wußte, daß dieser Wunsch nicht ausgesprochen werden durfte. Nun aber war er in greifbare Nähe gerückt, und sie traf insgeheim dazu die kleinen Vorbereitungen, die jede Frau aus solchem Anlaß fiebernd betreibt.

Schon in der nächsten Woche kam es dazu. Der Tanz im Hause Raabs begann. Man tanzte den Gaillarde, einen Schleif- und Springtanz im ungeraden Takt, aber auch den Nachtanz, der im geraden Takt die Möglichkeit zu großer Ausgelassenheit bot und deshalb auch boshaft „Geißtanz" bezeichnet wurde. Als Georg mit Eva in den geräumigen Saal des Bürgerhauses kam, tanzte man allerdings gerade den Pavane, einen gravitätischen Gesellschaftstanz, der sich durch sehr langsames Tempo auszeichnete, denn die langen Kleider der Damen gestatteten keine allzu schnellen Bewegungen. Damen und Herren näherten sich einander und trennten sich wieder mit langsamer Feierlichkeit, mit gezierten Verbeugungen, mit schmachtenden Seufzern und süßem Lächeln. Die Frauen wieder mußten Schritte machen wie Pfauen und dahingleiten wie Schwäne. Die Begleitmusik war leise, zart, fast wehmütig voll schmachtender Leidenschaft, wie die Lieder Petrarcas. Georg hatte tatsächlich seinen meergrünen Ponceaurock an, indes Eva mit handwerklichem Geschick eine ganz passable Toilette zusammengebracht hatte. Eva tanzte gern, aber irgendwie war ihr an diesem Abend doch schwer und trübe ums Herz. Lebendiger war Georg, ihm schien ein bunteres Bild vorzuherrschen als das erste Mal, als er in diesen Räumen war. Klara hatte sie, als sie eingetreten waren, reizend begrüßt und gesagt: „Es ist wirklich schön, daß Sie Wort gehalten haben und einmal mit Ihrer Frau gekommen sind. Mir aber dürfen Sie bitte heute nicht böse sein, und ich bitte Sie, mich zu entschuldigen, aber wir haben heute Lady Montagu zu Gast. Sie ist eben mit ihrem Gatten, Mr. Edward Wortley, auf dem Wege nach Konstantinopel, und wir sind stolz darauf, daß sie die kurze Zeit zu einem Besuch in unserem Hause fand." Georg nickte zustimmend, aber Klara war bereits wieder entschwunden. Georg und Eva waren sich selber überlassen. Sie gingen durch die festlichen Räume des Hauses. Langsam, dennoch irgendwie ruhelos durch die überfüllten Räume irrend, gelangten sie in ein abgelegenes kleineres Gemach. Dort saßen bei flackerndem Kerzenlichte junge Damen und Herren in engerem Kreise beisammen und plauderten über die platonische Liebe. Jemand wollte beweisen, daß eine Frau einen Mann auf die Lippen küssen darf, ohne die Keuschheit zu verletzen, soferne er ihr wirklich in Liebe zugetan sei. Georg führte Eva weiter. Sie kamen wieder in die Prunkgemächer. Vielerlei Gerichte waren beim Buffet auf silbernen Geräten aufgetischt. Der Nachtisch lag auf geschliffenen Gläsern bereit. Eva ging wie in einem Märchen. Solche Pracht hatte sie noch nie gesehen. Seidenüberworfene Diwans und Ottomane standen in den Gemächern bereit und luden zur Rast. Alles war behaglich trotz gewisser Üppigkeit. Die Musik spielte fast ununterbrochen. Georg führte Eva immer wieder zum Tanz. Eine folkloristische Weise verleitete zu übermütigem Hopsen. Als die Weise zu Ende war, klatschten die Damen in die Hände, daß man sie wiederholen möge. Sie tanzten wieder, und als Georg im Drehen über Evas Haar wegsah, erblickte er Simonettas blendend weiße Schultern. Georg erbleichte leicht, doch er nahm sich zusammen. Der Tanz brach ab, und ein junger Mann mit einer Laute in der Hand griff leise in die Saiten und begann ein Sonett zu rezitieren. Georg stand reglos an Evas Seite und sah unentwegt auf Simonetta. Ein unmerkliches Zittern durchbebte ihn, eine Scheu, eine gewisse Angst, zugleich aber auch eine wunderbar brennende Freude. Als die Rezitation beendet und bedankt worden war, führte Georg Eva unter einem nichtigen Vorwand aus dem Kreis der Zuschauer. Sie kamen an einer kleinen, eifrig disputierenden Gruppe vorbei, der sie flüchtig zuhörten. Man beredete das Mißgeschick des Kaisers, der seinen erstgeborenen Sohn verloren hatte und dem nun, der erlassenen Sanktion zufolge, die am dreizehnten Mai geborene Tochter Maria Theresia am Throne folgen würde. Eine andere Gruppe besprach Prinz Eugens Sieg bei Belgrad und die neue Sitte der Frauen, Tabak zu trinken. „Alles ist Rauch, Leben und Lieben . . ." summte eine helle weibliche Stimme, und eine sonore Männerstimme berichtete dazwischen, daß zahlreiche in die türkische Gefangenschaft geschleppte Wienerinnen die Gelegenheit zurückzukehren einfach nicht ergriffen hätten, sondern ihren Leuten die Nachricht zukommen ließen, daß es ihnen bei den Türken besser gefiele.

„Weibsleut", brümmelte Georg zu sich, und er entschuldigte sich bei Eva, daß sie wenige Augenblicke geduldig warten möge. Er wollte Simonetta entfliehen, die er kommen sah, und dadurch eine Begegnung der beiden Frauen vermeiden. Es gelang ihm auch, doch wenige Minuten später stand er unvermittelt dennoch vor Simonetta. Er grüßte sie und hielt ihrem bedankenden Blicke trunken stand, mehr noch, er spürte, daß er der Stärkere war und spürte doppelt das Fluidum, welches sie plötzlich beide geheimnisvoll umgab.

Simonetta, in einem kostbaren Kleid mit tiefem Ausschnitt und weit entblößten Schultern und Busen, stand an der Seite des behäbigen Lebzelters Neuhauser, ihres Gatten. „Sieh doch . . ." sagte sie zu ihm und hielt dabei Georgs Blick mit ihrem fest, „. . . den Zufall, du wolltest doch Georg Donner kennenlernen!" Zum Gruße an Georg sagte sie bloß seinen Namen: „Georg!" Georg Raphael Donners Herz schlug schneller. Er hörte sich angesprochen: „Das ist also der Schnitzer des Türken-Reiter-Models? Steffen, mein Gehilfe, bäckt damit, ist ganz begeistert davon, und die Lebzelte werden gerne gekauft. Ich könnte mehrere solcher Formen brauchen, kann Er mir nicht welche schnitzen? Unsere alten Formen sind nur mehr zu wenig nutz . . ."

Bescheiden antwortete Georg: „Ja, es ist richtig. Ich habe die

Form geschnitzt, ich tue es wieder, aber ich könnte auch anderes . . .“

,,Anderes?“ fragte Neuhauser erstaunt.

,,Ja, eigenes, Schöpferisches . . .“

,,Bildnerisches, Marmor, Stein, Metall . . .“

,,Ja . . .“

,,Konterfeien Sie meine Frau!“

Georg erschrak, auch Simonetta war überrascht. Sie suchte ihre Gefühle zu verbergen.

,,Wäre das nicht das richtige?“

,,O doch, aber wie . . .“

,,Benedikt!“ mahnte Simonetta verlegen. Der Lebzelter hieß Georg Benedikt, aber sie wollte ihn im Beisein Georgs nicht bei diesem Namen nennen. Ein Schweigen, ein winziges Zittern lag in ihrer Stimme. Der Glanz ihrer Augen, ihre kaum merkbare Bewegung und ihr karges Mienenspiel verrieten, was sie aus diesen Worten herausgehört zu haben vermeinte.

,,Nun? Einverstanden?“ mahnte Georg Benedikt Neuhauser. ,,Wann will Er, wann kann Er beginnen? Sie haben die Wahl des Materials!“

Georg dachte weder an Eva noch an seine Arbeit: ,,Ich komme übermorgen . . .“

,,Einverstanden!“ Und zu Simonetta gewendet, sagte er: ,,Es macht dir doch Freude?“

Simonetta errötete. Sie verneigte sich vor Georg und folgte ihrem Mann. Auch Georg ging und kehrte zu Eva zurück, die immer noch an derselben Stelle wartete.

,,Ich habe eben einen Auftrag bekommen!“ flüsterte er ihr freudig zu. Sie fragte nicht, sondern nahm den Arm, den er ihr bot, und folgte ihm willenlos und weich zum Tanz. Sie versank im Rausche des Augenblicks, auch Georg war wie rauschig. Strahlend, glühend, funkelnd glomm sein Auge. Er hielt Eva in den Armen und sah Simonetta vor sich. Sie stand so deutlich, seltsam, siegesgewiß vor ihm. Die Augen, die Wangen, der Mund war wie ein Hauch, wie ein Duft, wie ein Kuß. Er spürte eine Rose in seinen Händen, es war eine gelbe frische Rose.

Die festlich gekleidete Menge summte wie ein Bienenschwarm.

In den Räumen wurden die Kerzen erneuert. Die Musik spielte unermüdlich. Georg flüchtete mit Eva in die sternenhelle Augustnacht.

Die schöpferische Kraft ist das Gewahrwerden der Dinge. War es bisher unbewußter Drang gewesen, lernendes Erfassen, schwelgendes Dahinträumen der Jugend, so wurde es nunmehr erstmals erkennendes Reifen und bewußtes Gewahrwerden. Georg fror. War es der kommende Herbst oder war es dieser schlafähnliche Zustand, aus dem er in dieses Bewußtsein erwachte? Das erste Anbot machte ihn verwirrt, glücklich, scheu und verzagt zugleich. Diese Zerfahrenheit wurde auch äußerlich merkbar. Eva merkte es, daß er die Nacht nicht wie bisher ruhig und friedlich schlafen konnte, daß und wie er fieberte und bebte. Die Stunden zerflossen ihm irgendwie ungeordnet und fast zügellos. Der Geist der Geschäftigkeit und der Arbeit, des Schaffenseifers und der freudigen Kraft, von der Straße und dem tätigen Alltag herkommend, mischte sich ihm mit irrealen Träumen und dem realen Duft einer gelben Rose zu jener ausströmenden Wirkung, die ihn zu beglücken und zu durchdringen vermochte. Eine beklemmende Gewißheit war noch dabei, die ihn überdies noch, zwiespältig zwar wieder, wehrend und ablehnend einerseits und freudig und bejahend andererseits bewegte: daß es gerade Simonetta war, die er abzubilden hatte.

Der „Übermorgen“ war gekommen. Georg saß beim Mittagstisch und sah in Erwartung des aufgetragenen Gerichtes über die Enge der Straße, des Hofes hinweg über die Dächer in den unwirklich blauen Augusthimmel. Wie alltäglich, dennoch in einer Art stillen Feierlichkeit, verzehrte er das einfache Mahl, welches ihm Eva zubereitet und nunmehr vorgesetzt hatte. Fast keine Worte wurden gewechselt. Mit liebend glänzenden Augen hing Elisabeths Blick an ihrem Manne. Sie sah und merkte sein Glücksempfinden, aber sie wagte es nicht, zu stören oder eine Bemerkung zu machen. Mit Andacht und in langen Zügen trank er ein Glas klares Wasser leer, dann legte er das Mundtuch weg und erhob sich. Unentwegt sah Eva Elisabeth auf ihn. Dann stand er vor ihr und sah ihr tief in die Augen. Sie hing an den seinen und wünschte sich ein liebes Wort dazu, aber er verstand ihren Wunsch nicht zu lesen. Er sagte bloß: „Ich gehe jetzt zu Neuhausers . . . du weißt . . .“

Sie nickte. Leicht und flüchtig strich er ihr übers Haar: ,,Abschließend gehe ich nicht mehr in die Werkstatt. Ich habe es Meister Frühwirth gesagt . . ."

,,Ich warte auf dich!" Nun, da es Eva nicht erwartete, küßte er sie. Als sie den Kuß erwidern wollte, war er schon weg. ,,Auf Wiedersehen" hatte sie ihn noch sagen hören, und damit er es noch hören möge, rief auch sie ihm den Gruß nach und hob sachte die Hand. Aber die ins Schloß fallende Türe verschluckte Bewegung und Wort.

Nun stand Georg vor Simonetta, und da versank sein Mut, seine Freude in Bangigkeit und seine Energie in Verzagtheit. Simonettas Schönheit war ihm plötzlich unfaßbar und all das, was zwischen ihnen gewesen, wie ein ferner Traum. Simonetta war zart, geschmeidig und von wundervollem Wuchs, ihre Gestalt wurde durch das satte, farbenprächtige Kleid, welches nur sie sich in solchem Prunk zu tragen erlauben durfte, verlockender und kam strahlender zur Geltung. Das warme Blut ihrer Wangen verstärkte den Glanz ihrer großen offenen Augen, in denen verzehrende Aufmerksamkeit sichtbar schien; ein lauschendes Zucken um ihre durch Locken halb verdeckten Ohren und ein strenges Beherrschen des Mundes verrieten den angespannten Willen des immer stärker auflohenwollenden Herzens, sich nicht zu verraten. Georg merkte dies alles, und das war auch die Ursache seiner Verzagtheit. Am liebsten hätte er in diesem Augenblick auf den Auftrag verzichten mögen, aber der behäbige und besitzstolze Lebzelter Georg Benedikt Neuhauser stand triefend geil und lächelte feist bei der Begrüßung, daß Georg nicht mehr zu entwischen vermochte. Er dankte höflich dem gebotenen Gruß und kam schüchtern des Lebzelters Aufforderung nach, nach Belieben zu beginnen.

,,Ich werde Euch zusehen, Herr Donner, ich denke, daß Ihr nichts dagegen einwenden werdet . . ."

,,Durchaus nicht", beeilte sich Georg zu erwidern. Er nahm seine Blätter zur Hand und griff nach Kohle und Stift. Mit knappen Worten wies er Simonettas Haltung an. Er warf einige Skizzen aufs Papier. Er begann immer wieder. Er hatte Mühe, die Umrisse zu erfassen, die richtigen Maße festzuhalten. Er spürte diese Unsicherheit, aber er wagte nicht, es sich einzugestehen, er wagte auch nicht zu sagen, daß ihn die Anwesenheit des Lebzelters doch behinderte, daß ihn die Nähe der Frau stärker erregte, als er selber je geglaubt hätte, daß es der Fall sein würde. In kürzerer Zeit, als er es vorgehabt hatte, beendete er die erste Sitzung mit der Begründung, daß er nunmehr überlegen und studieren wolle, wie seine weitere Arbeit vor sich gehen werde. Auch Simonetta war dessen froh.

„Wann will Er wiederkommen?" fragte Neuhauser.

„Samstag, wenn es recht ist!" gab Georg Bescheid. Benedikt Neuhauser sah seine Gattin fragend an. Sie nickte einverständlich. Dann bot man Georg wieder den Gruß und ließ ihn allein. Hastig sammelte er seine Sachen zusammen und ging hinaus.

War das wirklich dasselbe Haus, in dem er mit Simonetta beisammen war? Er blieb stehen, und alles um ihn war fremd. Anstatt zur Straße zu gehen, lief er die Treppe hoch, um nach der Mansarde zu sehen. Die Türe war offen, als er daran probierte. Knarrend und weit öffnete sie sich. Er blieb einen Augenblick unentschlossen stehen. Die zwischen Vergeblichkeit und Hoffnung liegende Seele war durch diese heutige Begegnung aufgewühlt worden. Er erinnerte sich der Büste, die er von Simonetta nach dem Gedächtnis geformt, und dachte in diesem Augenblick, daran weiterzuarbeiten. Sie mußte noch in der Mansarde sein. Er hatte sie nicht mitübersiedelt. Er betrat den Raum. Sofort stellten sich wieder die Erinnerungen ein. Die Fenster waren grau und verstaubt. Es war wohl die ganze Zeit niemand hier oben gewesen. Die Stille, die ihn jetzt umfing, wirkte auf ihn wie ein neues Erlebnis. Er erkannte einige seiner Sachen, die er zurückgelassen hatte, nun suchte und fand er auch im letzten Winkel der Dachneigung die in Lumpen eingewickelte Büste.

Auch bei der nächsten Sitzung ging ihm die Arbeit nicht recht von der Hand. Er kam über flüchtige Skizzen nicht hinaus. Er verlor sich in Details. Bei der dritten Sitzung versuchte er es mit Tonskizzen. Er hatte sich von Frühwirth feingeschlämmten Ton mitgebracht, dem er nun mit Wasser jene Dichtigkeit verlieh, die er zur Formung brauchte. Der alte Neuhauser, der bisher vom Anfang bis zum Ende jeder Sitzung beigewohnt hatte, verließ in diesem Augenblick mit ein paar hingemurmelten Worten plötzlich den Raum.

Verlegen errötete Simonetta. Ihr erwachendes Lächeln schien zu sagen: endlich einmal . . . endlich einmal – und Georg sah das Lächeln. Unerwartet vollzog sich eine glückhafte Erfüllung ihrer innersten Empfindungen. Georg bemerkte, daß es ihr nach seiner Zuneigung verlangte, aber in der überrumpelnden Gelegenheit versagte sein Geschick, den Augenblick zu nützen. Sein Herz zog sich zusammen. Das Ergriffenwerden in einem gemeinsamen unbeschreiblichen Zustand wurde zur Lust von Zwang, im Sinn von Notwendigkeit, die höchstes Erlebenssehnen von seligem Empfangen nicht unterscheiden ließ. Er suchte sich zu ernüchtern, und in einer Art entmachteter Wollust begann er weiterzuarbeiten. In diesem Augenblick kehrte der alte Neuhauser wieder zurück. Er hatte eine Karaffe Wein und drei Gläser mitgebracht, die er nun zu füllen begann. Er reichte Georg ein Glas und wünschte dazu gutes Gelingen. Georg trank und erwiderte: „Ich werde daheim weiterarbeiten", und Simonetta zutrinkend ergänzte er: „Ich habe nun gute Unterlagen . . ."

Georg Neuhauser fragte nicht, welche Unterlagen Donner meinte. Er war mit allem zufrieden und lächelte fettig: „Komm Er nur recht bald, es soll Sein Schaden nicht sein . . ."

Wie eine Träumende verneigte sich Simonetta jetzt vor Georg und empfahl sich in schlafähnlichem Zustand. Sie hatte hart um die Beherrschung ihrer Empfindung gekämpft.

Als Georg die Straße betrat, war das Bild nicht anders als sonst. Die Menschen, denen er auf seinem Wege begegnete, erinnerten ihn an seine unmittelbare Vergangenheit; der Eindruck einer beweglichen Eile ging von ihnen aus und reflektierte in ihm fiebernde, gärende Unlust, ja fast tückischen Unmut, vielmehr hätte es ihn stolz machen können, daß die Eifersucht bei jenem anderen lag. Dennoch aber war ein Dem-anderen-nicht-Gönnen da, das ihn quälte. Er hatte es gefühlt, daß dem dicken Benedikt die satte Freude solchen Besitzes in den schweinslistigen Augen stand. In ichsüchtiger Wollust, über eine Simonetta zu gebieten, erzeugte sie gleichfalls eine altersgemäß stumpfe Eifersucht. Er fand Simonettas Andeutungen hinter dessen finster-fettiger Fassade im Gesichte bestätigt, die seine wahre Absicht, warum er sich so rasch zum Auftrag für die Büste entschloß, zu erkennen gab. Tiefere und reichere geschäftliche Fäden anzuknüpfen, festere Bindungen bei Hofe zu erlangen, war sein Ziel, und die Gier nach weiterem Reichtum, um im Erreichen dieses Reichtums lässig frönen zu können, seine Absicht. Je eindringlicher er darüber nachdachte, desto gewisser wurde seine Annahme. Benedikt Neuhauser würde die Büste Simonettas herumzeigen, ja geradezu anpreisen, und nicht davor zurückschrecken, werbend damit Geschäfte zu machen. Dies und nichts anderes war gemeint, als er sagte: ,,Bei mir im Kontor soll die Büste stehen und nicht im Salon oder im Laden, wo sie niemand oder jeder Stutzer sehen kann." Georg ekelte plötzlich vor diesem Menschen. Er hatte ihm nichts getan, aber die nackte Ichsucht, die aus allem hervorkroch, die man seinem ganzen Gehaben anmerkte und entnahm, war es, die Georgs Gedankengängen immer deutlichere Formen verlieh. Simonetta war wahrlich nicht zu beneiden, sie würde ihren Wunsch, nicht arm zu sein, teuer zu bezahlen haben.

Schon am nächsten Tage holte er das begonnene Modell aus seiner alten Wohnung und brachte es nach Hause, dort arbeitete er daran weiter, ergänzte, verbesserte und beseitigte mit wenigen Griffen, was ihm ergänzungs-, verbesserungs- und beseitigungsbedürftig erschienen war. Dann lag, nach einer weiteren Woche, in einer wunderbaren Einfachheit, zugleich aber auch Schlichtheit und Schönheit da, wonach er vordem in Drängen und Mühe gerungen hatte. Die Büste war fertig: es war Simonetta, wie sie leibte und lebte.

Er wickelte die Büste in Tücher und brachte sie fort. Je näher er zu des Wachsziehers Hause kam und je näher er dem Augenblicke war, daß er sich von seiner, wie er fühlte, ersten gelungenen Arbeit trennen sollte, die ihm nun plötzlich wie ein Stück seines Ichs erschien, desto beklemmender pochte sein Herz. Aber er wußte, dort hinein konnte niemand sehen. Er verlangsamte seine Schritte, aber er zwang sich dennoch, weiterzugehen.

Bei Neuhausers war niemand daheim. Zuinnerst atmete er auf. Er übergab Steffen die Büste und überließ es ihm, zu sagen, was bei solchen Anlässen zu sagen notwendig war. Eigentlich war er froh darüber, daß sich alles so schickte, denn wenn er ehrlich sein sollte, so war ihm doch ein wenig bange davor gewesen, im Augenblicke des Enthüllens die Lobpreisungen und Schmeicheleien anhören und dabei stille sein zu müssen, aber so kamen ja die Dinge, wie sie immer kommen müssen. Froh und wie befreit, niemandem begegnet zu sein, kam er von diesem Gang zurück. Es war ihm wie einer Echse, die aus ihrer Haut gekrochen war und nun in einer neuen steckte.

Am nächsten Tag schon empfing er Brief und Lohn. Zur erwarteten Überschwenglichkeit der Worte hatte sich seltsamerweise eine gleichwertige Freigiebigkeit des Bestellers in klingender Münze gesellt. Solchen Betrag hatte Georg weder erwartet noch sich zu fordern getraut. Aber nur wenige Minuten freute er sich darüber, dann überwogen nüchterne Überlegungen. Er erwies sich seinem Weibe als generöser Gatte, kaufte ihr Kleid und Pfaid und gönnte sich auch selber eine neue Gewandung. Was dann blieb, war nicht mehr viel, und er steckte es in den Beutel zurück und legte ihn in die Lade. Vom Lohn seines ersten Werkes war ihm die Erfüllung seines ersten sachlichen Wunsches geworden.

Die Träume, Gedanken und alle Erregungen um Simonetta schüttelte er mit einer heftigen Bewegung des ganzen Körpers ab. Er zwang sich einfach dazu, so schwer es ihm fiel, einer süßen, jedoch bedrohlich und gefährlich werdenden Gefahr Herr zu werden und sie harten Herzens abzuschütteln. Er nahm Interesse an dem Geschehen ringsum und insbesondere an der Bautätigkeit in der Stadt. Die Grundaushebungen der Karlskirche waren weit gediehen, und an den sichtbaren Vorarbeiten erkannte er die Größe des geplanten Projektes. Auch weiter draußen auf dem breiten Platze vor dem Kärntnertore hatte sich eine lebhafte Bautätigkeit entfaltet, so beim Neubau des Freihauses; aber auch in der Inneren Stadt bei der Himmelpforte und am Graben gab es immer wieder etwas zu bauen, zu verbessern und umzugestalten. Ihn interessierten Bauherren und Meister. Er hörte von Hildebrandt, daß er mit dem Bau für die Lichtensteinsche Sammlung, die wertvollste Bronzestatuetten der italienischen Meister der letztvergangenen Jahrzehnte vereinigen sollte, beauftragt wurde. Er hörte vom Auftrag für den Deutschen Orden in Linz, und er nahm wieder Interesse an der Akademie und verfolgte die Arbeit dort mit Aufmerksamkeit. Peter Strudel war Vorstand und drillte dort Faltenwurf und Anatomie. Donner hatte ihn seinerzeit bei Brenner kennengelernt und schätzte ihn als agilen, tatkräftigen Mann, der wohl imstande war, andere zu lehren, und von dem zu lernen nur Ansporn sein konnte. Auch nach außenhin war Strudel sehr wirksam und gerade damit beschäftigt, die unzulänglichen Räume der Akademie in bessere des Schönbrunnerhauses nächst der Tuchlauben unter den Sattlern zu verlegen. Er sperrte für diese Zeit den Lehrbetrieb und übersiedelte klassenweise alles in kürzester Spanne.

Die Glocken des Kirchleins im Heiligenkreuzer Hof läuteten einen warmen Septembersonntag ein und riefen damit zur Frühmesse. Der breite, mächtige Kastanienbaum im Hofe warf bereits seine stacheligen Früchte ab, und die fettig glänzenden, großen, braunen Früchte kollerten kreuz und quer über den Boden. Durch dieses Geräusch war Georg erwacht. Eva schlief noch. Sein Blick fiel auf das Diarium, welches Eva gestern mitgebracht hatte und nun am Tische lag. Er holte sich die Zeitung ins Bett und begann zu lesen. Man meldete den Sieg Prinz Eugens und die ungeheure Zahl der Toten auf beiden Seiten.

„In sternenheller Nacht“, las er, „bezogen die Abteilungen ihre Stellungen. Plötzlich fiel Nebel ein. Der Aufmarsch geriet in Verwirrung. Der Prinz stürzte sich ins Kampfgetümmel, dirigierte die Deckung klaffender Lücken, riß die Massen mit sich fort und eroberte so dem Kaiser wieder Stadt und Feste!“

Georg ließ das Blatt sinken. Kampf, Krieg und Mord, auch das war Beruf und Berufung. Wer kannte sich aus in den Gesetzen dieses Lebens? Alles bewegte sich nebeneinander her, und aus tausend Gegebenheiten, die sich in ungewisser Folge ergaben, formte sich dann erst das Geschehen, welches endgültige und bestätigende Bedeutung bekam. Dieses Handwerk mochte er nicht, aber was war der einzelne, was war er, was war schließlich das Werk, das er schuf? Ein skurriler Gedanke: handwerkliches Können, Freude, Bedürfnis und Notwendigkeit sind der Beginn, Wunsch, Bemühen, Zufall und Gabe aber sind dann erst Auslösung und Lösung.

Sein Blick fiel, als er in der Zeitung weiterblätterte, auf eine andere Stelle. Irgendwie war vom Theater die Rede, und ein prüdes Herz hatte sich ereifert: „. . . denn weil solche komödiantischen Weiber gemeiniglich schön, zumeist aber ohne Ehrbarkeit sind, so pflegen sie mit den Sitten und Gebärden, mit den Bewegungen des ganzen Leibes, mit der zarten, lieblichen Stimme und mit den zierlichen Leibeskleidern die Menschen wie Sirenen zu verzaubern, daher man sich nur billig wundern kann, warum dieses hochschädliche Ungeziefer allenthalben in den Städten wird aufgenommen."

Donner mußte lächeln. Wie schnell sich doch kleine, allein vom Alltag getriebene Geister zu ereifern vermochten. Sie saßen selber im trockenen, im satten und konnten es weder verstehen noch begreifen, daß es da immer wieder solche gab, die nicht einmal so viel haben, um sorglos zu leben und sich sattessen zu können. Aber aus solchen Krämerseelen wie auch aus Kämpfern besteht eben das Nebeneinander dieser Welt.

Nicht das ist das Wesentliche, das bestehende Nebeneinander zu erkennen, sich im Wettbewerb zu ereifern, in Eitelkeit zu streben oder allein im Bewußtsein, Gutes zu tun oder zu wollen, Erfüllung zu finden, sondern einfach und immer nur und immer wieder bei sich selbst zu beginnen, an sich selbst zu arbeiten und sich selbst der Arbeit hinzugeben. Erst dann würde Vorbild und Befriedigung und letzten Endes Inhalt und Kunst geschenkt. Freilich wäre Geld manchmal förderlich. Hatte es Georg vielleicht einmal vertan? Er erinnerte sich daran, Vaters Erbteil bekommen zu haben, aber wo war es bloß geblieben? Georg Raphael legte die Zeitung weg, ging zur Lade und kramte in den Papieren. Er suchte die Nachlaßschrift des Vaters heraus, die er vom Notar in Abschrift erhalten hatte. Dreihundert Gulden bar hatte jedes der Kinder bekommen, und es waren immerhin ihrer sieben gewesen, eine stattliche Summe, und dann den Grund zu gleichen Teilen, vom Hause und den sechsunddreißig Joch Grund extra abgesehen, den die Stiefmutter bekam. Ja, wo war das Geld bloß geblieben? Man hatte es ihm doch auf Gulden und Kreuzer ausbezahlt, aber es war alles verbraucht, mitverbraucht worden, ohne daß man es besonders merkte. Man hatte eben dies und jenes gekauft, diese und jene notwendigen Anschaffungen gemacht und mußte jetzt die Tatsache unabänderlich hinnehmen.

Da erwachte Eva.

„Georg!" rief sie, und als er zu ihr hinsah, saß sie bereits aufgerichtet im Bett und hatte die Hände räkelnd über dem Kopfe verschränkt. „Guten Morgen, Georg!" ergänzte sie. Er dankte, lachte und kam dicht an sie heran. Er stürzte in Gedankenleere, fühlte ein Wegschmelzen seiner Kräfte, ein Unvermögen, seine Gedanken mit solcher Wirklichkeit in Einklang zu bringen. Er starrte in das Bild seiner eben erwachten Frau, ergab sich der frischen Jugend gefälliger Rundung und versuchte das Gefühl der Leere aus seinem Zustand wieder zu verdrängen. Er flüchtete an ihre Brust, aber sie vermochte ihm weder Trost noch Erleichterung zu geben. Erschreckend stahlen sich die Gedanken zurück. Er würde neben ihr leben, in seiner Arbeit aber allein sein. Die Jahre würden wechseln, vielleicht würde sie ihm ein Kind schenken, aber in seiner Arbeit würde sie ihm nicht helfen können, dazu war ihr Wesen, ihr Denken, ihr ganzes Sein zu einfältig.

Simonetta?

Ein wunschloses Entspannen, ein Einsinken in Ergebung erfüllte ihn und brachte das Gefühl des Geheimnisses der großen Lebensgestaltung zum Schweigen.

Ein Mann mit einer weißen Allongeperücke verlangte in der folgenden Woche im Frühwirth'schen Geschäfte nach Georg Raphael Donner. Mit skeptischem Ausdruck kam Donner, näherte sich ihm grüßend und frug höflich um dessen Begehr.

Bei Neuhauser habe man eine deliziöse Büste gesehen, und er wäre nun im Auftrage einer hochgestellten Persönlichkeit gekommen, um zu fragen, ob Herr Donner gegebenenfalls weitere, ähnliche Aufträge anzunehmen und auszuführen gewillt sei. Näheres und worum es sich im bestimmten Falle handeln solle, äußerte der Mann nicht, und Donner war es auch zufrieden. Er bejahte schlicht und einfach und war eigentlich froh, als der Mann ebenso unvermittelt, wie er gekommen war, wieder ging. Die Zweifel und das grundsätzliche Unbehagen gegen solche mit Riesenperücken geschmückte Figuren, die Georg immer schon widerwärtig beeinflußten, waren bereits wenige Minuten nach seinem Weggang wieder abgeebbt. Der Puderduft und die nach Moder riechende Erscheinung waren verflogen, und Georg überlegte, wer wohl, da jemand Simonettas Plastik gesehen haben mußte, an solchem Werk Gefallen gefunden haben mochte. Er fand keine Antwort, und in den kommenden Tagen geschah auch nichts, was auf die Anbahnung eines neuen Auftrages in dieser Richtung schließen ließ. Die tägliche Arbeit ging weiter, und in seiner schicksalsgläubigen Haltung blieb er hartnäckig bei seiner Meinung, daß alles von selber kommen und auch immer ein wenig Glück dabei sein müsse, falls sich ein Weg zum Erfolg zeigen solle. Aus dem fortschreitenden und unfreundlich werdenden Herbst wurde ein lahmer Winter. Dennoch mied es Georg, auf die Straße zu gehen und blieb, solange es nur irgend möglich war, in der gemütlich warmen Werkstätte oder in der mäßig wohligen Stube.

Um diese Zeit erkrankte Meister Frühwirth. Er hatte sich erkältet, bekam Fieber und mußte das Bett hüten. So war es nur selbstverständlich, daß Georg Raphael als Frühwirths ältester Mitarbeiter alle Aufgaben und Pflichten des gutgehenden Geschäftes übernahm. Er trug die zusätzliche Bürde des Meisters zur eigenen Arbeitslast unermüdlich und mit ausdauerndem Fleiß. Der Meister nahm seine Berichte mit Anerkennung und Befriedigung zur Kenntnis und hieß ihn eines Abends, da sich eine Besserung im Zustande seiner Krankheit nicht absehen ließ, zu sich ans Bett setzen.

„Georg", sagte er, „ich weiß nicht, was mit mir los ist. Es scheint nicht eine bloß vorübergehende Krankheit zu sein, sondern die große Reise, die ich wohl, wie einmal jeder andere auch, einfach antreten muß . . ."

Georg suchte ihn abzulenken: „Was redet Ihr denn. Dazu hat's noch Zeit. Das müßt Ihr euch schon für ganz zuletzt aufheben!"

„Doch, doch . . ." lächelte der Meister müde, „. . . für zuletzt, aber es ist doch besser, daß du schon jetzt erfährst, was ich sagen will und was doch einmal auch gesagt werden muß. Du weißt, daß ich keine Kinder habe und daß du darum mein Erbe sein sollst. Die Schwester, die in Dresden lebt, ist auf das, was sie von mir erben könnte, nicht neugierig. Ihre und die Interessen ihres Mannes liegen auf ganz anderem Gebiete, so daß also meine Arbeit, für die ich hier lebte und in der ich aufgegangen bin, ohne richtige Nachfolge wäre und daher auch aufgegeben werden müßte. Ich habe mich zeitlebens geplagt, und das ehrlich erworbene Gut ist nur die Folge davon gewesen. Geld und Reichtum kommen meistens und am dauerhaftesten nur durch emsige Arbeit, alles andere ist faul. Es kommt meistens nur dann, wenn man nicht nachläuft, und, siehst du, mitnehmen kann man es sich auch nicht. Ich habe meine Zufriedenheit, und damit du es weißt, ich bin vor längerer Zeit schon beim Notar gewesen und habe alles fertiggemacht. Ich habe dich immer streng gehalten, vielleicht manchmal auch sehr knausrig getan, aber ich habe deine Arbeit gespürt, deinen Eifer und deinen Willen, und nun hätte ich gerne, daß du alles beisammen haben sollst und weiterführst. Möchtest du das?"

Georg Raphael war verlegen. „Ich weiß nicht, was ich sagen soll . . .", stotterte er fast. „Freilich, Meister, freilich, wie gerne, und ich verspreche Euch . . ."

„Großer Junge . . ." lächelte Meister Frühwirth, „du sollst mir gar keine Versprechungen geben. Ich weiß und bin dessen ganz sicher, daß du einmal viel mehr daraus machen wirst. Schöpferische Arbeit leisten, das ausführen, worum ich mich zeitlebens geplagt und was mir doch über mein bescheidenes Können hinaus nie gelungen ist. Das alles ist bei dir spielerisch . . ."

Georg unterbrach seinen Meister: „Aber was habe ich denn bisher wirklich geleistet. Ich habe überhaupt noch nichts getan, was Euch zu dieser Annahme berechtigen könnte!"

„Ich kenne dich besser, als du denkst!" Frühwirth wurde nachdenklich, und es klang wie seherisch: „Es gibt Menschen, in denen das Fieber der Kraft schwelt. Du trägst das hohe Bewußtsein der Kunst in dir, die Tausende beglücken wird und bis in die fernsten Tage die Unbekannten spätester Generationen ansprechen wird. Laß deine schöpferische Kraft zur Flamme werden, und auflodernd frißt der Brand um sich . . ."

Der Meister unterbrach seine Gedanken mitten im Satz. Seine Hände tasteten wie irr über das Zudeck, und seine Augen flackerten unstet über die Decke des gewölbten Raumes im Kreise.

Georg wurde mutlos und beschämt. Alle Unbekümmertheit war ihm verflogen. Er versuchte sich der Mitteilung anzupassen und würdig zu erweisen, aber sein Herz scheute sich bei dieser Willigkeit wie ein Pferd, das keinem Zuspruch zugänglich ist und in wilder Angst zu laufen beginnt, wie es geschieht, wenn Gefühle da sind, die dem Verstand folgen möchten, aber dennoch keine Worte finden. Ihn beängstigte die überwältigende Größe dieses Augenblicks. Die Verwirklichung eines Traumes machte ihn still, scheu und geduckt. Er fürchtete, daß auch ihn solche Freude übermütig machen und ihn dadurch nicht erreichen könnte. Er blieb still, scheu und geduckt weiterhin, saß unbeweglich, und die Zeit entglitt. Die Stunden maßen sich in der Uhr und das Dunkel der Dämmerung wuchs. Über die geschlossenen Lider des Meisters ging ab und zu ein Zucken, und die trockenen Lippen suchten das Gefühl des Aneinanderklebens zu lösen. Georg blieb bei des Meisters Bett. Er netzte Frühwirths Lippen und Stirne zeitweise mit Essigwasser, bis der Schlaf ruhig und tief wurde.

Das Fieber ebbte nicht ab, es wuchs im Gegenteil und schwächte Meister Frühwirth zusehends. Der Arzt, der zugezogen blieb, ließ den wahren Zustand ahnen. Eva Maria saß am Krankenbett, betreute den Kranken und half so gut es ging im Nebenher ihrer hausfraulichen Arbeit. Der Alte verfiel sichtlich, eine Lungenentzündung gesellte sich hinzu, und damit war das Ende des Meisters absehbar geworden. An eines Tages Feierabend kam Eva Elisabeth in die Werkstätte und sagte ihrem Manne, daß es soweit wäre. Georg traten die Tränen in die Augen. Es war dies das erste Mal, daß Eva solches sah. Vor der Werkbank, an der sonst immer der Meister gestanden hatte, faltete Georg die Hände und betete mit lauter und fester Stimme ein Vaterunser.

In der folgenden Zeit wuchs die Arbeit dem neuen Meister über den Kopf. Er mühte sich vom frühen Morgen bis in die späte Nacht, um alles, wie und wo es nur ging. Es war eben nicht einfach, ein immerhin gutgehendes Geschäft führend zu übernehmen. Alles ruhte nun auf seinen Schultern. Er besorgte den Einkauf, nahm Aufträge entgegen und wachte über Ausführung und Auslieferung, daneben hatte er Schreibarbeiten zu erledigen und die administrativen Arbeiten, die Notar und Gericht mit sich brachten. Man verlangte von Georg, daß er die Zustimmung der Schwester des Verstorbenen aus Dresden beibringen müsse, in welcher sie die Verzichterklärung auf den Pflichtteil schriftlich bestätigen müsse. Dazu würde voraussichtlich eine Reise nach Dresden erforderlich sein. Donner überlegte und zögerte alles einstweilen nur hinaus, um vorerst wenigstens den vordringlichsten Forderungen, die der Tag stellte, gerecht zu werden. Er gönnte sich kaum des Abends richtig Ruhe. Er hatte keine Zeit und nahm sich keine Zeit, und mit seinen vierundzwanzig Jahren wußte Georg nicht, daß Zeit haben nichts anderes heißt, als keine Zeit für alles zu haben. Als er abends neben
 Eva zu liegen kam, fand er vor Müdigkeit kaum Zeit, sie anzusehen

oder ihre transparente elastische Haut zu berühren. Sie lag erwartungsvoll und geduldig da und verfolgte und beobachtete ihn. Er fand ihre Haare reizvoll, ihre hohe Stirne und ihr schmales Gesicht, er wünschte es sich, Kinder zu haben, aber ehe sie Zeit fanden, sich zu nähern, hatte ihn der Schlaf übermannt.

Dennoch sprach Eva Anfang Juni erstmals von ihrer Schwangerschaft. Georg Raphael war zwiespältig glücklich: zum ersten der Erfüllung seines Wunsches wegen, zum andern aber wegen der vermehrten Sorge und Bangigkeit um das Gelingen einer Erhöhung aus den Erträgnissen des Geschäftes, derer es dringendst bedurfte. Zudem schien nun auch die Reise nach Dresden notwendig zu werden. Nun aber kam, von den außenpolitischen Geschehen beeinflußt, eine Welle neuer Impulse zur Wirkung, die durch den am 21. Juli 1718 erfolgten Friedensschluß von Passarowitz ausging, in welchem die Türkei das Banat, das nördliche Bosnien, Serbien mit Belgrad und die kleine Walachei an Österreich und den Peloponnes an Venedig abtreten mußte. Eine wirtschaftliche Erhöhung der Aktivitäten ergab sich und erfüllte und spannte die Hoffnungen bis zu den Handwerkern und kleinen Geschäftsleuten. Zudem kam in diesen Tagen jener Herr mit der Allongeperücke wieder und bestellte im Auftrag Wierich Phillipps Grafen von Daun für das Kinskysche Palais auf der Freyung zu Wien ein Bronzerelief. Es bedurfte vieler Besprechungen wegen der Ausführung und der nötigen Sitzungen, die zur täglichen handwerksmäßigen und verwaltungstechnischen Last zusätzliche Aufgaben mit sich brachten. So ballte sich in dieser Zeit bis zum Ende dieses Jahres Erleben, Schaffen, Werken und Geschehen zu einem schier nicht zu lösenden Gewirr.

Eva in ihrer häuslichen und erwartungsvollen Vorbereitungsarbeit für das Kind stand allein.

Bereits zu Beginn des neuen Jahres lieferte Georg die bestellte Arbeit zur vollsten Zufriedenheit ab, aber sie hatte ihm nicht mehr Befriedigung gegeben als etwa ein von einem behäbigen Bürger für ein honorables durchschnittliches Grab bestellter Posaunenengel. Auch das Honorar für das Relief war nicht anders gewesen, als er es für einen solchen bezogen hätte. Aber das machte ihm nichts aus. Er war froh, die Arbeit als solche hinter sich gebracht zu haben, und auch die Fülle der Probleme schien sich wieder zu entwirren.

Am 21. Jänner 1719 genas Eva Maria Elisabeth einer gesunden, leider etwas schwächlichen und zarten Tochter. Georg empfand wohl Glück und Freude, aber das Ereignis schien dennoch nicht wesentlich mit zum Ziele zu gehören, das er sich vorgenommen.

Es war ein gar grimmer Winter in diesem Jahr. Die Berge Schnees in den Straßen waren so hoch wie seit Jahren nicht, und im Strome staute sich das Eis. Fast nirgendwo gab es genügend Material zum Heizen. Das Holz, welches man für den Winter zusammengetragen hatte, erwies sich als unzureichend und nahm in erschreckender Weise ab. Georg nahm selber Anlaß, mit seinen Leuten in den Wald zu fahren, zu schlägern und Holz einzuholen, um die Härte dieses Winters durchstehen zu können. Auch hatte seine Frau an den Nachwirkungen ihrer Schwangerschaft zu leiden, das Stillen machte ihr Mühe, und auch sonst mußte sie die Hilfe fremder Nachbarinnen in Anspruch nehmen. Die bedrückte Stimmung in Georgs unruhigem Befinden wich erst wieder halbwegs mit der Wiederkehr wärmeren Wetters. Er kämpfte wider die Unbeständigkeit und die schwankende Unschlüssigkeit der niederen Natur, versuchte den Alltag zum Heiligtum zu machen, dieses aber auch mit großen und gültigen Werken wahrer Kunst zu schmücken und versuchte auch einer Welt, die nur in der Vergangenheit und wie festgefroren auch in der stumpfen Gegenwart lebte, zu entrinnen. Seine Tatkraft bekam Aufschwung und seine Pläne Kraft. Er gedachte, die seit langem verschobene Reise nach Dresden durchzuführen, um die schwelende Erledigung der notariellen Erfordernisse zu erreichen, und vielleicht auch einen Besuch bei dem Atelier Permosers damit zu verbinden. Im April weihte er Eva in seine Absichten ein und bat sie, die im kleinen Haushalte durch die Obsorge für das Kind, das Kochen, Wirtschaften und das Waschen der Wäsche vollauf zu tun hatte, überdies noch um die Beaufsichtigung seines Geschäftes. Wenn auch der Meister für einige Zeit fehle und die Arbeit selbst bei den Gesellen in guten Händen sei, so solle es doch nicht der nötigen Aufsicht mangeln, deren jeder kleinste Betrieb besonders dann bedurfte, wenn man die Zügel zu lockern gezwungen war. Eva fühlte sich wohl überfordert, aber sie zeigte und sagte es nicht, sondern versprach zu tun, was in ihren Kräften lag. So unternahm Georg die ersten Schritte seiner Reisevorbereitungen. Es ergaben sich Anschaffungen, er beschaffte sich die Reisedokumente, erkundigte sich bei den Fernposten über die Verbindungen und Reisemöglichkeiten, ihre Routen und Dauer und war dann schließlich bereit, für Anfang Mai seine Abfahrt festzulegen. Zwei Wochen rechnete er für die Reise allein und die gleiche Zeit auch für den Aufenthalt in Dresden selbst. Noch kamen verschiedene Dinge dazwischen, die einen neuerlichen Aufschub der Reise erzwangen, doch war es dann Mitte Mai soweit, daß er die hohe, komfortable Fernkutsche der Post tatsächlich bestieg.

Der Schwager ließ seine Peitsche knallen, und die Pferde setzten sich in Richtung durchs Rotenturmtor hinweg, den Donauauen zu, nach Stockerau in Bewegung. An der Poststraße nach Prag wurde bei der Riegersburg, die über den alten Teil der Wasserfeste Ruegers errichtet wurde und deren Besitzer Siegmund Friedrich Reichsgraf Khevenhüller zu Aichelberg war, erste willkommene Station gemacht. Von Horn nahm man den Weg über Schrems nach Wittingau, und nach neuerlichem Wechsel der Postpferde wurde die Strecke bis Prag zurückgelegt. In Prag, der Hauptstadt Böhmens, die zu dieser Zeit eine der größten und schönsten Städte Deutschlands war und einen Umfang von vier Stunden, in ihrer größten Ausdehnung einen Durchmesser von etwa einer Stunde hatte, hielt man einen Tag Rast. Georg nützte die Zeit dazu, den Hradschin und die Neustadt zu besichtigen, und interessierte sich besonders für die finstere, eng und winkelig gebaute Alt- und namentlich auch die Judenstadt, das Alte Rathaus am Großen Ringe und die astronomische Uhr aus dem 15. Jahrhundert. Die Weiterfahrt über Leitmeritz, Aussig und Bodenbach verschlief er der drückenden Hitze wegen, die über den staubigen Landstraßen gebreitet war. Öfteres Rasten und Tränken der Pferde, da und dort eine Schwemme aufzusuchen, hatte sich als notwendig erwiesen, um die drei Gäule nicht allzusehr und vor der Zeit zu erlahmen. In der Enge der Kalesche versanken die Passagiere, es waren ihrer sechs, zwei Kaufleute aus Wien mit ihren Frauen und ein Musikstudent, fast durchwegs in lethargischen Schlaf. Erst in der Romantik der sächsischen Schweiz, jenem merkwürdigen Sandsteingebirge im meißnischen Kreise des Königreiches Sachsen, der westlichen Fortsetzung des Lausitzer Gebirges, wurde durch die zahllose Menge senkrecht abfallender, mit Nadelholz bedeckter Felsmassen, die unter mancherlei grotesken Gestalten auf Höhen und in Tiefen emporragen und ein Labyrinth von schauerlichen sowie von lieblichen Tälern bilden, die Apathie der Reisenden gelockert, und man geriet auch wieder in geistig regsamere Bezirke. Der Student wußte Georg manche Dinge von neuen Komponisten zu berichten, darunter von Bach, dem einen, der, nun etwa vierunddreißigjährig, wundersame Proben eines seltenen Könnens von sich gab, und Händel, dem anderen, der jetzt, wie man sich erzählte, nach der Thronbesteigung des Kurfürsten Georg von Hannover in England hoch in Gunst gekommen war und sogar zum Musikdirektor auf dem Landsitz Cannons Castle des kunstsinnigen Herzogs von Chandos bestellt worden sein sollte. Georg Raphael indessen wieder erzählte von seiner Absicht, den Bildhauer Permoser in Dresden aufsuchen zu wollen. So verging die restliche Zeit der langen Reise, und nach einem kurzen Aufenthalt in Königstein, den man zu einem Besuch des Liliensteins und der Feste mit dem 900 Fuß tiefen, in den Felsen eingesprengten wasserreichen Brunnen nützte, näherte man sich Pirna und kam endlich gegen Abend zur Haupt- und Residenzstadt des Königreiches Sachsen nach Dresden, welches ehedem ein sorbisches Fischerdorf gewesen war und erst von Kaiser Friedrich III. die Stapelgerechtigkeit erhalten hatte. Am Antonsplatze in der Nähe des artesischen Brunnens teilte und verabschiedete sich die Reisegesellschaft, und jeder suchte ein Quartier auf.

Georg schlief länger, als er eigentlich beabsichtigte. Die Reise hatte ihn doch sehr ermüdet, und es war hoch am Mittag, als er erwachte. Er wusch sich, kleidete sich an und ging sofort zu Tische. Noch am gleichen Nachmittage suchte er die Schwester seines verstorbenen Meisters an der angegebenen Anschrift auf. Der Besuch verlief noch glatter und reibungsloser, als er es sich vorgestellt hatte. Die Dame wohnte in einem feudalen, schloßähnlichen Hause in der Nähe des findlaterschen Weinberges und war mit irdischen Gütern sichtlich reich gesegnet. Die Beklommenheit, die Donner anfänglich mitgebracht hatte, wich bald durch die betont leutselig-heitere Art der lieben alten Dame. Er mußte von ihrem Bruder, seiner Arbeit und von dessen letzten Stunden erzählen. So kam er schließlich auf den eigentlichen Grund seiner Reise zu sprechen, und die Dame erfüllte bereitwillig und ohne überhaupt nur ein fragendes Wort zu verlieren die von Gerichts wegen verlangte Formalität und setzte ihre Unterschrift unter die mitgebrachten Papiere an bezeichneter Stelle. Somit war Georg Raphael Donner rechtmäßiger Erbe, und wie sehr ihn dies nun beglückte, gab er in wenigen, dafür aber um so aufrichtigeren beredten Worten Ausdruck. Die Dame wehrte ab, ja sie lud ihn ein, doch für die Dauer seines Aufenthaltes in Dresden in ihrem Hause Gast zu sein. Georg nahm aus Gründen notwendiger Sparsamkeit das Anbot an, holte seine Sachen vom Gasthofe ab und quartierte sich in dem ihm zugewiesenen, gartenwärts gelegenen Zimmer des nahezu fürstlichen Hauses wohnlich ein.

Erst dann beschloß er, sich ein wenig in der Stadt umzusehen, und es gab sehr vieles, das ihn interessierte. Er ging zu der aus Quadern erbauten Brücke über die Elbe, suchte das königliche Schloß in der Altstadt mit dem grünen Gewölbe auf, worin der königliche Schatz von sechs Millionen Talern an Wert aufbewahrt wurde, das Ballhaus mit dem Staatsarchiv, das Prinzen-Palais mit der Privatbibliothek des Königs, das Opernhaus und schließlich den Zwinger, der aus sechs Pavillons bestand, die einen 250 Schritt langen und 170 Schritt breiten Raum einschlossen, der mit Springbrunnen und vielen Orangenbäumen geschmückt war.

Er besuchte die Hofkirche und die Frauenkirche und sprach dann unvermittelt und willkürlich auf der Straße einen Mann an und fragte ihn, ob er die Werkstätte des Bildhauers Permoser anzugeben wisse. Der schüttelte den Kopf und verneinte, aber er könne ihm gerne den Ort sagen, an dem Meister Böttger eben erfolgreich damit beschäftigt sei, aus ungeschmolzener Porzellanerde Kunstwerke zu schaffen. Georg Raphael griff diese Anregung tatsächlich auf und ging an den bezeichneten Ort, wo er Gelegenheit bekam, in die bis nun geheimgehaltene Erzeugung Einblick zu nehmen und die Herstellung dieser neuen Ware selber kennenzulernen. Böttger persönlich gab ihm, dem Fremden, erstaunlicherweise erschöpfendere Auskunft, als er es nur annähernd hätte überhaupt erwarten dürfen, und auch allein aus diesem Grunde schon hatte er es auch nicht zu bereuen, seinen Aufenthalt noch um einen Tag zu verlängern. Er stolzierte noch durch den in Bau befindlichen Teil des Zwingers, der den Rahmen für die öffentlichen Ritterspiele, die Gepränge und anderen Lustbarkeiten des Hofes August des Starken abgeben sollte und den ein Architekt Pöppelmann auszuführen hatte. Immer wieder aber dachte Georg an die Porzellanherstellung Böttgers. Wenn auch nicht diese Kunst unmittelbare Bedeutung für Georg gewann, so waren es doch die Geheimnisse der Mischung und Formung des Materials, welches ihm in der erforderlichen, eigenwilligen Behandlung neue Aspekte wies und ihn so beschäftigte. Späterhin, als er dann im Erzguß arbeitete, kam er auf diese Anregungen zurück, sie bewußt verwertend und ins gegenständlich Erforderliche transponierend.

Der letzte in Dresden noch vorgesehene Besuch führte ihn dann zu Permoser. Er hatte die Anschrift schließlich doch herausgefunden, und da man ihm in Wien viel und besonders noch Meister Brenner erzählt hatte, wollte er die Gelegenheit nützen und ihn aufzusuchen nicht versäumen.

In raschen Schlägen hämmerte Georg mit dem Klopfer an der Türe des überaus feudalen, ja geradezu fürstlich aussehenden Hauses, daß es im Flure widerhallte. Ein Diener kam und öffnete, und Georg, sich vorstellend, sagte, daß er den Herrn Permoser höchstpersönlich zu sprechen wünsche. Der Diener verneigte sich wohlbeflissen, beeilte sich jedoch, höflichst darauf aufmerksam zu machen, daß er die Meldung unverzüglich weitergeben wolle, dennoch aber sagen müsse, daß Monsieur Permoser äußerst beschäftigt sei, da er sich für eine Reise nach Wien fertigzumachen bereit sei, die er antreten müsse, da er die eben fertiggestellte gewaltige Apotheose des Prinzen Eugen diesem persönlich zu übergeben hätte. Als Donner von dem Bedienten das Wort gewaltig hörte, kroch in ihm das Gefühl einer aufkeimenden Abneigung hoch. Er bezwang es, erkannte den ungünstigen Augenblick seines Vorhabens, und wartete aber doch die Rückkehr des Bedienten ab. Mit papageienhafter Präzision wiederholte dieser die Worte seines Gebieters, daß Herr Donner nicht ungehalten sein möge, er aber so sehr beschäftigt sei, daß er ihm nicht einmal ein paar Augenblicke persönlicher Aufmerksamkeit widmen könne, es aber doch nicht versäumen wolle, den Besuch zu würdigen, und ihn deshalb bäte, mit einigen Worten im Antichambre vorlieb zu nehmen.

Er wurde in einen kleinen Vorraum geleitet, der außer einigen

Sitzgelegenheiten nur drei hohe, vergoldete Türen zeigte. Das Licht des hohen Frühlings drang nur spärlich in den Raum und gab ihm eine gedämpfte Milde. Die Türen zu den anliegenden Zimmern waren geöffnet, und aus einem dieser Räume konnte er ein Gespräch vernehmen, welches Permoser mit einem Herrn, welcher bald als dessen Coiffeur erkenntlich wurde, führte. Es wurde in näselndem, französisiertem Deutsch geführt, und in fast unversiegbar scheinendem Redestrome parlierte eine meckernde Fistelstimme.

„. . . oh und aben Ihro Gnaden gehört von der Perücke Philips von Espagne. Man at den königlichen Perückenmacher dort selbst durch einen von der Hofkonferenz beschlossene Resolution daraufhin vereidigt, daß er zur Perücke hochdero Excellenzen nur wieder Aare von adeligen Personen zu seinen Kunstwerken verwenden dürfe . . ."

Ein undefinierbares Gebrumm unterbrach den Redeschwall, und der Diener nützte nun den Augenblick, Georg Donner anzumelden . . ."

„Ach, Herr Donner!" rief Permoser und tat erfreut, „. . . ich freue mich, daß Er mich aufgesucht hat, aber Sie werden mich entschuldigen, daß ich mich Ihnen augenblicklich nicht mehr widmen kann, Sie sehen ja, welche Prozedur ich zu ertragen habe. Er weiß auch, daß ich in der letzten Zeit besonders viel gearbeitet habe und auch sehr müde bin. Als Hofbildhauer habe ich hier vorwiegend in eigener, aber auch unter Mithilfe von Gesellen eine Sisyphusarbeit geleistet. Sieh Er sie sich doch nur selber an, die Satyrthermen am Wallpavillon und die zahlreichen anderen Arbeiten, wie die Elfenbeinbildwerke, die Jahreszeiten und mythologischen Figuren für das grüne Gewölbe, und nun ist eben die Apotheose des Prinzen Eugen fertig geworden, für die ich nun zu persönlicher Übergabe nach Wien fahre. Ich werde, bis dahin ist Er wohl auch zurück, die Gelegenheit nicht versäumen, Sie in Wien aufzusuchen und Ihm auch meine Apotheose selber demonstrieren."

Donner sprach kaum ein Wort. Als nach einer längeren Pause der Coiffeur wieder mit seiner munter perlenden Rede fortfuhr, wandte sich Donner ohne Wort und Gruß an dem sich verneigenden, ihn wieder zurückgeleitenden Diener vorbei dem Ausgang zu.

Am Flusse bei den Schiffern und in Beobachtung der hartnäckig angelnden Fischer verbrachte er noch sorglose Stunden. Sein Dank galt der gastfreundlichen Schwester seines verstorbenen Meisters und seine Befriedigung dem erlebten Schönen und erfüllten Gesehenen. Mit der nächsten Postkutsche verließ Georg Raphael Donner Dresden. Die Reise war nicht vergeblich gewesen.

In Wien war, trotz der relativ kurzen Zeit seiner Abwesenheit, die Arbeit in der Werkstätte etwas in Unordnung geraten. Seine Frau hatte weder die Zeit erübrigt, die zu einer strafferen Aufsicht notwendig gewesen wäre, noch aber hatte sie überhaupt jenes Verständnis gehabt, welches zu solcher Aufsicht befähigt hätte. Sie war eben primär Hausmütterchen, die zuerst um das Wohl und Wehe ihres Töchterleins Ännchen besorgt war. Und der Geselle, dem Donner die wirkliche Last der Verantwortung übertragen hatte, war viel zu sorglos und bewies natürlich bei weitem nicht das erforderliche Interesse, alles so zu tun, als wäre es das eigene Geschäft. Solche Dinge wirkten sich in allerkürzester Zeit aus, in der Aufträge und Neuarbeiten als Folge der stockenden Bemühungen ausgeblieben waren, so daß sich nun in der Folge auch wegen der Bezahlung und des Neuankaufes der Rohmaterialien Schwierigkeiten ergaben. In langer und wirklich mühevoller Arbeit, zu der Donner oft auch die Nächte verwendete, mußte die Lücke wieder aufgefüllt, die Schlappe wieder wettgemacht werden. Dennoch war es ein dauernder Kampf, von einem Mehrverdienst war trotz solcher Mehrarbeit nicht die Rede, und der Geschäftsgang genügte letzten Endes gerade eben nur für die täglichen Ausgaben. Daß dies dem ehrgeizigen Streben Donners nicht behagte, war verständlich, und irgendwie empfand er solches Tun, welches nicht mehr als ein ermüdender Leerlauf war, bedrückend, zuweilen sogar bedrängend, und trotz aller Vervielfachung seiner Anstrengungen vermochte er zu einer wesentlichen Änderung nichts beizutragen, geschweige denn sie zu erreichen.

Ende Oktober bekam seine Tochter plötzlich Fieber. Als einer in solchem Alter nicht absonderlichen, vielmehr durchaus gewöhnlichen Erscheinung maß Donner der hohen Temperatur keine wesentliche Aufmerksamkeit bei, und Eva suchte durch Essigwickel die fieberhafte Erkrankung zum Abklingen zu bringen. In den folgenden Tagen verschlimmerte sich jedoch das Befinden des kleinen

Ännchens, so daß die Eltern bedrückende Angst bekamen und den Arzt beizogen. Die Kleine wurde apathisch und verfiel in Dauerschlaf. Dann konnte sie auf einmal die Beine nicht mehr bewegen, und in kurzer Zeit lähmte auch das ganze Körperchen ab. Am 3. November, nach kaum einer Woche also, erlosch unvermittelt und auch trotz allem unerwartet das Lebenslicht der kleinen Tochter.

Selbstverständlich ging der Tod Georg Raphael Donner sehr sehr nahe, aber Eva Maria Elisabeth Donnerin, die Mutter, war fassungslos und untröstlich. Klagend verharrte sie in Trauer.

In der Dämmerung des Heiligen Abends entzündete Georg Raphael am Grabe seines Kindes im Stephansfreithof eine Kerze. Ruhig fiel der Schnee in das aufkommende Dunkel und überbreitete langsam die Stadt. Er ließ das Flackern der Lichtlein auf den Gräbern hinter sich und stapfte im schweren belastenden Schnee zum Mesnertor und in der Richtung vom Regensburgerhof heimwärts zu. Beim Bischofshof kam er an einer Sänfte vorbei, die von zwei bepelzten Dienern getragen wurde und einem vornehmen Bürger zu gehören schien. Das verzierte Ebenholzgehäuse und die hellen hohen Gläser an den drei Vorderseiten fielen Georg auf, daß er unwillkürlich stehen blieb und genauer, fast aufdringlich, dennoch aber unbewußt hinsah. Sein Blick begegnete einer Dame, die, in weiche, kostbare Pelze gehüllt, im Fonde saß. Er erschrak und wollte, ebenso wie er stehengeblieben war, unvermittelt und sichtlich teilnahmslos weitergehen, aber es war zu spät, denn die Dame hatte bereits an die Scheibe geklopft und anzuhalten befohlen.

Georg hatte Simonetta erkannt und sein Blut zu wilder Raschheit erregt, dennoch aber blieb er jetzt still und unbeweglich an eine Hauswand gepreßt. Die Flocken sammelten sich auf seinen Schultern, und vom Munde kam ein kurzer, heißer Hauch.

Simonetta stieg aus der Sänfte, sagte etwas zu den Dienern, welche die leere Sänfte wieder aufnahmen und weitergingen. Simonetta aber kam die wenigen Schritte auf Georg zu und nahm seine Hand. „Endlich einmal!“ sagte sie. „Die Stadt ist so groß, daß man sich nicht sieht, obwohl man nur wenige Schritte voneinander lebt!“

Georg senkte den Blick. „Nicht die Stadt ist groß, Simonetta, sondern die Welt ist es, die zwischen uns liegt, ihre Schwere, ihre unvorstellbar große Ungewißheit . . .“

,,Wir gehen zu Kolschitzky, eine Stunde ist noch Zeit . . ."

Sie schritten dem Grünen Markte zu. Die Straße war nur sehr wenig belebt und die Kramladen fast leer. Am Grünmarkte boten zwei Standlerinnen Reisig, Lebzelte und Kerzen feil. Ein Reiter vom höfischen Troß und eine zweispännige Kalesche waren die einzigen Begegnungen ihres Weges. Sie gingen unter den Melbern am Freisingerhof vorbei, an dem hochvergitterten Brunnen und an der Dreifaltigkeitssäule.

Bei Kolschitzky begab sich Simonetta sofort in die kleine Kaffeestube, von Georg gefolgt. Indes sie noch den Pelz ablegte, brachte man schon zwei Kannen heißen, dampfenden Kaffees. Als sie allein waren, sagte Simonetta: ,,Ich habe gehört, daß du dein Kind begraben mußtest . . ."

,,Ja", nickte Georg, ,,ich habe ihr eben mein Weihnachtslichtlein gebracht." Er sah ihr in die großen, tiefen, klaren Augen.

Sie wich seinem Blick nicht aus.

,,Wir leben in einem wilden Prozeß gegen Scham und Zeit!" sagte Simonetta. ,,Ich kann das, was war, nicht vergessen, und ich will es auch nicht. Du bist verheiratet, und ich respektiere das, weil auch ich es bin. Dennoch aber glaube ich an dich, Georg!"

,,Da hast du einen Glauben, der mir fast zu schwinden beginnt!" murmelte Georg. ,,Ich bin manchmal sehr verzagt. Ich muß mich plagen und raufen und lebe vom Türkenschnitzen und den Gipsengeln. Werkstätte, Gesellen, Kaufen, Geschäft, Frau. Ich kann manchmal einfach nicht mehr!"

,,Mit deinen sechsundzwanzig Jahren redest du, als wärst du doppelt so alt. Überwinde, was dich lähmt. Du mußt einfach deinem Werke dienen."

,,So einfach ist das nicht, Simonetta!" sagte Georg kleinlaut. ,,Ich kann nicht alles hinwerfen. Man kann sein Wollen immer nur nebenbei zu jenen Höhen zu tragen versuchen, die wir erstreben, aber wir werden von den Forderungen ums tägliche Brot immer wieder niedergezwungen!"

,,Du darfst das Wesentliche nicht versäumen!" munterte Simonetta auf. ,,Niemand kann dir dabei helfen, niemand wird es aber auch verstehen, alle meinen, daß es sich nur um Liebhaberei handelt!" Sie legte ihre Hand auf seine. ,,Du hast doch keine Angst?"

,,Angst? Angst vor dem Wesentlichen? Nein. Das ist der Antrieb, Simonetta. Ich werde es schaffen . . . ich muß es schaffen . . ."

,,Georg!"

,,Ich verstehe dich, Simonetta, aber du sagtest es selbst. So wie es sein könnte, darf es nicht mehr sein. Wir tragen beide die Ringe, aber sie gehören nicht mehr zusammen!"

,,Du hast recht, die Ringe nicht, aber . . ."

Georg Raphael unterbrach sie. Er fürchtete ihr Bekenntnis und war doch selber nahe daran, das auszusprechen, was er von Simonetta zu hören befürchtete, darum setzte er mit einer Frage fort. ,,Warum erzählst du mir nicht von dir?"

Sie ging darauf ein. ,,Ich fühle mich schuldig vor dir!"

,,Das ist nicht notwendig!" meinte Georg, ,,du hättest es einfach nicht zu ertragen vermocht, arm zu sein. Das habe ich verstanden, und davor habe ich mich gebeugt. Vielleicht . . ." Georg brach abrupt ab, und Simonetta hatte ihn verstanden. Ganz behutsam sagte sie: ,,Ich bin jetzt ärmer, als du denkst. Man kommt immer erst auf alles, wenn es zu spät ist. Ich bin jetzt eben die frische und resche Person, das Schild, das wohl bemalt und gut bestellt ist, ein Wesen, welches mit Kleidung und Nahrung bestens versorgt ist, das die Festtage und Vigilien und sowohl auf Fasttag als auch auf Repräsentation hält. Eifersucht ist gleichermaßen um mich wie Luxus. Georg, ich bin reich und zugleich doch unendlich arm geworden. Das Haus am Markt drüben, in dem wir glücklich waren, kracht in allen Winkeln und Fugen, und das Haus der Ehe ist nur äußerlich zum besten bestellt. Neid, Geiz, Habsucht und Eifersucht verursachen immer neue Sprünge. Immer wird zu kleistern versucht, darübergetüncht, aber es kann alles nimmer neu gebaut werden, das ist nicht mehr möglich. Du siehst, ich fasse alles ziemlich real auf und gebe mich keinen Illusionen hin. Ich habe auch kein Recht darauf, meinen Entschluß irgendwie zu bedauern. Ich werde die Gebote achten und das ertragen, was ich selbst verschuldete. Der erste Weg war mir frei, aber nun bin ich Knecht. Ich werde mich keinesfalls in dein Leben drängen und es zu stören versuchen, aber ich werde immer mit dir sein. Sei mir bitte nicht bös. Das war es, was ich dir sagen mußte und warum ich ausgestiegen bin. Eine kleine gelbe Rose ist mir geblieben, die Erinnerung an einen winkelig engen Raum mit wundersamen Stunden und dein Wort: Wir gehören zusammen. Und je mehr ich die Unmöglichkeit auch nur einer leisesten Verwirklichung unserer Träume erkenne, desto tiefer wird mir alles bewußt. Verzeih mir. Und nun laß uns wieder gehen . . ."

Sie bezahlte und erhob sich. Georg half ihr in den Pelz, ging an ihrer Seite in die winterliche Nacht bis zur Peterskirche mit. Dort gab sie ihm die Hand. Er küßte sie, und während er sie noch küßte, entglitt sie ihm.

Georg konnte vor Schnee überhaupt nichts sehen. Flocken wirbelten wie Funken um seinen Kopf, und wie prickelnde Nadeln stachen ihn die kleinen Kristalle im Gesicht. Von den monströsen, wasserspeienden Drachen eines Hauses fielen glänzende Tropfen in den stäubenden Schnee. Einem Bettler, der schneebehaubt und -bepelzt an der Lugecke stand, gab er in weihnachtlich ergriffener Stimmung ein fast zu fürstliches Almosen. Es gab zwei Beschenkte in dieser Stunde. Die Größe des Ausmaßes der Gaben war nicht zu erkennen, aber daß sie in einer unvorstellbaren Gewißheit da waren, schien zweifellos. Beim Kölnerhof nächst der Kapelle für Philipp und Jakob nahm er bei einem eben noch zusammenräumenden Kästenweib die übriggebliebenen Maroni für seine Frau mit. Von der Kapelle her drangen die sanften Stimmen einer Orgel. Georg ging nach Hause, um mit seiner Frau den Heiligen Abend zu feiern, ohne Krippe, Windeln und Kind.

An einem besonders warmen Frühlingstag des Jahres 1720 kam wieder einmal jener Herr mit der weißen Allongeperücke, der schon einmal den Auftrag des Grafen Wierich vermittelt hatte, zu Donner ins Geschäft und verlangte, ihn möglichst privatim zu sprechen. Donner führte ihn in eine etwas abseits gelegene Kammer seiner Werkstätte und meinte: ,,Wenn Sie mit diesem Platz vorlieb nehmen, einen anderen habe ich leider nicht!" ,,Das macht nichts", sagte der Mann. ,,Das macht wirklich nichts, ich bin darüber sogar sehr froh, denn auch meine Gewandung ist ja nicht der Spiegel meines Ichs. Man verlangt es nur, im Dienste so auszusehen, aber jetzt, wenn Sie gestatten . . .?" Er setzte sich auf den angebotenen Stuhl und nestelte dabei seine Perücke los und legte sie auf ein danebenstehendes Regal.

„Ich kann diese Dinger auf den Tod nicht leiden!" sagte Donner ehrlich. „Sie sind mir unsympathisch . . ."

„Da war ich's Ihnen sicher also auch . . .?"

„Ja!" lachte Donner. „Aber so ist es mir jetzt lieber!"

Ein feiner durchgeistigter Kopf, den schütteres, dunkel gescheiteltes Haar bedeckte, war zum Vorschein gekommen. Der Mann lächelte und zuckte die Lippen: „Leider verlangt es unsere Etikette, wie wir ebenso die fremde Sprache zu sprechen haben. Unter Leopold war es das Italienische, und nun ist es eben Französisch. Im Grunde genommen hat sich aber nichts geändert. Man hängt, wenn es erforderlich ist, ein anderes Mäntelchen um, oder trägt eine andere Couleur. Sehen Sie, Leopold der I. war vielseitig und daher sehr von sich eingenommen. Es war nur zu natürlich, daß er das gesamte Leben bei Hofe zu beeinflussen suchte und es auch beeinflußte. Leopold war zwar Gelehrter, Staatsmann und Musiker, ja er war sogar ein ganz guter Musiker, der sehr traurige Weisen sehr richtig komponierte, aber er war selbstherrlich. Er umgab sich mit kostbaren Dingen, trug z. B. Brillantenknöpfe, die allein fünfzigtausend Gulden wert waren, mit bürgerlichem Verständnis kann man das ja gar nicht einmal messen, und wenn er aus der Burg in die Favorita fuhr, ein Weg, den man normal in zwanzig Minuten zurücklegen kann, dann geschah es mit zehn Karossen und unter Trompeten- und Paukenschall. Dreihundert Herren und die in schwarz-goldene Galagewänder gekleideten Hatschiere begleiteten ihn. Die Glocken erklangen. Er repräsentierte eben den Kaiser. Dann kam die Pest. Man schränkte sich ein wenig ein, man gelobte, versprach, aber in dem Maße, in dem die Zeit darüber verging, vergaß man auch wieder, was man gelobt, was man versprochen hatte. Es gibt eben im Leben immer wieder nur andere Formen, die Menschen sind im Grunde genommen ja doch die gleichen. Jetzt unter Karl VI. ist es gar nicht anders. Die Siege, die ihm Prinz Eugen erficht, die Erfolge der Politik des heimatlos gewesenen Prinzen übertragen sich wieder auf den ganzen Hof. Die Intriguen verstummen, und gegen die Konkurrenz baut man jetzt Wälle sogar in Wien. Nun, Befestigungen waren allen Herrschern immer wichtiger als Bauwerke, die dem Wohlstand der Bevölkerung dienen oder gar vielleicht der Kunst."

„Große Geister stört das nicht!" warf Donner ein. „Es war noch immer so, daß das Lärmende und Effektvolle das Stille und Besinnliche übertönt hat. Das Wertvolle hat aber doch immer mehr Beständigkeit bewiesen."

„Wertvolles wird immer nur aus Einsamkeit und Stille geboren, unter Entbehrung, Leid und Not. Und die Musik. Haben Sie etwas von den Musikern gehört? Ein Bach macht von sich reden, ein Händel. Oder haben Sie schon von Bodmer und Breitinger gelesen? Die Diskurse der Maler? Da ist es ganz unwesentlich, wie sich die lauten Dinge der Welt gebärden. Es ist in Rußland so, am Hofe Peters des Großen, und es ist unter Friedrich in Preußen so wie in aller Welt. Zuerst bleiben die Werte, die geschaffen wurden, unsichtbar, und viel später dann, wenn erst nach Jahren oder vielleicht erst nach dem Tode ihres Schöpfers, kommen sie richtig zu ihrer Geltung."

„Sie haben recht!" bemerkte Donner etwas bitter. „Es ist nur schade, daß die Schöpfer solcher Werke, die meistens immer ihrer Zeit voraus sind, im gegenwärtigen Leben scheitern."

„Wenn aber das Werk bleibt . . .?"

„Wenn . . .!"

„Davon, daß Prinz Eugen leidenschaftlich Karten spielt, wird man wohl nicht mehr sprechen, aber wohl von dem, was er geleistet hat. Hildebrandt, Sie haben doch schon von ihm gehört, oder Fischer, sie arbeiten zäh und verbissen an ihren Werken. Der alte Fischer von Erlach, die Werke werden einmal bleiben, darum ist mir gar nicht bange, aber von einem Althan oder Wierich wird man höchstens einmal im Zusammenhange mit den Schikanen, die sie auf dem Gewissen haben, reden, nicht aber etwa von Werken."

„Sie sprechen so von . . ."

„Ich weiß, was Sie sagen wollen. Ja, es ist vermessen, zu einem eigentlich fremden Menschen über seinen eigenen Brotherrn zu sprechen. Aber es ist nur Kritik, und rechte Kritik braucht niemand zu scheuen. Gut, ich weiß, auch rechte Kritik ist manchmal unerwünscht. Aber nun zum eigentlichen Zweck meines Besuches!"

Der Mann lächelte, wurde sachlich und richtete sich zu etwas förmlicher Haltung auf. Die Perücke stülpte er noch nicht über. „Graf Michael Johann Althan heiratet demnächst eine Marchesa aus neapolitanischem Geschlecht."

Donner verneigte sich, mußte aber dabei etwas lachen. Auch seinem Gegenüber blitzte, ob der unfreiwilligen Drolligkeit des Augenblickes, ein Lachen auf. Der Mann sprach weiter: ,,. . . es ist die recht einflußreiche Gräfin Maria Pignatelli, eine Freundin jener Gräfin Batthiany, die die Tochter des Grafen Strattmann ist . . ."

,,Die schöne Lori nennt man sie in Wien . . ." warf Donner ein.

,,Sie kennen sie also auch?"

,,Wer kennt sie nicht. Ganz Wien spricht von ihr."

,,Nun denn, ebenso, wie sie den Kaiser beeinflußte, wie sie ihn sozusagen inspirierte, eine eigene Hofbibliothek zu bauen, so gelang es ihr eben, sich des Grafen Althan als einflußreichen Gatten zu versichern."

,,Ihre Informationen sind beachtlich."

,,Ja, das gehört irgendwie mit dazu!" nickte der Mensch, der namenlos vor ihm saß, der sich nicht anders als mit seinem Herzen vor Donner legitimiert hatte. ,,Nun bin ich eben ausgesandt – nebenbei bemerkt, die Plastik, die Er vom Grafen Daun angefertigt hat, ist superb und hat allgemein Anklang gefunden – nun, eine Plastik in derselben Art will nun Graf Althan bei Ihnen selber als Hochzeitsgabe bestellen. Würden Sie das machen? Könnten Sie mir dafür die Zusage geben? Die Frage des Honorars wird selbstverständlich bestens geregelt."

Donner bedachte sich nicht lange. ,,Einverstanden, ich bin bereit dazu!" sagte er und bot dem Manne die Hand.

,,Sie kommen bald? Sie wissen, wo ich zu finden bin!" Der Mann dankte, dann griff er nach der weißen Allongeperücke und stülpte sie ziemlich lieblos über den Schädel, verabschiedete sich von Donner und stolzierte, nun wieder ganz gravitätisch, durch die Werkstätte der Straße zu.

Zwiespältig sah ihm Donner nach. Immerhin, es war wieder ein Auftrag. Er kam bald danach zur Ausführung und Donner erhielt auch wirklich angemessenen Dank und Lohn dafür, aber nicht, wie er es insgeheim auch erhofft hatte, weitere Aufträge. Bloß einmal lernte er anläßlich eines der obligaten Stuckaufträge, die er auszuführen hatte, den Maler G. A. Galliardi kennen. Mit ihm kam er ins Gespräch, und der sah und erkannte seine innere Not und gab ihm auch einigen Rat. Er machte Donner auf Lukas von Hildebrandt aufmerksam, der in letzter Zeit damit beauftragt war, das Geschenk des Salzburger Erzbischofs Wolf Dietrich an die Bürgerstochter Salome Alt, das Schloß Mirabell, umzubauen, und er zeigte Donner auch die Möglichkeiten auf, die es in Ungarn gab. Galliardi, der zu dieser Zeit gerade an den Deckengemälden des Domes zu Neutra arbeitete und vorübergehend als Sachverständiger nach Wien berufen ward, hatte ihn informiert und darauf hingewiesen. Die Bekanntschaft zwischen den beiden Männern war so sehr zur Freundschaft geworden, daß ihn Raphael um die Patenschaft für seine Tochter ersucht hatte. Als aber dann das Töchterchen gestorben war und Galliardi wieder nach Ungarn zurück mußte, löste sich diese Beziehung gleichermaßen wie sie entstand. Es gab viele mißmutige, ja verzweifelte Tage für Donner. Dennoch gelang es ihm, sich durch alle Fährnisse hindurchzulavieren und, wie es mit seinem Berufe war, so ging es ihm ähnlich mit seiner Ehe auch. Seit dem Tode des Kindleins und auch als Folge einer gewissen Arbeitsüberlastung war aus der ursprünglich innigen Verbundenheit zu seiner Frau eine eher selbstverständliche, einfache Zuneigung geworden. Dazu trug noch Evas Verhalten bei, die ihre Berufung in der täglichen Hausarbeit sah, für die beruflichen Interessen Georgs aber kaum mehr als das notwendigste Verständnis aufbrachte. Der Tod des Kindleins war der Frau einfach zu nahe gegangen, als daß sie durch Ablenkung oder andere Arbeit Trost gesucht hätte. Auch dachten jetzt alle beide kaum mehr daran, sich etwa doch noch ein anderes Kindlein anzuschaffen. Sie sprachen zwar nicht davon, aber es schien ihnen irgendwie selbstverständlich, daß es nicht mehr geschähe. Sie hatten das kurz genossene Gefühl, eine Familie zu sein, wieder vergessen, und sie hatten sich des Gefühls des Unbedingtfüreinander-Seins, dieses Gemeinsam-Kämpfens und -Wundentragens, welches sich so einfach und selbstverständlich angebahnt hatte, unbewußt wieder entsagt. So floß die Zeit wie ein träger, unerregbarer Strom und zerfraß sich selbst. Donner merkte es wohl an sich, aber er tat nichts dagegen, sondern ergab sich darein, resignierend und lahm. Mit den unmöglichsten und ungereimtesten Dingen und Plänen gab er sich ab und beschäftigte sich, um ohne Gönnerschaft und Förderung auf anständige Weise auf einen grünen Zweig zu kommen. Er wollte lediglich auf sein schöpferisches Können bauen, sah aber ein, daß es in der nächsten Zeit ohne irgendwelcher äußeren Hilfe kaum weitergehen würde. Es mangelte an Geld, die notwendigsten Sachen und die unentbehrlichsten Materialien einzukaufen, zudem mußte er die Leute bezahlen, da sie ihm notwendig waren und er sie nicht fortschicken wollte. Er verfiel daher auch auf den Gedanken, jenen Herrn mit der Allongeperücke aufzusuchen und ihn um Rat und Hilfe zu bitten. Er wußte nicht, wie er hieß, aber er wußte, wo er zu finden war, und das genügte schließlich. So suchte er ihn an seinem Arbeitsplatze auf und fand ihn vollkommen distanziert höflich, aber höfisch und formell in seiner starren Umgebung. Bloß aus dem Blick seiner Augen war jene Wärme zu merken, die Georg willkommen hieß und ihm dadurch den ihm ohnehin sehr schweren Weg etwas erleichterte. Georg Raphael Donner trug dem hohen Herrn seine Bitte vor und erbat Auskunft, ob sich nicht die Möglichkeit ergäbe, in irgendeiner Form weitere Aufträge zu erhalten, bei den Bauten am Wall etwa, bei der Karlskirche oder anderswo bei den vielen und größeren Projekten, die da und dort zur Ausführung kommen sollten.

Der Mann antwortete, er werde sehen, was sich machen ließe, ja er hoffe mit ziemlicher Sicherheit, daß sich auch solche Gelegenheit finde, zumal Donner, und dies könne er ja ruhigen Gewissens mitteilen, durch die beiden Arbeiten die Aufmerksamkeit des Hofes auf sich gezogen und selbst der Prinz Eugen interessiert nach dem Künstler gefragt habe. Tatsächlich erhielt Donner bereits einige Tage später die Aufforderung, in Gemeinschaft mit dem Baumeister Schletter Entwürfe zur plastischen Dekoration der Karlskirche zu erstellen. Er ging sofort und mit Feuereifer an die Arbeit, zeichnete, skizzierte und verwarf wieder, beriet sich mit Schletter, den er noch von der Zeit bei Brenner her kannte. In mühevoller und fieberhafter Anstrengung arbeiteten sie Entwürfe aus und reichten sie dann auch ein. In dieser vom schöpferischen Ingenium getragenen Tätigkeit war natürlich alle andere Brotarbeit zurückgeblieben, daß er gar nicht erst versuchte, die vernachlässigte Arbeit wieder aufzuholen. Er versuchte und beschäftigte sich vielmehr mit dem Material, welches er bei Böttger in Dresden kennengelernt hatte, kehrte aber, da ihn die Ergebnisse nicht befriedigten, wieder zur Terracotta zurück. Er bildete eine Pietà, wollte aber damit keine in dem üblichen zeitgenössischen Pathos erstarrte Gruppe mit prunkhaftem Beiwerk, sondern Menschen gestalten, die einfach das Göttliche in sich trugen, wie sie waren, leibten und lebten, wie sie armselig in ihrem Schmerze und glücklich in der Größe ihrer Freude waren, in der Nacktheit ihrer Körper, aber auch unwirklich und schön und in der edlen Kraft ihrer Bewegung. Die Gestaltung Michelangelos schwebte ihm vor, die Plastiken wirkten in ihm nach, die Giuliani schuf, aber er suchte seine Ideen parallel zu denen der anderen, dennoch aber auf eigenen Wegen zu lösen, und er rückte damit unbewußt von den augenblicklichen Bestrebungen der Schule und Akademie ab, die sich mit dem Faltenwurf beschäftigten und sich mühevoll mit den Urgründen der Anatomie abquälten. Beides erschien ihm wesentlich. Das erste, weil er es als überholt, das andere aber als von ihm beherrscht empfand. Die Gruppe, die ihm vorschwebte, wollte er nicht aus einseitigem Blickfelde aufbauen, sondern rund und plastisch, daß sie, wie der Mensch selber, durch das Gesamte auszusagen vermöchte, und daß man schon allein an seiner Komposition jenen Ausdruck ersehen und finden möchte, den er als tiefstes Empfinden auszudrücken, festzuhalten, anzulegen bemüht war. Maria sollte es sein . . . Eva . . . Simonetta . . . nein, ihn schwindelte, die Frau als solche überhaupt. Er kämpfte und rang mit sich selber. Die Mutter, seltsam gelöst, erfüllt von Leid und Schmerz, nicht sitzend oder stehend, sondern kniend, die den Leib Christi halb gleitend, halb hängend, nur stützend hält. Nicht um die einfache Abbildung der Gestalt, um die anatomische Richtigkeit des Körperbaues an einer sezierten Leiche, um den Ausdruck jener Offenbarung, die letzte Qual und unaussprechlichen Schmerz zu enthüllen und zu zeigen hatte, ging es ihm, und es war nicht nur das Fieber einer einzigen Nacht, die ihn quälte, solches aus totem Material lebendig werden zu lassen. Er hatte die Natur der Menschen ebenso studiert, wie er sich mit dem inneren Bau des menschlichen Körpers beschäftigt hatte, er hatte viele Blätter mit Zeichnungen seiner Studien vollgefüllt, ehe er an die Formgestaltung und Durchführung der Pietà schritt, dann aber, als sie fertiggestellt war und er wie nach einer Erlösung wieder zur täglichen Arbeit zurückfand, erschien ein gräflicher Käufer vom Waldsteinschen Schlosse in Dux, der eben auf der Suche nach Kunstgegenständen und Reliquien war.

Der fand an Donners Plastik so viel Gefallen, daß er sie erwarb und mit sich nahm. Obwohl er sie solcherart als nicht dem gedachten Zwecke zugeführt fand, hatte er nicht einen Augenblick gezögert und auch nicht getrauert, sie wegzugeben, da das Geld, welches er hiefür als Gegenwert in recht bescheidenem Ausmaße bekam, nötigst den täglichen Bedürfnissen zugeführt werden mußte.

Vorübergehend beschäftigte Donner in diesen Tagen in seiner Werkstätte einen aus Kopenhagen stammenden Goldarbeiter, der nach Wien gekommen war, um dort sein Bräutchen, das er auf der Walz kennengelernt hatte, zu ehelichen und dann heimzuholen . . . Diesem Johannes Rieber, wie der Geselle hieß, ließ Donner seine Hilfe, so schwer sie ihm zu diesem Zeitpunkte auch fiel, dennoch ohne Zögern und in christlicher Größe angedeihen. Er beherbergte, verpflegte und sorgte sich um ihn, bis es soweit war, daß er der Wohlhabenheit seiner Braut einigermaßen standesgemäß begegnen konnte. Bei der Trauung, die am 24. August 1721 im Schmidtschen Bürgerhaus in der Josefstadt stattfand, war Georg Donner Trauzeuge. Ihm war das Glück seines Gesellen der Lohn, den er in keiner anderen und schon gar nicht etwa in klingender Form erwartet hatte.

Just am Tage nach jener im schönsten Sinne bürgerlichen Hochzeit kam auch schon wieder die Dämpfung für Georg Raphaels losgelöste und befreite Stimmung. Von der Kanzlei des Hof-Gebäudedirektors Althan kam an die beiden Plan- und Dekorationsverfasser Donner und Schletterer der Absagebrief vom Karlskirchen-Projekt. Man habe befunden, daß die plastische Dekoration, so sie wie von den beiden wohl eigenwilligen, aber anerkennenswerten Künstlern vorgeschlagen worden sei, ihrer Bescheidenheit und Unerfahrenheit wegen, an die von Lorenzo Matielli eingereichten Vorschläge nicht heranreiche und damit zur Geltung kommen würde und deren Reliefs auch zu kräftig und ausladend, ja fast zu verschnörkelt und übertrieben, also müsse fast gesagt werden, hyperbarock behandelt worden seien, daß man daher mit Bedauern die eingebrachten Pläne, Entwürfe und Skizzen wieder zurückstellen müsse.

Matielli. Das erste, was Donner las und aufnahm, war der Name Matielli. Der Name war ihm des öfteren schon begegnet. Es handelte sich um einen Ausländer, wie es schien einen Italiener, der auf dem Gebiete künstlerischer Gestaltung überhaupt, voll und ganz in der Gunst des gegenwärtigen Baudirektors und Allgewaltigen stand, dagegen die Bewerbung eines heimischen Künstlers, wie es sich schließlich tatsächlich herausgestellt hatte, aussichtslos war. Donner war wütend, er erblaßte und schien wie verdattert. In seiner ersten Aufwallung wollte er die Pläne und Skizzen allesamt zerreißen und in Stücke zerfetzen, nichts als blindwütend vernichten, doch aber besann er sich dessen, daß damit nichts getan wäre. Er war einfach wütend auf einen Konkurrenten, den er gar nicht kannte. Er bändigte mit aller Kraft seines Willens die verneinenden Gedanken, schien aber dabei dennoch an seiner Unbeholfenheit in diesen Dingen zu verzweifeln. Er schalt sich insgeheim selbst ob seiner Schüchternheit, wurde nach außenhin wortkarg und ernst und verfiel zusehends einer lethargischen Melancholie. Weder seiner Frau noch einem seiner Gesellen noch aber auch Schletterer, seinem Mitbetroffenen, gelang es, ihn wieder aufzuheitern, ihn aus seiner Teilnahmslosigkeit aufzurichten. Erst nach einiger Zeit wieder gab ihm der innere eigene Auftrieb zu neuer schöpferischer Arbeit dem Leben in seiner Lebendigkeit und Vollkraft zurück.

Durch seinen unbekannten Gönner mit der Allongeperücke bekam er Verbindung mit dem Grafen Harrach, der dann Donner schließlich mit einigen Aufgaben, so zum Beispiel mit der plastischen Ausgestaltung einer eben neu von Hildebrandt erbauten Kapelle des deutschen Ritterordens bzw. mit einer Ausgestaltung eines Altars in der Kirche zu Aschach bei Linz beauftragte.

Mit Freuden hatte Donner zugesagt. Es war seine erste große Chance. Bedenkenlos überließ er seiner Frau Sorge und Mühe, Handel und Gang des Geschäftes und folgte in fast überstürzter Eile dem an ihn ergangenen Ruf. Daß er dadurch Gelegenheit bekommen sollte, mit Lukas von Hildebrandt persönlich bekannt zu werden, mit dessen Arbeiten und Bauten in Berührung zu kommen, war für ihn nur weiterer Ansporn. Er wußte, von welcher Bedeutung solche Arbeit für sein Werk sein würde, und erinnerte sich nur an seine flüchtige Begegnung mit Fischer von Erlach und jene tiefe innere Befruchtung, die er damals davongetragen hatte. Ein anderes noch hatte Donner als Gewinn davongetragen. Er hatte den bisher engen Kreis des Denkens um vorwiegend doch mehr oder weniger persönliche oder um hauptsächlich die geschäftlichen Belange betreffenden Dinge zerrissen, durchbrochen und erweitert. Er sah irgendwie tiefer in die Welt, beobachtete das Leben und das Werden um sich und im besonderen aber das der kaiserlichen Residenzstadt Wien. Er nahm sich die Zeit und wollte die an der Stadt beginnenden und in Arbeit befindlichen Veränderungen selber feststellen. Er beschloß einmal bei sich und führte es dann auch aus, die Stadt auf dem Glacis zu umgehen, welches Vorhaben ihm auch in einer Zeit von etwa fünf Viertelstunden mühelos gelang. Er fand, daß die Größe der Stadt zu dem Ansehen, welches der kaiserliche Hof genoß, in keinem Verhältnis stand. Er sah zu den Vorstädten hinaus, die ihm desto größer und weitläufiger erschienen und die sich an unterschiedlichen Orten weit in das Feld hinausstreckten; sie schlossen viele große und leere Plätze als Feld-, Lust- und Weingärten mit ein, die nicht mit Häusern bebaut waren, sondern auf andere Art und Weise genutzt waren. Er sah die schönen und großen Plätze der Stadt, ihre schönsten Statuen und kostbaren Brunnen, wie den auf dem viereckigen Neumarkt stehenden, er ging zum Schwein-Markt, zum neuen und alten Kien-Markt, zum Hohen Markt, den man auch Fischmarkt nannte und auf welchem ein Modell einer prächtigen Statue, die Vermählung Josefs und Marias vorstellend, stand, welche aber, da sie nur von Holz war, bereits verfaulte und dem Verfall preisgegeben schien. Er schlenderte durch den Graben mit der unvergleichlichen Dreifaltigkeitssäule und den zwei schönen Brunnen, zum Hof mit der prächtigen, aus Erz gegossenen Dreifaltigkeitssäule, aber er sah auch zur Wache bei der kaiserlichen Burg oder ging zu allen Plätzen, die in ihrer Unterschiedlichkeit nichts anderes als öffentliche Märkte waren und in denen allerhand Handel und Wandel getrieben wurde. Auf dem Neuen Markt verkaufte man alle Tage Geflügel und etliche Male in der Woche auch Mehl. Auf dem Graben waren nicht nur grüne Küchensachen und Gartengewächse zu erwerben, auf dem Hohen Markte gab es allerhand Fische wie Karpfen, Hechte, Aale, Störe, Haußen, Schildkröten und Frösche zu verkaufen, und vor dem Petersfreithof war Wildpret und Waidwerk zu haben.

All dies erfaßte, ersah, rekapitulierte und erkannte Georg Raphael Donner wieder in der kurzen Zeit seiner Vorbereitungen, die er für seine Reise traf. Sein ganzes Gepäck bestand aus nicht mehr denn aus einer leichten, großen, ledernen Tasche, in der er gerade nur etwas Leibwäsche, Gebrauchszeug und seine Arbeitssachen hatte. Er verabschiedete sich von seiner Frau und ging zum Stubentor, welches auch das ,,Ungarische" genannt wurde, wo er einen Plättner suchen wollte, der ihn nach Linz bringen sollte. Er hatte beschlossen, sich diesmal einem Schiffszug anzuschließen und nicht mit der Post zu reisen, selbst auf die Gewißheit hin, daß diese Art der Reise etwa zwei bis drei Tage länger dauern würde. Aber er versäumte ja nichts. Als Donner beim Tor die Stadt hinter sich ließ, atmete er erleichtert auf. Es war noch früh am Morgen. Der Nachtwächter hatte seine Pikarde abgestellt und war daran, sein Lämpchen zu putzen; fast kein Passant war zu sehen, bloß eine Garnerin, die ihr Bündel flußabwärts trug, und ein Fischer, der an einem der ruhigen wirbellosen Winkel des Wassers noch etwas schläfrig seine Angel auswarf. Er ging flußaufwärts und strebte zur Stelle, wo an der Höhe der alten Ruprechtskirche die Anlegeplätze der Donaufrächter zu finden waren.

Langsam hielt der Herbst seinen Einzug. Ein Windstoß wirbelte weißen Staub auf der Straße auf und raschelte in den Bäumen – dann legte er sich wieder, und es wurde noch stiller. Der zagend schrille Klang einer kleinen Glocke wurde vernehmbar. An der Stelle bei der Ruprechtskirche lag nur ein einziges Boot fest, an dem gerade gearbeitet wurde, und der Frächter wies ihn an, zum nächsten, dem Hauptlauf der Donau näher gelegenen Arme zu gehen, wo heute Frächter aus Hainburg erwartet würden. Auf der Holzbrücke, die den ersten Arm der Donau überquerte, sah er sich um. Hinter den vorgelagerten Aubäumen lag, eingebettet zwischen Mauern und Türmen, die Stadt, vom Morgennebel umschleiert. Die Türme der Kirche Maria am Gestade grüßten matt leuchtend her, die vier Ecktürme der kaiserlichen Burg waren schemenhaft erkennbar und die schlanke, graue hochgereckte Nadel des Stephansturmes. Er ging weiter und sah von den freien Plätzen aus in das platte und ebene Land bis zu den mit Holz und Wein bewachsenen, hohen schönen und fruchtbaren Bergen hin, welche den reizvollen Prospekt der Gegend um vieles vermehrten. Er sah den breiten, sich in viele unterschiedliche Arme zerteilenden und durch viele mit Auholz bewachsene Inseln dahinfließenden Donaustrom und kam endlich zum moosbewachsenen Damm, der die Anlegestelle der Schiffe kennzeichnete. Tatsächlich lagen dort einige Plätten verankert. Die Schiffsleute waren schon an der Arbeit. Sie beschäftigten sich mit der Auftakelung und dem Beladen der Frachtkarren, welche die Waren zur Stadt bringen sollten. Einen dieser Männer fragte Donner, ob man heute noch nach Linz aufbrechen und vielleicht da mitkommen könne. Er wurde an einen Mann verwiesen, der unter dem Schilde des Schiffes stand. Es war ein etwas klobiger, dennoch nicht unsympathischer Mensch, der eine Pfeife schmauchte. Er trug hirschlederne Hosen mit schwarzen Stösseln, eine Tuchweste, unter der noch ein weißer Barchentjanker hervorlugte, eine gestrickte blaue Jacke mit Lederbesatz an beiden Ärmeln und dazu einen schwarzen rauhen Hut und hohe Stiefel. Georg Donner trug seinen Wunsch vor, und bald wußte er, was er wissen wollte. Die Reise würde etwa acht Tage dauern, vorausgesetzt, daß sich das Wetter nicht zum Schlechteren wenden würde, denn dann könne man auch mit vierzehn bis sogar zwanzig Tagen rechnen. Das Fahrgeld betrage zwei Gulden fünfzig Kreuzer oder auf dem besten Platze fünf Gulden und das Kostgeld noch weitere fünf Gulden. Donner war damit einverstanden und sagte zu. Daraufhin führte ihn der Schiffsmeister auf die Roßplätte, wies ihm seinen Platz an und sagte ihm noch, daß man schon in ein bis zwei Stunden die Fahrt stromaufwärts antreten wolle. Ein paar Augenblicke lang – der Schiffsmeister, der zugleich auch der Unternehmer dieses Verkehrsmittels war, hatte ihn bereits wieder allein zurückgelassen – blieb er auf dem bescheidenen Strohlager des primitiven, aus rohem Holz gezimmerten Verschlages sitzen, schloß die Augen und ließ schlaff die Hände an sich abgleiten. Ein Gefühl der Erleichterung und glückhaften Freude eines von jeglichem Zwange gelösten Tages erfüllte ihn. Er hörte die Singvögel aus den Aubäumen her, und vom Damme her roch es nach stehendem Wasser, welkem Farnkraut, Teer und faulendem Holz. Zur anderen Seite spiegelten sich die fliehenden Wolken in den silbrigen Wassern des ewig dahinfließenden Stromes.

Er erhob sich, entnahm seiner ledernen Tasche den Bleistift und das Skizzenbuch und kletterte über den Steg wieder ans Ufer. Zwei Knechte rangelten miteinander. Etwa zwölf Pferde wurden eben angeschirrt, und der Vorreiter ritt auf einem etwas leichteren Gaul da und dorthin den Leuten nach, ihnen seine Anordnungen zurufend. Ehe noch Georg einige Skizzen hingeworfen hatte, begann schon der Kranzelmeister die Leute zusammenzutrommeln und zum Fertigmachen aufzufordern. Die Bruck- und Starzknechte liefen um ihre Spanhölzer, die Roßknechte knüpften die Seile zwischen Plätte und Zug, und Donner mußte sich beeilen, wieder an seinen Platz zu kommen, da bereits der Vorreiter dem Zuge das Zeichen gab, sich in Bewegung zu setzen.

Auf Hü und Hott zogen die zwölf Pferde an. Ein Knall der Peitsche, der sich weithallend über die morgendliche Landschaft schwang, und die Plätte glitt, vom Ufer losgelöst, von den Starzknechten abgestemmt, auf dem trägen Wasser fort. Georg stand stille. Er war an die Pfosten des Wetterverschlages gelehnt und sah zu. Kräftig zogen die Pferde am unwegsamen Ufer entlang, und der Vorreiter verständigte sich da und dort mit dem Steurer. Hindernisse der Aubüsche waren zu beseitigen und manche stehende Wasser und Tümpel zu übersetzen. Knechte kletterten dann mit den Gäulen hoch, bis die Stellen überwunden und sie wieder im Trokkenen waren. Aufgescheucht flogen Sumpfvögel auf und langsam entglitt die Stadt. Dem Leopoldsberge zu und dem Kahlenberge, an deren Füßen und, fast in Form eines halben Zirkels, die lustigen, fruchtbaren und sich über die ganze Länge erstreckenden Weinberge, auf welchen eben ziemlich guter Wein im Überfluß gelesen wurde, in der morgendlich gleißenden Sonne lagen, wurde die Plätte stromaufwärts gezogen.

Georg überdachte, daß die Stadt Wien auch schon ehemals eine considerable Festung gewesen sein mußte, da ja schon dic 1529 ausgestandene türkische Belagerung von den Muslimen unter großem Spott aufgehoben werden mußte. Die Stadt wurde nach der Zeit unter den Tagen Ferdinands immer mehr und mehr befestigt, bis endlich Kaiser Leopold I. im vorigen Säkulo die Fortifizierung auf die neueste Manier fortsetzen und in einen solchen Stand versetzen ließ, daß sie 1683 abermals eine harte türkische Belagerung aushalten und einer Armee von 160.000 Mann zwei Monate lang den tapfersten

Widerstand tun konnte, bis sie endlich, von der christlichen Armee entsetzt, der bevorstehenden Gefahr entrissen werden konnte.

Zwischen groben Steinen kochte auf offenem Feuer der Koch das Essen, und der Schiffsmeister, der sowohl Eigentümer als auch Kommandant der Plätte war, nahm an dieser Tätigkeit besonders eindringlich Anteil: es wurden Speckknödel mit Kraut zubereitet.

Beim Mahle selbst, welches partienweise eingenommen wurde, lernte Donner die Leute kennen, und bei solchen Gelegenheiten sowie später um die Dämmer- und Abendzeiten wurden Dinge, die sie eben bewegten, Geschichten vom Strome, Sagen von den Burgen, an denen sie vorbeikamen, Räubergeschichten und Mären, die man sich überlieferte, erzählt.

So langsam alles vor sich ging, so schnell verliefen dennoch die Tage. Bald kannte Georg die Fahrzeuge, die entgegenkamen, und wußte zu unterscheiden, ob es eine Gamsen-Gamsel oder eine Tiroler Plätte, ob das schwerfällige Schiff eine Ulmer Schachtel oder ein Trauner war. Er erfuhr über Grundruhr und Strandrecht Bescheid, und mit Bangen sah er ebenso wie die Schiffsleute selbst den Wirbeln, Buhnen und Kehren an der Greiner Enge entgegen. Über das Wetter brauchten sie sich nicht zu beklagen. Die Tage, die sie durch die Wachau von Krems bis Spitz und Melk durchfuhren, waren wieder sommerlich heiß. In Melk hatte Georg wie ein Wunder das neue Stift bestaunt, welches der Prandtauer 1702 zu erbauen begonnen, im Rohbau 1718 vollendet hatte und an dessen Ausbau man noch arbeitete, aber es war keine Zeit dazu gewesen, daß er hätte hinansteigen und es besichtigen können. Bei einer Sandbank hatten dort die Männer noch gebadet. Donner war aber indessen nur stille in der Sonne gelegen und hatte unverwandt nach dem Stift geblickt.

In fast sommerlicher Hitze ging es weiter. Erst zwischen Pöchlarn und Ybbs etwa umdunkelte sich der Himmel, und ein einen halben Tag andauernder Regenschauer setzte ein, der das ganze Unternehmen zu unfreiwilliger Rast zwang. In diesen Stunden sichtete und ordnete Donner seine Skizzen, die sich indessen zu stattlicher Zahl gehäuft hatten. Fast alle Knechte hatte er festgehalten, die Bewegung der Pferde in Studien erfaßt und auch Fische gezeichnet, die, aus dem silbernen Trüb der Wasser aufspringend, sekundenlang sichtbar gewesen waren. Erst nach den Mauthausener Steinbrüchen wurde Donner wieder etwas unruhig. Er beschäftigte sich mehr und mehr wieder mit dem, was ihn erwarten würde, und ein Hoffen, Freuen, ein Sich-Bescheiden und -Ergeben zugleich wechselten und beherrschten sein Denken.

In fröhlicher Erwartung ging er in Linz an Land.

Auf dem Platze nächst der Brücke war Markt. Buntes Leben regte sich. Von der Jesuitenkirche her empfing ihn das Geläute der Glokken, und der Pöstlingberg, der eben durch ein von Obermayer aufgestelltes, geschnitztes Gnadenbild der Schmerzhaften Muttergottes als Wallfahrtsberg Bedeutung gewonnen hatte, winkte mit dem Zauber seiner Lieblichkeit. Schon bei seiner Ankunft hatte er rege Bautätigkeit bemerkt, und dies deuchte ihn ein verheißungsvoller Anfang, der auch in den nächsten Tagen tatsächlich nicht enttäuscht wurde. Er hatte Gelegenheit gehabt, sich mit Lukas von Hildebrandt persönlich zu unterhalten, sich auszusprechen, und in dieser, wenn auch relativ kurzen, Begegnung hatte er doch ein klares Bild dessen gewonnen, was hier im Entstehen war, was bisher geschaffen wurde und was man von ihm wollte. Hildebrandt hatte ohne zu zögern Einblick in die Pläne der eben ausgeführten und noch auszuführenden Bauten gegeben und hatte ihn eingeladen, sich die seit einigen Jahren bereits entstandenen Gebäude, wie das Priesterseminar, die Karmeliterkirche und das Kloster, anzusehen, und er erfuhr in umfassender Anschaulichkeit selbst von neun neuen Plänen des Meisters sowie von dessen Berufung nach Salzburg, wo er den Umbau des alten Schlößchens, das einstens der Reitenauer seiner Salome Alt erbauen ließ, in die Wege leiten sollte. Schließlich waren sie dann auch auf die Aufgaben zu sprechen gekommen, die Donner zugedacht worden waren und die ihm in Wien durch den Grafen Harrach bereits angedeutet schienen: die Ausgestaltung einer Kapelle im deutschen Ritterorden und die Ausführung eines Kirchenaltares in Aschach.

Mit Freude ging Georg Raphael Donner an seine Arbeit und mit Glück erfüllte er sie. Er traf dort Altomonte, der das Altarblatt an der Karmeliterkirche zum heiligen Josef auf der Landstraße ausführte, den alten Mann, jenen Bruder Martin Hohenberg vom Stifte Heiligenkreuz, der in dem jungen Donner den Novizen wiedererkannte, der einst Kerzen genommen hatte, um daraus Gestalten zu formen. Donner verging diese Zeit in Linz schneller als er dachte, und seine Arbeit war früher beendet, als er sie präliminiert hatte. Er übergab sie, sah sie zur Zufriedenheit anerkannt und gelöst, erhielt zudem noch einen Auftrag einer Marmorstatue des heiligen Johann von Nepomuk, die er zeitungebunden auszuführen hatte und die zur Aufstellung neben der Seminarkirche vorgesehen war. Damit war aber auch das Ende seines Aufenthaltes in Linz gekommen. Über Amstetten und St. Pölten, wo er neben dem Institut der Englischen Fräulein Zwischenaufenthalt nahm, kehrte er mit der Post nach Wien zurück.

Mit seiner Rückkehr und Ankunft jedoch schlugen auch wieder Aussicht, Lebensmut und Schaffenskraft jäh in Trübsal und Erschlaffen um. Es war ihm, als hätte die Stadt, die er so liebte, es darauf abgesehen, sich ihm vergällt zu zeigen und ihn nichts als Sorge und Bitternis spüren zu lassen. Mit einem Schlage stand er wieder mitten in den Sorgen drinnen. Seine Frau hatte wohl die Zeit seiner Abwesenheit redlich und mit bestem Einsatz genützt, aber ihre Kräfte waren doch nicht derartig gewesen, daß sie die Vitalität, die Erfahrung ihres Gatten hinreichend zu ersetzen vermocht hatte. Einkünfte, Schulden und Verpflichtungen glichen einander wohl noch gerade aus, waren aber schon am Wendepunkt zum Ungünstigen. Zwischen den sich nun wieder häufenden Aufträgen erfuhr er von den Arbeiten an der Karlskirche, hörte er von dem Bau einer großen Fabrik in Hainburg, die der Herstellung, Zubereitung und Fertigung von Tabaken dienen sollte, und bekam sogar einen Auftrag vom Prälaten Ernst Perger von Klosterneuburg zur Anfertigung einer Steingruppe für das Eingangstor des Klosterfriedhofes.

Als Fischer von Erlach am 5. April 1723 starb, empfand Donner diesen Tod als persönlichen Verlust. Man hatte den großen Baumeister feierlich gewürdigt, seiner Ausbildung in Italien sowie des von ihm entwickelten eigenen Stils, der den Durchbruch des deutschen Spätbarock und dessen Vorrang in der europäischen Baukunst mitbestimmte, ausführlichst gedacht und ihn als die bedeutendste architektonische Begabung Österreichs gefeiert. Für Donner aber war es, wenn auch nur der einen kurzen Begegnung zufolge, in der ihm der Baukünstler seine Pläne gezeigt, von Schönbrunn, von der Kollegienkirche in Salzburg, vom Prinz-Eugen-Palais und von der Karlskirche, als wäre sein bester Freund von ihm gegangen. Zum ersten Mal dachte er bewußt an seinen Tod. Welche Stunde war wohl einstens für ihn ausersehen? Er wünschte sich, einmal so zu sterben, wie er gelebt hatte, in Freiheit und Wahrheit, aber hatte er denn schon gelebt? Es lag noch viel vor ihm, jetzt erst galt es ja die Arbeit zu tun, die das Wollen mit dem Können verband, er wußte nicht, ob er fliegen oder fallen würde. So flog er und fiel und wußte nicht mehr, ob ihn sanfte Wellen einer unendlichen Bewegung schaukelten oder ob er in den Armen einer Frau lag, die ihn in Schlaf wiegte. Er wußte nur, daß das Leben in seiner göttlichen Gnade weiser als menschliches Denken eingerichtet war. Welche Stunde? Nein, es ist besser, man weiß es nicht.

Aber auch zu anderem Denken führte sein Grübeln in diesem Zusammenhang. Noch hatte er mit seiner Frau nicht einmal einen Ehekontrakt, wie es unter Begüterten üblich war, geschlossen. Man hatte es wohl immer vorgesehen, nun aber war man bereits neun Jahre verheiratet miteinander, aber die Vertragsurkunde war noch immer nicht festgelegt. Im Herbst des folgenden Jahres kam der Plan zur Ausführung: der ehrengerechte und kaiserliche Galanteriebildhauer schloß mit der ehr- und tugendsamen Eva Maria Elisabeth, geborener Prechtlin, den Kontrakt am 3. September 1724. Donner ließ, und dies gleichlautend mit der Eheurkunde, als Morgengabe zweitausend Gulden Mitgift sowie die hundert Spezies seiner Gattin sicherstellen, die er noch vom Erbteil daheim sowie aber auch von den letzten Arbeiten her, als Eingang aus dem Geschäfte, buchmäßig verzeichnet hatte. Wo der Barbetrag allerdings selber zu finden gewesen wäre, hätte Donner den unterschreibenden Zeugen, als da waren der Ignatius Hörl, der Johann Mauritz Mayer, der Josef Mostpöckh und der Paul Johann Aisterer, nicht zu sagen vermocht. Georg Raphael grübelte lange selbst darüber nach, aber er kam zu keinem anderen Ergebnis, als daß eben alles im Geschäfte investiert worden sein mußte, da es die Bücher schwarz auf weiß verzeichneten, das bare Geld aber dennoch nicht vorhanden war. Eva Elisabeth jedenfalls war es schon zufrieden, als sie das Papier bekam, darin sie als Georg Raphaels liebste Ehewirtin beschrieben und bezeichnet war. Das genügte und schmeichelte ihr mehr als es tatsächlich der Sack Gulden zu tun vermocht hätte.

Äußerlich unverändert und gleichmäßig ging Georg Raphael Donner seiner Arbeit nach. Er grübelte dennoch aber über Schletterers Anregung nach, die Geschäftsführung, wie er es ja schon bei seiner Reise nach Dresden versucht hatte, seiner Gattin zu übergeben und selber Wien einfach im Stiche zu lassen. Dazu aber gab es noch keinen Vorwand.

Es war ein früher, grauer Morgen. Georg Raphael Donner erhob sich und öffnete das Fenster. Die Frische der vom Regen erquickten Blätter der Bäume des Heiligenkreuzer Hofes wehte ihm entgegen. Nachts hatte es gewittert. Die Sonne ging noch nicht auf, aber am Himmelsrande über den dunklen Dächern und Türmchen, wo sie aufgehen mußte, färbten sich die geballten Wolken in Purpur und Gold.

Als er seinem Geschäfte zustrebte, schliefen die Straßen der Stadt noch in der Dämmerung. Die Stille war vollkommen und wie in großer Erwartung. Vor dem Geschäfte wartete ein Bote, von langer Fahrt sichtlich ermüdet. Als Georg Raphael Donner den Laden aufschloß, frug ihn der Mann, ob er es mit dem Herrn Donner zu tun hätte, und als dieser bejahte, teilte er ihm mit, daß er einen Brief zu überbringen habe. Georg öffnete den Laden, ließ den Boten eintreten und übernahm dann den Brief. Im Schein des erwachten Morgens erbrach Georg die Botschaft und las sie. Es war eine Einladung, zu Lukas von Hildebrandt nach Salzburg zu gehen, und eine gleichzeitige verheißungsvolle, aber ebenso unbestimmte Aufmunterung des salzburgisch erzbischöflichen Amtes zu intensiver Arbeit an Münze oder am Dom, die im Namen von Harrach von einem gewissen Glaron gezeichnet und unterschrieben war.

Georg lud den Boten ein, sein Gast zu sein, dann erst begab er sich wieder zur Weiterarbeit an seiner schwarzgetönten Terracotta-Pietà.

Und ihr geflügelt Herz stößt überall an die Mauern der Zeit.

Rainer Maria Rilke

In der düsteren Schenkstube des Wirtshauses „Zum weißen Roß" in Salzburg saßen Schletterer und Donner beisammen und berieten. Die weiße Holzplatte des Tisches schimmerte im fahlen Lichte des dämmernden Tages wie Marmor. An die schmalen Scheiben draußen preschten herbstliche, von Winden getriebene Regenschauer. Ein paar Bauern und Fuhrleute aßen in den anderen Ecken und Winkeln, indes der Wirt selber lässig an den Schanktischen herumhantierte und da und dort die leeren Humpen durch volle ersetzte. Der Geruch verschimmelter Wäsche aus wurmstichigen Truhen und der leichte, säuerliche Duft des Weines standen brackig in der Stube.

„Dreitausend Gulden", murmelte Schletterer: „Dreitausend Gulden . . . es ist ja nicht auszudenken!"

„Du neidest es ihm?" frug Donner: „Was nützt's . . ."

„Ach, meiner Seel, ich neid' ihm's nicht. Aber was könnte man damit nicht alles beginnen, ohne Sorge wenigstens, ohne die tägliche Frage, was wird morgen sein . . ."

Donners Blick glitt vom bisherigen Felde ab. Er sah weiter in die Tiefe des von zunehmendem Dunkel erfüllten niedrigen Raumes. Die Luft war so dick, als wäre sie zu schneiden. Er musterte die arme Tracht der Leute da und dort. Die braunen und rohleinenen selbstgemachten Gewänder, Kotzen, die mit Lederriemen gegürtet und Beinkleider, die mit selbstgedrehtem Hanf an ungepflegten, zerarbeiteten Beinen hingen. Es waren Gestalten, wie man sie draußen im Freien der Landstraße, der Wiesen, der Wälder und Äcker immer wieder in harter Arbeit sah.

„Was haben wir aber auch diesen Beruf gewählt! Wäre ich daheim auf dem elterlichen Grund geblieben, hätte ich nun das ganze Haus und die sechsunddreißig Joch Grund noch dazu und überdies keine Sorge um das tägliche Brot. Aber nein, und da wir ja auch so viele Geschwister waren, blieb ja dann keine andre Wahl, und schließlich trieb's mich doch dazu. Drum will ich mich auch jetzt nicht mehr beklagen . . ."

„Du hast Geld bekommen, hast eine Werkstätte und Wien und eine Frau. Was aber habe ich . . .?“

„Dreihundert Gulden als Erbe, was sind die gegen die dreitausend, die Paul von Strudel im Jahr bekommt. Auch er wird nicht glücklicher sein.“

„Glücklicher? Was ist Glück? Aber die Aufgabe, den Auftrag, Bilder zu fertigen . . .“

„Der Auftrag, Bilder anzufertigen von sämtlichen früheren Regenten Österreichs? Nein, auch das wollt' ich nicht. Schon die Basreliefs von Gundacker und Althan haben mich nicht so recht befriedigt. Ich hab's gemacht, weil ich das Geld gebraucht hab', aber . . .“

„Was also wolltest du dann wirklich?“

„Wie kann man das ausdrücken? Könnte ich's, wär' es schon getan!“

Donner sah wieder zu den ruppigen, rauhen Gesellen hin, zu den Ackerknechten und Holzfällern. Grau war der eine und bärtig, igelstachelig der andere und rotblond, strohgelb und hell der dritte, und so war das Aussehen der anderen auch bunt und mannigfach.

„Ich kann's eigentlich nicht sagen . . .“, setzte Donner fort. „Nimm die Kirche, die Fischer von Erlach in Wien erbaut, ich weiß nicht, ob er das vorher so entworfen hat, wie sie sich jetzt fertig heute darstellt? Die fremdesten Formen fügen sich da so einfach in ihrer Synthese zusammen, daß auch die weitest auseinanderliegenden Elemente wie aus einem Guß erscheinen. Die mächtige Kuppel, die korinthische Halle und die fast abseits stehenden Säulen des Herkules noch dazu. Das ist nicht gotisch oder dorisch, das ist zeitlos, überzeitlich, gültig. Solches wollte ich in meiner Art. Ich bin im neuen Bau drinnen gewesen, ich muß dir sagen, Schauer der Ehrfurcht waren um mich. Der Plan, den er mir zeigte, war in seinen Linien, Rissen und Konturen, in seiner mühseligen Übereinander-Konstruktion und ziselierten Tuschierung so unfaßlich und groß, aber die Wirklichkeit war dann noch um vieles schöner. Unbeschreiblich das achtfach gegliederte Oval, die weiten Räume, die hohlen Säulen, alles in Stein, was ein Gedanke auf armseliges Papier entwarf.“

Donner hatte auf den Tisch mit der Hand blind skizziert, wovon er sprach, nun aber sah er weit hinaus ins Leere, als schien er durch die Menschen, durch den Raum, durch das Gemäuer in einen sonnenhellen Himmel hineinzusehen.

Schletterer riß ihn wieder brüsk in die Wirklichkeit zurück: ,,Und wir sitzen jetzt schon wieder zwei Wochen hier, warten und vertrödeln die Zeit. Erst war alles so eilig, daß wir nicht schnell genug kommen und da sein konnten."

Der Regen rauschte draußen auf und vereinte sich mit den Gesprächsgeräuschen der Stube zu einem indifferenten, seltsamen Lied. Donner sprach vor sich hin, als säße er allein da: ,,Ich wollte ein Dichter sein, der im Heute nur dem Morgen lebt, der, wenn auch nur verdammt dazu, das Laster einer Gegenwart zu ertragen und ihre Lasten zu ertragen, so dennoch zwingend stark genug ist, daraus zu schöpfen und vielleicht selbst schon, losgelöst vom Leben, für das Morgen zu schöpfen . . ."

,,Was sagst du da, Georg, ich versteh' dich nicht . . ."

,,Wer vermag dies überhaupt alles zu verstehen, dies wird uns im Schlafe geboren, im Wachen geschenkt und erst im Träumen verstanden. Träume aber sind Zukunft, und da wird unser Leib nicht mehr sein, nur mehr das Werk . . ."

,,Was denkst du da, Raphael?"

,,Ich denke, daß nur der, der den Mut hat, Ab- und Seitenwege zu gehen, Versuche zu wagen, erst auch wirklich neue Wege finden kann und wird."

,,Wo du mit deinem Denken bist!?"

,,Könnt' ich dir's sagen . . ." Georg verscheuchte sein Trugbild. ,,Ich bin so sehr vom trüben Tag umgeben, befangen vielleicht, daß sich meine Gedanken nur selten zur Freiheit aufschwingen und sich ihrer erfreuen! Zwei Wochen nun warten wir schon wieder!"

Hinter beiden erhob sich eine Stimme. Sie klang hohl, gemessen und doch irgendwie teilnehmend: ,,Und worauf warten Sie nun schon zwei Wochen?"

Fast zugleich wandten sich Donner und Schletterer um. Donner war nicht entrüstet oder erstaunt, dennoch fragte er: ,,Wer sind Sie?"

,,Meine Neugier ist sachlich", gab die Stimme zurück. ,,Ich bin von der bayrischen Kurie!"

Auf Spinnwebbeinchen war die Nacht herangekrochen. Der Wirt entzündete das Öllämpchen, und im Flackerschein des Lichtes sahen sie in ein knochiges Gesicht, das auf einem hageren Leibe saß. Ein rotes Mäntelchen und der gelbe Schein liehen dem Bilde etwas Mephistophelisches. Menschlicher aber und herzlicher klang nun die Stimme im folgenden: „Ich hörte Sie sprechen, ich erfuhr, daß die Herren warten, und ich sage jetzt, daß ich suche!“ Delphisch und orakelhaft klang diese Antwort, aber die beiden Männer achteten gar nicht darauf, sondern fragten: „Und wenn wir fragen, was Sie suchen?“

„. . . so werden wir uns eher finden, hoff' ich, denn schon auch in einer Gegenfrage liegt Interesse. An der Rede, die sie führten, höre ich, daß Sie aus Wien sind, und ich schließe daraus, wie auch aus meinem Empfinden heraus, daß Sie Künstler sind . . .“

„Goldschmied, Eisenschneider, Bildhauer . . . ja, was Sie nun wollen . . .“, antwortete Donner bescheiden.

„Fast hätte ich es mir gedacht. Da Sie es aber bestätigen, ist mir diese Gewißheit lieber, denn ich suche solche Leute. Ich heiße Balthasar Mader und bin, wie ich schon sagte, von der bayrischen Kurie . . .“

„. . . und was suchen Sie nun?“

„Goldschmiede, Eisenschneider, Bildhauer . . .“

„Nun spotten Sie!“

„Nein, so wahr mir Gott helfe!“ beeilte sich der Hagere zu entgegnen: „Es ist mir bitter ernst.“

Er trat vor die beiden hin, holte vom Nachbartische einen Hocker weg und setzte sich grüßend zu den beiden. Dann gaben und fanden sich die Worte. Lange saßen die drei Männer beisammen. Die anderen Gäste waren längst schon gegangen. Das zinnerne Lämpchen mit dem Drudenfuß erhellte gerade eben nur den Blickkreis. Draußen sang der Regen in Eintönigkeit sein Lied vom Himmel, vom ewigen Kreis, und manchmal, wenn die Gespräche stockten, erfüllte das Knistern des kochenden Öles die Stille als einziges Geräusch. Bald war es klar zwischen den dreien. Sie wußten umeinander und hatten für den Augenblick gefunden, was sie suchten. Sie hatten die Ungewißheit einer nächsten Zukunft überbrückt und dadurch die Zeit ungewollten und unvermuteten Wartenmüssens verkürzt. Dann beschlossen sie aufzubrechen. Der Hagere bezahlte den Wirt, leckte an Daumen und Zeigefinger, um die Öllampe zu verlöschen. Er zuckte aber, als er den flammenden Docht berührte, schleunigst zurück, seine Hand schlenkernd, daß die beiden anderen lachen mußten. Dann nahm der Wirt das Eisenhütchen, stülpte es über die Flamme und den verzischenden Docht. Der Hagere ging zur Straße. Donner aber und Schletterer, die im Hause wohnten, stiegen die Treppen hinauf.

Als der Erzbischof J. E. von Thun-Hohenstein gestorben und Franz Anton Reichsgraf von Harrach an seine Stelle getreten war, hatte dieser fast alle von seinem Vorgänger begonnenen Bauten mitten in der Vollendung abbrechen lassen und Lukas von Hildebrandt aus Wien bzw. Linz hierher nach Salzburg berufen; dieser dann, da ihm im besonderen der Ausbau des Renaissancegebäudes Altenau zum Schloß Mirabell übertragen worden war, die beiden Künstler Donner und Schletterer. Das erzbischöfliche Amt hatte per Eilpost die Botschaft der Einladung nach Wien gesandt, und die beiden Männer, erfreut und geehrt zugleich, waren unverzüglich und ohne Zögern gefolgt. Nun aber saßen sie schon nahezu drei Wochen in Salzburg und warteten darauf, vom erzbischöflichen Amte endlich ihre eigentliche Aufgabe und damit die zu schaffende Arbeit übertragen zu erhalten.

In diese Zeit war nun die Begegnung mit Mader gefallen, welche die beiden zur Untätigkeit Verurteilten begrüßend ergriffen. Am folgenden Tage bereits hatte Donner in einer von Mader genau bezeichneten Werkstätte mit der Anfertigung von Entwürfen zu Punzenstöcken für eine bayrische Huldigungsmedaille begonnen und sie ihm nach weiteren drei Tagen zur Weiterleitung bzw. Prüfung und Gutheißung übergeben.

In dieser Zeit strich Donner, Schletterer arbeitete noch an einem Wappen, allein durch die Gäßchen der Stadt Salzburg. Auch hier wurde überall gebaut. Er sah und nahm alles in sich auf. Der Hofbrunnen Darions vor der eben erst fertiggestellten Residenz, die Kollegien- und die Dreifaltigkeitskirche, beides Werke Fischer von Erlachs, erregten zunächst sein Interesse, aber er suchte ebenso den Marstall, die Benediktinerabtei und den St.-Peters-Friedhof auf, wie er zur Zitadelle auf den Mönchsberg und zum Benediktiner-Frauenstift auf den Nonnberg emporstieg.

Herbstlich lagen die buntfarbigen Wälder in ihrem Schmuck. Die Kühle und Frische belebenden Regens, die Dünste, die über der Stadt lagen, und die Nebel, die entlang der Salzach brodelten, umkleideten die Landschaft derart, daß die wenigen Sonnenstunden zwischendurch fast wie zu Märchen wurden.

Einmal saß Georg Raphael allein mit dem Wirt in der Stube. Sie waren auf Paracelsus zu sprechen gekommen, und der Wirt hatte davon erzählt, wie der Arzt und Alchimist um etwa 1541 in diesem Hause gewohnt habe und daß er von anderen Alchimisten auch hier im Streite getötet worden wäre. Man habe sich nämlich in den Besitz des Steines der Weisen, des lapis philosophorum, setzen wollen, den Paracelsus besessen und in einer Elfenbeinkugel im Knaufe seines Schwertes immer mit sich herumgeführt haben soll. Des Steines wegen sei er erschlagen worden. Der Wirt hatte dann Bücher und Traktate geholt, die „Theologia deutsch" und die „Philosophia sagex", und Donner hatte sich, ehe er sich's versah und ohne tiefere Absicht mit Interesse darein versenkt und fühlte sich in die Welt, in die ihn Theophrastus Bombastus von Hohenheim, der in der Schweiz geborene Philosoph und Arzt, entführte, entrückt. Er entnahm seinen zukunftsweisenden Gedanken, daß der Mensch als Mikrokosmos im Leben stehe und daß seine Lebensvorgänge mit den Substanzen und Kräften des Makrokosmos in „Konkordanz" gedacht seien. Er entnahm die aus dieser Anschauung von Paracelsus entwickelte Lehre der von den wirksamen Elementen, ihren Veränderungen und ihren bei der Heilung mitwirkenden Hilfen der Chemie, daß Heilung für ihn nur das Werk der Lebenskraft sei, die der Arzt und die Arznei nur unterstützen. Der Sinn des Arzttums war ihm die helfende Liebe. „Geist ist niemals eine Abstraktion", las er, „sondern immer etwas Bestimmtes. Geist ist die Liebe zum andern, Geist ist die Sprache, ist das aus gemeinsamer Liebe entstandene Werk. Erst in dieser Sphäre ist der Mensch ein Vollwertiger, ein Geisteswesen, das sich über die leiblichen Bedingungen erhoben hat." Lange ward sein Interesse gefesselt. Er las und wiederholte manche Stelle und nahm von des Paracelsus Worten unbewußt mit sich.

„Wer sich selbst gehören kann, soll keinem anderen gehören." Er sah von den Büchern auf, und sein Blick erstarrte ins Leere. Das Aufgenommene begann in ihm zu arbeiten und beschäftigte lange sein Denken: „Wer sich selbst gehört, soll keinem anderen gehören!" Wenn ich mir selber gehöre . . ., dachte er bei sich, kann ich mir alles geben und vielleicht aber dadurch auch den anderen alles schenken.

Als er in den Frühstunden des nächsten Tages an der Franziskanerkirche vorbeiging, fiel ihm ein, daß während dieser drei Wochen, die er sich hier nun aufgehalten hatte, aus Wien noch keine Zeile von seiner Frau gekommen war. Allerdings ertappte er sich des Versäumnisses gleicher eigener Schuld. Er beschloß, dies am Abend nach getaner Arbeit nachzuholen.

Als er abends heimkehrte, sah er sich im Vorraum zu seiner Stube dem Abgesandten des Erzbischofs gegenüber, den er schon so lange erwartet hatte. Georg blieb stehen und konnte seine Überraschung nicht verbergen. Er bat den Mann, der sich erhoben hatte und der im kirchlichen Habitus unter einer hellen Perücke ein starres Lachen zeigte, ins Zimmer.

„Glaron, Bruder Glaron!" stellte sich der Mann vor. „Ich komme, wie Er vermuten wird, vom erzbischöflichen Amt. Der Wirt hieß mich hier warten. Ich nehme an, daß ich Georg Raphael Donner . . ."

„Georg Raphael Donner", bestätigte er: „Ja, die Annahme ist richtig. Ihr habt sehr lange auf Euch warten lassen!" Sein Ausdruck war skeptisch und zudem hatte ihn der Anblick der hellen Perücke schon irgendwie voreingenommen, dennoch bemühte er sich, sachlich und höflich zu bleiben. Glaron hingegen, in der Art gewiegter Unterhändler, suchte durch Geschäftigkeit und Nonchalance seine Mission, über die er sich erhaben dünkte, zu erleichtern. Die letzten Locken seiner Perücke baumelten jeweils unter der Lebendigkeit seiner Gesten, mit denen er die hohlsten und belanglosesten Dinge zu solchen von eminenter Wichtigkeit umzufärben suchte. Der Vogelkopf, der auf einem fast nicht dazugehörenden Leibe saß, neigte sich etwas, wodurch die gläsernen, vorstechenden Augen und das starre Lächeln für Donner noch eher den Eindruck einer wächsernen Maske gewannen.

„Wir haben nicht viel Zeit, Herr Donner. Das Hofbauamt des Erzbischofs ist mit den umfassendsten Dingen beschäftigt, von denen er sich kaum eine Vorstellung machen wird. Nicht nur, was allein die Bauführungen oder das Münzamt anlangt, unsere Arbeiten und Interessen bewegen sich auch auf dem Gebiete der Musik und der Literatur. Das erzbischöfliche Amt und Seine Eminenz, der Herr Erzbischof, zeigen selber . . .“

„. . . ich bemühe mich zu verstehen! Aber warum hat Er dann so lange auf sich warten lassen?“ unterbrach Donner hier fast unhöflich, aber Glaron ließ sich nicht beirren.

„Wir werden die Matthäus-Passion des jungen Musikers Bach, die man bereits vor zwei Jahren mit großem Erfolg in Leipzig zu Gehör brachte, hier wiederzugeben versuchen und werden auch das Werk desselben Kompositeurs, die Oper ‚Caesar‘, die man im vergangenen Jahre erst aufführte, hier im fürsterzbischöflichen Hoftheater der Residenz herausbringen. Die technischen und dekorativen Voraussetzungen sind ja gegeben . . .“

Donner, den dies kaum interessierte, wandte ein: „Für das Theater aber denke ich doch, daß meine Arbeit kaum in Anspruch genommen werden dürfte!“

Glaron wehrte ab: „Nein, nein, junger Mann, keinesfalls, ich spreche ja nur davon. Sie werden verstehen. Wir haben ja auch Altomonte zu gewinnen versucht. Man kann und darf an den großen Weltgeschehnissen nicht einfach vorübergehen. So wie die Politik aller Welt hier in Salzburg ihre Spiegelung findet, oder glaubt Er etwa nicht, daß die Thronfolge einer Frau, einer Katharina nach einem Peter dem Großen, in Rußland für uns nebensächlich gewesen wäre, glaubt Er nicht?, so begegnete eben das umfassende Interesse des erzbischöflichen Hofes noch einer wesentlich größeren Universalität auf künstlerischem Gebiet.“

Donner suchte das abschweifende Wesen seines Gegenübers etwas zu dämmen. Er nützte die Atempause und versuchte zu dem ihn eigentlich interessierenden Thema zurückzukehren: „Ja, und meine Aufgabe nun?“

Glaron lächelte: „Meister Lukas von Hildebrandt hat dem Hofbauamte von Ihnen berichtet . . .“

Donner verneigte sich flüchtig: „Ich bin begierig, zu hören.“

,,Ich sagte schon", fuhr Glaron fort, ,,viele Pläne sind es, die uns beschäftigen. Der Bau des Residenzgebäudes zu Mirabell, aber darüber wird noch später zu sprechen sein . . ."

Donner wurde ungeduldig. ,,Ich warte doch nun wohl schon sehr lange untätig auf Ihren Bescheid. Nun hätte ich auch gerne etwas geleistet!"

Hastig nickte Glaron: ,,Das soll Er auch. Das soll Er auch. Darum bin ich ja eben hier. Darum aber bin ich auch bemüht, Ihm ein kleines Bild der erzbischöflichen Absichten zu zeichnen und in welcher Weise unser Herr Erzbischof, der Reichsgraf von Harrach, sich Ihrer Kunst zu bedienen beabsichtigt. Sie werden, Herr . . ."

Da Glaron, den Kopf neigend, mit dem Daumen an den Fingerspitzen schleifend, seinen Namen suchte, half Donner nach: ,,Georg Raphael Donner . . ."

,,. . . ja doch, Herr Donner, bestimmt noch von sich berichten, doch möchte ich jetzt gerne auch noch etwas mehr von Ihnen selbst wissen!"

,,Ich denke, man weiß bereits mehr von mir, als ich jetzt noch sagen könnte, daß ich Bildhauer bin, daß ich bei Brenner die Goldschmiedekunst erlernte und das Eisenschneiden und selber Werkstätte und Gesellen in Wien habe . . ."

Glaron nickte eifrig. ,,Gewißlich, gewißlich, das ist bereits bekannt und wurde von Meister Hildebrandt berichtet und auch unterstrichen, doch würde das erzbischöfliche Bauamt dennoch gerne auch eine persönliche Probe Seines Könnens erwarten, damit man den Nachrichten und auch Ihren Worten überzeugt Glauben schenken könnte . . ."

Überzeugt? dachte Donner, das riecht irgendwie nach Bestechung. Donner sah Glaron fest ins Gesicht: ,,Ach so!" sagte er, ,,das bischöfliche Bauamt, nicht der Erzbischof?" Er wiederholte: ,,Damit man also überzeugt Glauben schenken kann!"

Georg Donner wandte sich rasch ab. Trocken und knapp sagte er: ,,Gut, bitte, das können Sie haben!" Er ließ Glaron beiseite, ging an sein Gepäck, holte nach einigem Wühlen ein Stück weißen Wachses hervor und begann es erwärmend zu kneten. Mit flinken Händen bildete und formte Donner die Masse. Glarons starres Lächeln verflüchtigte sich im Eifer, mit dem er die geschickten und schnellen

Bewegungen des Mannes vor ihm verfolgte. In kurzer Zeit hatte Donner dem Wachs Gestalt verliehen. Es war deutlich und unleugbar vortrefflich der Kopf eines Esels zu erkennen. Donner lächelte genüßlich und überreichte ihn dem erzbischöflichen Abgesandten.

,,Darf ich Sie, Euer Ehren, bitten, dies Ding hier demjenigen zu geben, der meinem Worte und der Nachricht über mich nicht überzeugt Glauben zu schenken vermochte, und ihm zu sagen, daß dies sein eigen Konterfei sei!"

Glaron erblaßte. Er drehte seine gläsernen Augen, die wie eingeölt von Donners freiem, festen Blick nicht zu fassen waren, besann sich aber sofort und nahm das geformte, wächserne Gebilde an sich. Im gleichen Augenblicke erschien auf seinem gelblichen Gesicht auch jenes starre Lachen wieder, welches Donner gleich bei seinem Eintritte so bezeichnend aufgefallen war.

,,Ich werde Ihrem Wunsche entsprechen!" sagte Glaron virulent und kühl, ,,und ich hoffe nur, daß man es nicht übel nimmt!"

,,Man kann das halten, wie man will!" lächelte nun Georg Donner. ,,Ich werde mich jedenfalls gerne nach der Antwort zu richten wissen. Nur habe ich die Bitte, daß man sich bald entschließen möge, denn auch ich habe meine Zeit nicht zu vergeuden!"

Merklich abgekühlt, ergriff Glaron die Gelegenheit, sich auf möglichst unauffällige Art schnell zu empfehlen. Eine Handbewegung Glarons mußte Donner bei solcher Verabschiedung als Gruß gelten lassen, aber auch seinerseits war eine flüchtige Verneigung alles, was als solcher hätte gedeutet werden können.

Als die Tür ins Schloß fiel, sackte Georg in den Stuhl. ,,Das sind vielleicht Brüder", murmelte er vor sich hin, ,,solche Brüder . . ." Dann aber fiel ihm ein, daß er seiner Frau nach Hause Botschaft geben wollte. Leider war der Brief auch dann nur sehr kurz und fiel durchaus nicht gerade herzlich aus.

Als Schletterer, der inzwischen in einen seiner neuen Arbeitsstelle näher gelegenen Gasthof übersiedelt war, das nächste Mal mit Donner zusammentraf, gab es viel zu berichten. Schletterer hatte zudem noch einige andere, kleinere Arbeiten auszuführen, die ihm deshalb einen häufigeren Besuch bei Donner nicht gestatteten, und auch Donner hatte den ersten Auftrag für den Erzbischof bereits in Arbeit. So sammelten sich Neuigkeiten, die gelegentlich der also spärlicher gewordenen Besuche konzentrierter einander mitgeteilt werden mußten. Donner sprach vom Besuch des bischöflichen Abgesandten und von seiner Arbeit für die bayrische Kurie ebenso wie von der ihn gegenwärtig beschäftigenden, und Schletterer wieder wußte von den eben aus Wien zugekommenen Nachrichten mancherlei Neues zu berichten. Auch das „Diarium", die Zeitung, alle Dinge enthaltend, wie es auf dem Kopfe des Blattes zu lesen stand, was von Tag zu Tag sowohl in dieser Residenzstadt Wien Denkwürdiges und Neues sich zugetragen als auch anderswo, hatte man ihm nachgeschickt, und darinnen fanden die beiden auch noch mancherlei Interessantes. So wurde unter anderem auch von einer Dampffeuermaschine geschrieben, die das Wasser in den Fontänen vor dem Schwarzenbergpalais zu Wien fünfundsiebzig Fuß hochtreiben würde und in vierundzwanzig Stunden fast zwölftausend Eimer Wasser ins Reservoir pumpen sollte. Auch ward berichtet, daß die früher von Strudel geleitete Akademie der bildenden Künste, an der auch Donner ehedem im Schönbrunnerhause studiert hatte und die nun schon an die zehn Jahre außer Tätigkeit gesetzt war, im nächsten Jahre wiedereröffnet werden sollte. Von der Allee auf dem Tabor und der Favorita, dem Augarten – stand zu lesen und ebenso vom Schaffen der Bildhauer Franz Casper, Tobias Krahli und Stöber. Ein Casper, Krahli, Stöber? Wer waren sie, hatte irgend jemand schon von ihnen gehört, was hatten sie geleistet? Sie wußten es nicht, aber es stand in der Zeitung zu lesen. Es stand im „Diarium". Was wußten die davon, die es schrieben? Kurzsichtige Skribenten ohne irgendwelche eigene Urteilskraft, dafür aber eitel und aufgeblasen. War das nicht immer schon so gewesen? Die Lektüre lenkte wieder zu Vergleichen mit der eigenen Arbeit. Beide, Schletterer und Donner, waren unzufrieden mit sich selber, wie es überhaupt nur Künstler in diesem Ausmaße zu sein vermögen. Vielleicht mochte auch etwas wie Neid darüber in gewisser Weise mitbestimmend gewesen sein, daß zum Beispiel ein Peter Strudel, ohnehin mit reicher finanzieller Dotation bedacht, überdies noch in den Freiherrnstand erhoben wurde, daß Mattielli, der Italiener, und auch andere Künstler immerhin begehrenswert erscheinende Arbeiten an größeren Objekten bekommen hatten, indes sie selber doch nur ein im Vergleich dazu ganz bescheidenes, fast könnte man sagen nebensächliches Werk zu erfüllen hatten, so war dies doch letzten Endes für die beiden nicht ausschlaggebend, etwa eine lähmende Resignation zu erzeugen, sondern das Gegenteil, und dies wieder bezeugte ihre tatsächliche künstlerische Vitalität, neuer Ansporn zu höherem, ehrgeizigem Streben angemessenen, weiteren Wirken. Sie ermunterten sich gegenseitig, und insbesondere Donner suchte gelegentlich seiner Einkäufe, seiner Materialbeschaffungen aktive Verbindungen und neue Wege zu den in Salzburg wirkenden Künstlern und künstlerisch interessierten Menschen. Bald bekam er auch mit den amtlichen Stellen Kontakt und inspirierte da und dort mit seinen Ideen die Bauhütten, Kanzleien und die Gewerbetreibenden. Er entwickelte vor verschiedenen Leuten den Gedanken, in Salzburg doch ein eigenes Messinggewerbe zu begründen und dadurch die Konkurrenz der Nürnberger Artikel, die den Markt und auch den Geschmack beherrschten und es wesentlich beeinflußten, auszuschalten. Auch entwickelte er den Plan, die Untersberger Marmorbrüche einer rationelleren Ausbeute zu unterziehen.

Da kam endlich am 15. Dezember 1725 vom erzbischöflichen Amte der lange erwartete Vertrag, der die anderen Pläne alle beiseite schieben hieß und nach dem er in alle Nischen bei der Hauptstiege des neuerbauten, hochfürstlichen Residenzgebäudes zu Mirabell die erforderlichen Statuen mit weißem Untersberger Marmor zu verfertigen hatte.

Gleichzeitig damit wurde ihm durch Glaron, der ihm das Schreiben zu übergeben hatte und dabei ein sarkastisches Lächeln nicht zu unterdrücken vermochte, auch ein eigenes Quartier als Wohnung zugewiesen. Diese Wohnung, ein geräumiges Zimmer und zwei kleinere Nebenräume, war mit überflüssigem Gerümpel aller Art vollgepfropft, und Donner wollte es natürlich sauber und ausgeräumt haben. Man entsprach seinem Wunsche, bis auf eine alte Truhe, die zu schwer und zu unförmig war und man sich nicht die Mühe machen wollte, sie auch fortzubringen. Donner aber in einer gewissen Beharrlichkeit bestand darauf, daß man auch diese Truhe wegbringen möge. Um Ruhe zu haben, machten sich die Brüder denn doch schließlich mürrisch und verdrossen daran, auch diese wegzubringen. So groß aber waren dabei Zufall und Glück, daß sie beim Heraustragen der Truhe durch Ungeschicklichkeit ein Brett brachen, darunter sie eingeleimt an die fünfhundert Münzen in reinem geschlagenen Golde fanden. Selbstverständlich war man durch diesen Zufall wieder derart versöhnt, daß Donner weiterhin bestes Entgegenkommen und keine Schwierigkeiten irgendwelcher Art mehr fand. Lediglich Glaron, wenn er es auch nicht direkt zeigte, wahrte immer und in jeder Weise Distanz und bewahrte ihm jene Abneigung, die von der Stunde datierte, in der ihm Donner den Esel gab. Indirekt, aber dennoch, wie es ja auch beabsichtigt war, hatte er damals das von Donner mitgegebene Wort auf sich bezogen, und das konnte er ihm nicht vergessen.

In dem ihm zur Verfügung gestellten Raume arbeitete nun Donner mit Kraft auf sein Ziel los. Er hatte nun endlich eine Aufgabe bekommen, die ihn befriedigte.

Er skizzierte, studierte am menschlichen Körper, entwarf, formte in Gips, modellierte, bildete und verwarf. Mythologische Figuren galt es zu schaffen, die ein Treppenhaus zu zieren hatten. Paris, den Sohn König Priamos, Gespielen, Kinder, Putten.

In diesen Tagen hatte er auch Gelegenheit, mit Lukas von Hildebrandt selber des öfteren zu sprechen, ja so nahe kamen sie einander einige Male, daß der Ältere von seinem Leben erzählte, von der Zeit, da er in Italien als Sohn eines kaiserlichen Offiziers geboren wurde, bis zu seiner Berufung als Feldingenieur, in welcher Eigenschaft er zwei Feldzüge des Prinzen Eugen in Oberitalien mitmachte, und schließlich von seinem Weg zum Prinzen selbst, für den er das Schloß Schönblick zu erbauen hatte. Donner bewunderte ihn, wie er auch Fischer von Erlach bewundert hatte, und er war glücklich in diesen Tagen und auch zu sehr von seiner Aufgabe erfüllt und befangen, als daß ihn irgend etwas davon abzulenken vermocht hätte.

In der Statue des Paris versuchte er etwas auszudrücken, was in seinem Inneren längst schon Form gewonnen hatte, jene an alte, antike Vorbilder gemahnende Idealgestalt, die durch das Motiv des aufrecht stehenden Körpers sowie durch eine starke Betonung der Statik dieser Figur, aber auch durch das Fehlen jeder aus der Gestalt selbst heraus weisenden stärkeren Bewegung, dennoch edelste Körperlichkeit und damit das Leben selbst, in all seiner natürlichen Selbstverständlichkeit, festhalten sollte. Er folgte damit Michelangelo: „Wenn du Menschen beobachtest, achte darauf, daß sie nicht bemerken, daß du sie ansiehst; ihre Bewegungen, ihr Lachen und Weinen ist dann natürlicher", und folgerte damit auch die sich daraus ergebende Wirkung auf seine eigene Künstlerschaft. Eine Nacktheit und Schönheit wollte er geben, die seine harmlosere und dennoch lustvollere Auffassung der nackten Formen des menschlichen Lebens zeigen sollte, als dies üblicherweise jetzt in den Kreisen der ihn umgebenden Gesellschaft der Fall war. Er erinnerte sich bloß an die pathetisch hochmütigen Gestalten Permosers. Dennoch vertiefte er sich zugleich genauest auch in die Pläne des Schlosses und beschäftigte sich zudem mit der Geschichte des Baues wie auch mit jener Liebe eines Erzbischofs zu Salome Alt, der Bürgerstochter, daß er schließlich fast nicht mehr aus der Werkstätte kam oder anderswo hinging, als in das einfache Zimmer, das er bewohnte, und in das für größere Arbeiten bestimmte Atelier, welches er mit anderen Künstlern zu teilen hatte. Man kam auch zwischendurch vom Hofbauamte des Erzbischofs zu ihm und bestellte bei ihm Prägestöcke und Münzschneidereien, so daß er laufend zu tun hatte. Nebenbei erfüllte er auch noch die kleinen Wünsche seines bayrischen Vermittlers.

Am Tage seines dreiunddreißigsten Geburtstages erhielt Donner das vom 17. Mai 1726 datierte Dekret, welches ihn als Münzeisenschneider bei der erzbischöflichen Münze provisorisch anstellte. Der bisherige Zustand war dadurch gewissermaßen sanktioniert und auch etwas höher dotiert, zudem bestand die Aussicht einer späteren definitiven Anstellung mit fixen Einkünften. Von daheim hatte er die Nachricht, daß alles so recht und schlecht seinen Weg weiterging, und dies bestärkte ihn bei seiner Absicht, weiterhin in Salzburg zu bleiben. Für späterhin erwog er, das Geschäft in Wien aufzugeben, seine Frau nachkommen zu lassen und sich fest in Salzburg anzusiedeln, aber der Gedanke würde erst nach Bestätigung einer definitiven Anstellung realisierbar werden. Leider sollte es aber, wie vieles im Leben, späterhin ganz anders kommen.

Während er nun, nach Fertigstellung der Paris-Statue, wieder vorwiegend der Medailleurkunst diente, wurde ihm ein Zusatzauftrag übermittelt, den er mit Feuer aufgriff und dann auch mit der gleichen Begeisterung auszuführen begann. Auf der Hauptstiege des Schlosses Mirabell sollte er vier Gruppen von Kindern aus weißem Untersberger Marmor eigenhändig bis längstens zur Osterzeit des folgenden Jahres verfertigen. Das machte ihm Freude, und er ließ sich von der ihm gestellten Aufgabe inspirieren und erfüllen.

Er begann Kinder aufzusuchen und sie zu beobachten. Noch nie hatte er so sehr gefühlt, was Kinder eigentlich bedeuten können, als nun, da er sich in sie hineindenken und sie gestalten sollte. Jeder Baum, jedes Tier, jeder Mensch war ihm bis nun näher gekommen als das Kind, und es ist nun einmal so, daß man sich in eine Sache erst einzuleben beginnt, wenn man sich damit beschäftigt.

,,Das Werk der Malerei war die Linie, die jemand um den von der Sonne auf eine Wand geworfenen Schatten eines Menschen zog", hatte Michelangelo geschrieben, und Georg Donner dachte: Das erste Werk der Bildhauerei ist der Gedanke, den der bildende Künstler trug, ein Ebenbild des Menschen vollendet darzustellen. Das Erlebnis des eigenen Kindes war ihm nie vordem so stark gewesen, nun da er das des fremden suchte. Er begann die Schmerzen und Leiden nachzuleben, die seine Frau längst überwunden hatte, und er suchte in jedem Kinde, das ihm begegnete, das Wunder des Kindseins überhaupt zu erfühlen, zu erleben und zu erfassen. Der Wunsch, Kindern zu begegnen, die Nachtrauer um das eigene, das Mitspielen und Mitbeschäftigen mit den Kindern paarten sich mit dem Streben, seiner Aufgabe gültig und lebendig gerecht zu werden. Denn echt ist immer nur das Erlebte und tief und wahr nur das, worum man ringt und kämpft. Er ging darum in den warmen Tagen dieses Sommers hinaus an die Ufer der Salzach oder zu den Wiesen ringsum und sah den nackten, den zerlumpten, den ärmlich gekleideten, den lustigen und ernsthafteren Kindern zu, wie sie planschten, wie sie tollten, sich neckten, scherzten, Unfug trieben, Steine warfen, Fische fingen, einander nachliefen oder die absonderlichsten Spiele trieben. Seine Skizzenblätter begannen sich mit Entwürfen zu füllen, sie gewannen allmählich Gestalt, verschmolzen, formten sich zu Gipsgebilden um, und schließlich bekamen die vier Gruppen ausführungsreife Gestalt.

Mit Schletterer, der zu dieser Zeit auch wieder in Mirabell zu tun hatte, redete er häufig über ihn beschäftigende Dinge künstlerischer

Gestaltung. Sie disputierten über ihr eigenes Schaffen, wiesen einander auf ihre Mängel hin und sagten sich auch ehrlich die tadelndsten Worte, oft auch in Gegenwart des Erzbischofs selber, der daran Gefallen fand, sich ergötzte und aus ihren bissigen, sarkastischen oder bitteren Bemerkungen deren wahren kritisierenden, schöpfenden und verbessernden Geist und Scharfsinn erkannte. Auch dieser friedliche Wettstreit trug wesentlich bei, die Arbeit zu vertiefen und zugleich zu beschleunigen.

Als Donner schließlich dann vor der von ihm gestalteten und vollendeten Plastik stand, in der er Architektur und Nischengestaltung in glücklicher Weise koordiniert und verlebendigt fand, überkam ihn erstmals das Gefühl einer einigermaßen erfüllenden Befriedigung. Die mittels Quandpfeiler gegliederten Wände des Stiegenhauses hatten an beiden Podesten je zwei Rundbogennischen erhalten, die den mit verzierter Marmorrahmung versehenen Sockeln der Gruppe ein streng architektonisches Gepräge gaben, indes die Gestalt des Paris allein als ein in sich selbst geschlossenes Werk dastand. Und die Putten? Ja, Donner war stolz auf seine Vaterschaft, und sosehr er sich selber der Sparsamkeit seiner formalen Ausdrucksmittel bezichtigte, so sehr war er doch von der Leichtigkeit und dem Liebreiz befriedigt, der ihm den Figuren einzuhauchen, einzuprägen, festzuhalten gelungen war, und Schletterer gefiel überdies die zusammengehaltene Bewegtheit des ewigen Augenblickes, die ihn, wie er sagte, immer an den kleinen Herakles erinnerte.

Als die Feierlichkeiten der Weihe des Schlosses Mirabell eingeleitet wurden, nach denen man es seiner eigentlichen Bestimmung übergab, stieß Donner einmal unversehens auf Glaron. Donner konnte sich nicht enthalten, Glaron zu fragen, was man über seine Arbeiten zu sagen hatte, und er bat ihn, mit der Wahrheit nicht hinter dem Berg zu halten. Glaron antwortete mit dem ihm eigenen stereotypen Lächeln, daß er, wenn er schon um die Wahrheit gebeten werde, sagen müsse, daß man bisher leider wenig Lobenswertes habe hören können. Das habe er wohl nicht anders erwartet, erwiderte Donner, da dies ja das Schicksal aller neu in Erscheinung tretenden Künstler wäre, aber da er darin zugleich auch Glarons hintergründige Absicht erkannte, frug er ihn deshalb: „Und Sie selbst, Eminenz, was sagen Sie selbst?“

Glatt und betont liebenswürdig antwortete er: „Ich kann natürlich nur Gutes sagen. Alle sechsundzwanzig Statuen gefallen mir, wenn auch der Paris mit seinem drolligen Lendenschurz, der Flöte und dem Hirtenstock unter dem schmalen Gürtelriemen sehr kühn sein dürfte, und das meine ich ehrlich und nicht nur, um Ihnen etwa gefällig zu sein . . ."

„Das hätte ich auch wirklich nicht erwartet!" gab Donner zurück. „Ich weiß, daß ich nicht Ihre Sprache spreche, und will wirklich nicht, daß Ihnen aus bloßer Gefälligkeit auch nur eine von den sechsundzwanzig Figuren gefällt. Reden Sie meinetwegen auch ruhig Schlechtes darüber, da Ihr Urteil kaum von Gewicht sein dürfte. Die Menschen kommen eben nackt zur Welt, nur ist es nicht allen Menschen gegeben, unbefangenen Blickes in ihren eigenen Spiegel zu sehen. Vielleicht ist durch den eigenen Schmutz der Blick zu trübe geworden. Ich beliebe über meine gottlob sauberen Haare keine zottige Perücke zu stülpen."

Damit wandte er sich von Glaron, der auf solche freie, fast freche Rede nicht gefaßt war, und ließ ihn stehen.

Als er am Heimweg bei der Posthalterei vorbeiging, vermeinte er Simonetta zu sehen, aber er verscheuchte die Vermutung und lief nach Hause. Dort nahm er sich ein Buch vor. „Dum coelum aspicio, terra sordet", las er. Die Worte des Ignatius von Loyola. „Wenn ich den Himmel betrachte", so stand in der Übersetzung, „erscheint mir die Erde schmutzig." Wir sind irdische Leut miteinander, las er, und haben nichts in der Schul' auf Erden, denn Narrheit. Darum werden wir gewiesen, zu suchen das Reich Gottes, in dem alle Weisheit liegt. Aber ach, dachte er, ich bin ja nur zu sehr Mensch, und nichts anderes eben als Mensch, so blutwenig, so wenig und so unendlich viel zugleich . . . Ein Mensch mit all seinem Wollen, seinem Sehnen, seinem Ringen und seinem Kämpfen.

Dann kam wieder seine Arbeit an der bischöflichen Münze. Er schuf, was gefordert wurde: Münzen, Medaillen, Bildnisse des heiligen Ruprecht und Bildnisse des Bischofs.

Selten geschah es, daß er in die Umgebung wanderte, auf den Mönchsberg nur oder auf den Kapuzinerberg, aber immer wieder trieb ihn eine fast an Fanatismus grenzende Besessenheit zu seiner Arbeit zurück.

Als Donner wieder einmal in der erzbischöflichen Werkstätte an einem Punzenstocke schnitt, kam Balthasar Mader zu ihm.

„Ich wußte nicht, wo ich Sie suchen sollte", sagte dieser. „Darum kam ich hierher, und ich hoffe, ich komme nicht ungelegen."

„Durchaus nicht", erwiderte Donner erfreut. „Ich habe Sie eigentlich schon lange erwartet. Die Huldigungsmedaille ist fertig. Es ging leider nicht früher . . ."

„Ich verstehe vollkommen."

Donner übergab Mader das Eisen, und gefällig schmunzelnd betrachtete es dieser. Donner, der ihm dabei zusah, erinnerte sich plötzlich des teuflischen Eindrucks, den er bei der ersten Begegnung mit Glaron hatte, und gerade in diesem Augenblicke betrat dieser, der ihm jetzt in diesem Augenblick noch teuflischer schien, die Werkstätte.

Mit einem Blick erfaßte jener auch, worum es ging.

„Oh", sagte Glaron spitz: „Meister Donner hat Besuch . . ."

„Ja!" erwiderte Donner mit gleichem Tonfall. „Ich habe Besuch! Darf ich mir erlauben, die Herren bekanntzumachen?"

Glaron wehrte ab, daß seine Perückenlocken zu wackeln begannen. „Oh, nicht doch, ich werde nicht stören. Es war bloßer Zufall jetzt, daß mich der Weg hierher geführt hat . . . bloßer Zufall." Er hob jovial die Hand: „Auf ein anderes Mal . . ."

Schneller als er gekommen, verschwand Glaron wieder. Als die Türe ins Schloß gefallen und die Schritte verhallt waren, äffte ihn Donner nach: „Es war bloßer Zufall, ä . . . ä . . . bloßer Zufall . . . vergessen wir's. Hier also das Eisen. Ich hoffe, man wird zufrieden sein . . ."

„. . . und hier der Lohn!" Mader stellte einen Beutel, den er aus der Tasche gezogen hatte, vor Donner hin.

Er dankte erfreut. Mader indessen erzählte noch einiges vom Hofe, daß Karl Alberts Hofhaltung eigentlich nur ein einziges großes Haus der Freude sei und daß es für den Fürsten nichts Schöneres gäbe als leichtlebige, lockere Frauen. Die Ladenburg im Nymphenburger Park sei die Stätte ausgelassenster Venusfeste dieses vom Schicksal so schwer geschüttelten und vielleicht deshalb nur um desto bereitwilliger in die Arme der illegitimen Liebe stürzenden Fürsten. Mader ersah aber bald, daß er damit Georg Donners Interesse nicht zu fesseln vermochte; darum brach er die Plauderei ab und empfahl sich. Wieder war eine Sache zum guten Ende gebracht. Bloß wegen Glaron hatte Donner noch ein vages, unangenehmes Gefühl. Dem Menschen war sicher manches zuzutrauen, und seit der Geschichte mit dem Esel, besonders aber auch nach dem letzten Besuch und überdies nach der heutigen Begegnung, kam es Donner so vor, als suche er eine Handhabe gegen ihn. Donner hatte ein ungutes Gefühl, er war sich zwar keiner Schuld bewußt, aber wo eine Schuld konstruiert sein wollte, konnte man sie leicht verwirklichen, und darin sollte Donner recht behalten.

Es war recht früh am Vormittag eines Sonntags. Der Gottesdienst war beendet, und die Glocken der Kirche klangen, ihre ehernen Stimmen ausschwingend, über die Stadt hinweg hochauf zur erzbischöflichen Residenz auf der Hohensalzburg. In bündig gemessenem Schritt stieg Donner bergan. ,,Oh, Meister Donner hat Besuch . . .“ Die ölige, glatte Stimme Glarons klang ihm ans Ohr. Er sah sich unwillkürlich um, aber es war niemand um ihn. Nur einige Spatzen zwitscherten in diese Feierlichkeit. Nicht einmal in der Zeit, in der er in Salzburg arbeitete, war es vorgekommen, daß Glaron die Werkstättenräume, in denen Donner arbeitete, aufgesucht hatte. Gerade an dem Tage, an dem Mader die Prägestöcke abholte, fügte es der Zufall, daß dies geschah.

Eines Tages hatte er ein mit dem erzbischöflichen Sigill versehenes Schreiben zugestellt erhalten; zuerst hatte er sich noch darüber gefreut, da er darin die ihm zugesagte definitive Anstellung als erzbischöflicher Münzeisenschneider vermutete, war aber bald eines anderen belehrt. Die Wut packte ihn, ein ohnmächtiger Zorn, und er war lange nicht zu weiterer Arbeit fähig gewesen. Dieser glatte, geschmeidige Glaron; daß ein Mensch so hinterhältig und teuflisch zugleich sein konnte. Donner griff in seine Tasche und zog das Papier hervor. Er entfaltete und las es nochmals durch. Wie oft war dies in den wenigen Tagen seither geschehen? Zuerst hatte er sich darüber geärgert, war wie vor den Kopf geschlagen gewesen, war im Zimmer hin- und hergelaufen. War man denn von Sinnen? Wie konnte man überhaupt nur auf den Gedanken kommen? Strafanzeige, las er, gegen den am bischöflichen Hofe provisorisch beschäftigten Eisenschneider Georg Raphael Donner, in der dieser bezichtigt wird, Stöcke und Stempel mit dem Insignum des erzbischöflichen Hofes eigenmächtig und unbeauftragt für unlautere Zwecke angefertigt zu haben. Ob dieser höchst strafmäßigen Handlung werde er zur Untersuchung und persönlichen Verantwortung befohlen . . . Ja, er kannte nun das Schreiben Wort für Wort. Er faltete es wieder und schob es in seine Tasche zurück. Sein Gerechtigkeitsempfinden hatte sich aufgelehnt. Hatte man wirklich da etwas aufgebaut, wozu sonst nur spitzfindige Kreaturen fähig waren? War durch das Geschäft mit Mader wirklich ein Schein des Unrechtes entstanden, der gegen ihn zeugte? Würde er, auch wenn er sich mühte, stark genug sein, ihn entkräften zu können, zumal der Kläger nach seiner Auslegung Macht und Recht hatte, darüber zu richten, ihn zu verdammen, zu verurteilen und schuldig zu sprechen. Nicht einen Augenblick lang war er sich selber auch nur der leisesten Schuld bewußt, höchstens, daß er etwas getan hatte, was im Interesse seines Dienstes und seiner erst anzutretenden Stellung, auch wenn sie vielleicht nur eine provisorische oder vorübergehende war, besser nicht geschehen wäre, keinesfalls aber als etwas Unstatthaftes angesehen, das verurteilt werden durfte.

Drei kleine Buben rannten an ihm vorbei, mit Horrido und Hussassa und ihr Lärm übertönte einen Augenblick lang seine Gedanken. Nur einen Augenblick lang, denn er war zu beherrscht von ihnen, als daß er sich davon zu lösen vermocht hätte.

Als ihm einen Tag nach der Zustellung dieser Vorladung auch der Bescheid übermittelt worden war, daß sein Gesuch um Verleihung des Titels eines hochfürstlich erzbischöflichen Hofbildhauers, darum einzukommen ihn der Erzbischof selber nach der Fertigstellung seiner Putten für Mirabell geraten hatte, abschlägig beschieden worden sei, sah er klar. Es war niemand anderer als Glaron, der es hintertrieben hatte und der Donners Hieb von damals nun auf diese Art parierte. Wäre die Anregung, um Anstellung und Titel anzusuchen, nicht vom Erzbischofe ausgegangen, der es ihm persönlich geraten hatte und auch versprochen hatte, die Erledigung raschest zu signieren, er hätte es von sich aus nicht getan. Nur zu gut wußte er, daß es für jene Stellen immer wieder andere Bewerber gab, die aus diesem oder jenem Grunde vorgezogen wurden, wenn auch eine solche Verleihung an ihn sicherlich eine entsprechende Anerkennung seiner bisherigen Arbeit bedeutet hätte, aber von da an hatte er damit begonnen, sich auf zu erwartende Möglichkeiten einzustellen, sich eine Art Verteidigung beziehungsweise Abwehr zurechtzulegen und damit die Angriffe abzuwehren, die auf ihn zukommen konnten. Mit feurigen Zungen zu reden, ist nicht meine Gabe, hatte einst Paracelsus gesagt, und man erschlug ihn, weil man den Stein der Weisen bei ihm vermutete. Auch ich werde nicht mit Feuerzungen zu sprechen fähig sein, aber ich werde mich meiner Haut und meines Rechtes wehren. Recht muß einfach Recht bleiben. Er suchte Aussprachen, wollte zu Schletterer, aber der war abgereist, und niemand wußte, wohin und wann er wiederkommen würde; er versuchte es bei Lukas von Hildebrandt, aber der war bereits wieder zur Arbeit nach Linz gefahren, und damit war er aber auch schon am Ende seiner Weisheit, und er hatte damit auch erkannt, wie wenig Freunde er wirklich hatte. Zum Erzbischof selber, der ihm noch, soviel er wußte, ehrlich gut gesinnt war, mochte er nicht gehen, denn es war zu erwarten, daß er in dieser Sache letztlich Richter sein müsse. Es würde also, und das erkannte er letztlich, und das machte ihn auch sicher, niemand besserer Anwalt seiner eigenen Sache sein als er selbst. Er gestand es sich auch ein, Lust gehabt zu haben, einfach seine Sachen zu packen und wieder nach Wien zurückzukehren, aber er war davon sofort wieder abgekommen, da er sich nicht feige einer Verantwortung entziehen wollte, die man von ihm erwartete. Er ging nach Hause und verbrachte den Sonntag abgeklärt und ruhig.

Ruhig auch und fast fröhlich überquerte Donner am Montag vor der vorgesehenen Zeit den Burghof der Hohensalzburg. Das unbeschreibliche Gefühl eines Unbehagens vor dem Unangenehmen war gewichen, und als er die Treppe zum Saale, in dem die Verhandlung stattfinden sollte, hochschritt, war in ihm eine Festigkeit und Sicherheit, die ihn selber erstaunen machte.

Im Vorhause war es still. Als er die schwere Türe öffnete, knarrte sie ein wenig in den Angeln. Die Weite des Gemaches trug nur dicht an den Fenstern selber die Völle des Lichtes. Donner sah sich um. Sein Blick glitt die gewundenen Säulen hinan zur holzgefügten Decke, deren einzelne Täfelungen wie vernietet erschienen, zur wunderbaren Rundung der Türen und zu den eigentlich sich ganz harmonisch dazu einfügenden, nüchternen, rechteckigen, mit Butzenscheiben versehenen Fenstern, deren eines geöffnet war. Diesem Fenster schritt er zu. Jetzt erst merkte er, daß er nicht allein war. Zwei seiner Leute aus der Werkstätte, die mit ihm arbeiteten, der Wirt aus dem „Weißen Roß" und noch ein paar ihm unbekannte Einheimische saßen auf Schemeln den Wänden entlang und schienen auf den Beginn der Verhandlung zu warten.

Ein schwerer, langer Tisch war mit einem grünen Tuche überbreitet. Das also war der Schauplatz. Er mußte lächeln und trat ans offene Fenster. Ein leichter Windhauch umspielte ihn und erfaßte eine Locke seines dunkelblonden Haares, daß sie ihm ins Gesicht wehte. Es störte ihn nicht. Im Gegenteil, er trank die Luft, die von den Bergen kam, und er sah über die Stadt. Wie wunderbar sie hier gebettet lag. Nie noch hatte er gleichermaßen ihre Schönheit empfunden, dazu kleidete sie ein wundervoller Frühling ins Frische und Reine. Die Fliederbüsche verströmten weither ihren Ruch, und das gleißende, schmale Band der Salzach, die im hellen Licht der wachsenden Sonne lag, wand sich wie matte Seide in einer welligen Schleife um die Stadt. Wie klein die Menschen waren, die in den winkeligen Spielzeuggäßchen gingen, und wie unvergleichlich schön die neuen Bauten. Die Kollegienkirche, die Residenz, die kleinen, neuen Bürgerhäuser unten in der Linzer Gasse. Bis nach Mirabell hinüber sah man. Wie klein doch alles Menschliche war gegen solche Natur ringsum. Wir sind irdisch Leut miteinander und haben nichts in der Schul' auf Erden denn Narrheit, fiel es ihm ein.

Nun verspürte er einen Luftzug, und er wandte sich um. Von einer der rückwärtigen Türen war ein Mönch hereingekommen, der brachte Schreibzeug und Papier. Eine Glocke stellte er auf den Tisch und ein Glas Wasser. Die Sessel rückte er zeremoniös zurecht, als begänne ein großes Theater.

Die beiden Leute, die Donner kannte, redeten miteinander. „Keine anderen Sorgen haben sie . . .", murrte der eine, und der andere pflichtete bei. „Sie sind sich doch immer selber am nächsten, die gelehrten Herren alle miteinander. Sie haben für den lieben Nächsten immer nur so viel Verständnis, wie es ihrem augenblicklichen Nutzen dient. Sie predigen Wasser und trinken Wein . . ."

Donner hörte es, als klänge es von weit irgendwoher. Bei sich wiederholte er das Wort des einen: „Keine anderen Sorgen haben sie", und er vergegenwärtigte sich unwillkürlich die Vielgeschäftigkeit Glarons, die er bei seinem ersten Besuche gezeigt. Es war eine Geschäftigkeit, welche die Belanglosigkeit seiner Stelle zu einer gewichtigen aufbauschen und vortäuschen sollte, aber sie war hohl und inhaltsleer.

Da öffnete sich die kleine Pforte, und zwei Kuttenträger traten ein. In gemessenem Abstande erschien Glaron, und nach ihm kamen noch einige Mönche. Glaron trug prunkvolle Gewandung. Ein schweres Perlmutterkreuz baumelte silbergefaßt vor der Brust. Die Mönche nahmen auf sein Zeichen die Plätze am Tische ein, dessen vordere Front freigehalten war. Einer der Mönche rief den Namen auf: „Georg Raphael Donner!"

Donner ging von der Helle des Fensters weg in die Mattheit des Raumes. „Hier bin ich!" sagte er, drehte den Kopf herum und musterte die Korona der Versammelten, die wohl über ihn zu richten haben würden. Der Erzbischof war nicht darunter. Da wußte er, woran er war. Mit dem Erzbischof wäre es leichter gewesen. Immerhin, es mußte auch so gehen.

„Grüßt das Kreuz!" zischelte einer der beiden ihm nächstsitzenden Kuttenträger zu, da Donner sich dies zu tun nicht anschickte. Er tat, als hörte er nicht. Dann hub eine Stimme zu sprechen an. Ein Mönch, der an der Schmalseite des Tisches saß, las aus Blättern vor, die er vor sich auf dem Tische liegen hatte. Donner hörte nur das Ende des von lateinischen Sentenzen durchwobenen Gemurmels: „So hat Er, Georg Raphael Donner, also die Ladung erhalten und weiß, wessen man ihn bezichtigt." Der Sprecher hielt inne und wartete auf Donners Antwort, aber sie blieb aus. Er blieb stumm und verharrte regungslos. Sein Gesicht war ruhig und traurig. Er fühlte seine Vereinsamung unter diesen Menschen, die sich für Diener Gottes hielten. Er sah den unüberbrückbaren Abgrund, der ihn von jenen trennte, er empfand Unwillen nicht über seine Gegner, sondern über sich selbst, weil er nicht zur rechten Zeit zu schweigen, der Ursache dieser Beschuldigung auszuweichen verstanden hatte – weil er sich schon wieder, trotz seiner bisherigen Erfahrungen, hatte verleiten lassen, es genüge, den Menschen die

Wahrheit zu sagen, damit sie sie auch annehmen. Der Mönch lüpfte die Schulter, richtete den Blick wieder in die Blätter und fuhr fort: „Auf Grund einer beim erzbischöflichen Bauamte erstatteten Anzeige . . .“

Hart und schneidend unterbrach Donner: „Wer hat diese Anzeige erstattet?“

Aller Blicke wandten sich unwillig ihm zu, daß er es wagte, solchen Einwurf zu tun, und ohne seine Frage einer Antwort wert zu halten, las der Mönch weiter: „. . . worin der kaiserliche Galanteriebildhauer Georg Raphael Donner beschuldigt wird, Stempel mit dem Bildnisse des Erzbischofs für unlautere Zwecke eigenmächtig angefertigt und einem Mittler des kurbayrischen Hofes gegen Entgelt ausgefolgt zu haben, wird derselbe vor das hierortige erzbischöfliche Gericht zitiert, damit er sich rechtfertige und verantworte und damit er gegebenenfalls auch judiziert und verurteilt werde. Ist dies zu Seiner Kenntnis gekommen?“ Der Sprecher hielt inne und sah Donner an. Dieser, den Blick langsam die Reihe der vor ihm Sitzenden abgleiten lassend, wandte sich dem Sprecher zu und bestätigte es vernehmbar. „Ja!“ sagte er, sonst nichts.

Von der Gelassenheit und Kürze dieser Antwort irgendwie gereizt, begehrte der Sprecher auf. „Er weiß anscheinend nicht, wessen man Ihn beschuldigt!? Es liegt hier eine verräterische Handlungsweise vor, deren Tragweite Er sich wohl selber gar nicht bewußt ist. Bekennt Er sich schuldig?“

Donner antwortete mit einem lakonischen „Nein!“

Jetzt griff Glaron selber ein. Er gab ein Zeichen und setzte sich in Szene. Seine Perücke zitterte unter der abrupten Bewegung, mit der er begann: „Donner, so hör Er doch . . .“ Seine Rechte holte zu lebhafter Geste aus, indes seine Linke in sichtlich niederkämpfender Verlegenheit an dem perlmutternen Kreuze spielte: „Er hat dem königlich bayrischen Hofe doch Prägestöcke geliefert, Prägestöcke für den Hof Karl Alberts von Bayern, das kann Er doch wohl nicht leugnen!“

Donner wartete das Ende seiner Rede nicht ab. An dieser Stelle, an der es Glaron wohl eben nicht gerade genehm war, hatte ihn Donner unterbrochen: „Ich leugne nicht, ich habe Eisen einer Medaille angefertigt, aber keine Stempel mit dem Bildnisse unseres

Herrn Erzbischofs und keinesfalls für unlautere Zwecke. Da dürfte ein ganz wesentlicher Unterschied liegen, den festzustellen man in der Anklageschrift zu überprüfen übersehen hat!"

Glaron verbarg eine aufkeimende und sich verstärkende Unsicherheit hinter dem Mäntelchen seiner Ironie: „Aber, aber, wie will Er denn das beweisen, wie will Er das glaubhaft machen . . .?"

Donner sah ihm fest ins Gesicht. „Wie will man es mir beweisen? Es ist schon wieder jemand hier, der meinen Worten keinen Glauben schenkt. Man überprüfe doch alles, und ich werde gerne auch meine Zeugen nennen, wenn man an der Wahrheitsfindung wirklich ehrliches Interesse hat, das wurde, so mir scheint, in der Hast der Anklage geflissentlich versäumt?"

Glarons Antlitz hatte sich bei der Anspielung gerötet. Er wollte eben wieder zu sprechen beginnen, als sich die Türe unvermutet öffnete und im einfachen Habit des Mönches der Erzbischof selbst ohne irgendwelche Begleitung und ohne jegliche Ankündigung schnell und unvermittelt eintrat. Alle wandten sich der Türe zu, und als man erkannte, wer es war, erhoben sich alle von den Sitzen.

„Was geht hier vor?" sprach der Erzbischof mit dunkler, noch von seinem raschen Schreiten etwas bewegten Stimme. „Was macht Er hier, Glaron?" Dieser trat einen Schritt zurück. „Eure Eminenz . . .", versuchte er zu beginnen, aber der Fürsterzbischof Franz Anton Reichsgraf von Harrach schnitt ihm mit einer Handbewegung die Möglichkeit irgendeiner weiteren Erklärung ab. „Ich weiß, ich habe gehört. Ich habe leider zu spät davon erfahren. Hat Er, Glaron, wirklich nichts Wichtigeres zu tun?"

Es schien, als verstärke sich das Wort des einfachen Mannes von vorhin nunmehr zu vehementer, ironisierender Kraft. Glaron fühlte jetzt plötzlich die Lächerlichkeit seiner Beschuldigung, seines maßlos eitlen Spieles. Obwohl er Haltung zu bewahren versuchte, sank er doch einigermaßen in sich zusammen. „Eure Eminenz", begann er, „ich . . ." Er versuchte es, sich zu rehabilitieren, aber er sah sich kaltgestellt.

„Schluß damit!" befahl der Erzbischof: „Ich wünsche, daß man die ganze Sache auf sich beruhen lasse. Laßt uns jetzt allein!" Zu den Männern gewendet, die Zeugenschaft ablegen sollten, sagte er: „Ihr geht an eure Arbeit. Man braucht euch hier nicht mehr!"

Glaron und seine Trabanten zogen sich kleinlaut zurück. Der Diener räumte den Tisch, so daß plötzlich der Saal seiner amtlichen Würde wieder entkleidet schien. Als sich die Türe hinter dem letzten der Leute schloß, beugte sich Donner vor dem Erzbischof in die Knie. ,,Ich habe Euch zu danken, hoher Herr. Ich tat nichts, was mich zum Verräter an Euch hätte machen können."

,,Das glaube ich gerne, Donner. Ich weiß, Er hat Neider, die Ihm auch den kleinsten Erfolg mißgönnen. Aber die hat jeder, von dem man fürchtet, daß er Erfolg haben könnte . . ."

,,Hier sind lauter Rätsel und Fallen!" sagte Donner. ,,Über jeden Unsinn schwatzen sie; fängt man aber von ernsten Dingen an, so sind sie stumm wie die Fische oder wie die Mönche beim Essen. Ich fühlte, irgend was bereitet sich vor!" Donners Augen funkelten, aber der Fürsterzbischof beruhigte ihn. ,,Laß Er gut sein, solange ich hier etwas zu sagen habe, mag Er mit Seinen Anliegen zu mir kommen. Warum hat Er übrigens nicht, wie ich es Ihm geraten habe, Sein Ansuchen eingebracht? Man soll einfach sein Licht nicht unter den Scheffel stellen!"

Donner senkte den Blick. Er fand in diesen Worten die Bestätigung seiner Vermutung. Er wollte aber nicht ankreiden, darum verharrte er in Schweigen.

,,Nun?" ermahnte freundlich der Erzbischof.

Jetzt mußte er es sagen: ,,Ich habe es eingebracht, halten zu Gnaden, doch es wurde bereits abschlägig beschieden."

,,Es wurde . . .?" Die Augen des Erzbischofs weiteten sich. ,,Da soll aber doch . . ."

Donner wagte es, in den anschwellenden Zorn zu reden: ,,Ich möchte nicht Kläger sein, Eure Eminenz, und wenn ich Feinde habe, so will ich für sie bitten, daß man sie dessentwegen nicht strafe . . ."

,,Er denkt sehr groß. Er ist ein guter Mensch!"

Bescheiden wehrte Donner ab: ,,Ich will in allem immer nur Mensch sein. Darum habe ich jetzt eine Bitte, und ich möchte sie aussprechen dürfen, ohne daß sie mir übelgenommen wird."

,,So tu Er's doch, Er hat mein Wort!"

,,Mein gnädiger Herr Erzbischof, Sie wissen, daß ich mit Freude Ihrem Rufe Folge geleistet habe und daß ich auch sehr gerne in Salzburg gewesen bin, aber ich glaube jetzt, daß mein weiterer Verbleib hier keine ersprießlichen Früchte mehr tragen wird. Es ist nicht gut, mit jemandem zusammenarbeiten zu müssen, der zum anderen keine Beziehung und fast kaum Vertrauen hat. Ich möchte Euer Gnaden darum bitten, mich wieder ziehen zu lassen."

Nach diesen Worten lag ein seltsames Schweigen über dem Saale. Der Frühling drang mit all seiner Kraft und Wärme in den kühlen, großen Raum, und von fernher schwebten Glockentöne herein. Der Fürsterzbischof blickte Donner in vollem Verstehen an: „Wie sagt doch Paracelsus? Lehren und nicht tun, das ist klein; lehren und tun, das ist groß und ganz. Ich verstehe, daß Er etwas Großes tun will und da darf ich Ihn nicht halten. Geh Er, wann und wie Er mag, ich bin Ihm nicht böse darob, aber wenn Er wirklich gehen will, dann komm Er zu mir und sag Er mir's zuerst. Ich will um Seinen Weg wissen."

Georg Raphael versuchte seine Hand zu küssen, aber der Erzbischof ließ es nicht dazu kommen. „Vielleicht wird Er vor Gott einmal größer sein als ich", sagte er.

Der Erzbischof ging.

Auch Donner ging. Er schritt frohbewegt wieder der Straße zu. Er lief an den blühenden Fliederbüschen und blütenstrotzenden Bäumen vorbei zur Stadt hinab. Weit wehen die Wolken über die Lande. Die Luft ist nicht lastend, sondern befreiend und erfrischend, und es geht wie ein Aufatmen erlöster Wonne über Busch, Feld und Herz. Ein einzig stilles Beruhen ist dieser Tag. Es ist so, als stünde man selber still und die Landschaft zöge vorbei. Und diesem Tag reiht sich ein nächster und noch einer. Entrückter will alles abfließen, zu einer wunderbaren Erinnerung, aus einer harten, betrüblichen, wenn auch manchmal dennoch schönen, unmittelbaren Vergangenheit. Herrlich freie Heilsamkeit der Landschaft, und auch die Zeit ist, als stünde sie still.

Donner blieb noch einige Zeit in Salzburg, dann aber rüstete er wieder zur Rückreise nach Wien. Noch am letzten Tag seines Salzburg-Aufenthaltes erhielt er die Nachricht von Schletterer, daß er sich in Linz aufhalte, wo es viel Arbeit gäbe, darum beschloß er, auf der Heimreise noch etwas in Linz zu bleiben und diesen aufzusuchen.

Als er sich noch am gleichen Abend zur fürsterzbischöflichen Residenz begab, um den Reichsgrafen von seiner Abreise zu verständigen, hörte er, daß dieser eben unerwartet verschieden sei. Ein Herzschlag hatte seinem Leben ein Ende gesetzt. Bestürzt ging er davon. Die Glocken aller Kirchen hoben nacheinander zu läuten an und begleiteten seinen Weg. Gespenstisch und weit verhallten die Töne über der Stadt.

Als Donner am Morgen nach der Reise in Wien erwacht, kennt er sich nicht aus. Die Salzburger geräumige Stube ist nicht mehr um ihn, und auch das Schaukeln der Kutsche, die ihn trug, ist nicht mehr. Es ist eine irgendwie sanfte Stille, ein Leuchten des Tages und ein lindes Rauschen draußen von irgendwo um ihn. Auch der Körper ist so seltsam losgelöst. Schlaff und unbeweglich liegen die Glieder, als gehörten sie seinem Denken nicht zu, das sich zu sammeln und in das Werden des Tages zu finden sucht. Bloß die Augen blinzeln und tasten über den Raum. Er blickt sich um. Er war daheim. Alles im Zimmer war noch so wie früher. Die kleinen Vorhänge wehten schwach im Morgenwind vor dem offenen Fenster, und auf dem Tisch mit der grünen Decke stand das gleiche Gefäß, in dem ein paar rote Blumen steckten.

„Nun, Langschläfer?" hörte er eine Stimme sagen, die ihm bekannt war. „Willst du nicht aufstehen? Unbekümmert liegst du da, als wäre Sonntag heute?!"

Da zerfloß der Nebel des Unbestimmten, und Georg Raphael war in der Wirklichkeit. „Laß ruhig heute Sonntag sein, Eva, es ist so schön, einmal zu faulenzen . . ."

„. . . und es gibt so viel zu tun. Du bist sehr lange weg gewesen, viel zu lange fast . . ."

Georg sah in das schmale, zarte Gesicht seiner Frau, die nun zu seinem Bette kam. Sie hatte ein Geschirrtuch in der Hand gehabt, das legte sie weg, beugte sich über ihn und küßte ihn. Er blieb ganz still und ließ es ruhig geschehen. Er ergab sich einfach diesem lange entbehrten Gefühl. Sie erschien ihm frisch und blühend wie zu jener Stunde, da er sie kennenlernte, und es war ihm, als hätte die Zeit bisher keinerlei Spuren hinterlassen; aber er bedachte es bloß, er sagte ihr nichts.

Eva Maria Elisabeth war glücklich und lachte: ,,Nicht einmal Hunger hast du?"

Da richtete sich Georg im Bette auf: ,,Ja, das schon!" Dabei bemerkte er erst, wie sehr ihm wirklich der Magen knurrte.

,,So lockt dich also wenigstens das Essen?"

,,Bin ich recht prosaisch geworden, Eva?"

Auf einem Brette brachte ihm Eva Milch und weißes Brot zum Bett. ,,Ich muß dich verwöhnen!" sagte sie. Georg nahm und trank. Er biß hungrig in das frische, mürbe Gebäck. ,,Du bist so lieb!" sagte er. Eva Maria wehrte ab: ,,Nun bist du ja wieder da. Ich hätte dich doch so oft gebraucht, aber . . ." Sie seufzte.

,,Ich weiß, was du sagen willst, aber das ist eben das Schicksal, mit einem schöpferischen Menschen verheiratet zu sein, und es wird sicherlich noch des öfteren der Fall sein, daß du allein bleiben mußt."

Sie erschrak. ,,Du willst wieder?" Georg hörte die Bangigkeit aus ihrer Frage so sehr heraus, daß sie ihm leid tat. ,,Vielleicht!" sagte er mildernd: ,,Nicht heute schon oder morgen, aber doch sicher in absehbarer Zeit. Hildebrandt sagte mir, daß er mich brauchen würde und, aber das ist jetzt noch nicht aktuell . . ." Er sprach nicht weiter, da er sah, daß er ihr damit weh tat. ,,Was gibt es hier Neues?"

,,Sebastian ist hier."

,,Sebastian?" frug er erstaunt. ,,Mein Bruder? Wieso findet er zu uns?"

,,Er will zur Lehre. Weil er nicht in ein fremdes Quartier wollte und er auch kein Geld hat, nahm ich ihn zu uns."

,,Er schläft und wohnt mit uns?"

,,Ja, und er arbeitet auch im Geschäft mit."

,,Er arbeitet auch im Geschäft mit . . ." wiederholte Georg Raphael nachdenklich, und Eva merkte, daß es ihm gar nicht so unangenehm war.

Georg fand sehr rasch wieder in den Alltag zurück, und bereits nach einigen Tagen wieder war es ihm, als wäre er nie weg gewesen. Es war wieder ganz genau so wie früher: die Unzufriedenheit, das Gären, das immer wieder dann in ihm war, wenn er in der Arbeit, die er tat, keine Befriedigung hatte. Dennoch griff er in allem und jedem zu, und manch einer sagte zu ihm, daß er nicht verstünde, wie er eigentlich alles machen könne. Er wurde einfach nicht müde in seiner Arbeit und tat sie auch dann, wenn sie ihn nicht zu erfüllen oder zu befriedigen vermochte. Die Ableistung glich dann eben mehr einer Betäubung. Manchmal und vielleicht wohl des öfteren zur guten Nacht sank er ermatteter und müder denn je in die Kissen zu totenähnlichem, traumlosem Schlaf.

Wieder besorgte und bekümmerte er sich um alles und nahm damit seiner Frau die Pflichten ab, die sie, wohl nicht so wie er selber, dennoch mit bestem Gewissen und Können in der Zeit, in der er weg gewesen war, allein erledigt hatte. Er suchte neue Aufgaben übertragen zu bekommen, aber obwohl allerorten geplant und gebaut wurde, fand sich an Aufträgen nichts anderes, denn Gebrauchswaren aus Gips herzustellen oder Schriften auszuführen und alte Dinge zu restaurieren. Sebastian hatte, wie Georg gerne feststellte, willig in den Lauf der Dinge gefunden, und er hatte sich gerne Zeit genommen, ihn auch in die Grundlagen der Medailleurkunst einzuführen. So vergingen Sommer und Herbst.

Ende September kam dann von Hildebrandts Bauhütte aus Linz ein Schreiben, ob Donner die Anfertigung einer Statue des heiligen Nepomuk übernehmen wolle. Sie wäre für eine Nische der dortigen Deutschordenskirche bestimmt und hätte im folgenden Jahre bereits fertig aufgestellt zu sein. Donner sagte zu und stellte seine persönliche Anwesenheit in Linz für das kommende Frühjahr in Aussicht. Auch Schletterer hatte ihm geschrieben, daß es übergenug Arbeit gäbe und er sich freue, wenn er ihn recht bald wiedersehen könne. Er selber arbeite augenblicklich da und dort, beschäftige sich mit der Gestaltung der neun Musen, und man habe von ihm auch die Anfertigung eines Entwurfes für die Domkanzel zu Passau verlangt; doch mußte er ablehnen, da er einfach nicht nachkommen könne. Er habe ihn in Vorschlag gebracht und würde nun auch gerne hören, was er dazu meine und ob es ihm überhaupt recht sei.

Als Folge dieses Briefes faßte Donner den Entschluß, schon früher, als er es an die Linzer Bauhütte mitgeteilt hatte, von Wien fortzugehen, und er übergab auch richtig schon Ende November wieder alles seiner Frau und fuhr los nach Linz. Er begab sich sofort in die Bauhütte, fand alles vor, wie es ihm geschildert worden war, und traf auch selbst Hildebrandt, der, sehr erfreut darüber, ihn sofort mit seinen Plänen und Absichten vertraut und bekannt machte. Er nahm Quartier und fand auch Schletterer wieder, und mit einem Male war er unversehens in einer Arbeit drinnen, die ihn freute, die ihn befriedigte und die alles um ihn her vergessen ließ. Es ging ihm alles flott von der Hand. Er besorgte sich Material, verschwendete sich an der Ausführung der Figur des heiligen Johannes von Nepomuk, mit der er sich zeichnerisch und gestaltend schon früher beschäftigt hatte, und so schwelgte schließlich im Behauen des lebensgroßen, grauen Marmorblockes etwas wie Erfüllung, ja wie das Lebendigwerden eines Wunsches, der aus den Händen, aus der Skizze zur Plastik erwuchs. Der lesende Engel, der kreuztragende Putto, der gläubig zum priesterlich gekleideten, bekennenden Heiligen aufsah. Eine etwas über zwei Meter hohe Gestalt aus grauem Marmor, deren Kopf von einem mit fünf Sternen gekrönten Kranz aus Metall umgeben war. Als Donner am 12. Mai 1727 den Vertrag für die Statue überreicht bekam, war sie fast schon vollendet. Auch dem von Schletterer gemachten Vorschlage, einen Entwurf zur Domkanzel von Passau auszuführen, entsprach er, aber als er ihn dann fertiggestellt hatte, sandte er ihn ab und bekümmerte sich nicht weiter darum. Nach der Aufstellung der Nepomuk-Statue neben dem Priesterhause der Deutschordenskirche zum Heiligen Kreuz bei Harrach widmete er sich zur Gänze der Aufsicht und Leitung sämtlicher Marmorarbeiten, die er auch übertragen bekommen hatte. Er erledigte alles schnell und zur Zufriedenheit und kehrte nach Erfüllung des Vertrages sofort wieder nach Wien zurück. Wieder kam er in die Bedrückung des Tages, in die Eintönigkeit der Arbeit und die Beklemmung, die Zwang und Sorge ihm auferlegten.

Eines Tages fiel es ihm ein, nach dem Baufortschritt der Karlskirche zu sehen. Er lief durch das Wienertor zur Kärntnerstraße, und nach dem Kärntnertor bereits sah er auf die neue Kirche, die in der Strahlung neubehauener Steine vor ihm lag. Er sah nichts anderes, und der Weg über die Wien, an der Bäckenmuttergottes auf der Steinbrücke vorbei, war erfüllt von diesem einzigen Sehen. Wie architektonisch neu doch eigentlich dieser Bau war. Die Hochkuppel, die korinthische, säulengeschmückte Vorhalle als römischer Säulenportikus, die Triumphsäulen boten in allen Ansichten immer neue Anblicke in bezauberndem Wechsel. So vielfältig die Elemente schienen, die Motive, aus denen der Bau gestaltet war, so einheitlich schlossen sie sich zum Gesamtbilde zusammen. ,,Vota mea reddam . . ." las er von den klaren Lettern. Er schritt nicht mehr weiter. Das Majestätische und Unwirkliche hielten ihn ab, sich dieser unvollendeten Vollendung zu nähern. Abseits, an einen Stein am Raine des Friedhofes gelehnt, blieb Donner still und in Gedanken versunken. Auch du mußt es zwingen, sagte er sich, du mußt. Er blieb noch eine Zeitlang im Betrachten verharrend, dann raffte er sich auf und ging wieder heim.

Ein vornehmer Herr wäre dagewesen, erzählte ihm Eva Elisabeth, als er nach Hause kam. Permoser wäre sein Name gewesen, und er habe außerordentlich bedauert, daß er damals in Dresden so wenig Zeit gehabt habe. Aber nun, da er in Wien sei, wolle er gerne die Gelegenheit wahrnehmen, mit Herrn Donner zu plaudern.

Georg Raphael stieg das Blut in den Kopf. ,,Gottlob, daß ich nicht hier gewesen bin!" sagte er. ,,Ich mag den Laffen nicht sehen, noch weniger mit ihm sprechen. Wenn er wiederkommt, dann sage ihm, ich sei verreist, ich sei in Linz oder Salzburg oder meinetwegen wo immer, nur sehen möchte ich ihn nicht!"

Eva Maria erkannte seinen Zorn, und sie versuchte ihn zu dämmen: ,,Du darfst aber doch solche Leute nicht vor den Kopf stoßen, Mann!"

,,Ich darf es nicht, aber alle anderen dürfen es. Ich werde es auch tun. Ich bin viel zu dumm und zu gutmütig gewesen bis jetzt. Weil er seidene Wämser trägt und Perücken hat, soll ich vielleicht um ihn herumscharwenzeln. Das fällt mir nicht ein. Ich kann und werde einfach niemand den Speichel lecken."

,,Du bist kein Diplomat, Georg, du wirst nie Aufträge bekommen, wenn du so halsstarrig bist. Wer weiß, vielleicht könnte er dir auch helfen."

,,Liebe Eva, mach dir doch nichts vor! Es kann einem niemand helfen, es sei denn, man hilft sich selbst . . ."

Ohne zur Nacht gegessen zu haben, kroch er an diesem Tage ins Bett. Geschlossenen Auges sprach er für sich ein Vaterunser.

Am anderen Morgen, als er vom Heiligenkreuzer Hofe nach seiner Werkstatt ging, begann der erste Schnee des Jahres zu fallen.

Die leichten, schwebenden Flocken spielten im langsamen Sinken und nisteten schließlich da und dort auf den Giebeln, Nischen und Winkeln der Häuser, Laden und Figuren. Auf dem katzenbuckligen Pflaster der Straße zerflossen sie noch. Unausgeschlafen, fröstelnd wandelte Donner den Weg. Da fiel in das Gewirr seiner Gedanken der Name Simonetta. Er erschrak. Wie lange hatte er nicht an sie gedacht? Nun drängte sich der Gedanke wieder unvermutet in sein Gehirn. War es der Schnee gewesen, der ihm jene Begegnung im Winter wieder assoziierte, oder spielte der Wille mit, aus der schrecklichen Verworrenheit seiner Gegenwart wieder herauszukommen? Aber was sollte sie dabei, wie käme sie dazu? Es lief ihm heiß über den Rücken. Er beschleunigte seinen Schritt. Die Kälte ernüchterte seine Gedanken. Er lenkte von seinem eingeschlagenen Wege ab und ging der Stephanskirche zu. Vom Schulertore her überquerte er den Friedhof. Er betrat den Dom und schritt in das Dunkel des hohen Kirchenschiffes. Schemenhaft flackerten in der Tiefe, in eine Ecke gepreßt, die Flammen vieler Kerzen, aber auch auf Opferstöcken und Altären hockten einige und zitterten wie ängstliche menschliche Seelen. An einen Pfeiler gepreßt, blieb er stehen, faltete die Hände und versuchte zu beten. Aber es ging nicht. Sein Blick glitt vom Kreuze ab und blieb an einem Taufstein haften. Taufstein, Grabstein, murmelte er, Grenzen des Lebens und dazwischen das Leben selbst. War es nicht höchster Sinn, aus diesem ewigen Gegenpol Inhalt und Reife zu finden?

Georgs Blick fiel auf einen Knaben, der versonnen vor dem Taufstein stand. Er war schlank, blond und etwa zwölfjährig. Georg vergaß, daß er eigentlich beten wollte. Der Junge begann ihn zu interessieren. Er ging dicht zu ihm hin.

Das wachsende Licht des Tages, das durch die hohen Buntscheibenfenster fiel, ließ den Taufstein wie alabastern erscheinen. Der Junge begann die Nähe des Fremden zu empfinden. Georg ging näher zu ihm. „Gefällt dir dieser Stein?“ sprach er ihn an, und der Junge nickte. Der Junge nickte wie verklärt. „Es gibt noch viel schönere Dinge hier! Soll ich dir etwas zeigen?“ „Ja, bitte!“ sprach der Knabe.

In knappen, leisen Worten verständigten sie sich und begannen nebeneinander herzuschreiten. Donner führte ihn und zeigte ihm manche Wunder des Domes in Holz und Stein, die das Dunkel in reicher Überfülle barg. Donner übersah gerne, daß er eigentlich ins Geschäft mußte. Glücklich nahm der Junge seine Führung an, und je mehr er sein Interesse zeigte, desto mehr erschloß sich dieser. Bald wußte Georg, daß der Junge, von Ungarn her, auf Wanderschaft war, daß er von daheim durchgebrannt war, um seine Sehnsucht zu stillen und zu erfüllen. „Zum Schluß bin ich in Preßburg bei einem Maler gewesen und habe mitgeholfen!" sagte der Junge, und Georg meinte spontan: „Das war sicher Galliardi!"

„Ja!" bestätigte der Knabe und sah ihn groß an: „Sie kennen ihn?" Donner gab zuerst keine Antwort, dann meinte er: „Wer kennt ihn nicht. So groß die Welt ist, um so kleiner wird sie, je älter man wird. Wie heißt du?"

„Adam Friedrich Öser."

„Und du willst jetzt in Wien bleiben?"

„Ja", sagte der Junge. „Ich will lernen, aber ich weiß noch nicht wo!" Donner legte ihm die Hand um die Schulter: „Dann komm mit mir. Für dich habe ich noch Platz."

Mit tiefem Brausen hub die Orgel zu summen an. Mächtiger rauschten die Töne und schwollen zu brausenden Harmonien. Der Gottesdienst begann. Helle Knabenstimmen begannen zu singen, und vielstimmig, getragen sang die Gemeinde mit im Chor.

Donner zog den Jungen mit sich.

Jetzt erst gingen sie zur Werkstätte. Donner gab in kurzen Worten Bescheid und bat Sebastian indes, seine Stelle einzunehmen. Dann ging er mit seinem Schützling in seine Wohnung. Seine Frau erstaunte über den Besuch und gar erst, als sie hörte, daß er bleiben solle. Eine Falte zog über ihr Gesicht, aber Georg besänftigte sie: „Er kommt von Preßburg, erinnerst du dich meiner Taufpatenschaft?" Da meinte sie: „Nun gut, es wird schon irgendwie gehen!" Der Junge griff impulsiv nach ihrer Hand: „Ich danke Ihnen, liebe Frau, aus ganzem Herzen, ich hätte nicht gewußt, was ich in dieser Stadt zunächst allein begonnen hätte. Ich bin mir plötzlich so verlassen vorgekommen!" Damit gewann er vollends ihr Herz. Ein verborgenes Gefühl stiller Mütterlichkeit regte sich in ihr. Sie nahm sich des Knaben an. Georg Raphael Donner trug eine heitere Fröhlichkeit davon, ihm hatte sich unwillkürlich das Glück des Knaben übertragen. Dankbar sah er seine Frau an, überließ ihr die weitere Sorge um den Jungen und meinte dann schalkhaft: „. . . und jetzt gehe ich zu Permoser!“

„Ich dachte, du wolltest nichts von ihm wissen?“

„Ja“, lachte er, „aber jetzt hab' ich es mir überlegt! Ich will doch versuchen, nicht zu halsstarrig zu sein, vielleicht könnte er mir doch helfen?“ Beide lachten.

Geradewegs suchte er Permoser auf. Wieder war er nicht daheim, nur derselbe Lakai, der ihn in Dresden empfangen und abgefertigt hatte, war wieder da. Er kam ihm diesmal ganz anders vor, viel natürlicher, und er sagte es auch ganz unverhohlen. Der Lakai lächelte: „Man muß sich viel gefallen lassen, und man muß auch mancherlei Gestalt annehmen. Wie ein Komödiant im Theater oder wie ein Chamäleon in der Natur, nur das da drinnen muß gleich bleiben.“ Er deutete in die Richtung des Herzens. „Es ist gut, daß auch Permoser, pardon, Herr Balthasar Permoser nicht immer so ist, wie er sich geben muß. Man kann schon mit ihm reden. Er ist ein Mensch wie jeder andere auch, nur ist er eben auch ein guter Geschäftsmann, der sich sagt, wes Brot ich ess', des Lied ich sing' . . .“

Der Mann führte ihn jetzt vor das Werk seines Herrn, das nach Wien gebracht worden war und erst jetzt aufgestellt werden sollte, die Apotheose Prinz Eugens. Etwas befangen stand Georg Raphael vor dem fast zweieinhalb Meter hohen Marmorbildwerk, welches Prinz Eugen als Herkules mit Keule und Löwenfell und einer Rüstung angetan darstellte. Flüchtig erinnerte sich Donner, einmal den Prinzen gesehen zu haben, und obwohl er die unbedingte Lebenstreue erkannte, empfand er doch gleichermaßen eine gewisse Diskrepanz, schon allein durch die Größe der Gestalt. Auch hier war natürlich etwas geschmeichelt worden, und die Gestalt des Prinzen war mit Genien umgeben worden, deren eine die Sonne des Ruhmes hochhielt und deren andere dem Helden auf den Rücken eines niedergebeugten Sklaven half.

„Wie gefällt Ihnen die Apotheose?“

Neidlos gestand Donner: „Sie ist gut, sie ist sogar überaus gut. Ich hätte es einfacher gestaltet!“

„Ich habe noch nichts von Ihnen gesehen!“ bedauerte der Bediente.

„Ich kann auch noch nicht allzuviel Gelegenheit dazu bieten!“

„Das kommt noch!“ meinte der Mann.

„Woraus schließen Sie das?“

Der Lakai stotterte etwas: „Ja, das weiß ich nicht . . . ich spüre es bloß . . . ich lese es aus Ihren Augen . . .“

Dumpf sagte Donner die Worte nach: „. . . aus meinen Augen.“ Er riß sich auf: „Bestellen Sie, bitte, meine Grüße. Ich habe es bedauert, meine Aufwartung vergebens gemacht zu haben. Es soll wohl nicht sein, daß wir uns einmal begegnen.“

Der Lakai verneigte sich: „Ich werde es wortgetreu bestellen, Herr Donner!“

In der folgenden Zeit war Georg etwas leichter zu Mute. Er schien freier und aufgeschlossener und war heiterer in seinem Wesen. Er ging lieber zur Arbeit, zeichnete in freien Stunden, die er sich nun etwas öfters gönnte. Er blätterte in seinen Skizzenbüchern von den Reisen auf der Donau, nach Linz und vom Salzburger Aufenthalt. Er beschäftigte sich viel mit neuen Plänen, zeichnete an Entwürfen zu einer Pietà und suchte auch seine Absicht, nach Italien zu reisen, zu verwirklichen. Seine erste Fahrt hatte er mit den schwelgenden Augen des Jünglings aufgenommen und erlebt, nun aber wollte er die gleichen Werke mit denen des erfassenden, wissenden, gereifteren Mannes sehen.

Mit seinen beiden Schützlingen hatte er viel Freude. Sein Bruder vervollkommnete sich zusehends, daß er an ihm große Hilfe hatte, und Adam Friedrich Öser hatte in der kurzen Zeit, die er bereits bei Donner war, unglaublich viel gelernt. Donner sah sich diesem Unterricht mit Adam in Skulptur und auch in der Medailleurkunst einem Wissensdurst gegenüber, dem er recht bald nicht mehr würde in dem Maße gerecht werden können, das den Fortschritten des Lernenden entsprach, doch gestand er sich, daß dies zugleich wieder auch Ansporn für ihn selber war.

Durch einen Brief, den der kleine Öser an Galliardi schrieb, kam dieser auch wieder mit Donner in Kontakt, und er gab ihm den Gedanken ein, doch auch einmal nach Preßburg zu kommen. Dort gäbe es neue Möglichkeiten, und vor allem wäre dort auch die Verwirklichung eigener, schöpferischer Pläne möglich, ja dank des großzügigen Mäzenatentums des dortigen Erzbischofs auch gewiß.

Dies bestärkte Donner wieder in dem Gedanken, doch wieder einmal von Wien wegzugehen. Indes kam es in dem folgenden Jahre nicht zur Verwirklichung, auch ein zweiter Plan, sich dem Lehrberufe zuzuwenden, gelang nicht. Zu träge floß die Zeit, als daß er ihr entwischen und einen selbständigen Weg hätte einschlagen können.

Erst im Jahre 1729 kam um die Zeit des Herbstes wieder etwas Abwechslung in die Eintönigkeit der Tage. Von Schletterer kam Mitte September die Nachricht, daß dieser die Absicht habe, nach Italien zu reisen, und er stellte Donner die Frage, ob er nicht mitkommen wolle. Donner, der diese Absicht immer schon verwirklichen wollte, entschloß sich sofort dazu, benachrichtigte Schletterer und übergab Hals über Kopf alles wieder an seine Frau und an Sebastian. Nach acht Tagen befand er sich bereits auf der Reise. Eine glückliche Unruhe war in ihm. Er genoß diese Fahrt und er dürstete danach, sie vollends auszukosten. Jede Windung der Straße, jede neue Wandlung des Waldes, jeder vorbeihuschende Augenblick eines neuen, immer wieder in sich lieblichen Bildes trugen und festigten das Gleichgewicht. Ihm war es gar nicht, als wäre sein Reiseziel Venedig, vielmehr schien ihm diese Absicht bloß als lockendes Phantom, wie er auch nach den vielen Jahren seiner ersten Italienreise diese fast nur mehr als Traum in Erinnerung behalten hatte. Mit Winden und Wolken in gleicher Fahrt, von fröhlichem Zwitschergesang der Vögel, von frischfrohem Rauschen der Bäche und Flüsse begleitet, an den Tannen und Fichten, den Erlen, Ahornen und Buchen vorbei, dicht bei dem Gedränge der Gräser und Kräuter, der Beeren und Moose rollte die Kutsche, und seine Träume wurden nur von der immer wieder aufknallenden Peitsche des Schwagers zur Wirklichkeit erweckt. Märkte, Dörfer und Städte hindurch rollte er nach Westen, der Stadt Innsbruck zu, wo er sich mit Schletterer treffen wollte. Er freute sich wie ein Kind darauf und dachte bei sich, wie wenig es doch genügte, um wirklich glücklich zu sein.

An einem frühen Mittag rollte die Kutsche in Innsbruck ein, an dem neuen Landhause, an der Annasäule vorbei, direkt zum Gasthof „Zum goldenen Adler“. Freundlich empfing ihn der behäbige Wirt. Ob er weiter über den Arlberg nach der Schweiz reisen wolle, frug er. Dorthin ginge heute noch Post, und sein Vetter wäre dort

Wirt in einer der Stuben; dahin könne er ihn gerne empfehlen, denn die brauchbare Straße wäre durch die Romfahrer immer arg belebt, und dann wäre es schwer, eine Schlafstelle zu finden. Gar mancher hätte, wie ihm später die Reisenden berichteten, auf hartem Lager zwischen den Salzräumen und ihren Tragtieren zubringen müssen. Donner wehrte der Redefreudigkeit des Wirtes und bedeutete ihm, daß er hier zu übernachten wünsche, da er jemanden erwarte, mit dem er über den Brenner gegen Italien weiter wolle.

Dienernd wies der Wirt Donner ein Zimmer an. Nachdem er sich einigermaßen erfrischt hatte, ging er wieder hinunter in die Gaststube. Der kleine Raum war voll besetzt und die Gäste tafelten, da eben die Mittagszeit war. Auch Donner bestellte das empfohlene „G'röst'l" und trank ein Bier dazu. Als er, gesättigt und faul, daran war, sich bequem zurückzulehnen, fiel sein Blick auf sein Gegenüber. Es war ein Mann mittleren Alters, in weltlichem Habit, doch war darin unleugbar irgendeine Verbindung mit der Kirche ausgedrückt. War es der Schnitt der Gewandung oder der feierliche Ernst des schwarzen Stoffes, war es der kleine Streifen an der Stelle des Kragens oder der haarlose Kopf, der ihn dies vermuten ließ? Jedenfalls bestätigte sich Raphaels Vermutung, als er nach wenigen, sich selbstverständlich bekanntmachenden und weiteren sich ergebenden Redensarten allgemeiner Art mit dem Manne ins Gespräch kam. Donner erzählte, daß er sich mit einem Freunde hier abgesprochen habe, um mit diesem nach Italien zu ziehen und da er bildender Künstler sei, gleichzeitig sich erkunden und danach sehen wolle, ob er nicht Marmor oder ähnliches Steinmetzmaterial günstig erstehen könne. Der andere bekundete lebhaftes Interesse an Donners Gespräch und stellte sich als Berater des Bischofs von Gran, des Hochwürden Grafen Esterházy, vor. Er wäre dauernd unterwegs und habe nichts anderes zu tun, als dem kunstsinnigen Bischofe zu berichten und zwischen dem Heiligen Stuhl und der bischöflichen Residenz eine Verbindung zu halten und zugleich Kurier zu sein. Ob denn der junge Meister nicht die Absicht habe, sein Können etwa auch in der bischöflichen Residenz zu erproben, frug der Mann. Der Graf sei sehr kunstverständig, und es gäbe für ihn sicherlich eine ganz aussichtsreiche Zukunft, wenn er in seinen Arbeiten auch nur einigermaßen entspräche.

,,Wollte ich dergleichen Aufträge übernehmen, dann sollen Sie nicht nur einigermaßen zufriedengestellt sein", entgegnete Donner. ,,Dann wolle ich mein Bestes geben. Ich bin durchaus nicht abgeneigt, ein solches Anerbieten anzunehmen, denn meine derzeitige Beschäftigung befriedigt mich im Augenblick wirklich nicht, auch wenn sie mich zwar zu ernähren imstande ist."

,,Darf ich dem Bischof von Ihnen erzählen?"

,,Gerne, und damit Sie auch etwas von meinem Schaffen berichten können, verweisen Sie, bitte, auf meine Arbeiten im bischöflichen Schlosse zu Mirabell in Salzburg, auf meine Eisenschneidereien daselbst, auf mein Wirken in Linz, und wenn es auch nur wenig und mich nicht mehr Befriedigendes ist, auf meine Basreliefs, die ich für den Hof in Wien anzufertigen hatte . . ."

,,So viel der Referenzen?" erstaunte der weltlich gekleidete Mönch.

,,Aber das ist doch wirklich nur sehr wenig!" ereiferte sich Donner. ,,Ich schäme mich fast, in meinem Alter, ich bin jetzt 36 Jahre, nicht schon mehr, Besseres und Wertvolleres geschaffen zu haben. Aber was nützt eine Sehnsucht, wenn die Möglichkeit fehlt? Arbeiten wollte ich . . ."

Seine Augen trugen glänzendes Feuer. Fiebernd flammte wieder eine Sehnsucht auf, die abgeklungen schien. Wie von ferne hörte er die Worte seines Gegenübers.

,,Da bedarf's aber wirklich nicht viel. Ich kenne meinen Bischof. Er ist freizügig und groß, er gibt die Möglichkeit und fragt nicht viel, besonders dann, wenn er tatsächliches Können erkennt. Ich freue mich. Vielleicht darf diese unsere Begegnung eine jener seltenen gütigen Zufälle des Lebens sein, die einer Zukunft Großes schenken. Sie entstehen aus einer Geringfügigkeit und können bestimmend und gewichtig für ein ganzes Leben sein. Mein Aufenthalt ist hier nur ganz kurz gewesen, eine Rast lang, und die Post bringt mich gleich wieder weiter nach Wien, nach Ungarn. Ich werde sicher von mir hören lassen. Nur Ihren Namen müssen Sie mir noch sagen . . ."

,,Georg Raphael Donner!" sagte er deutlich und schlicht.

,,Georg Raphael Donner", wiederholte der Mann und verabschiedete sich: ,,Ich will mir's merken!"

Unschlüssig sah ihm Donner nach, als seine Gestalt in der Türe verschwand. Auch Donner stand jetzt auf und ging auf die Straße. Er ging ein wenig im herbstlichen Innsbruck spazieren. Auf der Nordkette lag, wie angestäubt, der erste Schnee. Er besuchte die neue Stadtpfarrkirche St. Jakob und ging dann auch in die Hofkirche, wo er besonders dem Grabmal Maximilians seine besondere Aufmerksamkeit widmete und die überragenden, weitbekannten Bronzestatuen eingehendst studierte. Als er seinen Spaziergang beendet hatte, kam er gerade zur Ankunft der Kutsche, die von Linz herkam und der Schletterer entstieg. Die Freude beider war ehrlich, als sie einander begrüßten. Sie beschlossen, nächsten Tages die Reise über den Brenner fortzusetzen.

Auf dem Platze vor der Posthalterei standen die Pferdeposten nach allen Richtungen zur Abfahrt bereit. Es waren ihrer fünf oder sechs, eine davon nach dem Arlberg, eine nach dem Brenner, dann nach Linz, Budweis und Wien. Schletterer und Donner suchten nach der gut verbrachten Nacht und einem einfachen, aber ausgiebigen Frühstück ihre Kutsche, die sie zu benützen hatten. Sie gingen, mit den wenigen Reisestücken in der Hand, zwischen den Pferden durch, die wohl getränkt und gefüttert, teils eingespannt, teils angeschirrt waren und, den baldigen Aufbruch witternd, dem Platze eine gewisse Unruhe und Bewegung verliehen. Auch die Schwager verstauten ihre Säcke, Futterbündel und Ränze und riefen dann die Passagiere auf, einzusteigen. Die beiden leisteten Folge und nahmen ihre bescheidenen Plätze ein. Von der Höhe ihres Sitzes, in der Erwartung baldigen Reiseantrittes, gingen ihre Blicke unruhig und voll angespannter Erwartung in die Runde.

Die Sonne spielte mit dem Gelb der ersterbenden Blätter, und der Wind ließ das fallende Laub zu letztem Wirbel auftanzen. Im hellen Licht fiel Georg Raphaels Blick auf eine weibliche Gestalt. In behendem Schritt, die wallenden, bauschigen Röcke aufgerafft und in der anderen Hand ein Wollknäuel von einem Hündchen im Arme haltend, strebte sie einem der anderen bereitstehenden Wagen zu. Eine Dienerin folgte ihr, und zwei Männer bemühten sich darum, ihr Gepäck im Wagen zu verstauen. Donners Blick blieb in jener Richtung verhaftet. Sein Atem ging schneller, ohne daß er genau wußte weshalb. War es allein dieses Bild gewesen, waren es die zitternden, immer wachen Gedanken, die ihm sofort jene Erinnerung wachriefen und erschlossen, die in seinem Herzen heute noch an eine Frau dachten, der er sich immer noch verbunden fühlte? Er beugte sich zum Fenster der Kutsche hinaus, so weit, daß er fast zu fallen drohte. Schletterer ermahnte ihn, aber Donner wehrte ab. Es konnte doch nicht sein, daß ihn so die Sinne narrten. Es war, es mußte Simonetta gewesen sein. Er dachte daran, auszusteigen und hinzulaufen, aber in diesem Augenblicke blies der Schwager in sein Horn, und die sechs zwiespännig gekoppelten Rösser begannen den Wagen in Bewegung zu setzen.

Die Kutsche hatte sich vom Platze entfernt. Längst erschienen andere Bilder im Rahmen der kleinen Kaleschenfenster. Donner lag zurückgelehnt und überließ sich seinen Gedanken im rüttelnden Gefährte. Pferdehufe klangen hart auf von der steingefügten Straße und sangen gleichförmig ihr rhythmisch taktendes Reiselied.

Das Bild eines nackten Mädchens, welches er skizzierte, eines ersten Stelldicheins, einer gelben Rose und einer kleinen Dachkammer schmiegte sich wie ein kleiner, breiter Strahl herbstlicher Sonne neben ihn. Die Süße einer Erregung wuchs in ihm, eine Erwartung vergrößerte sich ihm, und eine Freude, wieder nach Italien zu kommen, erfüllte ihn. Sein Antlitz, entspannt, gelockert, mit geschlossenen Lidern, trug ein befreites, kindhaft frohes Lächeln.

Ich will dem Schicksal in den Rachen greifen, niederbeugen soll es mich nicht.

Beethoven

Auf der Landstraße, etwa drei Kilometer weit von der Stadt Preßburg entfernt, brach an der Postkutsche das vordere Wagenrad. Der Schwager fluchte und schimpfte nach allen Regeln der Zunft, aber es nützte nichts. Der Stein des Anstoßes war einmal übersehen worden, und zum Verdruß überdies noch hatte er gerade auf dieser Fahrt kein Ersatzrad aufgeladen. Georg Raphael war der einzige Passagier. Der kleine Junge, der auf dem Kutschbocke aus Mitleid vom Kutscher mitgenommen worden war, zählte nicht. Donner ergab sich in das Schicksal, das ihn zu diesem unfreiwilligen Aufenthalt zwang. Er hatte es aber auch durchaus nicht eilig. Ob er heute oder morgen nach Preßburg käme, war ihm gleich. Er wurde wohl erwartet, wie man ihm geschrieben hatte, aber nicht zu einer bestimmten Zeit. Das gab ihm neben dem Gefühl müßigen Schlenderns zugleich auch ein ganz geringes irgendwelchen Unbehagens oder eines Versäumnisses mit. So versuchte er denn auch, den unbillig erbosten, weibisch hadernden und unbotmäßig fluchenden und scheltenden Kutscher so gut es nur eben ging, zu beruhigen. Mitten auf der Landstraße hielten sie im prallen, vollen Licht der Sonne. Nach längerem Hin und Her, als er sah, allein nichts ausrichten zu können, entschloß sich der Kutscher endlich, in die nahe gelegene Stadt zu pilgern, einen Schmied aufzusuchen, und Donner blieb mit dem Jungen allein beim Wagen.

Weit und breit zeigte sich kein menschliches Wesen. Der zunehmende Frühling jubilierte mit Macht, und Raphael holte seinen Skizzenblock hervor und begann Kutsche und Jungen zu zeichnen. So verging die Zeit. Von fernher bimmelte ab und zu ein Glöcklein.

Am Horizont wurde ein Gefährt sichtbar. In der Langsamkeit des Näherkommens wurde es schließlich als Leiterwagen kenntlich. Ein müder Gaul zog das Gefährt, und als es hinter der unförmigen, großen Postkutsche stand, hielt es von selber still. Donner wartete, was geschehen würde, aber es ereignete sich nichts. Der Wagen stand nun einmal, und es war auch nichts zu sehen. Es schien, als wäre das Gefährt führerlos hergezogen. Erst nach einiger Zeit regte sich unter dem schrumpligen Leinendach ein weibliches Etwas. Aus Schilf, Stroh und sonstigem Kram tauchte der Wuschelkopf eines jungen Zigeunermädchens aus dem Leinwandgewölbe. Es richtete sich im Wagen hoch und sah sich um. Wirren Haares, halbnackt, bloß von einem leichten, offenen Leibchen aus Nesseltuch bedeckt, das ihre vollen, runden, sonnenbraunen Brüste mehr freigab als verhüllte, blinzelte sie um sich. Sie sah auf die Kutsche vor sich, auf den Wartenden am Straßenrand neben sich und sprang schließlich, die dünnen Röckchen hochraffend, vom Wagen, daß die Brüste hüpften.

Scheulos ging sie zu Donner und setzte sich neben ihn. Sie verbarg ihre Blöße, die sie freigiebig sehen ließ, nicht, und es störte sie auch keineswegs, daß er sie freudig betrachtete. In weibischer Eitelkeit begann sie ihr Haar zu strähnen. Die Hände hochreckend, dehnte sie sich sorglos und unterstrich damit die körperliche Lokkung. Dann deutete sie auf den Wagen: ,,Kaputt?"

Donner nickte.

,,Schönes Wetter heute? Was?" Sie sah ihn mit kecken Augen an und rief: ,,Gib mir die Hand!"

Donner zögerte, er wollte nicht recht und hielt sie daher eher etwas zurück.

Die kleine Zigeunerin schmollte: ,,Nicht wahrsagen? Ich gut wahrsagen."

Donner winkte ab, aber sie war katzenschnell und ergriff die Hand. Sie hielt sie fest und führte sie an ihre Brust. Unter der glühenden, fast brennenden Wärme, die Donner spürt, erliegt er gelähmt und unbewußt der körperlichen Lockung ihres erwachten Leibes.

,,Ich dir wahrsagen!" bettelte sie.

Donner antwortete nicht. Behutsam, leicht aufgirrend löste sie seine Hand von ihrem Busen und streckte sie flach. Sie beugte sich darüber und begann in den Linien zu lesen. ,,Oh . . ." lachte sie auf, ,,du wirst viel Erfolg haben. Viele Frauen werden dich lieben, aber, oh, du wirst nicht alt werden, du wirst auch keine Kinder haben, aber du wirst doch nicht sterben und kein Ende nehmen . . . Die Frauen . . ."

Donner unterbrach sie brüsk: „Ich bin verheiratet!" Unvermittelt zog er die Hand zurück. „Laß gut sein!" sagte er.

„Schenk mir was!" sagte das Mädchen zu Donner. Sie kam ganz dicht zu ihm heran und ließ ihm ihre Brüste vor dem Gesichte baumeln.

Donner zog eine Silbermünze heraus und gab sie ihr. Sie griff hastig danach und barg die Münze in ihrem Tüchlein, das sie in Bauchhöhe aus dem Kittel zog.

Aus dem Wagen schrie jetzt eine zweite Stimme auf, und keifend tauchte sofort darauf ein zweites, älteres Weib im Wagen auf. Auch dieses trug eine höchst mangelhafte Kleidung. Sie hielt ein Kindlein mit einer Hand an sich gepreßt, das ihre Brüste suchte und danach griff. Als es gefunden, was es erstrebt hatte, krallte sich das kleine Wesen daran fest und begann wie an einer Flasche zu saugen. „Willst du nicht weitermachen?!" geiferte die Alte auf das Mädchen los und hielt mit der anderen Hand die immer wieder herabfallenden Plachenfetzen vom Gesicht weg. „Mach weiter! Willst du hier übernachten?"

Nun sprang das Mädchen auf, griff dem Gaul in die Zügel, zog ihn etwas mit sich und führte ihn an der Chaise vorbei: Langsam setzte sich dort das Gefährt wieder in Bewegung, so daß sich die Alte beruhigte und ohne von der Postkutsche überhaupt Notiz genommen zu haben, in ihrem Fetzenzelt verschwand. Da lief das Mädchen noch einmal zurück, huschte an Donners Seite und raunte ihm zu: „Komm heut nacht zu mir. Wir bleiben am Eingang der Stadt, gleich im ersten Gasthaus, das ist von der Poststation nicht weit . . ."

Donner spürte den erdhaften weiblichen Körpergeruch, der sich in seinen Nüstern wie ein Windhauch verfing und wieder verwehte. Ehe er noch zu irgendwelcher Antwort fähig oder gesonnen war, war auch das Mädchen wieder verschwunden und mehr und mehr versunken, je weiter sich der Zigeunerwagen entfernte.

Nach zwei Stunden endlich kam auch der Kutscher mit einem Schmied an, der ein Ersatzrad vor sich herrollte. Es wurde montiert, und dann begannen sie die letzte Etappe. Am Eingang der Stadt hielt die Kutsche an. In dem kleinen Gasthof, der in nächster Nähe lag, blieb er zur Nacht.

Ganz früh am Morgen riß Georg Raphael ein jämmerliches, durch Mark und Bein gehendes Quieken und Quietschen aus dem Schlafe und störte ihn in seiner Ruhe. Er sprang aus den Federn und sah zum Fenster hinaus.

Der Wirt hatte ein Schwein am Seil, und drei Knechte mühten sich, den schweren Fettwanst zur Schlachtstätte zu führen. Die Kräfte des Tieres schienen jedoch mit jedem Meter, den sie dem Schlachtorte näher kamen, zu wachsen, und schließlich gelang es ihm wirklich, sich noch loszureißen. Nun begann eine Hatz, die Sau ja nicht aus dem Hofe entwischen zu lassen. Diese jedoch suchte zackige wirre Wege und narrte in possierlichen Sprüngen die Treiber und Häscher. Georg schlüpfte rasch in die Kleider und lief hinunter, sich zu beteiligen. Der Knecht und die Magd waren mit Besenstangen hinterher, ein Junge rappelte sich eben aus dem Misthaufen hoch, in den ihn das Schwein unvermittelt mit einer jähen Wendung gestoßen hatte. Die Wirtin und der Wirt, der Schlächtergeselle und der Gehilfe waren ebenso wie bereits das Schwein außer Atem. Man entwarf schließlich einen richtigen Schlachtplan, wie man endlich das zum Tode zu befördernde Vieh überlisten wollte. Raphael gliederte sich in die Sauhatz ein, und schließlich gelang es den vereinten Bemühungen, durch systematische Umzingelung das Tier auch wirklich festzulegen. Mit dicken Stricken wurden die Füße gefesselt und die unwilligen, kraftvollen Befreiungsversuche des Schweines durch derbe Knüppelhiebe gebrochen. Mit vereinten Kräften schleppte man es zur Schlachtstätte, und von den Männerhänden gehalten, erlahmten Kraft und Kreischen unter dem Messerstich der geübten Hand des Schlächters. Breit quoll der Strom des Blutes in den Trog. Das Zucken des verendenden Tieres schüttelte die Kräfte der Männer noch ein letztes Mal, dann lag es still und den bearbeitenden Händen unterworfen. Donner empfand nachdenklich und still diese plötzliche seltsame Ruhe, die über dem Hofe lag. Noch klang in seinen Ohren das Quietschen nach, aber seine Gedanken begannen sich in einer Vielfalt mit Dingen zu beschäftigen, denen er selten noch nachgehangen hatte. Ein Tier nur. Dennoch aber: Was ist das Leben? Wie schnell erlischt es, welche . . .

Der Wirt stand plötzlich hinter ihm. Er lud ihn mit einfachen

Worten zum Sautanz. Metzelsuppe, Preßkopf gäb's und Schwarten, natürlich auch etwas zum Trinken. Er würde sich sehr freuen. Mit einem Male war Raphael wieder heiter und frei, daß er der Einladung des Wirtes zustimmte. Alle Bedrücktheit und Ungewißheit der letzten Zeit seit seiner Italienreise, seit den Tagen, in denen er wieder nichts anderes als Sorge um das tägliche Brot und harte Arbeit hatte, war er nicht so schwerelos glücklich gewesen wie eben jetzt. Mit der kleinen Zigeunerin gestern hatte es begonnen. Ihre Wahrsagerei hatte ihn amüsiert und die Freimütigkeit ihres Körpers angeregt.

Raphael dachte jetzt nicht mit einem Gedanken an jenen weitgereisten Mönch, den er damals in Innsbruck getroffen hatte und dessen vermittelndem Ruf er schließlich gefolgt war. Er genoß einfach die Ungebundenheit der Stunde in doppelter Köstlichkeit. Der Wirt, erfreut über die Zustimmung seines Gastes zur Teilnahme am Sautanz, hatte sich wieder seiner Arbeit zugewendet, und Donner, sich selber überlassen, schlenderte im Hofe hin und her, besah sich Stall und Scheune und schnüffelte wie ein neugieriges Kind in allen Ecken herum. Dann holte er seine Zeichenblätter und den Stift hervor, lief vom Hofe ein wenig hinaus in die hügelige Landschaft. Bergaufwärts schlenderte er an reichtragenden, reifenden Kirschbäumen vorbei, in der Wärme einer beglückenden Sonne. Rings weitete sich der Blick, der bis an die Donau reichte und bis an die Burg in Theben, die drüben vom Einflusse der March in die Donau herüberleuchtete.

Er ging die Straße entlang, ließ sich am Stamme eines alten Kirschbaumes nieder und begann in flüchtigen Strichen die Lieblichkeit der Landschaft einzufangen. Im Baume raschelte es, als wehe der Wind durchs Geäst. Strich reihte sich an Strich, und die Umrisse widerspiegelten sich bald vollkommen auf dem Papier. Da fiel gerade vom Baum mitten aufs Blatt ein Kirschenkern. Behutsam löste er ihn ab. Aber dann kam gleich noch ein zweiter, siehe da und auch ein dritter und noch einer und noch einer. Jetzt erst sah er in die Laubkrone, und zugleich ward ein helles Lachen hörbar, dem er befremdet lauschte. Dann erst erkannte er die kleine Zigeunerin, und jetzt auch erst sah er den wenige Schritte weit davon abgestellten Zigeunerwagen.

„Heda", rief er dem Mädchen drohend zu, „du verdirbst mir ja meine ganze Zeichnung. Was machst du denn da?"

Mit katzenartiger Behendigkeit kletterte das Mädchen vom Baume herunter. Sie hatte die kurzen Röckchen hochgerafft, stand vor ihm und zeigte ihm eine Reihe blitzend weißer Zähne.

„Statt diese köstlichen Kirschen zu verkosten", sagte sie, „sitzt er da und kritzelt in seinem Blatt. Komisches Vergnügen!" Breitspurig hielt sie ihre volle Schürze vor sich.

„Ich kritzle nicht!" meinte Georg Raphael Donner, „ich zeichne!"

„Aber das ist ja dasselbe. Komm jetzt und versuche lieber die Kirschen da!" Sie griff mit der kleinen Hand in die Schürze, holte eine Handvoll der prallen, kugeligen, dunkelroten Früchte heraus und hielt sie ihm vor die Nase. „Da, nimm!"

Raphael folgte ihrem Befehl und kostete. „Gut!" sprach er, „wirklich gut!" und schnalzte mit der Zunge.

„Siehst du, ich hab' es dir gesagt!" strahlte sie. Sie freute sich kindlich und hockte sich an seine Seite.

„Du bist also ein Maler?" sagte sie.

„Ja also, wenn du es genau wissen willst, ein Bildhauer, aber da muß man natürlich auch zeichnen können, das heißt, man kann es . . ."

„Ja, und was machst du?"

„Nun, Gestalten, Figuren in Wachs, in Stein, in Blei . . ."

„Menschliche Gestalten?"

„Ja, solche wie du und ich . . ."

„. . . und davon lebst du? Das versteh' ich nicht, daß man davon leben kann. Wir betteln und holen uns die Früchte vom Feld, wir nehmen Hühner, stehlen Hasen, fragen um Eier und Milch, und wenn wir manchmal Geld brauchen, dann lesen wir aus der Hand. So ziehen wir von Hof zu Hof . . ."

„Na ja", sagte Donner nachdenklich, „auch ich ziehe ja viel herum!"

Das Mädchen lachte: „Dann zeichne mich doch. Muß ich mich da ausziehen?"

Raphael lachte und nickte.

„Fein", sagte sie. „Ich bin gern ohne Kleider, da bin ich nämlich viel schöner, aber Mutter will es nicht." Sie fing an, ihre Bluse abzulegen. Raphael wehrte: ,,Nein, jetzt nicht, dazu muß ich länger Zeit haben, komm einmal zu mir, ich werde im bischöflichen Palais wohnen und arbeiten."

Das wilde Mädchen erhob sich. ,,Du bist ein dummer Mann!" neckte sie. Sie spuckte ihm einen Kirschenkern zu, der ihn gerade an der Wange traf. ,,Na warte!" sagte sie. ,,Ich komme . . . ich werde wirklich kommen . . ." Dann lief sie einfach davon, barfuß, am Wagen vorbei, querfeldein und, wie es schien, geradewegs der Sonne zu.

Geblendet schloß Raphael die Augen. Er packte, ohne seine Skizze vollendet zu haben, seine Blätter weg und ging wieder zum Hof zurück.

Der Sautanz hub an. Mit Essen und Trinken und allem Drum und Dran setzte er am frühen Nachmittag ein und dauerte die ganze Nacht hindurch. Langsam löste der Tanz die verzehrende Beschäftigung, und schließlich wurde das nährende Tun durch ein schwitzend-drehendes ersetzt. Nach langer Zeit schwang Georg Raphael wieder das Tanzbein. Er kam sich unbeholfen und täppisch vor, sah sich aber andererseits von den tanzlustigen Schönen so begehrt, daß er sich darüber keinerlei Gedenken machte, sondern sich hemmungslos dem bäuerlich-simplen Vergnügen ergab und ihm bis zum frühen Morgen, bis er wirklich müde und schlapp wurde, ausgiebig frönte. Dann ging er sofort in sein Zimmer, warf sich ins Bett und ergab sich dem Schlafe.

Die Kirschenzeit war längst vorbei.

Donner arbeitete in einem für seine Arbeit kaum geeigneten Teil des Primatial-Sommerpalastes, der ihm von Bischof Emmerich Grafen Esterházy zur Verfügung gestellt worden war. Es mangelte am Notwendigsten: weder geeignetes Licht noch Wasser, weder die Ruhe noch die Geräumigkeit der Arbeitsstätte war entsprechend, dennoch fühlte er sich glücklich und restlos befriedigt wie noch nie . . . Er arbeitete von früh bis spät und war mit den Plänen beschäftigt, die auszuführen er beauftragt und von sich selber aus auch fanatisiert war.

Selten so oft wie in diesen Tagen fielen ihm die Worte Simonettas ein, die sie ihm bei ihrer letzten Begegnung mit auf den Weg gegeben hatte, und er erinnerte sich ihrer erst jetzt ganz genau, daß sie sie zu ihm gesprochen hatte. Wie eine Alternative hatten sie damals geklungen, und vielleicht waren sie damals auch so gemeint und gesprochen worden, daß er sie einfach überhören wollte. Jetzt aber bekamen sie durch die Erinnerung aber erst wirkliches Gewicht. „Du mußt dich entscheiden", hatte sie gesagt, „entweder du dienst deinem Werke, bist der Schöpfer deiner Idee und dienst und lebst damit der Zukunft oder aber du bist nur für die Gegenwart da, heimst ein wenig Ehre und vielleicht auch Geld ein, erfüllst aber nur billig einen belanglosen Weg, wie Tausend und Abertausende andere auch. Ich glaube, das kann dich, wie ich dich kenne, nicht befriedigen!" Er fühlte jetzt erst, wie sehr Simonetta mit diesen Worten recht gehabt hatte, und es packte ihn gerade in diesen Tagen wieder, wie selten in der letzten Zeit, die Sehnsucht, Simonetta begegnen und sprechen zu dürfen. Damals in Salzburg war der Blick zu flüchtig gewesen, als daß er hätte mit Bestimmtheit sagen dürfen, es wäre tatsächlich Simonetta gewesen, aber es war jedenfalls unleugbar, daß jener Augenblick seinen Wunsch nach ihr ebenso entfacht hatte wie jetzt, so unbeschreiblich und stark, daß es ihm fast unmännlich schien, es einzugestehen. An manchen der Pläne, die ihm sein Gönner, Herr und Mäzen gestellt hatte, arbeitete er jetzt oft zur gleichen Zeit. Die ebenen Flächen, der Fußboden zum Teil mit inbegriffen, die in seinem Arbeitsraum verfügbar standen, waren mit Skizzen bedeckt. Die neuerbaute, dem heiligen Elemosynarius geweihte Kapelle sollte von ihm ausgestaltet und geschmückt werden, und der Bischof hatte ihm freie Hand gegeben und sich nur letzte Zustimmung vorbehalten. Immer und immer wieder lief er zum neuen Bau, nahm in die Pläne Einsicht, notierte Maße und Gestaltung der architektonischen Hülle und ließ der Vielfalt seiner Ideen ungebändigte Freie. Der runde Laternenraum mit der Kuppel, die Nischen und Podeste würden vielfältige Möglichkeiten bieten, plastischen Schmuck anzubringen. Er ließ sich die handwerkliche Ausgestaltung der Räume schildern und fügte in seiner Phantasie bereits den rotmarmornen, teils vergoldeten und teils stuckierten Wänden reiche figurale Belebung bei.

Er begab sich in die Schmiede, die neben seinen Räumen lag, und sah zu, wie sie aus Eisen Gitter- und Altarvorlagen gestalteten, wie sie aus dem Glühen ihr Werk herausschlugen und in kunstvolle Formen brachten. Er nahm daraus Anregungen, zeichnete, umriß, verbesserte und gestaltete neu. Im Hofe beschlug man die Pferde aus dem bischöflichen Gestüt. Als er dies zufällig sah, kam ihm ein neuer Gedanke, der ihn erfüllte und nicht mehr losließ. Er nahm Papier und Kreide und lief hinaus, die Bilder und Bewegungen der Pferde einzufangen. Er wollte ein Pferd gestalten, das den heiligen Martin Elemosynarius tragen sollte, und der Heilige sollte zugleich die Züge des Bischofs und Grafen Esterházy aufweisen. Seine Schläfen zuckten, und um die Augen prägte sich eine Falte der Freude. Er stürmte in die Werkstätte und begann die Eindrücke und Skizzen in werkliche Arbeit umzusetzen. Seine Idee wuchs, die Linien auf den Blättern verdichteten und klärten sich, und die Umrisse gewannen an Klarheit und Präzision. Aus der Unklarheit hatte sich eine Gruppe geformt, bei der nur die dominierende Gestalt des Heiligen noch etwas verschwommen war.

In diesem Fieber seiner Arbeit hatte er nicht gehört, daß sich die Tür geöffnet hatte und jemand eingetreten war. Als sich auf dem Blatte ein flüchtiger Schatten zeigte, blickte er auf und sah direkt in das Gesicht Bischof Emmerich Grafen Esterházys.

„Nun?" frug dieser freundlich. „Er lebt ja in seiner Arbeit!"

„Ja, Eure Eminenz!" sagte er. „Sie kommen gerade zurecht!"

Donner vergaß Gruß und Höflichkeit und sah nur auf die würdige Gestalt: „Bleiben Sie so, bitte . . ." stammelte er, „bitte bleiben Sie." Und er begann festzuhalten, was er sah: das gütige Gesicht, das sich, ihm zuneigend, voller Gespanntheit, Teilnahme und Interesse zu ihm beugte, umrahmt von der Schlichtheit einer Gewandung, die durchaus nicht gerade bischöflich war, sondern eher dem Grafen entsprach. Diese Nationaltracht mußte sich ganz einfach seiner Idee fügen. Es sollte, es mußte, ja, es würde anders werden, als solche Dinge üblicherweise bisher gestaltet wurden.

„Was machen Sie denn mit mir, Sie seltsamer Mann?"

„Ich möchte Sie so festhalten, wie Sie in meinem Herzen längst Gestalt gewonnen haben: gütig und groß!"

„Soll ich beschämt von hier weggehen?"

„Nicht beschämt, edler Herr, beschenkt. Reich beschenkt, wie ich es wurde!" Donner zeichnete unentwegt: „Erzählen Sie mir bitte von Ihrem Leben, und dieses Erzählen wird in meine Gestaltung einfließen und sie verlebendigen . . .“

,,Erzählen soll ich und noch dazu von mir? Ich wollte fort . . .“

,,Ja, ich weiß, Sie wollten mit den Pferden fort, aber ich bitte Sie, heute zu bleiben. Ich brauche Sie jetzt ganz einfach!“

Seine Bitte begleitete ein fragend-verzagter Blick.

Graf Emmerich Esterházy konnte nicht widerstehen. Er winkte dem Diener zu, daß er alles veranlassen möge, daß er mit Donner allein zu bleiben wünsche. Donner merkte nichts davon und der Diener verschwand. Donner begann sofort zu skizzieren, und der Bischof fing an aus seinem Leben zu erzählen.

,,Ich habe in Tyrnan bei Ödenburg gelernt. Ich sollte ein Musiker werden, aber das behagte mir nicht. So kam ich in den Orden der Paulaner und studierte Philosophie . . .“

Donner arbeitete fieberhaft. Ihn faszinierte und hielt die Komposition, die er auszuführen dachte. Das Material müsse nicht Stein, nicht Kälte und Leblosigkeit sein, sondern die Weiche und Geschmeidigkeit eines Metalles.

Der Bischof erzählte weiter: ,,Im Feber des Jahres 1688 wurde ich zum Priester geweiht. Als die Türken kamen, als die Pest durch die Lande ging, empfing ich Feuertaufe und Bewährung. Vierzehn Jahre später wurde ich Vikar des Paulanerordens und nach weiteren vier Jahren bereits Bischof. Von 1708 bis 1723 wirkte ich in Agram, dann in Veszprem, und vor fünf Jahren kam ich dann nach Gran.“

Donner hörte, aber er war mit seiner Aufgabe beschäftigt. Der unruhigen, diagonalen Komposition, die er intuitiv festgelegt hatte, war ein beruhigender Umriß zugesellt worden. Zuerst erschien ihm dies selbst eigenwillig, half ihm dann aber so glücklich aus der Nebelhaftigkeit seiner Idee in die Wirklichkeit gestaltender Möglichkeit, daß er die momentane Bewegung des Erzählenden, wie sie ihm die Plötzlichkeit des Augenblickes eingegeben hatte, zu behalten und auszuführen beschloß.

Der Bischof erzählte noch immer, aber Donner empfand es nicht mehr mit. Er war zur Gänze an seine Arbeit verloren. Als dies der Bischof merkte, verschwand er, wie er kam, unbemerkt und leise.

Es war längst hoher Sommer geworden.

Die Sonne beschien auf ihrem unendlichen Kreise eine strotzende, üppige Erde. Längst war die alte Werkstätte für Donner zu klein geworden. In dem weiter abgelegenen Parterre des Palastes hatte ihm Graf Esterházy neue und größere Räume zugewiesen. Da hatte er sich auch einen Gehilfen gedungen. Ein wandernder Bursche, der eine Lehre suchte, hatte bei ihm vorgesprochen. Er hieß Franz Kohl, war an die zwanzig Jahre alt und stammte aus Kukus, einem kleinen Dorfe in Böhmen. Da er Eifer und Willigkeit zeigte, vor allem aber Freude an solch bildnerischer Arbeit fand, behielt ihn Donner und hatte an ihm bald eine verläßliche Hilfe.

Als Donner dem Bischofe von seiner Absicht, die Figuren, statt in Stein herzustellen, einmal Metall, und hier wiederum insbesondere Blei, als Bildnermaterial zu verwenden, erzählte, war dieser sofort und vorbehaltslos damit einverstanden und gestattete es ihm, alle notwendigen Vorkehrungen zu treffen, die Vorrichtungen hiezu anzuordnen und die Materialien zu beschaffen. Von keinerlei finanzieller Sorge bedrängt, entwickelte Donner mit Umsicht und Genauigkeit seinen Plan, und es war bald darauf im Fürstengarten mit dem Bau eines eigenen Gußhauses begonnen worden. Neben all der schöpferischen Arbeit waren nun auch diese administrativen Dinge zu bewältigen. Eine weitere Pflicht legte ihm der Steinbruch zu Sitto bei Gran auf, den der Primas gegen Erstattung eines jährlichen Betrages von fünfundsiebzig Gulden an Donner verpachtete.

Donner arbeitete an vielem gleichzeitig, aber er fand immer den richtigen Weg, der ihn zwischen handwerklichem und gedanklichem Werke traumwandlerisch sicher leitete.

„Es möchte Sie jemand sprechen!" sagte eines Tages Franz. In seinem weißen Kittel war er vom anderen Raume her gekommen und hatte es gemeldet.

„Wer ist es?" frug Donner schnell, „ein Mönch, ein Händler, ein Mann, den ich mir bestellte?"

„Es ist kein Mann . . .", antwortete Franz und sprach nicht weiter. Der Besuch war bereits eingetreten. Als Donner aufsah, erschrak er. Das Blut stieg ihm bis unter die Haarwurzeln, und das Herz schien ihm im Hals zu schlagen.

„Simonetta, du . . .", er schüttelte rasch den Kopf: „Sie . . . Sie", verbesserte er sich stockend, leise.

Eine weiche, milde Stimme, die ihre innere Bewegung ebensowenig zu verbergen verstand, wie sie auch Donner äußerlich sichtbar wurde, sprach: „Du darfst ruhig du zu mir sagen . . . wie bisher . . . ich habe mich nicht geändert!“

„Herzlich willkommen. Wie kommst du hierher? Wie wußtest du?“

„Ich weiß und wußte immer, wo du warst, Georg. Ich grüße dich. Ich habe von deiner Arbeit gehört und mußte sehen, wie es dir geht?“

„Simonetta“, rief Donner, so impulsiv und so stark war sein Herz daraus zu verspüren, daß nun das Erröten an Simonetta war, „ich finde das einfach wunderbar . . .“

Sie sagte schnell: „Ich komme viel in der Welt herum. Daheim habe ich keine Ruhe. Ich sehe und erkenne, daß Geld allein nicht glücklich macht!“

Donner scherzte: „Aber es ist doch immerhin ganz schön, Geld zu haben, vor allem weil es beruhigt . . .“

Simonetta lenkte ab: „Ich möchte um deine Arbeit wissen!“

„Ich wüßte nicht, wem ich sie lieber zeigen wollte . . .“

Donner seufzte auf. Er wußte nicht, wo er beginnen sollte. So viel war das, was er zu zeigen hatte. Ihr Blick fiel auf die Gipsarbeiten.

„Hier?“ frug sie: „Du arbeitest in Gips?“

„Ja“, sagte er. „Es erlaubt ein Arbeiten aus dem Augenblick. Gips macht es möglich, die Spannung einer leidenschaftlichen Erregung wiederzugeben . . .“

„. . einer leidenschaftlichen Erregung . . .“ wiederholte sie.

Donner wollte mit anderem beginnen. Wahllos griff er nach einem Blatt. Es war eine Skizze der Putten, an denen er gearbeitet hatte. „Hier!“ sprach er, „daran habe ich eben gezeichnet . . . Putten . . . Auf luftiger Höhe sollen sie über ein Gitter blicken . . .“

„Ich habe deine Putten in Mirabell gesehen!“

Donner schwieg. Er hielt ihr andere Blätter hin.

„Weil du keine Kinder hast . . .“ begann Simonetta, aber Donner, der fühlte, wo sie hinaus wollte, durchkreuzte ihre Absicht: „Das sind keine Kinder!“

Er sagte es härter, als er wollte.

„Und deine Frau?“

„Simonetta!“ Er sagte es ganz leise: „Du weißt doch alles.

Warum fragst du mich. Eva ist meine liebe Ehewirtin. Ich wüßte nicht, wessen ich mich beklagen sollte. Für meine Arbeit hat sie ebensoviel Verständnis, wie es ihrem eigenen Gesichtskreise möglich und notwendig erscheint. Sie ist eine gute Geschäftsfrau, tapfer, tüchtig auch in der Zeit, in der ich sie allein lasse . . .“

„Warum tust du das?“

„Weil uns das Brot daheim nicht ernährt, weil mich die Enge daheim erdrückt und mich die Sorge mordet. Ich weiß, ich hätte es nicht nötig, aber mein Weg ist anderswo. Ich spüre es, ich fühle es, drum gehe ich ihn auch, drum werde ich ihm auch immer wieder folgen müssen, weil ich einfach nicht anders kann, ändern werde ich nichts . . .“

Raphael hielt Simonetta ein anderes Blatt hin. Sie besah es, legte es weg und stöberte dann selber im Wust herum. Sie sah die Skizzen und Entwürfe für ein Tabernakelrelief, für den geplanten Altar, die Beweinung Christi, die Geißelung und Dornenkrönung, Christus am Ölberg, die Grablegung, die Kreuztragung und -aufrichtung, und sie schienen Simonetta so vollendet und schön, so wunderbar den Rahmen füllend und schließend und in ihrer Gestaltung so vollendet, daß sie nichts dazu zu sagen hatte.

Donner deutete es anders. „Sie gefallen dir nicht?“

„Wie kommst du darauf?“ antwortete sie und sah voll zu ihm auf: „Im Gegenteil!“

„Das sind nur die Entwürfe, Simonetta. Hier ist das Vollendete!“ Er führte sie vor die lebensgroße Gestalt des Betenden. Wieder stand Simonetta da und schwieg.

„Es ist der Stifter“, erläuterte Donner. „Hier die Engel, die den Altar zum Bauwerk in lebendige Beziehung bringen sollen. Ich habe lange darum gerungen. Die Anatomie hat mir sehr zu schaffen gemacht, aber jetzt bin ich einigermaßen zufrieden.“

„Und wer war das Vorbild?“

„Ein richtiger Bauer. Was meinst du, was das gekostet hat, bis ich ihn halbwegs so weit bekam. Wollte ich einmal ein weibliches Modell, ich wüßte nicht, wie anzufangen . . .“

„Sind Frauen nicht leichter zu bewegen . . .?“

„Simonetta, du kennst die Zeit nicht. Alles, der ganze Mensch, ist heutzutage unter einer Schicht versteckt, unter einer Kruste verborgen, die erst mit Meißel und Hammer weggeräumt werden muß. Man verdeckt doch sogar die Haare unter Attrappen. Diese ganze Zeit so höfischer Klebrigkeit voll, daß ich . . ., aber es ist ja müßig, darüber zu sprechen. Du weißt, wie sehr ich das hasse, dennoch aber bin ich so sehr mitten drin, daß ich mitformen möchte, mitformen muß. Du verstehst mich?"

Franz kam und unterbrach. ,,Es ist Mittag, Meister. Soll ich mit dem Essen kommen?"

,,Ich esse immer hier", wandte sich Donner an Simonetta, sich gleichsam entschuldigend. ,,Ich mag in dieser Hitze nicht über den Hof gehen. Hast du nicht auch Hunger, Simonetta?"

,,Die Post bringt mich erst gegen Abend weiter. Ich wollte zum Gasthof und hätte dann so lange gewartet, aber wenn ich mit dir sein darf bis dahin?"

Donner wandte sich zu Franz: ,,Bitte bring das Essen für zwei Personen!" Franz nickte und lief weg.

Simonetta nahm das Gespräch von vorhin wieder auf. ,,Und wenn du ein weibliches Modell bekämst?"

,,Simonetta, mir träumte von einem Brunnen. Quellendes, köstliches Wasser, ein wunderschönes Mädchen, Gestalten auf marmornem Rand. Ich sah dich schon, Simonetta . . ."

,,Dir wird der Traum zur Brücke. Du spannst die Phantasie in deine Gegenwart, dadurch zwingst du dir die Zukunft. Wie arm wir doch sind!"

,,Jeder ist nur so arm, wie er sich fühlt!"

,,Manchmal fühlt man und ist es nicht. Was ist schuld?"

Georg kam dicht an sie heran. Er sah ihr klar und tief in die Augen: ,,Das Wesentliche, Simonetta, das Wesentliche. Du hast es mir selber gesagt. Du darfst das Wesentliche nicht versäumen!"

Simonetta hörte ihre eigenen Worte wieder. Sie wußte, daß er sich der Begegnung in dem kleinen Kaffeehause entsann, kurz nachdem man sein Kind begraben hatte.

,,Ja, das Wesentliche!" wiederholte sie, und er fügte hinzu: ,,Oder kamst du vielleicht jetzt, weil du Angst hattest?"

Die Sonne wob eine Glorie um das helle Blondhaar der Frau. Sie stand scheu vor ihm, wie ein verängstigter Vogel. Er sah es erst jetzt, wie bedürftig sie war.

„Ja, vielleicht hatte ich Angst!“ gestand sie. „Vielleicht hatte ich wirklich Angst. Ich trage schwer an der Reue, aber ich habe bis jetzt durchgehalten. Ich werde es weiter tun!“

Simonetta versuchte zu lächeln. „Ich sagte es doch. Geld macht nicht glücklich.“ Dann senkte sie den Kopf. Ihr Schweigen war beredsamer, als es Worte zu tun vermocht hätten, und sie bestätigte es doch noch durch Worte: „Du weißt es, Raphael, daß ich mich vor dir schuldig fühle und immer schuldig fühlen werde, solange ich lebe; auch dein Absolve Te löste mich nicht davon. Ich werde täglich immer wieder selber daran gemahnt. Allein das bloße Denken, wie hättest du glücklich sein können, macht mich rasend. Ich bin in die Welt geflüchtet, aber du warst immer bei mir. Ich habe dich gesucht und gemieden zugleich, weil ich dich nicht in einen Gewissenskonflikt bringen oder dich etwa lähmen wollte . . .“

Eruptiv brachen die Worte aus ihr heraus. Sie wollte es nicht, aber dennoch verriet sie sich immer wieder im Kleinsten, im Nebensächlichsten.

„Die Risse und Sprünge, die das Haus am Neumarkt trägt, sind tiefer und klaffender, deutlicher und bedrohlicher geworden, aber das Haus steht noch und wird weiter bleiben. Die Fassade zeigt ein feudales Bürgerhaus. Alles ist so fern und hoffnungslos. Ich reise in Diensten des kaiserlichen Lebzelters Neuhauser. Ich erfülle seine Aufträge, und meine Larve ist auch mein Paß. In Wahrheit aber heißt mein Leben Flucht und Reue. Ich weiß, ich sage dir zu viel. Du sollst mich nicht bemitleiden, aber wenigstens einer soll davon wissen, wie es wirklich um mein Herz bestellt ist.“

Ein Rausch der Stille lag im Raum. Zwischendurch kam Fliegensummen und fernes Glockengetön – wie tiefe Hammerschläge auf einen Amboß. Die Glocken schickten sich an, den Mittag einzuläuten.

„Ich danke dir für dein Schweigen!“ sagte Simonetta.

Da kam Franz herein. Er brachte auf einem Brett Gedecke und das Mittagessen für zwei Personen. Mit ungelenken Händen stellte er die Teller und Tassen auf das nackte Holz des Tisches, legte die Bestecke dazu und stellte zwei Krüge mit frischem Most hin.

„Nimm vorlieb, Simonetta!“ bat Georg Raphael. „Ich halte es so alle Tage!“ Er stellte einen Schemel zum Tisch hin, lud sie zum Sitzen ein, und sie ließ sich auch nicht lange bitten. Sie brach das Brot, langte zu und ließ es sich schmecken. Es war ihnen beiden jetzt, als säßen sie in einer kleinen Dachstube und durch ein winziges Fenster her käme mit der Sonne überreiches Glück.

Durch die Türe, die beim Abgang Franzens einen Spalt offen geblieben war, zwängte sich ein kleines, schwarzes Wollknäuel, ein Bologneserhündchen. Wie ein Flattergeist trippelte es zu Simonetta und sprang schweifwedelnd und kläffend an ihr hoch. „Das ist Poeni, mein kleiner Poeni!" stellte sie vor. „Poenitentia", murmelte Simonetta: „Poenitet me alius rei."

Georg Raphael kramte gedanklich in seinem geringen lateinischen Sprachschatz nach und erkannte den Sinn des Wortes: „Die Reue."

Simonetta senkte ihren Blick: „Immer werde ich so daran erinnert!"

„Du bist sehr hart gegen dich!"

„Ist manchmal die Härte gegen sich selber nicht der einzige Weg?"

Darauf sagte Georg Raphael nichts mehr. Sie löffelten schweigsam die dicke, derbe Suppe aus. Zwischendurch fanden sich ihre Blicke, und sie spürten losgelöst die Köstlichkeit ihrer Nähe.

Dann kam Franz und nahm die leergegessenen Teller wieder mit.

„Ich bin heute für niemanden mehr da!" befahl Georg. „Mach auch du für heute Schluß. Es ist so schönes Wetter. Wir machen einfach Feiertag!" Franz nickte freudig und verschwand.

Simonetta erhob sich. Sie ging im Raum herum und das Hündchen folgte ihr wie ein Schatten. Sie blieb im Lichte der einflutenden Sonne stehen, räkelte sich und dehnte ihre Arme hoch. Man sah es ihr ordentlich an, wie glücklich sie war.

„Ich bin weit unten in der Zips gewesen, da habe ich eine Geschichte gehört, die muß ich dir erzählen!"

„Gerne, ich höre!"

„Stell dir einen Gebirgssee vor. Der Wald drängt sich dicht bis zu seinem Rande. Die dunklen Berge, die sich in ihm spiegeln, lassen ihn fast schwarz erscheinen. Dort steht eine kleine Holzkirche, und darinnen ist ein Altar, den Veit Stoß erbaut hat. Merkwürdig, nicht? Ursprünglich war ein anderer Meister für diese Arbeit ausersehen, aber als Veit Stoß dahin kam, überließ ihm jener Meister die Arbeit. Freilich wollte der, er hieß Jakob, aber als Erbauer gelten. Weil nun Jakob ein wunderschönes Töchterchen hatte, das Veit Stoß umwarb, war dieser damit einverstanden und arbeitete an dem Altar mehr zu irdischem als zu himmlischem Preise. Vier Jahre blieb er dort. Nach dieser Zeit aber brannte das Töchterlein mit einem anderen durch, der zwar kein so großer Künstler war, den sie aber von Herzen liebte. Und damit ist die Geschichte eigentlich auch schon zu Ende. Veit Stoß wanderte weiter, und das Mädchen wurde sicherlich eine brave Ehefrau. Das Werk allerdings ist als Zeuge geblieben, und es ist heute noch da . . ."

Simonetta hätte gerne gehört, was Raphael dazu sagen würde, der aber wandte sich nur ab und holte Papier und Bleistift. Simonetta erschrak.

„Ich will dich jetzt zeichnen!" sagte Georg, und damit gab er die Antwort auf Simonettas Erzählung: „Künstler haben selten Liebesglück."

Simonetta fragte: „Willst du mich zeichnen wie damals?"

Georg Raphaels Augen weiteten sich. Daran hatte er jetzt nicht gedacht, aber er war stolz, daß sie jene Simonetta geblieben war, als die er sie immer in der Erinnerung behalten hatte.

„Ja", bekräftigte er, „tausendmal, ja!"

Er arbeitete stumm, ganz gesammelt, in voller Ruhe. Seine Gedanken über die kurze Zeit bis zur bevorstehenden Trennung hatte er vergessen. Was er in Wahrheit nicht vermochte, tat er jetzt in der Betrachtung: Er verschmolz die beiden Gestalten, die von gestern und die von jetzt, in eine vereinte Wirklichkeit, in ein Spiegelbild, die Lebende und die Unsterbliche. Ihre integrale Nacktheit gab ihm das Freudegefühl einer großen Befreiung. Im Lichte dünner, scharfer und blendender Sonnenstrahlen arbeitete er, bis die fahle Dämmerung flüssig einfiel.

Er konnte es nicht verhindern, daß sich seine Gedanken mit der Skizze des Blattes verwoben. Sinnend saß er davor. Längst schon hatte er nicht mehr gezeichnet. Simonetta war fort, aber das Blatt war in seinen Händen. Nein doch, nicht ein Blatt war es, es waren ihrer viele gewesen. Blätter, die er in hungrig-gierigem Nicht-versäumen-Wollen gefüllt hatte. Eines davon beglückte ihn besonders.

Er war restlos zufrieden damit. Wenn solcher Entwurf nicht Gestalt zu gewinnen vermochte, dann war kein anderer dazu wert. Simonetta in ihrer Köstlichkeit, lässig gestützt, ruhend allein im Schmucke eigener Schönheit und wie von ungefähr nur ein schleierdünnes Gewebe halb über dem Schoß war vor seinem Gesichte. Ein kleines schwarzes, wolliges Etwas mit ruhender Schnauze lag zu Füßen der Herrin.

Franz kam herein. „Es ist wer da!"

„Ich will niemanden sehen!"

„Aber es ist doch schon spät am Morgen. Er muß Euch sprechen, Herr!"

„Sag ihm, ich bin nicht da!"

„Es ist der Steinmetzmeister Steinbeck!" wandte Franz ein.

„Sag, hörst du nicht?"

Franz maulte: „Ich dachte, es ist Euch wichtig, da es sich doch um die Afterpacht handelt, und das sind immerhin fünfhundert Gulden!"

„Aber was weißt denn du!" begehrte Georg Raphael auf. „Die Stunde, die er mir damit stiehlt, ist mir jetzt mehr wert. Geh sag ihm, er soll ein anderes Mal kommen . . . aber jetzt laß mich, bitte laß mich allein!"

Achselzuckend ging Franz und schloß die Türe hinter sich.

Donner sprang auf. Er lief zum Fenster und dehnte sich, räkelte sich. „Wie schön doch alles ist!"

Ringsum herrschte die tote Stille eines Sommermittags, die noch unheimlicher ist als die Stille der tiefsten, dunkelsten Mitternacht. Er sah in den Garten, den diese Stelle füllte, den diese Sonne brennend umhüllte. Schemen arbeiteten noch draußen. Man hatte den ganzen Garten gepflegt. Wie ein Teppich grünte das Gras. Er mußte an die Worte des Primas denken: „Der Garten hier soll mit den Gärten Hellbrunns, Heidelbergs und Prags gleich sein!" Er verglich sich mit dem Primas: den Kopf der größten Pläne voll und dennoch zu schwach, sie bloß mit zwei Händen zu bewältigen. Aber müßte es denn nicht immer so sein, daß der Wunsch den Möglichkeiten weit voraus zu sein habe, um wenigstens einen Teil dessen zu erreichen, was zu erstreben war und wert schien; allein schon um später einmal nicht sagen zu müssen, man habe umsonst gelebt und man wäre zu nichts, aber auch schon zu gar nichts nütze gewesen. Gestorben, ohne überhaupt nur eine Spur hinterlassen zu haben, daß man überhaupt auf der Welt gewesen sei. Er rief sich alles ins Gedächtnis zurück, was er auszuführen versprochen hatte: eine Bildsäule für den Kaiser, vier Statuen, die Jahreszeiten darstellend, für das Stiegenhaus des Grassalkovitsschen Palastes. Das Basrelief für den Primas, die Kapelle für den Elemosynarius, Altar, Engel, Tabernakel, Christi Beweinung, Geißelung Christi, Ölberg, Grablegung, Kreuzaufrichtung und den heiligen Martin . . . und dann kam so ein Tag wie gestern. Hatte da nicht einfach alles, aber schon alles dahinter zurückzustehen? Donner lief zum Tisch zurück. Er stellte die Blätter wie Soldaten vor sich hin. Irgendwie war er heute besonders mit sich selbst zufrieden. Das war Simonetta, wie sie leibte und lebte. So lange hatte er sie nicht gesehen, nicht an sie gedacht und nicht mit ihr gesprochen, und dann war sie mit einem Male hier vor ihm gestanden und . . .

So vertieft war er gewesen, daß er nicht wußte, wie alles gekommen war. Simonetta hatte sich angekleidet, ohne daß er es merkte, war in den köstlichen Abend hinausgegangen, hatte abends gegessen und war dann zur Nacht mit der Kutsche abgefahren. Er indessen war in tiefen, glückhaften Schlaf gesunken. Kein Zeiger hatte diese Stunden gemessen, die eines Glückes überströmend voll gewesen waren, so voll, daß das Herz, das längst schon wieder in die Ruhe des Vergessens gewiegt gewesen schien, wieder plötzlich springlebendig und selig taktete. War alles vielleicht doch nur ein Traum gewesen, aber nein, die Blätter lagen ja da . . .

In der Schmiede schlugen sie mit einem schweren Hammer an ein Stück hängendes Eisen. Das war das Zeichen, daß die Arbeit beendet wurde. Zur gleichen Zeit trat Franz ein.

„Bist du schon wieder da?“ fuhr ihn Georg an. Es war sonst nicht seine Art, aufzubegehren, aber die Umstrickung dieser Tage war so lebendig gewesen, daß er ein anderer schien.

„Der Schreiber vom bischöflichen Sekretariat ist schon ein paar Mal hier gewesen. Er sagte, er habe eine freudige Nachricht . . .“

„Ach Franz!“ meinte Donner wieder ganz ruhig: „Welche Nachricht könnte mir zu dieser Stunde jetzt noch größere Freude machen?“

„Er sagte, man habe das Gußhaus fertiggestellt!"

Donner horchte einen Augenblick lang auf: „Das wäre tatsächlich erfreulich! Mein Glück aber weiter zu steigern, ist auch diese Nachricht nicht imstande!"

Franz schien neugierig: „Ist das Ihre Frau gewesen?"

Rasch sah ihn Donner an. „Nein", polterte er kurz und hart: „Wozu das?"

Franz wollte zuerst etwas sagen, aber dann schwieg er doch. Georg merkte es und ärgerte sich etwas darüber. „Rrraus!" rief er: „Geh, ich brauch' dich heut nicht mehr!" Besonnener fügte er hinzu: „Dank dem Schreiber für seine Botschaft, vertröst ihn aber auf morgen, mach, was du willst, aber laß mich bitte jetzt allein . . . ich bitt dich, Franz!"

Franz Kohl nickte.

Wortlos ging er zur Tür und ließ Georg allein zurück.

Die eindringlichen Bemühungen, die Donner im Anfange seines Preßburger Wirkens angebahnt hatte, begannen sich auszuwirken. Die Werkstätten waren vergrößert, die Einrichtungen verbessert worden, und neben Franz Kohl waren noch andere Gesellen und Lehrlinge aufgenommen worden. Die bildhauerische Tätigkeit mußte mit der handwerklichen Hand in Hand gehen, zugleich aber waren auch Georg Raphaels Kräfte voll in Anspruch genommen. Man sah, daß das Werk der Vollendung entgegenging. Fast zur Weihe gediehen war die Kapelle. Die überlebensgroße Figur des Stifters, lebendig und andächtig zugleich, prangte weißmarmorn knieend im roten Gestühl seiner Nische. Über der Mensa des Altares trugen zwei marmorne, beflügelte Jünglinge Reliquien. Den Tisch selbst zierten vergoldete Cherubim. Predella und die Tabernakeltüren trugen vergoldete Bleireliefs. Im Gußhaus hatte man fieberhaft gearbeitet. Donner war sowohl bei den Versuchen als auch dann bei der Ausführung der Werke anleitend tätig. Er kümmerte sich um die nebensächlichsten Dinge, da doch alles nach seinen Ideen zur Ausführung kam und es weder Vorbilder noch Fachkräfte gab, die zur Hilfe hätten beigezogen werden können oder die auch nur wenigstens Rat und Bescheid zu geben vermocht hätten. Alles wurde selbst erprobt und erarbeitet. Die Anlage des Gußhauses war Donners aus dem Brennerschen Miniaturofen ins Überdimensionale transponiertes Gedankengut. Unheimlich viel Arbeit war zu bewältigen gewesen, manche der einfachsten technischen Einzelheiten versagten, und immer war es Donner, der zuerst um die Lösung bemüht war und sie schließlich meistens auch fand. Er hatte es sich in den Kopf gesetzt, die Plastiken lebensgroß zu bilden und auch so in Erz zu gießen. Der Gedanke, obwohl er absolut nicht neu gewesen war, schien dennoch so gewaltig, schwierig und groß, da er, so oft man sich auch damit schon beschäftigt hatte, dennoch bisher stets an der Schwierigkeit der Ausführung gescheitert war. Donner arbeitete mit Fanatismus und Eifer, und es gelang ihm manches, was schon im Entstehen, durch wirkliches Können vorbereitet, den Keim des Gelingens wies. Ursprünglich wollte er die Reiterstatue des heiligen Martin in Bronze gießen, aber davon kam er ab, da er erkennen mußte, daß es ihm unmöglich sein würde, die für den Guß erforderlichen hohen Temperaturen zu erzielen. Er hatte darum Blei als Gußmaterial gewählt und war schließlich darüber sogar sehr begeistert, da er sich von der Schmiegsamkeit und Weiche des Materials jene Glätte und seidige Oberfläche erwartete, die jener der lebendigen Natürlichkeit am ehesten entsprach. Die Gipsformen waren fertiggestellt. Nun war er bemüht, den richtigen Sand für die Gußform zu finden. Er war darum wiederholt in seinem gepachteten Steinbruch in Sutto gewesen und hatte eigenhändig die verschiedensten Proben gereutert, gesiebt und mit sich in die Werkstätte genommen. Von früh bis spät ließ er wochenlang Stampf-, Trocken- und Formprobungen vornehmen, bis sich wirklich doch jener Erfolg einstellte, der ihn endlich veranlaßte, mit dem Guß des Hauptstückes zu beginnen. Selber wirkte er am Stampfen der Gußform mit, selber fügte er die Kopfstücke der schwierigen Teile in die Form, selber bestimmte er jede erforderliche Kanüle für die Eingußöffnungen und Abgasentweichungen, und die Gehilfen wurden von seiner nie erlahmenden Lebenskraft und Unermüdlichkeit angespornt und befeuert. Dann war endlich auch die Sandform so weit, daß sie den Erfordernissen des Gusses gerecht zu sein schien. Er klopfte, durchtastete und prüfte alle Vorkehrungen zum Gusse selbst, wählte die Gußkerne, bestimmte deren Einschubstelle und setzte auch die Dicke des Gusses fest. Von den Paulanern hatte er Mathematiker beigezogen, die ihn rechnerisch und physikalisch berieten. In solcher Arbeit wuchs er über sich selbst hinaus. Das Fieber, das ihn bei seiner schöpferischen Erkenntnis erfaßte, lohte zum Brand. Eigenhändig legte er das Feuer an die Scheite der Schmelzpfanne.

Der Fürstprimas indessen war nicht müßig gewesen und hatte auch nicht geschwiegen. Wenn sich Donner immer auch die Anwesenheit müßiger, oberflächlich schwatzender Gaffer und Berater verbeten hatte, so konnte er schließlich doch nicht verhindern, daß, von Esterházy dazu veranlaßt, dennoch zum Ereignis des Gusses Besucher erschienen.

Je näher der Augenblick kam, da die Schmelzflüssigkeit angestochen und in die Form fließen sollte, desto ruhiger wurde Donner. Einen Augenblick lang lehnte er sich zurück, und dieser Augenblick war wie ein Tanz seines bisherigen Lebens, der erinnernd und mahnend vorbeizog. Die kleinen Kerzen aus Heiligenkreuz zuckten und flackerten. Der Brennersche Schmelzofen glühte und funkelte in gleißendem Gold. Entblättert fiel in einen Quell die gelbe Rose. Sonne und Wärme eines einzigen Sommers entstiegen dem Ofen. Heimliche Erregung war in ihm. Erbitterung über die Ungerechtigkeit, aber auch Hoffnung, unbändige Hoffnung. Er sah ins Feuer. Aus der Flamme bleckte das starre Lächeln von Glarons wächsernem Gesicht. Das Feuer wuchs und brannte, loderte, lohte, und die Scheite verknisterten, verkohlten und zerfielen. Das Flammenmeer schien überzuspringen, sich zu verbreitern, den Holzstoß zu ergreifen. Er flüchtete in seinen Gedanken zurück. An die Wand gelehnt, wischte er sich mit der Hand über Stirne und Haar. Der Wachtraum war verebbt. Gespannt und erwartungsvoll sahen die Gesellen auf ihn, daß er das Zeichen zum Anstich gab. Hier hatte er die Entscheidung zu fällen, aber auch zu tragen. Es war eine Prüfung, die im Falle des Gelingens den Lohn, im Falle des Mißlingens aber Spott, Bloßstellung, aber auch zugleich Ironie und Verachtung sein konnten.

Das Wort des Bischofs fiel ihm ein: Vielleicht wird Er einmal vor Gott größer dastehen als ich. Das Wort schien ihm vermessen. Hätte er bewußt danach gestrebt, er hätte sich schämen müssen vor sich selber. Dennoch, was war es immer wieder, was ihn zu Neuem und immer Größerem anspornte und auch wirklich befruchtete?

Hatte er nicht die Rache der Götter zu befürchten, die ihn vielleicht ermunternd höher steigen und größer werden ließen, um ihn um so tiefer wieder fallen lassen zu können? Für eines Augenblicks Länge wünschte er, daß der Guß mißlänge, aber er verwarf sofort wieder diesen makabren Gedanken. Geschah letztlich nicht alles aus einer gesegneten Selbstverständlichkeit heraus, die seinem Geiste, seinen Händen entquoll?

Er blickte um sich im Kreis herum. Er sah den Fürstprimas, und ein Lächeln drängte sich ihm auf. ,,Gleich", flüsterte er und nickte. ,,Gleich ist es soweit . . ."

Das Wort machte die Runde. Donner prüfte noch einmal die Temperatur der Gußmasse. Er wandte sich von der Heizung ab, schritt noch einmal um die Form herum, dann nahm er das Eisen zur Hand und beugte die Knie. ,,Pater noster qui es in coelis, sanctificetur nomen tuum . . .", begann er zu beten, und alle, die rings um ihn standen, taten desgleichen und setzten murmelnd fort.

,,Nun denn, mit Gott . . ." erhob Georg Raphael die Stimme, und dann stach er die Form an der bezeichneten Stelle an. Alle hielten den Atem an. Stille lag im Raum, wie in Gottes Freie draußen. Leise zischend, gluckernd rann das silberglänzende Metall. Bis zum Ende des Gusses war Fürstprimas Esterházy anwesend.

Als dann die Zeit gekommen war, brach Donner den Guß an. In kräftigen Schlägen löste er Stück um Stück, und bald konnte er erkennen, daß das Werk gelungen war. Donner troff der Schweiß von der Stirne. Erst als der größte Teil der Arbeit getan war, ließ er die Gesellen daran, daß sie die letzten Schlacken davon nehmen mochten. Jetzt erst richtete er sich hoch und atmete auf.

Von Wien her waren alle Fachleute gekommen, und selbst der Allgewaltige von der Akademie im Schönbrunnerhaus unter den Tuchlauben hatte die Mühe der Beschwerlichkeit der Reise auf sich genommen, um die Ausführung eines Werkes zu sehen, dessen Größe und Neuartigkeit, dessen Schwierigkeit der Ausführung einmalig und bis dahin beispiellos gewesen war. Wohl hatte man den Guß und das Verfahren als solches schon seit langem gekannt, aber die bildenden Künstler hatten ihn ob der Schwierigkeit der Vollendung immer wieder zurückgestellt, so daß er schließlich vernachlässigt wurde und in Vergessenheit geriet. Anerkennend hatte dann der Vorstand der Akademie den Guß verfolgt und schließlich neidlos in einer für sein Wesen fremden Herzlichkeit und Aufrichtigkeit zu Donner gesagt: ,,Ich bewundere Ihn, Meister Donner. Er sollte an unserer Akademie wirken. Solche Männer könnten wir in unserer Stadt brauchen!"

Donner lächelte: ,,Im eigenen Lande gilt doch der Prophet nichts!"

,,So schlechte Erfahrungen?"

,,Mehr als das, Exzellenz. Meine Werkstätte in Wien, ich meine die Herstellung der gipsernen Engel und Bedarfserzeugnisse, erbringt meiner Frau und denen, die es fabrizieren, gerade das Mindeste zum Leben."

,,Anspruchsvoll?"

,,Sicher nicht, ich persönlich überhaupt meine das nicht in vitaler, sondern in geistiger Hinsicht. Ich sehe Kunst nicht als Nachahmung, sondern als schöpferische Arbeit. Ich will den Urzweck des Darstellens im Sinne der Erlösung sehen, im Sinne des Suchens, im Sinne des Zweckes, den Sophokles seinem Philoktet gab, Michelangelo der Peterskuppel oder der Sixtinischen Kapelle oder Dürer seinen Radierungen, Graphiken und Malereien . . ."

Carnavese wechselte das Thema: ,,Ist nicht Ihr Bruder an der Akademie?"

,,Ja, Exzellenz, auch ich bin einstens dort gewesen und habe manches mitbekommen, was mir bestimmt von Nutzen ist, dennoch aber würde ich jetzt vieles anders machen. Ich schätze den Freiherrn Peter von Strudel recht sehr, aber ich würde . . ."

,,Was würden Sie?" frug Carnavese, neugierig geworden, in direkter Frage.

,,Ich würde die Akademie mit tüchtigen Scholaren versehen und nicht nach Geld oder Herkunft wählen wollen, Exzellenz!"

Wieder waren seitdem Tage vergangen. Donner hatte sich des Gesprächs mit Carnavese, an dessen Ende er mit dem Kopfe nachdenklich genickt hatte, besonnen, aber dann war alles wieder weitergelaufen, mit einer Selbstverständlichkeit, wie sie eben das Leben voraussetzt und mit sich bringt. Der Guß war gelungen, und vom Fürstprimas hatte er dafür als Zeichen äußerer Anerkennung den Titel eines fürstlichen Hofarchitekten verliehen bekommen.

Nach langem nahm sich Donner nun auch an einem der folgenden Tage Zeit, in einem Briefe seiner Frau nach Hause zu berichten. Er erzählte darin mit einer Ausführlichkeit, die den Umfang des Briefes bedrohlich anwachsen ließ. Er fiel schließlich so herzlich aus, daß seine Sehnsucht und der Wunsch nach Beendigung langer Trennung darin deutlich zu erkennen waren. Noch aber war nicht die Zeit dazu. Er wußte, daß seine Frau daheim das Geschäft nach besten Kräften führte und dadurch ohne Sorgen zu leben hatte. Als er den Brief fertiggeschrieben und versiegelt hatte, kam ihm ein überraschender Gedanke. Er rief Franz Kohl zu sich und fragte ihn: „Sag mal, Franz, hättest du nicht Lust, nach Wien zu fahren und meiner Frau den Brief zu bringen?" Franz Kohl wurde feuerrot. Die Frage verblüffte und erfreute ihn zugleich, da er bisher ja noch nie in Wien gewesen war. „Ja freilich!" sagte er darum sofort und ohne Überlegung. „Der Meister weiß doch . . ."

Donner nickte. „Es ist gut! Pack dir ein paar Sachen zusammen und bring mir diesen Brief nach Wien zu meiner Frau. Morgen früh geht die nächste Post, und du kannst dann ein paar Tage in Wien bleiben!"

„Ist die Frau mit dem Hündchen Ihre Frau gewesen?" frug er unsicher. Er hatte sich, als ihn damals Donner nach Simonettas Besuch kurz abgefertigt hatte, nicht ausgekannt.

„Ich habe es dir doch damals schon gesagt", erklärte Donner erstaunt, „daß sie es nicht gewesen ist, aber du wirst sie leicht erkennen, wenn du in Wien nach dem Heiligenkreuzer Hof fragst und dort meine Wohnung findest!"

An diesem Tag war mit Franz nichts mehr anzufangen. Er rannte wie närrisch herum und erzählte jedem, dem er begegnete, daß er nach Wien fahren werde. Am folgenden Tag brachte ihn Donner selbst zur Post und wartete ab, bis die Kutsche vom Gasthofe wegrollte.

Als sich Donner umwandte und wieder nach seiner Werkstätte zurückgehen wollte, sah er sich plötzlich einem Mädchen gegenüber. Es stand vor ihm und starrte ihn mit blitzenden Zähnen lachend an. Donner erkannte die kleine Zigeunerin wieder, der er bei seinem seinerzeitigen Einzug nach Preßburg auf der Landstraße begegnet war. Seither war wohl mehr als ein Jahr vergangen. Donner hatte längst nicht mehr an die Episode gedacht, aber es schien, daß sich das Mädchen weder verändert noch ihn vergessen hatte.

,,Nun", sagte sie, ,,kennst du mich noch?"

,,Meine kleine Wahrsagerin!" erwiderte Donner. ,,Wie sollte ich dich nicht mehr kennen?"

Sie griff schnell nach seiner Hand, ohne aber darein zu sehen. Sie suchte seine Augen. ,,Dich lieben die Frauen!" meinte sie, und Donner erkannte, daß in diesem versteckten Angriff, in dieser unverhohlenen Anspielung mehr verborgen wurde als das Zurückrufen und Verbinden einer oberflächlichen Erinnerung. Er erkannte vielmehr aus der kleinen Bemerkung, daß darin die ganze natürliche Raffinesse und das begehrlich-triebhafte Verlangen eines bereits erwachten Weibes lag, das jetzt Gesuchtes gefunden zu haben glaubte.

,,Du wolltest mich damals zeichnen!" sagte das Mädchen herausfordernd.

,,Ich wollte, ja, und . . .", antwortete Donner.

,,. . . und ohne Kleider, ich weiß!" schmeichelte sie sich an ihn, ,,ganz nackt . . ."

Donner lachte. ,,Ja, aber du bist nicht gekommen . . ."

,,Ich komme aber jetzt!" sagte sie: ,,Ich soll heiraten, aber ich mag ihn nicht. Sein Vater ist der König der Zigeuner gewesen. Ich mag ihn nicht. Er gefällt mir nicht. Er ist Perückenmachergeselle, aber er ist kein Mann, er ist ein Strolch, und Strolche mag ich nicht!"

Donner schien nachdenklich. ,,Es ist über ein Jahr her . . ."

,,Ja!" betonte sie schalkhaft: ,,Und ich bin indessen achtzehn Jahre geworden!"

Donner trat einen Schritt zurück und maß ihre Gestalt.

,,Wirst du mich jetzt zeichnen oder nicht?" fragte sie direkt herausfordernd.

,,Ja", sagte Donner, ,,. . . du findest mich . . ."

Das Mädchen sprang ihn an und küßte ihn. ,,Das weiß ich längst!" sprach sie und lief rasch weg. Georg Raphael sah ihr nach und schüttelte den Kopf. Als sie eben hinter der Ecke eines kleinen, weißgetünchten Hauses verschwinden wollte, rief sie ihm noch zu: ,,Ich komme heute noch . . ."

,,Wildes Ding!" brummte er. Dann wandte er sich weg und ging.

Der Abend war sommerlich heiß. Weit offen standen die hohen Fenster des Raumes, in dem Donner arbeitete. Die Wiesen in der nahen Umgebung sahen wie Blumenteppiche aus. Auf einigen Grasflächen weideten Kühe, und das ununterbrochene Läuten ihrer Glocken vermischte sich mit dem geschäftigen Rieseln und Plätschern des Baches, der durch die immer länger werdenden Schatten des angrenzenden Waldes lief. Zur gleichen Zeit, als die Sterne auf dem dämmernden Himmel heller wurden und zu glitzern begannen, als die Sonne untergegangen und die Nacht den Tag fast ohne Übergang ablöste, entzündete Georg Raphael sein Licht. Man sollte sterben, wenn 's am schönsten ist, dachte Raphael, und in diesem Augenblick raschelte das Laub vor dem Fenster. Auf dem Fensterbrett suchte ein nackter Fuß Halt zu fassen, und ein weibliches Etwas kletterte wie eine Katze in die Öffnung. Donner erkannte die Zigeunerin. Lautlos huschte sie in den Raum, und kurz darauf fühlte sie Georg Raphael an seiner Seite. Er merkte ihre nackte, feste, warme Schulter an seinem Oberarm, den kräuterigen Duft ihres Haares und hörte ihren Atem hastig und heiß. Das Licht flackerte. Er wollte sich erheben.

„Nicht aufstehen . . ." flüsterte sie, „ich bin barfuß, und du könntest mir mit deinem Schuh weh tun!"

Georg blieb. Wenn ein Eingeborener eine Frau begehrt, dachte Georg, wölbt er seine Hand um ihre Brust. Und wenn sie willig ist, legt sie ihre Hand um seinen Nacken. Er legte seinen Arm um ihren Hals und fühlte, wie sich ihre warme Brust gegen seine Hand drückte. Er fühlte, wie ihre rechte Hand noch zögernd über seinen Rücken strich und sich langsam zu seinem Nacken hinaufbewegte. Das Blut stieg ihm zu Kopfe. „Wie heißt du?" frug er sie.

Sie blieb still und unbeweglich, indem sie flüsterte: „Ljuba. Ich heiße Ljuba." Dann sagte sie leise und fast feierlich: „Und jetzt zeichnest du mich?"

Sie sprang auf, drehte sich einmal um die eigene Achse und entschlüpfte ins Dunkel. Raphaels Augen folgten ihr. Er mußte die Kleine unausgesetzt ansehen, und er fühlte direkt, wie es ihr durch alle Sinne ging, daß sie ihm gefiel. Er sah, wie sie blitzschnell die wenigen dünnen Kleidungsstücke von sich warf, wie sie aus den Hüllen schlüpfte, das heißt, er fühlte es mehr, als er es sah. Er spürte es direkt, daß sie jetzt nackt sein mußte, und er sah sie auch dann nur wie ein Schemen im Flackerlicht der Kerze. Dann stand sie mit einem Male wieder an derselben Stelle wie vorhin. Ihre olivbraune Haut schimmerte seltsam erregend in der Fahlheit des spärlichen Schimmers. Der Glanz ihrer Katzenaugen glomm ihm entgegen. Die jungen Brüste, blühend und voll, schienen matt wie blutiger Purpur. Sie nahm seine beiden heißen Hände, und er konnte fühlen, wie sie mit ihm zitterte, während es in ihrer Kehle vor Lust und Atemlosigkeit gurgelte: ,,Warum zeichnest du mich nicht?"

,,Du hältst meine Hände und ich sehe fast nichts!" Es klang fast heiser.

Sie ließ ihn los und lief ans Fenster: ,,Hierher, hier siehst du mich!"

Georg Raphael erhob sich und folgte ihr, wie von einem unheimlichen Bann gezogen. Da war es wie ein Rauschen um ihn, das vom Freien her kam, er verspürte ein Wehen, das so stark war, daß das Licht flackerte und erlosch. Plötzlich fühlte er sich von zwei Armen umfaßt. Er sieht noch, wie ihre Lippen geöffnet sind und die Grube zwischen den Brüsten hastig auf und nieder wogt, aber dann fühlt er sich umfaßt und ungestüm zu Boden geworfen. Erst fühlte er Hartes, aber dann war Weiches, Fremdes, Geschmeidiges um ihn, Neues, Berauschendes. Noch einmal dachte er, man sollte sterben wenn 's am schönsten ist, aber dann erlosch das Denken.

Die Zeit tröpfelte schwer, und wie benommen folgte er ihr.

Dämmernd irrlichterten die Gedanken Georg Raphaels neu auf. Zwischen Traum und bleierner Schwere kamen sie ihm zu. Die Dinge, die er sprunghaft dachte, verwirrten ihn. Irgendwo war ein gellender Ruf gewesen, der ihn geweckt und wieder zu sich gebracht hatte. Er öffnete die Augen. Wesenloses Dunkel war um ihn. Nur vom Fenster her geisterte der unbestimmte, mondlichte Schimmer wie ein Schemen ins Geviert des Fensters. Er fühlte sich angekleidet und er dachte zurück. Er war allein. Irgendwie schloß sich sein Denken wieder zur Wirklichkeit. Das ist Rausch, sagte er vor sich hin, das ist Rausch.

Plötzlich hörte er wieder eine gellende Stimme. Hilfe schrie es von draußen weit her, grell und durchdringend. Donner sprang auf und lief zum Fenster, aber wieder war alles unheimlich still. Die

Erde lag im Dunkel. Sie zeichnete astwirre Konturen in den wolkig helleren Himmel. Ein einzelner Kuhglockenton schnarrte. Eine Fledermaus rauschte vorbei. Sie hatte sich verflogen, kreiste durch den Raum, fand in ihrem ängstlichen Flattern aber doch bald den richtigen Weg wieder ins Freie.

Wieder schrie draußen die Stimme auf. Hilfe. Aber das Wort erklang bereits langgedehnt, erlahmend . . .

Nun rannte Georg Raphael aus der Stube über den Flur und in das Zimmer, in dem die Gesellen schliefen. Als er die Tür öffnete, kam eben vom Fenster her ein helleres Leuchten. Er entzündete ein Licht und sah nach den Betten. Sie waren alle da. Wenzel Lampel oder der lange Martin, wie sie ihn scherzhaft nannten. Er lag schlafend auf dem Bauch, der kleine Ludwig Sola schlief auf dem Rücken liegend und schnarchte lautstark. Ein Lager war frei. Georg erschrak zuerst, aber dann bedachte er, daß dies Franz Kohls Liegestatt war.

Noch einmal rief die Stimme draußen. Verzagt, ermattend, dennoch irgendwie aufrüttelnd und erschauern machend, wie voller Grauen und Angst. Nun rüttelte er am nächsten Bett den Gesellen auf. Rupert Weigel war es. Er starrte ihn mit dummem, schlaftrunkenem Gesichte an. Halbwach hörte er Georg sagen: ,,Schnell, Rupert, es hat jemand um Hilfe gerufen!" Da wurde er mit einem wach, sprang aus dem Bett und weckte seinen Nachbar: ,,Viktor, auf, zieh dich an, jemand hat um Hilfe geschrien!"

In der Stube wurde es lebendig.

Als erster lief Viktor Mohl hinaus. Georg rannte hinterdrein.

,,Dorthin . . . dorther kam's . . ." rief Donner Viktor wegweisend nach.

Durch den Park, über die Wiesen hinweg liefen sie der Straße und den Häusern zu. Bei einer alten Hütte, nahe einer Scheune, fand er bereits Dorfbewohner, wie aufgescheucht, in wüstem, dennoch gedämpftem Durcheinander. Sie hielten Laternen, sprachen zueinander, gingen wirr herum, um zu einer Gruppe zu kommen, die sich um eine Ansammlung gebildet hatte.

,,Was ist?"

,,Man hat ein Mädchen umgebracht."

Die Gesellen waren nachgekommen. Martins Atem pfiff. Der dickliche Peter schnaubte wie ein altes Roß.

„Der Perückenmachergeselle war eifersüchtig."

Im fahlen Schein der Laternen erkannte Georg das Opfer. Er tastete einen Augenblick lang nach seinem Nachbar. Mit einer klaffenden Kopfwunde lag das Mädchen Ljuba vor ihm. Leblos und wachsweiß war ihr Gesicht, und noch sickerte Blut und sinterte in den Staub der Straße.

„Er hat sie mit einem Beil erschlagen."

Als Georg etwas fragen wollte, fand er sich allein. Man war dem Täter nachgelaufen. Rupert und Martin kamen. Georgs Blick fiel auf das blutige Beil. Er wandte sich den beiden zu: „Wollen wir wieder gehen?" Sie nickten. Der Nachtwächter kam. Er blieb bei der Toten und murmelte: „Sie haben ihn schon erwischt!"

„Der ist noch mit den Leuten!" brummten die beiden: „Er wird schon kommen, laßt uns gehen. Hier ist für uns nichts mehr zu tun . . ."

Franz Kohl war indessen in Wien angekommen. Beim Althanschen Sommerpalast hatte die Postkutsche wegen einer Baustelle in der Straße einen großen Umweg machen müssen. So hatte Kohl als ersten Eindruck von Wien neben der großen weiten Stadtsilhouette mit den Türmen von St. Stephan und Maria am Gestade, mit den wirren, kleinen Dächern der Häuser auch den Bau der Karlskirche zu sehen bekommen. Als er durch das Stubentor an der Pyberbastei in die Stadt eingefahren war, war er so erregt gewesen, daß er die paar Augenblicke später an der Endstelle bei der Post vor dem Graf Paarschen Amte vom Schwager fast aus dem Wagen gehoben werden mußte. Er war dann ins nächstliegende Gasthaus „Zum goldenen Radel" gegangen und hatte nach dem Heiligenkreuzer Hof gefragt. Man hatte ihn die Wollzeile entlang gewiesen, er war aber dort abgekommen und in die Schulerstraße geraten und somit auf den Friedhof bei St. Stephan. Erstaunen und Ergriffenheit vor der Größe und Wucht des Domes überkamen ihn, als er so unvermutet davor stand. Er war dann zur Rotenturmstraße weitergegangen und hatte nach mancherlei Fragen vom Regensburger Hof beim Lugeck weg zum Heiligenkreuzer Hof gefunden.

Eva Donnerin war erstaunt gewesen, als sie, sie war eben vom Geschäfte heimgekommen, plötzlich die Botschaft von ihrem Mann in Händen hielt. „Ich soll recht viele Grüße bestellen", hatte Franz Kohl gesagt, „und der Frau Meisterin Antwort abbitten. Wenn ich auch sonst noch dableiben dürfte. Ich habe drei Tage Zeit bekommen, mich in Wien umzusehen!"

Die Donnerin hatte Kohls Worten zugehört und den schmucken Burschen wohlgefällig betrachtet. Dann hatte sie ihm geantwortet, daß sie ihn wohl gerne bei Tische sehen würde, er sich aber doch vorerst um ein Quartier umsehen möge, da sie bereits sehr beengt wohnten. Sie würde ihm gerne die Kosten abdecken. Franz Kohl hatte seinen Schnappsack bei der Donnerin gelassen und war auf Quartiersuche gegangen. Leider hatte er jedoch, trotz eifriger Suche, wenig Glück damit gehabt, denn in der Umgebung waren, da gerade um diese Zeit viele fremde Besucher von auswärts eingetroffen waren, alle Betten vergeben gewesen, so daß er schließlich betrübt und verzagt wieder zur Meisterin zurückkam. Sebastian, Mathias Donner und Öser, die einige Minuten später heimgekommen waren, begrüßten den Boten ihres Bruders und Lehrers und schlugen der Donnerin vor, doch den jungen Kohl in diesen zwei Tagen einfach im ehelichen Bette, das für Georg jederzeit bereit stand und auch freigehalten war, schlafen zu lassen. Es würde schon nichts dabei sein, hatte Mathias gesagt, und wer schlimm davon dächte, sei es selber, hatte Mathias zugefügt. Eva Maria Donnerin war zwar dabei errötet wie ein junges Mädchen, aber es war dann doch so gekommen und dabei geblieben.

Man fand sich zusammen, begann zu erzählen und bat Kohl, doch getreulich auch alles Georg Raphael Donner zu berichten. Mathias habe für eine für die freie Hofakademie der Maler und Bildhauer entworfene Medaille vom Grafen Althan den ersten Preis bekommen und sich jedoch dadurch den Neid des Graveur-Akademie-Direktors Antonio de Gennaro zugezogen. Zugleich hätten dann auch Mathias, Sebastian und er bei der Hofkammer ein Gesuch um Einstellung in die Graveur-Akademie als Ober-Münz-Eisenschneider eingebracht und auch das Versprechen für die nächste vakant werdende Stelle bereits erhalten, doch liege der endgültige Bescheid darüber jetzt noch in den Händen des Grafen Dietrichstein. Man würde sicherlich noch sehr lange warten müssen, aber es sei immerhin ein unleugbarer Erfolg für die

Zukunft. Ein Münzmeister namens Mittermeier und ein gewisser Mathias Schwingenschuh müssen darüber dortamts noch berichten und, falls da Georg den einen oder anderen zufällig kennenzulernen einmal Gelegenheit haben solle, ließe Mathias bitten, ein gutes Wort einzulegen. Franz Kohl wurde direkt schwindlig vor soviel Neuigkeiten und bangte direkt darum, sich alle diese Dinge auch richtig zu merken.

Als es am Abend ans Zubettgehen ging, geriet die Eva Donnerin doch einigermaßen in Verlegenheit. Die Brüder Mathias und Sebastian hatten sich gemeinsam, wie auch sonst alle Tage, zurückgezogen, und der junge Öser war sofort gefolgt. Nun stand Eva mit Franz Kohl allein da.

Eva Donner war, trotzdem sie ihre dreißig Jahre schon hinter sich hatte, von selten bezauberndem Liebreiz. Die dunklen Augensterne leuchteten stark wie ehedem unter dem hellen Schimmer der Blondkrone ihres Haares. Ihre Verlegenheit übertrug sich auch auf den noch jüngeren Franz Kohl, der wie ein armer Sünder auf der Bank saß, die Hände brav auf seinen Knien hielt und darauf wartete, was ihn die Meisterin zu tun hieß.

Eva richtete die Betten. Dann wandte sie sich an Franz und sagte in lakonischer Kürze zu ihm: „Umdrehen. Ich werde sagen, wenn ich soweit bin."

Gehorsam wandte sich Franz ab und sah zum Fenster hinaus. Über den Hof senkte sich die Nacht. Die Kastanienbäume rauschten, und durch die Fenster der kleinen St.-Bernhards-Kapelle schimmerte ein warmes Licht. Er sah hinaus, über die Schindeldächer weg in die zerfetzten Wolken, und eine seltsame Beklommenheit erfüllte das Herz des Zwanzigjährigen.

Eva hatte sich indes ausgekleidet und war ins Bett gekrochen. Auch sie vermochte ihre Verlegenheit nicht abzulegen. Sie dachte einen Augenblick lang an ihren Mann und wünschte, daß er es wäre, der an dieses jungen Menschen Stelle hier stehen sollte. Zu lange war sie allein gewesen: Sie empfand dies mit doppelter Intensität in diesen Minuten.

„Nun ist es soweit!" sagte sie.

Langsam drehte sich Franz Kohl zurück, wagte jedoch nicht nach der Seite zu sehen, wo Eva im Bette lag.

,,Wir haben leider nun einmal so wenig Platz!" meinte sie. ,,Für Georg und mich hätte es ja genügt, aber nun sind wir ohne ihn zu viert."

,,Ja", erwiderte Kohl. Auch er war inzwischen ins Bett geschlüpft.

Die Nacht legte sich verdichtend durch den Raum. Eine Uhr mit glitzernd schwebender Pendule maß die Zeit. Tackend zerschnitt sie die seltsame Stille.

,,Ich habe meines Mannes Brief gelesen!" begann Eva nochmals.

,,Ja!?" echote Kohl wie tonlos.

,,Er muß zufrieden sein in seiner Arbeit! Ich glaube, ich gehe ihm gar nicht ab. Fast zu lange schon ist er nicht hier gewesen . . ."

,,Schrieb er nicht davon, daß er bald kommen wolle?" frug Kohl.

,,Ja, aber ich weiß nicht . . ." Eva frug lauernd und heimlich: ,,Hat er nicht gesagt, daß vielleicht ich einmal kommen solle und ich ihn besuchen möchte?"

Darauf kam keine Antwort. Sie blieben beide ruhig liegen und starrten offenen Auges in das Dunkel zur Decke. Lange lagen sie beide so. Der Schlaf vermochte sie nicht zu erlösen.

Am 3. August 1731 war Donner als Zeuge in der Untersuchung des Totschlages vor den Preßburger Magistrat geladen, und seine Aussage erwies und bestätigte die verfolgte Spur, die zum Täter führte, jenem eifersüchtigen Verlobten Ljubas, den sie nicht gemocht und der sie auch wirklich erschlagen hatte.

Vom zurückgekehrten Franz Kohl erfuhr er alle Neuigkeiten aus Wien und vor allem den Wunsch Eva Elisabeths, daß der Meister recht bald nach Hause kommen möge. Noch ersah er im Aufgreifen des Gedankens zwar noch nicht eine solche Möglichkeit, doch sollte sie sich bald darauf verwirklichen.

Von der Akademie in Wien erhielt er nämlich schon kurz darauf eine Mitteilung, in der er gebeten wurde, die Oberaufsicht und auch einen Lehrauftrag in einigen Klassen der Akademie zu übernehmen. Carnavese, der beim Guß von Donners großem Standbild in Preßburg anwesend war, hatte ihn, als er seiner Stelle aus gesundheitlichen Gründen entsagte, als Nachfolger vorgeschlagen. Donner war nun zugleich in Glück und Zweifel. Glücklich darüber und stolz, daß er dort, wo er selber einstens gelernt hatte, nun auch lehren sollte, betrübt aber, da er die Unmenge der begonnenen Arbeiten hier in Preßburg im Stiche lassen und seine ihm liebgewordene Arbeitsstätte aufgeben mußte. Es fügte sich aber, daß ein Kompromiß zuwege kam, den er in erster Linie wieder seinem Gönner, dem Grafen Esterházy, zu verdanken hatte. Seitdem er ihm damals von seinem Leben erzählt hatte und Donner dabei irgendwie unaufmerksam gewesen war, war über private Dinge zwischen ihnen nicht mehr die Rede gewesen. Nun aber war wieder Anlaß, hierin neuerlich zusammenzufinden und einander zu verstehen. So wurde einvernehmlich beschlossen, daß Raphael Donner zwischen Preßburg und Wien, einfach den jeweiligen Erfordernissen gemäß, hin- und herpendeln würde. Donner wußte zwar, daß dies neue Mühen und Strapazen bedeuten würde, aber seine Energie und sein Wollen würden dennoch so stark sein, daß er sich darüber hinwegzusetzen in der Lage sein würde. Die Arbeiten würden dabei sicher schleppender vorangetrieben werden können, aber er verließ sich darauf, sie in guten Händen zu wissen. So sah Donner, vielleicht zum erstenmal in seinem Leben, freudig einem Wechsel in seiner Zukunft entgegen. Vielleicht, dachte er, wird dann auch endlich einmal für den eigenen Geldbeutel etwas mehr abfallen. Denn bis nun war dieser immer, soviel und emsig er auch wirtschaftete, leer geblieben. Aber, tröstete er sich bisher immer, mein Lohn kommt nicht von dieser Welt. Und dieses Bewußtsein hatte ihm immer wieder Freude, Stolz und Mut gegeben und ihn auch immer wieder frei und glücklich vor sich selber gemacht.

Leider aber fand die Ausgleichslösung doch nicht so bald, wie ursprünglich geplant und besprochen, statt, denn erst am 28. Oktober 1732 konnte die dem heiligen Johannes Elemosynarius, dem heiligen Patriarchen von Alexandrien, erbaute und dessen Reliquien beherbergende Kapelle geweiht werden, und so lange hatte sich die Absicht Donners, auch wieder in Wien zu wirken, hinausgezögert. Die von ihm begonnenen Arbeiten, die Figuren und Reliefs des Altares, die Gestalt des Stifters an der Kapellenwand waren wohl im wesentlichen fertig gewesen, auch seine weltlichen Bronzen ,,Venus in der Schmiede Vulkans" und das ,,Urteil des Paris" sowie der ,,Merkur mit dem Amor" in Bleiguß waren vollendet. Doch war ihm die gesamte Gestaltung der Kapelle besonders am Herzen gelegen, so sehr, daß er sich auch noch für den weiteren, in seiner Werkstätte entstandenen, plastischen Schmuck der Portale verpflichtet und auch mit ihm verbunden fühlte. Daher beschloß er auch, bis zu deren Fertigstellung zu bleiben und sein Lehramt in Wien erst im Spätherbst anzutreten. Auch Carnavese hatte seinen Rücktritt hinausgeschoben, und dies hatte seinen Entschluß bekräftigt.

Mitte November machte er sich auf den Weg. Schon in den ersten Novembertagen war es so kalt gewesen, daß auf den Hügeln ringsum und donaulang der Schnee liegen geblieben war, dann aber war in der zweiten Novemberwoche eine so milde Temperatur gefolgt, daß es wieder fast herbstlich warm schien. So packte er seine Siebensachen zusammen und fuhr nach Wien. Fast unmittelbar nachdem sie den Thebener Kogel hinter sich hatten, begann es wieder zu regnen, und je weiter sie fuhren, desto mehr machte sich schließlich auch der Regen in der Kutsche bemerkbar. In der Folge blieb der Wagen des öfteren auch in den aufgeweichten Straßen stecken, so daß die Pferde nur mit großer Anstrengung und unter vielen Peitschenhieben das Gefährt wieder flott bekamen. Ganz durchnäßt rollten sie schließlich vor dem Graf Paarschen Postamte in der Wollzeile an.

Donner fröstelte und zog seinen Mantel fester um sich. Es regnete in Strömen. Manchmal drohte der Wind seinen Hut vom Kopfe zu fegen. Von der Wollzeile bog er zur oberen Bäckerstraße ab, ging an dem Collaltoschen Hause und der Jesuitenkirche vorbei, der Schönlaterngasse zu. Das Basiliskenhaus stand frisch renoviert, und auch das kleine Kirchlein des Heiligenkreuzer Hofes lag schmuck und weiß im trüben, novemberlichen Unwetterabend. Über dem Eingangstor brannte ein schmieriges Öllämpchen. Dennoch fühlte sich Donner, als er die breite Torwölbung durchschritt, daheim und geborgen. Vor dem Aufgang der Treppe hielt er an. Er sah zurück in den regennassen Abend. Die kahlen Bäume trugen matten Glanz, und die Feuchtigkeit kroch an den Mauern hoch. Bächlein Wassers flossen von ihm zu Boden und bildeten Lachen, formten sich auf den steinernen Fliesen zu wirren Gebilden. Er schickte sich an, die Treppe emporzusteigen und dachte bei sich: Jetzt beginnt ein neuer Abschnitt . . .

Er klopfte an seiner Wohnungstür.

,,Wer ist's?"

,,Ein Mann, der aus Preßburg kommt . . ."

Mathäus Donner öffnete die Türe und erkannte seinen Bruder: ,,Georg!" Er trat ein, da vernahm er bereits die Stimme seiner Frau: ,,Wer ist es denn?"

,,Nur ich bin es, Eva!" sagte Georg sanft.

,,Georg!" Eva schrak auf und ließ dabei eine Tasse fallen, die klirrend auf dem Holzboden in Scherben ging.

Obwohl es Eva seit langem wußte, daß er kommen würde, war sie jetzt dennoch freudig erschrocken. Sie fiel ihm um den Hals.

Die Heimlichkeit der Stube umfing Georg und das herzliche Willkommen tat ihm wohl. Er wechselte sofort die Kleider, wusch sich, und dann trug Eva bereits das Essen auf. So schnell ging alles. Donner aß mit großem Appetit. Dabei erfuhr er alle Neuigkeiten der letzten Tage: von den Aufträgen und Arbeiten in der Werkstätte, von der Ehrung, die Mathäus erfuhr, welche ihm durch das Übertragen der Ausführung einer Medaille, die ihm, anläßlich der Aufrichtung der Säule am Hohen Markte ausgegeben, zuteil geworden war; vom Votivdenkmal des J. E. F. v. Erlach, das er sich, wenn er einmal vorbeiginge, unbedingt ansehen müsse. Es stelle einen Tempel auf korinthischen Säulen dar, der zu Ehren der Vermählung Mariae geschaffen worden sei und durch den Kardinal von Wien, den Grafen Kollonitsch, höchstselbst geweiht worden war. Der bekannte Lorenzo Matielli, der auch bei dem Brunnen am Graben die Figuren des heiligen Josef und des heiligen Leopold geschaffen habe, wäre mit der Ausführung dieses Beckens betraut gewesen. Unter genießend bedächtigem Kauen bedauerte Georg Raphael Donner, den Künstler, Herrn Matielli, nicht zu kennen, weder dem Namen noch einer seiner Arbeiten nach und der wohl mutmaßlich Italiener von Herkunft sei. Es scheine, schloß er, daß der Prophet im eigenen Lande wohl noch immer nichts gelte!

,,Du bist schon so lange nicht mehr in Wien gewesen, daß du vermutlich auch die Stadt nicht mehr kennen wirst!" überbrückte Mathäus seines Bruders Feststellung.

,,Nun ist es auch so", entgegnete Donner fragend, ,,daß also auch die Stadt schneller lebt als wir?"

Die Größe dieser Frage kam Mathäus nicht zu Bewußtsein. Er spürte wohl ihre ungründige Tiefe, aber fühlte sich nicht fähig, darauf einzugehen. Er überhörte sie. „Hast du unsere kleine Kapelle im Hofe gesehen? Leeb hat sie verschönt und Altomonte ein Altarbild beigestellt . . .“

Donner war mit seinen Gedanken bereits anderswo.

Als Eva und Georg allein im Schlafzimmer waren, schlich sich Eva hinter Georg, umfaßte ihn hinterrücks und küßte ihn heftig: „Ich kann dir gar nicht sagen, wie froh ich bin, daß ich dich wieder hab'!“

„Es ist so schwer, Eva“, sinnierte Georg, „sich durch diese Zeit hindurchzuringen. Man will immer Neues. Man preist, lobhudelt und philosophiert, und ich kann das einfach nicht mitmachen. Mich zwingt die Schlichtheit des Alten und das Vorbild der Natur. Ich möchte und muß auch vom Zeitgeschmack weg, vom Heftigen, Affektierten, vom Pathetischen, wie es Permoser etwa macht, ich möchte mir nur selber treu bleiben. Mein ‚Martin und der Bettler‘ warten noch auf mich. Der Guß ist wohl schon fertig, nicht aber das Werk. Wenn etwas fertig scheint, ist es noch lange nicht fertig. Verstehst du das?“

„Nun sind wir wieder glücklich bei deiner Arbeit!“

„Ja“, seufzte er auf. „Kommen wir von etwas los, dem wir auf Tod und Leben, auf Gedeih und Verderb verhaftet sind bei Tag und Nacht?“

Betrübt sank Eva in den Stuhl. „Ich werde dir nie die Frau sein können, die du brauchst. Darum gehen vielleicht auch immer unsere Wege so nebeneinander her!“

„Gehen sie wirklich nebeneinander?“

„Ich fürchte es . . .“

„Eine Zigeunerin hat mir einmal prophezeit, daß ich viel Erfolg haben werde. Bis nun war es wirklich nicht der Fall. Vielleicht ist dies nur ein Zeichen meiner Bewährung bisher vor dem inneren Ruf, dem ich mich zu dienen verpflichtet fühle. Daß mich Frauen lieben, sagte sie, obgleich ich verheiratet wäre und daß ich auch nicht alt würde . . .“

Eva erschrak: „Glaub doch nicht dran!“

 „Woran meinst du, an die Frauen oder an das Alter?“

Eva lächelte.

,,Man hat mir mein Horoskop gestellt", sagte Donner. ,,Du weißt, daß sich manche Leute damit beschäftigen, und ich habe es auf dem Krummstab meiner Reiterstatue eingegraben, damit man später einmal sehen könne, was daran wahr war und was nicht. Mein künstlerisches Genie sollte unter diesem Horoskop stehen, und nur unter diesem sollte ich mein Fortkommen bis zur Neige meines Lebens finden." Donner sprach vor sich hin, als gälte es ihm allein, dann schlug er plötzlich mit der Hand auf den Tisch, daß Eva erschrak: ,,Gibt es jemand unter den Menschen, der anders handelt als er kann? Und ich kann das eben auch nicht, Eva", sagte er, ,,und du mußt mich eben nehmen, wie ich bin, oder aber du läßt mich."

Eva sprang auf. Sie war zutiefst erschrocken. ,,Was sprichst du bloß?" raunte sie. ,,Habe ich jemals gesagt, daß ich unzufrieden sei?"

Er streichelte über sie hin.

,,Nein, Eva Maria, ich weiß . . . Ich weiß aber auch, daß ich viel versäumt, ja vielleicht vernachlässigt habe, und das ist es, woran ich mich jetzt erinnerte. Ich weiß, daß es schwer ist, mich zu verstehen, aber es ist besser, ich sage es dir gleich jetzt, als ich bekäme später den Vorwurf und hätte darunter zu leiden. Ein Künstler ist eben anders als die anderen. Er wird sich immer freier und ungebundener fühlen, dennoch aber vielleicht viel tiefer und ehrlicher sein als gewöhnlich Sterbliche. Verstehst du mich?"

Eva nickte. Sie sagte nichts, sie war über seine Heimkehr einfach jetzt zu glücklich und daher auch seinen Gedankengängen nicht mehr gefolgt. In echt weiblichem Begnügen hatte sie sich zufrieden gegeben. Sie hörte ihn nicht mehr. Der Schlaf, der sie bereits umfangen hielt, war tief und fest.

Donner hingegen saß noch lange in der Stille der Nacht. Der Wind pfiff draußen und rüttelte in Intervallen am Fenster, und das gleichmäßige Rieseln des Regens begleitete das Ticken der Pendeluhr.

Bereits an einem der folgenden Tage ging Raphael Donner zu Carnavese. Der empfing ihn höchst freundlich und freute sich schon darauf, seinen Lehrauftrag abgeben zu können. Donner erzählte von den Hintergründen des Hinauszögerns seiner Zusage und fand volles Verständnis dafür. Der Wechsel erfolgte, und alles kam in geordnete Bahnen.

Jahre vergingen. Am 21. April 1736 starb Prinz Eugen. Man hatte ihn in seinem Schlafgemach friedlich entschlummert gefunden. Mit ihm war eine wunderbare Idee gestorben, die alle Guten zusammenhielt und ihnen Kraft gab. Selbst dem Kaiser ist das Volk niemals so nahe gestanden wie dem Savoyer, dem Feldherrn. Aber das Leben ging weiter. Donner erfüllte seine Pflichten sowohl an der Akademie als auch in Preßburg, und die wenigen freien Stunden, die ihm blieben, nützte er dazu, sich die neuen Dinge, die man in den letzten Jahren hatte erstehen lassen, zu besehen. So traf er einmal Galliardi mitten in der Kärntnerstraße. Der war hocherfreut über die Begegnung und verleitete Donner dazu, in das Gasthaus „Zur Mehlgrube" mitzukommen. Donner folgte und sah sich dort auch zufällig dem Agenten Esterházys gegenüber, der ihm damals nach Innsbruck die Verbindung mit Esterházy angebahnt hatte. Diesmal wartete er auf Galliardi, mit dem er neue Aufgaben zu besprechen hatte. Auch Ferrabosco war dabei, jener Ferrabosco, der auch in Preßburg die ganze Zeit fast unmittelbar neben Donner gearbeitet und den er doch nicht kennengelernt hatte. Galliardi stellte nunmehr den Kontakt her, und Donner war erfreut, in der plötzlichen Aufnahme dieser Beziehungen bessere Aspekte seiner Zukunft zu sehen. Ferrabosco erzählte von seinen Bauten in der Hofburg, der Arbeit am Schweizertore, und schließlich kam man natürlich auch auf Preßburg zu sprechen. Dann zahlte Galliardi die gemeinsam gemachte Zeche. Als sie das Lokal verließen, flatterten drei Tauben vom Pflaster der Straße auf und ließen ihre Flügel rauschen.

Ungefähr zu dieser Zeit arbeitete Donner auch wieder mit rotem Wachs. Es entstanden die Reliefs „Christus vor Pilatus", die „Tröstung Mariae" und die „Beweinung Christi".

Ach, ein Gott ist der Mensch, wenn er träumt,
ein Bettler, wenn er nachdenkt.

Hölderlin

Vor dem alten Tore des Gasthofes ,,Zur Mehlgrube" blieben Ferrabosco, Galliardi und Donner noch etwas stehen, um sich zu verabschieden. Galliardi wies auf den Platz und sagte zu Donner: ,,Na, was meint Ihr? Wäre das nicht der Platz für einen neuen, schönen Brunnen? Der alte hier, der hölzerne, verdiente schon, statt des Wassers einmal Feuer zu speien!" Ferrabosco pflichtete bei: ,,Ja, auch ich habe mich schon damit befaßt, für hierher einen neuen Brunnen zu planen, aber ich glaube nicht, daß sich ein wohlweiser Magistrat damit befassen wird."

Der Agent Esterházys, der nachgekommen war und die letzten Worte mitgehört hatte, mischte sich ein: ,,Das glaube ich nicht, der Wiener Magistrat hat sich damit sogar sehr wohl beschäftigt und sogar bereits Pläne ausgearbeitet, die eine verstärkte Wasserleitung vorsehen, nur scheinen noch die Kosten zu hoch zu sein, so daß alles noch einmal durchdacht werden muß. Aber vielleicht findet sich doch noch ein Mäzen, und bis dahin ist das Projekt noch etwas verfrüht!"

Galliardi scherzte: ,,Werden Sie, Herr Donner, dann auch mit in Wettbewerb treten?"

Donner lächelte sarkastisch: ,,Donner, ein gewisser Donner, wer ist das schon, der ist doch bloß ein Wiener und der Prophet im eigenen Lande . . ." Er vollendete den Gedanken nicht, und auch die anderen drei schwiegen. Wortlos gaben sie sich die Hand und verabschiedeten sich. Jeder ging in eine andere Richtung, allein Donner blieb stehen. Er sah um sich. Die Rückseite des Arkadenhauses, dann das Zweifrontenhaus, in dem der Einkehrgasthof ,,Zur Mehlgrube" etabliert war, das Schwarzenbergsche Palais am anderen Ende und die daran anschließende Kapuzinerkirche boten tatsächlich einen Rahmen, wie er sich städtebaulich kaum besser als ein anderer eignete. Daran schloß das Lebzelterhaus oder, wie man es mehr und mehr in den Kreisen der Kunden und letztlich im Wiener Volksmund nannte: ,,Haus der schönen Lebzelterin".

Georg Raphael lehnte sich an eine Mauerecke unter den Laubengängen des Gasthauses und schloß für Augenblicke die Augen. Immer wieder war Simonetta da. Er vermied es immer, an diesem Platze vorbeizugehen, nun aber sah er auf einmal einen Brunnen vor sich, mit marmorner Schale, die Wasser flossen darein in ewigem lebendigem Rauschen und sangen das seltene Lied einer unirdischen Liebe dazu. Ein Flüstern, ein Raunen, ein Fließen von Leben quoll hervor, und quecksilbern zappelten Fische, Hechte, Karpfen und Welse gleich in wirbelnd unschuldiger Kinderfreude darinnen.

Unverwandt schaute Donner hinüber zum Lebzelterhaus. Vierspännige Wagen rasselten vorbei, und Stutzer, Pflastertreter und Müßiggänger schlenderten davor herum. Die Türe des Geschäftes war in steter Bewegung. Vornehmes und einfaches Publikum wechselte. Er blickte am Haus hinauf und hörte Simonetta sagen: „Die Risse und Sprünge, die das Haus am Neumarkt trägt, sind tiefer und klaffender, deutlicher und bedrohlicher geworden, aber das Haus steht noch und wird weiter bleiben." Jetzt wußte Donner erst richtig, was sie damit sagen wollte. Er schloß die Augen und träumte am hellen Tage.

Eine Frau ging vorbei und steckte ihm einen Taler zu. Erst als sie längst vorbei war, spürte er ihn in seiner Hand und wurde sich bewußt, was geschehen war. Er steckte die Münze ein, die man einem Bettler zugeworfen zu haben glaubte, aber dann holte er sie wieder hervor, warf sie etwas in die Luft und fing sie wieder. Rasch schloß er die Hand zur Faust und steckte sie in den Hosensack. „Ein Talisman!" murmelte er, und fast überlaut sprach er es hinaus: „Aber es kann doch wirklich sein, daß aus Träumen Wahrheit wird!"

Ein Passant drehte sich um, schüttelte den Kopf, als er so Donner mit sich selber sprechen hörte. Der Mann ging weiter, Donner aber mußte lachen: „Man denkt, ich bin ein Bettler, man denkt, ich bin ein Narr, aber denkt nur alle, was ihr wollt. Ich weiß, was ich will und was ich von mir zu halten habe, und das ist die Hauptsache!" Jetzt erst ging er nach Hause.

Zwei Tage später kam erst die schriftliche Bestätigung, die Donner offiziell mit der Oberaufsicht der Bildhauerklasse als Nachfolger Carnaveses an der von Kaiser Karl VI. wiederhergestellten Akademie betraute. Wie eigen war es doch, dachte Donner bei sich, dort wirken zu können, dort zu lehren, wo man selber einstens gelernt hatte. Würde heute jemand beim Anblick der Pyrrhusstatue zu weinen anheben, wie er es getan? Er erinnerte sich an die damalige Besprechung des Werkes von Giovannis „Venus nach dem Bade", wie man es bis zum Überdruß fast zerlegt, kritisiert und seziert hatte. Diese Art zu lehren, wollte er nicht weitermachen. Hatte nicht gerade die Kunstrichtung dieser Tage, der Barock, nach den strengen Formen der Renaissance endlich jene Auflösung eben dieser Strenge mit sich gebracht? Gewiß ist Kunst ein immer wandelbares Element des Ausdrucks, sinnierte Donner, und ich will durchaus nicht überheblich sein, indem ich etwa meine Ansicht als letztlich und gültig hinstellen und dazu sagen wollte, daß ich keine Fehler hätte. Doch aber will ich mein Bemühen verdeutlichen, mein Streben vermitteln, wie es eben in mir sitzt und gärt und ringt, wie sich alles aus mir drängt, Form werden und anderen wieder mitteilen will. Wir haben viele eigene Kräfte, die zu schöpferischer Gestaltung fähig sind. Diese zu pflegen und zu fördern, ist meine Absicht. Da das Wesentliche jeglicher Kunst die Aufrichtigkeit ist, will auch ich zu jeder Zeit zu ihnen aufrichtig sein . . . So etwa wollte er auch zu seinen Schülern sprechen.

Donner schlenderte frei und sorglos, ziellos durch die Stadt. Vom Zeughaus Am Hof ging er zur Hohen Brücke. Am Theatinerkloster und der neuen böhmischen Hofkanzlei vorbei kam er zum Rathaus. Wie ein Junge, dem aus dem Buchstaben das Wunder der Schrift und seiner Mitteilung wird, blickte er sich in den Straßen um. Wieviel gab es da immer noch Neues zu sehen? Doch diese Welt war ihm nicht fremd. Es war ihm, als müsse sie mit seinen Plänen zusammenfließen. Als er in einem Hofe des Rathauses stand, fühlte er vor der Architektur eines Brunnens und dem schmiedeeisernen Gitter darüber irgendeine Leere. Unmotiviert und nüchtern spie der Strahl des Wassers aus einem nackten Rohre. Aus dem Maule eines Ungeheuers müßte es fließen, dachte er, irgendeine Sage müßte man hier verlebendigen . . . Perseus . . . einen Drachen . . . oder . . . Er blieb nicht stehen. An dem steinernen Wunder der Kirche Maria am Gestade vorbei schritt er donauwärts. Er kam bei St. Ulrich mitten in den Trubel der Warenlager am Donaukai. Waren wurden umgeladen, Kisten und Säcke verfrachtet und gestapelt. Durch die Karren und Wagen, durch die Hebezeuge und Hindernisse wand er sich durch. Erst beim Stadtguardiahäusel auf der Rotenturmbastei kam er wieder in ruhigere Viertel. Bei der Hauptmaut wanderte er das Griechengassel zum Regensburgerhof durch.

Es war am späten Vormittag, als er heimkam. Eva Maria Elisabeth war gerade am Herd damit beschäftigt, das Mittagessen zu bereiten. Zwiebelgeruch und Dunst lagen über der kleinen Küche.

„Du bist schon wieder da?" meinte Eva Maria erfreut. Sie ging auf ihn zu und erwartete einen Kuß von ihm, aber Georg war mit seinen Gedanken wieder ganz woanders. „Ja", sagte er. Nichts sonst.

In den ersten Jännertagen, man schrieb bereits das Jahr 1736, und Donner war fast 44 Jahre alt, als er eben nach dem Unterrichte allein in einem der recht düsteren Räume der Akademie saß und seine Studien über einen ihn augenblicklich beschäftigenden Merkur verbesserte, meldete ihm das alte Faktotum den Besuch eines vornehmen Herrn. Es war der Herr, den er vor vielen Jahren kennengelernt und über dessen Vermittlung er eine seiner ersten Auftragsarbeiten bekommen hatte. Der vornehme Herr war inzwischen recht alt geworden, doch war er noch sehr rüstig, und seine Augen blitzten lebendig: „Es ist lange her, daß wir uns nicht gesehen haben", begann er nach der wiedererkennenden Begrüßung, „und es ist wieder die Pflicht, die mich zu Ihnen führt. Diesmal war es leichter, Sie zu finden!"

Donner nickte: „Althan?"

„Ja, so ist es!" nickte er und begann ohne viel Umschweife die Perücke abzulegen: „Ich darf es doch, ich bin doch bereits bei Ihnen wie zu Hause? Ja, auch diesmal ist es wieder Althan. Er erinnerte sich Ihrer, als er hörte, daß Sie Carnaveses Nachfolger geworden wären."

Rasch verbanden sich in Donner die Zusammenhänge. Er erkannte das Spiel, das, wie immer in solchen Fällen, hinter den Kulissen stattgefunden haben mochte. Daß es diesmal ein für ihn günstiges gewesen war, wunderte ihn. Er erkannte es als gutes Omen.

„Große Männer sind meistens eitel!" setzte der Mann, der sich Donner gegenüber häuslich niedergelassen hatte, fort: „Althan möchte sich in Marmor sehen. Ja, Sie haben recht gehört, in weißem Marmor. Das vergoldete Bronzerelief, das Sie seinerzeit anfertigten, gefiel ihm überaus gut, aber nun soll es eben Marmor sein. Geld hat er ja, das wissen Sie, und in seinem Palaste auf der Landstraße, Sie wissen ja, auf den früheren Weingründen Zwerchlüssen ist noch viel Platz, und sein Freund Maschere Malaspina von Freigrund Birkenfeld hat ihm den Gedanken eingegeben."

,,Und Sie fragen mich nun, ob ich die Ausführung des Auftrages Gundackers Grafen von Althan annehmen würde?"

,,Ja", nickte der vornehme Alte eifrig: ,,Aber das ist noch nicht alles. Ich soll des weiteren auch für meinen Freund Gregor W. von Kirchner vermitteln . . ."

,,. . . den Herrn kenne ich nicht!"

,,Das tut nichts zur Sache. Er ist Oberaufseher des kaiserlichen Forstes in Breitenfurt, und er will dort im Schloß als Zeichen seiner Verbundenheit und vielleicht auch als Ausdruck seiner Dankbarkeit eine Ehrung in Form eines Bildwerkes anbringen."

,,Eines Bildwerkes? Etwas Bestimmtes . . ."

,,Ja, etwas Allegorisches. Ich weiß zwar nicht, ob Ihnen solche Dinge liegen. Es ist eine Apotheose."

,,. . . vielleicht des Kaisers?"

,,Ja, und wenn ich Ihnen raten darf, dann bitte ich Sie, anzunehmen."

Donner lächelte: ,,Dann werde ich wohl darin den französischen Geist des Höfisch-Repräsentativen festzuhalten, das heißt zu berücksichtigen haben. Große Männer sind meistens eitel."

,,Ich sehe, Sie haben mich verstanden. Tun Sie es, und ich bin dessen sicher, daß Sie sich auch in dieser Arbeit treu bleiben werden. Sie werden sogar einen Permoser übertreffen!"

Donner wehrte ab. ,,Nun gut", antwortete er, ,,ich werde es machen."

Im engen hohen Raum herrschte Dämmerung, obwohl es mitten am Tage war. Ein schwarzes Kruzifix hing an der weißen nüchternen Wand. Donner hatte sich wieder in seine Gedanken eingesponnen und der andere traf keine Anstalten, wieder zu gehen. Die Stille führte Donner wieder zurück: ,,Sie haben noch etwas auf dem Herzen?"

„Ja. Ich hatte öfters Gelegenheit, Sie zu beobachten, Sie im Kreise Ihrer Schüler zu sehen. Ich habe nie bemerkt, daß Sie mit ihnen über die Kunst als solche gesprochen hätten. Legen Sie Ihre Ansicht schriftlich fest?"

„Nein!" entgegnete jetzt Donner bedächtig: „Ich pflege weder zu philosophieren noch meine Absichten in Richtlinien einzuzwängen. Ich möchte nämlich die Kunst nicht als Wissenschaft betreiben, sondern als Ausdruck wahrhaften Lebens, als Festhalten des Erlebten. Erst damit erachte ich ihre zweckentsprechende Gültigkeit für erfüllt."

„Ich verstehe Sie nicht . . ."

Donner überhörte den Einwand. „Meinen Sie, daß sich ein Praxiteles mit der Frage beschäftigt hat, was er mit dem Werke will, das er zu formen begann? Ich glaube nicht. Was wurde, entstand aus seinem inneren Bedürfnis oder aber auf bestimmten Auftrag als Folge seines Könnens; denn es wird sich immer wieder ergeben, daß der Künstler von seinem Werk auch leben muß. Selbst der Tiefgründigste und Absoluteste unter ihnen, selbst der einer nicht existierenden Idealform nahe Kommende kann sich unmöglich in den abseitigen, einsamen Gefilden der Kunst bewegen. So wie ein Dichter nicht dauernd den Pegasus reitet und sich darin erschöpft, täte er es, kann auch der bildende Künstler das nicht tun, schon darum nicht, weil er ermüden würde. Ja, Michelangelo, Leonardo da Vinci und Dürer haben ihre strengen Aufzeichnungen geführt, aber das bedeutet meiner Ansicht nach für sie nicht mehr denn Rechenschaft über sich selbst, Disziplin und Selbstzucht, die sie ihrem Werke, wie jeder Künstler seiner Arbeit, schuldeten. Auch ich lege mir solche Rechenschaft, aber ich behalte sie für mich. Sie kommt damit meiner Arbeit, meinem Werke unmittelbar zugute, welches, sollte es bestehen bleiben, und damit will ich nicht überheblich erscheinen, für mich aussagen und für mich zeugen soll. Gedanken und Schriften sind nur Interpretationen zum Werk, aber sie könnten nur bestätigen, worum es immer wieder geht: das Suchen der Wahrheit in der Kunst, die darstellend aufzuzeigen jedem Künstler jeder Zeit zueigen ist. Das Aus-der-Quelle-Schöpfen, Aus-der-Quelle-Gestalten, ohne hiebei das Bestehende zu übergehen oder den Augenblick zu übersehen, ist wesentlich und darf nicht negiert werden."

,,So stehen Sie also selber zu dem, was Sie geschaffen haben?"

,,Voll und ganz. Jedem Künstler ist das Werk aber immer, auch wenn es vollendet scheint, unvollkommen. Was mir gefällt und wert erscheint, halte ich fest, und aus der Beseitigung des billig Flauen entsteht das Neue. Nicht das Gewollte ist wesentlich und sichtbar, sondern das Erkannte und Gestaltete."

,,Manchmal scheint das Selbstverständliche unfaßlich. Ein Genie ist fast immer seiner Zeit voraus und weiß es aber nicht, und die Zeit selber steht hilflos und weiß damit nichts anzufangen."

,,Man soll nie mehr in Dingen suchen, als in ihnen ist."

Der alte Mann seufzte und erhob sich. Er begann wieder umständlich und bedächtig seine Perücke überzustülpen. ,,Das letzte Mal . . ." fuhr er dabei fort, ,,habe ich Ihnen von meinem Leben erzählt, heute haben Sie mich beschenkt. Ich danke Ihnen!"

Er nestelte an den Locken seiner Perücke herum, gab Donner die Hand und sagte: ,,Es bleibt also dabei . . .!" Er wandte sich zum Gehen, hielt aber dann doch noch einmal an. ,,Äh, äh . . ." stotterte er und setzte ein Lorgnon über die Nase, ,,was ich noch sagen wollte, beinahe hätte ich darauf vergessen. Ich weiß, daß ich das eigentlich nicht tun sollte, tun dürfte, aber ich muß Sie warnen!"

Donner erstaunte: ,,Warnen wovor?"

,,Glaron!" sagte der alte Mann, und der Bildhauer sah, wie ihm die Mitteilung nahe ging: ,,Sie kennen ihn doch?" Und wie beiläufig setzte er fort, ohne auf das Nicken Donners zu achten: ,,Leopold Anton Graf Firmian hat bisher aus Salzburg 20.000 Lutheraner vertrieben! Glaron war daran nicht unwesentlich beteiligt. Mit Falschheit, Fanatismus und Grausamkeit . . ."

Die rasenden Gedanken Donners versuchten sich den Worten einzuordnen: ,,. . . mit Fanatismus, Falschheit und Grausamkeit . . ."

,,. . . betrieb er die Verfolgungen!"

Das ist wohl seine Art. Es gibt Menschen, die Freude daran haben, nachtragend zu sein. Was sind das für Christen?

,,Was will er von mir?"

,,Bis jetzt noch nichts, aber er hat sich so eifrig in der erzbischöflichen Kurie nach Ihnen erkundigt, daß Kardinal Graf Kollonitsch davon erfuhr."

Donner schien unwillig: „Soll er doch!" Er stieß mit dem Fuß am Boden auf, aber schon besann er sich wieder: „Aber es ist ja gleich. Ich habe nichts zu befürchten. Ich danke Ihnen jedenfalls für Ihre Warnung. Er kann mir seinen blamablen Abgang anläßlich einer Begegnung mit mir nicht verzeihen . . . den Esel vor allem, das wird's sein."

Etwas am Boden mit den Füßen schleifend verschwand jetzt der alte Mann und entwich Donners Blickkreis.

Hier verfolgt man sie? grübelte Donner, und Friedrich Wilhelm siedelt sie in Preußen an, weil sie brauchbar sind. So wächst die Saat nur, die man vertilgen will. Ein tolles Haus ist diese Welt, und wie sie im Kleinen ist, so ist sie im Großen, was Wunder, wenn es da nie zum Frieden kommt!

Die Mitteilung, daß Glaron weiteres Interesse auch über die Entfernung weg an ihm nahm, versetzte Donner jedoch schon einigermaßen in Unruhe. So war dies mit ein Grund, daß er nicht mehr so bedächtig und abgeklärt war wie bisher. Es war inwendig in ihm wie einem Kinde, dem man mit den Perchten droht. Auch in seiner Lehrtätigkeit war er jetzt befangener und gedämpft, und jeder, der vom Hofe zu sein schien oder aus kirchlichen Kreisen kam, deuchte ihm Quelle zu sein, der mit Skeptizismus und Mißtrauen begegnet werden müßte.

Es ereignete sich nichts. Je weniger jedoch geschah, desto tiefer fraß die Unruhe in ihm. Irgendwie lähmte eine dräuende Gefahr, obwohl er manchmal selber dieser Ungewißheit Herr werden wollte, ergriff er die in seiner Vereinbarung mit der Akademie vorgesehene Gelegenheit auf, zwischendurch von Wien wieder auf einige Zeit wegzugehen. Er begab sich nach Preßburg. Seine Frau, seine Brüder, alle stellte er kurzweg vor die Tatsache. Für ihn begann damit wieder eine Zeit der Unbeständigkeit. Doch trug ihn seine Arbeit über diese Zeit. Er vollendete seinen heiligen Martin und gab all den inzwischen fertiggestellten Arbeiten mit der ihm eigenen Sorgfalt und Gewissenhaftigkeit die letzte erlesene Feinheit der Nachbehandlung bis in alle Einzelheiten. Daneben entwarf und gestaltete er neue Pläne einer Venus Kallipygos, einer Bacchantin, eines Narziß, einer weiblichen Figur mit einem Drachen als Echo, aber auch einige Motive aus dem Gestaltenkreis der biblischen Geschichte, wie die Tröstung Mariae, die Kreuzabnahme und Beweinung Christi sowie das ihn immer stärker bewegende Motiv einer großen Pietà. Daneben vernachlässigte er aber die geschäftlichen Dinge keineswegs, sondern er intensivierte sie im Gegenteil. Ihn hielt es aber auch in Preßburg nicht. Er fuhr dahin und dorthin, war einmal in Graz, das andere Mal in Bleiberg, dann wieder überraschend in Wien. Er führte die Aufträge Althans und Gregor von Kirchners aus, war aber davon nicht begeistert, da das Bildnis, wie es sich im Laufe der weiteren Besprechungen herausstellte, als Pendant zu zwei anderen, bereits bestehenden, Plastiken gearbeitet werden sollte, was Donner in seiner gestaltend eigenwilligen und eigenen schöpferischen Ansicht wesentlich behinderte. An seinen Bronzen „Urteil des Paris" und die „Venus in der Schmiede Vulkans" demonstrierte er seinen Schülern Moll und Kohl, die er neben Öser und Wurstbauer überall mitnahm und bevorzugte, seine Absichten und versuchte, ihnen die Kunst beizubringen, sie zu lehren, wie man dem toten, wesenlosen Erz, dem kalten, nüchternen Gestein Leben abzwingen, ja abringen könne, wie man es erwecken und durch die gestaltende Hand, mittels des schöpferischen Geistes jene Formung präsentieren könne, die man ihm, sei es eine märchenhafte Stimmung, inbrünstige Andacht, gesammelte Energie oder kapriziös malerische Bewegung, zu geben und einzugeben festzuhalten gewillt war. Er probierte auf diese Art, ihnen die Schwierigkeiten des Verhältnisses in Körper und Gewandung, mit denen er selber lange gerungen und gekämpft hatte, zu erleichtern, zu erhellen und vielleicht zu lösen.

Fast wäre es ihm gelungen, ob dieser ihn fast erschöpfenden Vielfalt seiner Arbeit jene Warnung vor Glaron zu vergessen, da aber kam dann immer wieder eine Kleinigkeit, die ihn an Salzburg erinnerte, die ein Vergessen nicht zuließ.

Als er eines Tages wieder einmal daheim vorübergehenden Aufenthalt nahm, erzählte ihm sein Bruder Mathias von seiner Heiratsabsicht, und bald darauf lernte er auch die Braut als ein unscheinbares, dennoch liebenswertes Persönchen, als hausbackenes Geschöpfchen kennen, die wohl ihre frauliche Rolle nicht mit überragender Tüchtigkeit, aber dennoch zu Mathias' Zufriedenheit ausfüllen würde. Donner bewillkommte sie als Schwägerin und war im stillen nur darüber froh, daß seine Wohnung in Bälde einen Mitbewohner weniger haben würde. Mathias erzählte noch, daß diese Heirat nur dadurch ermöglicht worden sei, daß er endlich die durch den Tod des Eisenschneiders Martin Hoffmann freigewordene Stelle am Münzamte erhalten habe. Zwar habe es mächtigen Streit darum zwischen ihm und dem gleichfalls konkurrierenden Gennaro gegeben, aber er habe, da er durch eine für Graf Althan verfertigte Plakette bei diesem einen Stein im Brett gehabt hätte, die Stelle letztlich doch zugesprochen erhalten. Gennaro indes sei dann allerdings durch eine halbwegs äquivalente Stelle an der Akademie entschädigt worden. Über diesen Erfolg freute sich Georg Raphael aufrichtig und gab auch darüber Mathias herzlich und offen Ausdruck.

In diesen Tagen sprach man auch bereits von der im kommenden Jahre stattfindenden Vermählung der Tochter Karls VI., Maria Theresia, mit dem Herzoge von Lothringen. Mathias Donner war auch ein Auftrag auf einen Jeton, der aus diesem Anlaß herausgegeben werden sollte, zugesprochen worden. Georg Raphael selber suchte, je mehr die begonnenen Werke einer endgültigen Vollendung zugingen, je mehr also seine Arbeits- und damit Verdienstmöglichkeit schmolz, neue Verbindungen anzubahnen. Ja, er war sogar fast gezwungen, es zu tun, da seine beiden Werkstätten in Wien und Preßburg sowie die Gesellen, die dort beschäftigt waren, erhalten werden mußten. Es wäre ihm ein leichtes gewesen, die Leute einfach fortzuschicken, aber das mochte er, da es seinem Empfinden widersprach, nicht tun. Wenn sie ihm, so sagte er sich, in der Zeit geholfen hatten, in der es ihm gut ging, so wollte er sie in den Tagen, da wieder alles knapp zu werden drohte, nicht im Stiche lassen. Er sah sich deshalb in Wien um und entschloß sich, selbst auf die Gefahr hin, daß Glaron indessen irgendwie eine Denunziation versucht haben sollte, bei dem Fürsterzbischof Sigismund Graf Kollonitsch vorzusprechen. Er tat es auch, aber Kollonitsch sprach nur vage von der Absicht, in der Sakristei des Stephansdomes ein Marmorrelief anfertigen zu lassen, für das Donner ja zwar Entwürfe machen könne, obwohl er im Augenblick aber weder Geldmittel noch Ausführungsmöglichkeiten sähe. Er wolle aber, so erklärte der Fürsterzbischof, gerne, so sich Gelegenheit fände, auf Donners Anfrage zurückkommen. Donner indessen, ohne auch nur die Andeutung eines Versprechens bekommen zu haben, entsprach diesem unbestimmt geäußerten Wunsche und arbeitete neben diesem Reliefentwurf auch noch an einer Büste für Kollonitsch, die er jedoch zur endgültigen Ausarbeitung seinen Schülern überließ. Ähnlich verhielt es sich mit einem für den Hochaltar der Hofburgkapelle bestimmten Kruzifix. So war Donner höchst unzufrieden, unzufrieden mit sich selbst und der Welt, und einmal, nach der Heimkehr von einem ergebnislosen Gange, überkam ihn die Qual engender Bedrängnis so sehr, daß er ein eben begonnenes Marmorstück blindlings zertrümmern wollte, wie es einstens Michelangelo getan, als er das Böse aus der ihm entmeißelten Pietà abschlug und dann erst erleichtert und befreit schien. Aber Donner besann sich dann doch wieder und unterließ es, so fürchterlich ihm auch plötzlich alles geworden, so betrüblich und zwecklos ihm augenblicklich auch die Welt erschien und so klein, relativ gesehen, auch das bisher Geleistete gewesen war. An diesem Tage erinnerte er sich auch, gehört zu haben, daß man auf dem Mehlmarkte damit beschäftigt war, die Gerichtsstätten des Prangers, weil überholt, und den Galgen endgültig zu entfernen und man gleichzeitig die Wasserleitung, die der Speisung des alten Röhrenbrunnens mit der geschmückten Steinschale diente, erweitern und verbessern wolle.

Der Mehlmarkt hatte von altersher einen Ziehbrunnen besessen, aus dem die Hengste beim Stechen und Scharfrennen getränkt worden waren, denn der Ort hatte früher als Turnierplatz gedient. Zu anderen Zeiten wurde dort Getreide und Kräuter verkauft, und auch der hoch aufgemauerte Pranger stand dort, wo Gericht gehalten wurde. Bereits im Jahre 1562 hatte zum ersten Male ein Springbrunnen dort seine Künste gezeigt, und später wurde dann eine ,,Dockhen" als Mittelfigur errichtet, und Anno 1635 umgab sie dann der städtische Baumeister Simon Humpeller mit acht ,,Khindlen" und mit allerlei Laubwerk. Freilich war dann im Laufe der Zeit so mancher Zierat verschwunden, so daß er zuletzt dürftig aussah und er nun zugleich mit dem Pranger abgetragen werden sollte. Deshalb ging nun der Magistrat daran, den Brunnen neu instandzusetzen oder überhaupt eine Neuanlage zu veranlassen, um dem Platz und damit natürlich auch der ganzen Stadt ein würdiges Aussehen zu geben.

Diese ihm nun zu Ohren gekommenen Absichten hatten Donner an das Gespräch erinnert, das er seinerzeit mit Galliardi und Ferrabosco geführt hatte, und waren ihm nun geheimer Impuls, Figuren zu entwerfen, die für solche Zwecke Verwendung finden könnten. Trotz anfänglich neuer, gesteigerter Arbeitslust kam er jedoch nicht viel weiter damit. Die Sorge um das tägliche Brot erfüllte ihn drängender. Von seiner Lehrtätigkeit an der Akademie waren in absehbarer Zeit kaum mehr Einkünfte zu erwarten, und die jetzigen dienten eher einer honorigen Abgeltung denn den bescheidensten Lebensbedürfnissen. Immer noch bildeten die Einkommen aus dem Geschäft die Haupteinnahmequelle. Zu all dem kam noch, daß sich innen- und außenpolitische Geschehnisse lähmend vor die Ausführung neuer Pläne stellten, denen als wichtigster der Krieg, den Österreich im Bunde mit Rußland gegen die Türken führte, entgegenstand. Auch der vor bereits zwei Jahren erfolgte Tod des Prinzen Eugen war noch immer mit eines dieser störenden Ereignisse. Erst die Heirat der Thronfolgerin Maria Theresia brachte allerorten wieder einigermaßen Impulse in das künstlerische Leben. Der erste sichtbare Anstoß war der Beginn des Baues einer allgemeinen Belustigungsstätte auf der Landstraße, eines Hetztheaters, für dessen Planführung man die Gebrüder Galli und Antonio Conradini Bibiena gewann. Das frühere, ähnlichen animalischen Spektakeln dienende Theater im Gasthof „Zum schwarzen Adler" in der Jägerzeile sollte die Grundlage des neu zu erbauenden Schauhauses bilden, für das Abraham Copez Diaz, ein reicher Jude, die finanziellen Mittel beizustellen in der Lage war. Donner verfolgte all diese Pläne mit scheelen Augen. Wenn er bedachte, daß der Hofstatuar Corradini eine Besoldung von eintausendfünfhundert Gulden samt weiteren dreihundert Gulden Quartiergeld allein dafür erhielt, daß er, beamtet, Statuen zu schaffen hatte, empfand er den zwischen dieser Summe und seinen eigenen Einkünften von insgesamt schmalen fünfhundert Gulden bestehenden Kontrast als besondere Diskrepanz schmerzlich und hart. Aber zu ändern war nichts daran. Es hieß, sich ganz einfach in Geduld fassen. Er vergrub seinen Kummer in sich und vertiefte ihn allerdings durch die eigene Schwermütigkeit noch mehr. Unfaßlich war nur, daß die anderen seinen würgenden Kampf nicht merkten. Donner sah Schichten in der Luft, die flimmerten, ein Leuchten, das beinahe schmerzhaft in die Gedanken eines Traumes überfloß. Wieviel Zeit geht so verloren, dachte er, die ich einmal, so hoff' ich doch noch, notwendiger werde brauchen können.

Mit dem Ablauf dieser Zeit, in der die beiden großen Aufträge der Apotheose und das Marmorbildnis Graf Althans vollendet wurden, löste sich dennoch trotz äußerlich nicht sonderlich sichtlichen Veränderungen die zwiespältige Sorge Donners insoferne, als sich das Schwergewicht seiner Arbeiten doch wieder nach Wien verlagerte. Daß er in Preßburg gewesen, war schon wieder recht lange her. Letztlich hatten seine beiden Gesellen dort, die anderen waren bereits nach Wien übersiedelt, nur mehr die Fertigstellungsarbeiten zu Ende gebracht. Donner selber hatte es, seit Esterházy unerwartet schnell das Zeitliche gesegnet hatte, an Anreiz gemangelt, wieder dorthin zu fahren, zumal es dem engherzigen und knausrigen Nachfolger des Erzprimas an jeglichem Interesse für künstlerische Dinge fehlte. So begannen denn die Gedanken an den Brunnen für den Mehlmarkt wieder einen größeren Raum einzunehmen, und er intensivierte die Pläne in dieser Richtung. Die Gerüchte, daß ein solcher Brunnen vom Magistrat neu gebaut und daher zur Planung ausgeschrieben werden sollte, hatten sich immer mehr verdichtet und schließlich auch bewahrheitet. Aus einer kleinen im ,,Wiener Diarium" erschienenen Notiz hatte er erfahren, daß sich Matielli bereits mit den Entwürfen hiezu und der Ausführung des Planes beschäftigte, und das hatte auch bei ihm wieder jenen Ehrgeiz aufgestachelt, in fanatischer Weise seinerseits diesen Plan zu verfolgen. Dies schon aus dem Grunde, damit zugleich jener jahrhundertealten Invasion der bevorzugten Italiener zu begegnen, auf die er zeit seines Lebens und besonders stark in den Tagen seines Wirkens an der Akademie, allerorten in der Stadt und überhaupt im ganzen Lande gestoßen war.

Da er von Matielli wußte, daß dieser mit Vorliebe in Stein arbeitete, plante er darum, die Gestaltung seiner Entwürfe für die Ausführung in Metall vorzubereiten. Er begann seine planende, zeichnerische Vorarbeit zu verstärken und wollte bereits dadurch den sich sicher einstellenden Schwierigkeiten von vornherein entgegenwirken. Seine Blätter füllten sich mit Skizzen, er studierte und beschäftigte sich mit dem Material, welches er für den Guß verwenden wollte. Er beschränkte sich schließlich auf das ihm am geeignetsten erscheinende Bleimaterial, welches, wie das Beispiel in Preßburg gelehrt hatte, der zu erzielenden Temperaturen und des komplizierten Gußverfahrens wegen am verwendbarsten war.

Eines Tages, noch am Vormittage hatte er unterrichtet und seinem Schüler Wurstbauer während des Aktmodellierens geholfen, fuhr er mit der Post in Richtung nach Kärnten ab. In Deutsch-Bleiberg bahnte er Verhandlungen zum Ankauf des für seine Pläne benötigten Rohmaterials an, obwohl er noch nicht den geringsten begründeten Anlaß dazu hatte. Er suchte selbst aus den verschiedensten Bleierzen, als da waren Weißblei, Pyromorphit, Bleivitriol, Rot- und Gelbbleierz, unter Beratung und im Zusammenwirken mit dem dortigen Steiger die ihm günstigst erscheinenden Legierungsmaterialien zusammen. Aufmerksam ging er durch die Werke; er interessierte sich für die Gewinnungs- und Röstverfahren, für die Röstreduktionsmethoden, das Verblaserösten sowie für das durch Niederschlagsarbeit in Flamm- oder Schlachtöfen gewonnene Werkblei, bis er schließlich sein von jeglichen anderen Bleistoffen gereinigtes Material, welches er direkt für seine Zwecke ohne weitere Vorbereitungsarbeiten verwenden konnte, fand. Kurzerhand und ohne zu überlegen, ob sein Werk tatsächlich auch zur Ausführung kommen würde, kaufte er um etwa zweihundert Gulden Rohmaterial ein, verfügte den Versand und kehrte dann mit einer gewissen befriedigten Erleichterung wieder nach Wien zurück.

Der Tag darauf war von einer vertrauten Kühle, der Herbst, die ehrlichste Jahreszeit, hatte sich mit freudigem Lächeln bereits bemerkbar gemacht. Die Stadt stand in der dünnen, dennoch wärmenden Sonne des Oktober und zugleich auch in Erwartung schöner Stunden.

An den Tagen vorher war geputzt und gescheuert worden, man hatte die Straßen geschmückt, auf den Basteien Fahnen gesetzt und Kranzgewinde gelegt. Manche der Fassaden der alten Häuser waren frisch getüncht und in neue Farbe gehüllt worden, und auch die Geschäfte hatten alles getan, was in ihren Kräften stand, das alltägliche Gesicht zu erhellen, zu schmücken und zu verschönen. Aus jedem Winkel lugte die Erwartung.

In weißen Paradeuniformen stelzten die Stadtguardisten über das Glacis, und ihre Trompeten riefen einander von Wall zu Wall zu, weit hinaus in die Vorstädte und Felder, über die Rebenhänge bis über die Donau hinweg. Mit dem Dämmer zum Tage waren die Wiener aufgestanden und hatten sich fertiggemacht. Selten seit den Tagen der Pest waren die Kirchen so erfüllt von der festlichen Menge gewesen wie in diesen Stunden des 28. Oktobermorgens im Jahre 1737.

Auf den Wällen und Gräben zwischen den Fortifikationen promenierten die Bürger, schlenderten durch die Stadt über die Hochstraße, die Wiltwerkerstraße, durch die Ratstraße, die Kärntnerstraße und den Graben. Die Warenmagazine am Rotenturmtore und die Hauptmaut hingegen schienen wie ausgestorben. Karossen rollten zu den Palästen, die Gäste des Hofes und den Adel abzuholen. Edelknaben und Leibgardisten zogen mit klingendem Spiel durch die Straßen. Man trug Sänften vorbei, und die Bürgerwehr ritt stolz mit klapprigen Hufen über die katzenbuckligen Gassen. Die Glocken der Kirchen huben nach der Messe an zu läuten, und die Pummerin, die 1712, als Karl VI. zum Kaiser gekrönt worden war, erstmals vom Turme geläutet hatte, schwang dröhnend ihre eherne Stimme. Von Kirche zu Kirche schwollen die Töne einander zu. Beim Lazansky-Haus staute sich nahe der Einmündung der Kärntnerstraße die Menge, da einige Leute aus dem gegebenen Anlaß noch Nägel in den Stock im Eisen schlagen wollten, und im Gasthause „Zur Mehlgrube" war ein Betrieb wie an heißen Sommerabenden. Viele wollten noch, ehe sie sich zur Feier begaben, ihren Frühschoppen nehmen. Die Leute standen im Durchhause der Kärntnerstraße und in den Lauben am Mehlmarkte. Christof Öte, der Besitzer des Gasthofes, bestieg seine Kutsche, und drüben bei der schönen Lebzelterin oder der Mehlmesserin, wie man sie jetzt schon fast üblicherweise nannte, ließen sich Neuhauser und seine Gattin in den Wagen helfen. Dann schien es mit einem Male, als strebe alles einem Ziele zu. Von der Kärntnerstraße, von der Augustinerstraße und von der Himmelpforte her bewegte sich alles dem Kärntnertore zu. In der engen Passage des Tores gab es Stauung und Gedränge. Man schob sich, puffte, schalt und spaßte in bunter Folge und Abwechslung, wie es eben gerade die Gelegenheit ergab. An der steinernen Brücke bei der Bäckenmuttergottes war das Gedränge beängstigend. Die Kinder und Halbwüchsigen, soweit sie den elterlichen Fittichen entfliehen konnten, wichen dem Trubel aus und kletterten mit Hilfe von Brettern von Stein zu Stein über den Wienfluß hinweg.

Als Donner neben Öser die Brücke passierte, rollte der Wagen Neuhausers an. Donner sah Simonetta, aber sie, obwohl sie nach seiner Seite sah, vermochte ihn unter der wirren Menge nicht auszunehmen. Donner wandte sich seinen Brüdern zu, die mit seiner Frau vorweggingen: ,,Die ganze Stadt ist heute auf den Beinen. Hätte doch Fischer diesen Tag noch erleben dürfen. Aber das ist ja immer so, daß man die Großen erst nach ihrem Tode feiert."

An der Ecke des Friedhofes bei der kleinen Kapelle begrüßte Mathias Donner Matielli. Mathias stellte seine beiden Brüder vor, und Matielli wandte sich freundlich an Raphael: ,,Ach er ist der Donner? . . . enchantée . . . enchantée . . . ich habe schon von Ihm gehört. Er hat doch auch, wenn ich nicht irre, für die Kirche Entwürfe eingebracht?"

Donner nickte. ,,Ja", sagte er ein wenig gleichgültig, ,,. . . aber man hat sie abgelehnt. Sie waren zu kräftig und ausladend und wären neben dem Vorschlage dero Hochwohlgeboren auch wohl nicht zur Geltung gekommen."

,,Ja", erwiderte Matielli verlegen, ,,fast ist es so. Ich habe dann mit Stanetti gearbeitet, aber es wäre doch auch eine Zusammenarbeit zwischen Ihm und mir opportun und verspräche ersprießlich zu werden . . . oder nicht?"

Donner zuckte die Achseln: ,,Mag sein, ich weiß nicht. Ich bin bis jetzt immer meine eigenen Wege gegangen."

,,Der Röhrenbrunnen bei der Universität, den ich fertigstellte . . ."

Donner hörte darüber hinweg und sah zur Menge, die sich vorbeischiebend weiterbewegte. ,,Vielleicht", sprach er, ,,aber nun ist der Brunnen doch wohl schon fertig."

,,Man plant, wie ich höre, einen neuen Brunnen am Mehlmarkte zu bauen!"

,,Man wird mich kaum auffordern, am Wettbewerbe mitzumachen."

,,Aber lieber Donner, man darf sich nicht immer auffordern lassen. In den Magistratsstuben sitzt zu viel Eitelkeit, Abgestumpftheit und gemachte Geschäftigkeit, da muß man schon selber etwas beitragen, sonst könnte man zu lange warten oder erlebte es überhaupt nicht!"

,,Das kann ich nicht, dazu bin ich wieder zu stolz!" meinte Donner. Er wollte Matielli mit dieser Antwort ausweichen: ,,Wir werden ja sehen, ich gratuliere jedenfalls zu dem Anteil, den Er am Werke heute hat."

,,Man hat lange genug gebaut. Nun ist es soweit."

Matielli erkannte Rottmayr in der Menge. Er winkte ihm zu und suchte ihn zu erreichen. Herablassend erschien die Gebärde seiner Hand, womit er sich von Donner verabschiedet wissen wollte. Donner übersah es und wandte sich Sebastian zu: ,,Irgendwie kommt ja schließlich immer alles soweit, wie man es haben möchte!"

Sebastian nickte: ,,Auch für dich wird es einmal einen schönen Tag geben. Vielleicht zwar anders, als du denkst, aber er wird kommen!"

,,Ich gebe nicht klein bei!" erläuterte Donner, ,,es gibt noch Dinge für Generationen nach uns, an denen man seine Künstlerschaft erproben kann. Das ist wie das Leben selbst . . ."

,,Man beginnt Schönbrunn auszubauen, und ich werde nicht dabei sein. Man gedenkt, am Mehlmarkte einen Brunnen zu bauen. Alles dauert so unendlich lang. Vielleicht hat Matielli recht. Man muß selber beitragen!" Sie wurden nun fast weiter geschoben. Der neue Bau der Karlskirche wuchs, je näher sie kamen, desto mehr vor ihnen auf. Der helle Stein des Baues strahlte schemenhaft in der müden Sonne wie ein unwirkliches Phantom. Unter dem Giebelfelde leuchtete weithin in goldenen Lettern die Inschrift: ,,VOTA MEA REDDAM IN CONSPECTV TIMENTIVM DEVM PS XXI"*.

Von der steinernen Brücke her schoben sich immer neue Menschenmassen, und es war, als ergössse sich ein breiter Strom zu den Treppen hin. Dann stockte die Menge für Augenblicke. Vor dem großen Platze verteilte sie sich wieder etwas. Ein ehrfürchtiges

* Psalm 21 nach der alten Einteilung. Nach der neuen Einteilung Psalm 22: ,,Ich will meine Gelübde erfüllen vor denen, die Gott fürchten."

Murmeln und Raunen ging durch die lebendige, wogende Menge. Gesprächsfetzen drangen an Donners Ohr: „Einundzwanzig Jahre hat man dazu gebraucht, aber es wird der Stadt zur Ehre . . . wie wunderbar die Säulen sind, einmalig . . . das Leben und Wirken des heiligen Borromäus, der den Armen half . . . Constantia et fortudine, war sein Wahlspruch gewesen, wie es auch der des Kaisers ist . . . Girandolini macht heute am Glacis vor dem Kärntnertore ein Feuerwerk . . .“

Die Glocken der neuen Kirche begannen ihr erstes Geläute. Der Lärm der Menge ebbte ab. Das Spalier der Stadtguardisten hielt die drängende Menge ab. Die Karossen des Hofes fuhren auf und ließen die Gäste entsteigen. Sänften schoben sich dazwischen. Immer mehr wuchs die Menge der geladenen Gäste auf dem großen Platze. Auch die Brüder Donner zählten zu den Auserwählten, die an der Weihe und damit am ersten Gottesdienste teilnehmen konnten.

Die kühle Frische des hohen Raumes umfing sie. Sie blieben an der Wand im rückwärtigen Teil des Gotteshauses stehen. Wortlos sahen sie um sich. Es war tatsächlich das Schweigen, das dem Empfinden der Überwältigung am nächsten kam.

Donner sah prüfend um sich. Er empfand nicht das Werk der einzelnen, die daran Anteil hatten, sondern erfaßte es in seiner Gesamtheit und sagte sich, daß es in seiner Geschlossenheit wunderbar war.

Im Querschiffe versammelten sich die Bürger der Stadt. Bürgermeister Johann Edler von Zahlheim sprach mit den Männern des Inneren und Äußeren Rates. Matielli stand mit Rottmayr und Stanetti neben ihnen, und nun gesellte sich auch Altomonte zu.

„Ich habe gehört, daß der Bau der Kirche dreihundertviertausend Gulden gekostet hat . . .“, flüsterte Mathias Georg Raphael zu. Donner winkte ab, still zu sein. Aber Mathias konnte sich nicht enthalten, hinzuzufügen: „Sie wurden aber teilweise auch durch Strafspenden der Protestanten aufgebracht.“

Von der Höhe her, durch die Fenster der Laterne strahlte die Sonne in fast sommerlicher Intensität. Die steinerne, an St. Peter in Rom gemahnende Kuppel wölbte sich wie ein Himmel über der Menge, die klein und vergänglich, demütig und gering vor solcher irdischen Größe selbst erschien.

Die Stille wuchs. Die Feierlichkeit vertiefte sich und verbreiterte sich, je mehr die Stimmen der Glocken an Macht und Größe gewannen. Mit Brausen begann die Orgel. Die Kerzen an den Altären zitterten flackernd. Aller Blicke richteten sich auf den Eingang, durch den majestätisch und schwer der Kaiser schritt. Maria Theresia und Gemahl, der Hof und die Edlen folgten in ernstem Zuge nach. Das Presbyterium erfüllte die Geistlichkeit. Chöre setzten ein. Der Kardinal Graf Kollonitsch begann mit der Zeremonie der Weihe.

Nach der Feier traf sich der Stadtrat am Vorplatze zu zwanglosem Gespräch. Der Bürgermeister fand, daß diese Kirche ein Triumph des Katholizismus über Ketzerei und Heidentum sei, wie es eben Paul Troger auf der Decke über der großen Kaiserstiege in Göttweig darzustellen beliebe, zugleich aber auch der Triumph des Barock über die Finsternis des Mittelalters und die Überwindung der Renaissance. An dem Künstler läge es, solchen Triumph zu bahnen, zu bilden und damit festzuhalten, meinte Altomonte, er sei wie die erste Stimme eines Canons, der die Weise bilde und das Motiv anklingen lasse. Die zweite Stimme wären dann die Apostel, die die erste Stimme unterstützten und die Weise weitertrügen, indes die dritte Stimme erst die Leute seien, die von den Aposteln das Lied einfach übernähmen und nachsängen. Die vierte Stimme dann sei die Welt, die als letzte und rundende Stimme erst den Wert des Canons selber bestimme und festlege. Bedeutsam und Zustimmung nickend akkordierte man den Worten, war dennoch aber nicht geneigt, ihre Tiefe weiter auszuloten, ihre Weite auszuschöpfen oder sie gar zum Gegenstand weiteren Diskutierens zu machen, sondern ließ sich lieber, wie meistens bei solchen Gelegenheiten, zu den banaleren Gesprächen des Tages abdrängen.

„Ich habe Donner gesprochen", meinte Matielli, „er hält sich abseits; wenn er nicht so bescheiden wäre, könnte er . . ."

Bei diesen Worten stand plötzlich, als sei er dem Boden entwachsen, Glaron bei der Gruppe. Er war aus Salzburg gekommen und trug ein schwarzes einfaches Habit, sah eher wie ein weltlicher Mann vom Hofe aus denn wie ein Würdenträger der Kirche. Stanetti, der Glaron auch von Salzburg her kannte, wußte, daß er von Anton Graf Firmian als Delegierter des Salzburgischen Bistums für diesen Tag bestimmt worden war. Stanetti stellte vor. Glaron verneigte sich gemessen und kurz. Mit fast weltmännischer, dennoch aber beinahe zu überheblicher Gewandtheit griff er das Thema des eben unterbrochenen Gespräches auf: ,,Sie verzeihen, man hat eben von Raphael Donner gesprochen, wie ich hörte . . ."

Matielli schwieg betreten.

,,. . . daß er bescheiden sei . . ."

Matielli nickte. Ja, bedeutete er, so wäre es gewesen und er sei doch immerhin ein Könner.

,,Ein Könner? Ein Scharlatan, der sich in Szene setzen möchte, der zu intrigieren versteht und sich unter dem Mäntelchen seiner Kunst nur Vorteile suchen möchte, im allgemeinen aber nur ein januskopfiger, doppelzüngiger Streber sei . . ."

,,Janus!" schrie da einer auf: ,,Janus, Herr Bürgermeister, den Janus habe ich gemeint. Die Vorsehung mit dem Bilde des Janus. Vergangenheitssinnend und zukunftsäugend . . ."

Glaron stand plötzlich allein.

,,Aber lieber Leitner", lachte der Bürgermeister und wandte sich gleichsam entschuldigend zu Glaron um: ,,Wir haben uns nämlich gerade vorhin mit dem Plane des neuen Brunnens am Mehlmarkte beschäftigt. Es gab Vorschläge in Fülle, uns war nur der Name entfallen!"

In erzwungener Höflichkeit lachte Glaron, seine Verstimmung verbergend, die er insgeheim trug, da seine Absicht, Donner entgegenzuarbeiten, danebengegangen war und er sich kaltgestellt sah. Sein Lächeln war hohl und verbindlich, gläsern und steif: ,,Aber bitte . . ., bitte . . ."

Das Gespräch ging weiter. Aus dem Inneren Rate fiel einer ein: ,,Ach geht doch mit dem Janus. Nehmt lieber die Vindobona oder etwas aus dem Wiener Sagenkreis, das Donauweibchen etwa, wir sind doch wahrlich nicht arm an solchen Motiven", und ein dritter fiel ein: ,,Warum denn immer wieder solche Allegorien, die Fortuna mit dem Füllhorn vielleicht?"

Johann Edler von Zahlheim, der Bürgermeister, dämpfte den sich steigernden und erhitzenden Eifer: ,,Aber meine Herren, wir sind doch nicht im Rathause."

„Ganz richtig, wir sind vor der Karlskirche! Aber jedes neue Werk spornt auch immer wieder zu Neuem und Größerem an."

„Die Künstler sollen sich doch mit dem Plane des Brunnens beschäftigen!"

„Sieh da, Herr Donner . . ."

Man sprach die Brüder an, die eben vorbeigingen. Raphael erkannte Glaron, grüßte kurz, dennoch nicht unhöflich, und wollte sich wieder abwenden, doch der hielt ihn durch eine Handbewegung an: „Nun, Meister, wird Er nicht wieder einmal nach Salzburg kommen?" Die Frage klang betont ironisch. Donner hob ein wenig das Gesicht, blinzelte etwas gegen die Sonne und sah dann Glaron kurz an. „Ich denke nicht daran!" sagte er kühl und sah dann über ihn hinweg, als wäre er Luft. Der Blick war deutlich. Schnell und plötzlich verabschiedete sich jetzt Glaron unter dem Vorwand, daß er erwartet werde. Wie er aufgetaucht war, verschwand er auch wieder.

Donner aber war zu Altomonte getreten und hatte ihn freundlich begrüßt.

„Der hohe Rat berät über einen Brunnen am Mehlmarkte. Hat Er nicht Lust, sich am Wettbewerb zu beteiligen?"

„Einen Brunnen?" fragte Donner, als wüßte er noch nichts davon.

Altomonte stellte ihn dem Bürgermeister vor.

„Man sagte mir, daß Sie Bildhauer wären?"

„Mit Verlaub . . ." erwiderte Donner: „Ich habe Werkstätten hier und auch in Preßburg."

„Das ist eine Nachlässigkeit, daß ich davon noch nichts weiß!" beteuerte von Zahlheim, „aber mein Vorgänger im Amte, Bürgermeister Leitgeb, hat zu mir davon nicht gesprochen, und ich selber verstehe von künstlerischen Dingen nicht sehr viel. Aber es ist so, wie Meister Altomonte gesagt hat. An der Stelle des alten Brunnens, an dem man, wie Ihr ja wißt, früher ja auch die Rosse getränkt hat, plant der Magistrat einen schönen neuen, der Stadt würdigen Brunnen zu errichten. Wir haben darüber sogar auch schon mit Signor Matielli Verhandlungen eingeleitet, und er hat uns bereits ein Anbot gemacht, ein solches Werk, in Stein ausgeführt, um achthundert Gulden zu liefern, aber wenn Er, Meister Donner, sich damit auch beschäftigen will, steht es Ihm noch frei. Es wäre noch Zeit dazu."

„Ich würde mich dafür schon interessieren und auch die Ehre zu schätzen wissen, die eine Betrauung mit diesem Werk gegebenenfalls für mich bedeuten würde", erwiderte Donner, „doch würde ich hiebei Statuen aus Bronze oder anderer erzener Komposition vorziehen, weil mir das besonders für einen Brunnen günstiger erscheint!"

„Letzten Endes liegt das beim Künstler, aber wie will Er das machen? Eine Bildgießerei erfordert umfangreiche Vorbereitungen?"

„Das weiß ich, Herr Bürgermeister, und ich habe schon einige Praxis darin, und ich erlaube mir jetzt schon, aus dem Stegreif ein repräsentatives Werk um denselben Preis anzubieten und zu erstellen, den Signor Matielli bereits genannt hat!"

„Sie sind eingeladen!" versicherte Bürgermeister von Zahlheim. „Ich erwarte Ihren Entwurf und schriftliches Anbot. Überreichen Sie alles dem Magistrat. Man wird alles prüfend und wohlwollend erwägen."

Donner verneigte sich: „Ich werde die Ehre zu schätzen wissen!"

Der Bürgermeister gab ihm die Hand und wandte sich dann wieder einer anderen Gruppe zu.

Donner kehrte zu seinen Brüdern zurück, die auf ihn gewartet hatten. „Du sprachst mit dem Bürgermeister?" frugen sie ihn.

„Ja", entgegnete er kurz, und seine Stimme klang froh und frei, wie immer, wenn ihn Neues und Großes bewegte.

„Was war es denn, erzähle?" fragten sie neugierig.

„Ihr werdet es noch rechtzeitig erfahren! Es wird etwas Großes sein . . ." sagte Raphael: „Ich glaube, es wird sogar etwas ganz Großes!"

Da ließen sie ihn in Frieden.

Sie gingen heimwärts. Donner schritt versonnen, bedächtig fast, hinterdrein. Eva legte behutsam ihre Hand auf seinen Arm. Er spürte es nicht. Die überlegene Ruhe seiner Bewegungen, die Gemessenheit seiner Freude ließ die Tiefe ahnen, die ihn von der gegenwärtigen Welt löste.

Das Volk belustigte sich.

Es nahm die Gelegenheit wahr, sich zu vergnügen. Auch Eva hätte Raphael gerne einmal bewogen, sich unbeschwerter Freude hinzugeben, einmal in anspruchsloser billiger Lust gedankenlos einfach den Augenblick eines Tages auszukosten, der von Tausenden und Abertausenden unbeschwert genossen wurde. Aber die Antwort, die sie eindeutig auf ihre Andeutung bekam, belehrte sie, daß Georg Raphael dafür nicht zu haben war. Er schickte seine Brüder mit Eva, damit sie ihrem Wunsche, ihrem verständlichen Verlangen entsprächen. Die taten es gerne und willig, auch Öser ging mit ihnen. Donner aber ging allein heim in seine Stube.

Lange saß er dort sinnend am Fenster, bis über das kleine Heiligenkreuzerhof-Kirchlein keimend die Nacht kam. Langsam erloschen die schaukelnden Laternen, nur aus der Richtung vom Glacis her drang fröhlicher Lärm. Dann riß ihn ein großer Krach aus den träumenden Gedanken. Der Himmel war mit einem Mal feurig rot, und ein Sprühregen zischender Sterne rieselte wieder verlöschend weit ferne hinter den Dächern nieder. Girandolinis Feuerwerk! fiel es ihm ein.

Donner schlüpfte ins Bett.

Er blieb noch lange allein.

Spät erst fiel er in den Schlaf und träumte einen wirren, hastigen Traum von Kindern, von Flüssen und von perlenden Wassern, und sonderbar, auch Simonetta war dazwischen . . .

Drollig stämmige Kindergestalten führten mit glitschigen, glatten Fischleibern einen Kampf auf. Weit bog sich ein Putto mit einem Karpfen zurück, setzte sich sogar ein wenig auf den widerspenstigen Fisch, während er mit der rechten Hand die Kiemen des Karpfens gepackt hielt. Die linke Hand streckte sich hoch zu einem unsichtbaren Wesen empor. Ein anderer Putto mit einem Wels schien im Begriffe, den Sockel zu erklimmen, an den er sich klammerte, da seine beiden Hände so sehr mit den Notwendigkeiten beschäftigt waren; da es ihn fast von seinem Sitze herunterdrängte, mußte er sich fest gegen den Boden stemmen. Ein anderer Putto umfing mit beiden Armen einen Lachs, was ihn Anstrengung kostete, den schönen Fisch nicht entgleiten zu lassen, und ein vierter Putto suchte einen zappeligen Hecht zu bändigen. Er sah sich selbst in das

Studium seines Körpers vertieft, daß er erschrak. Er erwachte, sprang auf und lief zum Spiegel. Er kam ihm ganz nahe, stierte hinein und vermochte die Augen von seinem Ebenbilde nicht zu lösen. War das jener Raphael Donner, dessen Herz in jugendlichem Ungestüme schlagend nicht zu altern schien? Das fahle Licht des Mondes ließ sein Antlitz krank erscheinen. Bläuliche Schatten saßen an den Wangen, und um die Augen lagen dunkelschwere Ringe. Die Stirne hatte tiefe Furchen eingegraben, und über der Nasenwurzel saß ein Zwickel wie ein Kainsmal groß.

,,Du wirst alt . . ." murmelte er zu sich selber. ,,Ich glaube, deine Zeit läuft ab . . ."

Heiß und fiebrig liefen seine Gedanken. Unrast schürte sie. Es war noch nicht Zeit, an den Tod zu denken. Zu viel hatte er noch vor sich, und zu wenig hatte er noch geleistet. Früge aber der Tod danach? ,,Nun, Meister, wann wird Er wieder einmal nach Salzburg kommen", flüsterte eine höhnische Stimme. Raphael zuckte zusammen. ,,Ich denke nicht daran", schrie er, ,,nie und nimmer."

Er entzündete ein Licht.

Die anderen waren noch nicht nach Hause gekommen. Die freundliche Helle veränderte sein Gesicht. Es war wieder lebendig und blutvoll. Auch die Stirnfalten waren verschwunden. Brauchte er Glaron zu fürchten? Brauchte er überhaupt jemanden zu fürchten, dennoch war da eine gewisse Scheu vor Glaron, allein sein Name schien ihm Bedrohung; schmutzig kleine Begeiferung, Mißgunst, Neid, Hohn. Für Augenblicke übermannte ihn die Angst. Er versuchte sie zu verdrängen, dennoch aber saß ganz tief innen ein Stachel in seinem Herzen, wie eine Katze mit glühenden Augen im Dunkel, die jederzeit hervorzuspringen und die Krallen zu zeigen bereit war. ,,Ich werde meinen Weg gehen", stieß er laut und heiß flüsternd seinem Spiegelbilde entgegen. Sein heißer Hauch ermattete das Bild.

,,Dummes, unnützes Denken", murmelte er. Er blies das Licht aus und kroch wieder ins Bett.

Wenige Wochen später, die Kastanienbraterinnen waren gerade damit beschäftigt, ihre Röhrenofen aufzustellen, schritt er, vom Heiligenkreuzer Hofe her kommend, am Schönwetterschen Hause vorbei. In diesem „Zum roten Igel" benamsten Regensburger Hofe am Lugeck befand sich die Druckerei des zweimal wöchentlich erscheinenden „Diariums". Vor dem Hauseingange stieß er mit Peter von Gehlen zusammen, der die Zeitung redigierte und herausgab, als er eben das Haus verlassen wollte. Er war in großer Eile. Obwohl er Donner von der Akademie und den wenigen Gelegenheiten, die ihn dort mit ihm in nähere Berührung gebracht hatten, nur flüchtig kannte, stoppte er seinen hastigen Schritt und wandte sich ihm zu.

„Haben Sie schon gehört vom Lebkuchenbäcker? Der alte Neuhauser ist soeben gestorben, das heißt vielmehr heute früh, aber ich habe die Nachricht soeben bekommen und muß nun sehen, etwas Näheres zu erfahren."

„Der alte Neuhauser vom Mehlmarkte?" erstaunte Donner.

„Ja, eben der!" zwinkerte er: „Nun ist die schöne Simonetta eine reiche Erbin."

Donner fand die Bemerkung unangebracht. Er konnte es sich nicht verkneifen, zu sagen: „Sie sind wohl Ihre Zeitung in Persona?"

Peter von Gehlen hüstelte. Donner hatte ihn mit seiner ironischen Frage bei seiner Eitelkeit getroffen. Entrüstet entgegnete er: „Ich bin kein Schwätzer, Herr Donner, ich höre eben nur, wovon die Stadt spricht, und ich weiß vor allem, was ich dem ‚Diarium' schulde, das heißt den Lesern vor allem, dem kaiserlichen Hofe, den Bürgern, aber jetzt . . . Sie verzeihen . . ."

„Nicht doch, Herr von Gehlen. Ich verstehe das schon, ich sehe aber auch, daß Ihnen etwas an der Seele brennt. Ich will Sie nicht aufhalten, aber vielleicht darf ich Sie begleiten."

Gehlen ließ es sich nicht anmerken, daß es ihm lieber gewesen wäre, Donner loszubekommen. Er lüpfte seinen Hut und sagte kurz: „Bitte kommen Sie!"

Donner ging mit ihm. Sie kamen über den Lugeck und schritten in Richtung Rotenturmstraße zu St. Stephan weiter. „Sagen Sie mir aber doch . . ." begann Donner, „. . . wovon eigentlich die Stadt spricht!"

Gehlen wich aus. „Die spricht immer und über vieles, man darf nicht alles für bare Münze nehmen!"

,,Mich stört es auch nicht, aber dennoch interessierte es mich!"

,,Ich sagte nichts, das Sie betreffen könnte!"

,,Nein, aber Madame Simonetta Neuhauser!"

,,Ihre Ehe war ja nur Staffage!"

,,Erzählt man sich das?"

,,Auch das! Aber das ist nebenbei eine Tatsache, die selbst Madame Neuhauser nie geleugnet hat."

,,Dann also . . ."

Gehlen achtete des Einwurfs nicht: ,,Sehen Sie, die Frau ist schön, sehr schön sogar, sie ist jung, und sie war eine Waise und wirklich arm . . ."

,,Ich kenne die Geschichte!"

,,Ja, und vielleicht wissen Sie sogar noch mehr als ich . . ."

,,Vielleicht."

Gehlen seufzte und beschleunigte seinen Schritt, so daß Donner nur mit Mühe nachkam: ,,Sie machen es mir aber sehr schwer!"

,,Ich will Ihnen helfen. Man bringt Madame Simonetta auch mit mir in Beziehung!"

,,Ja!" stieß Gehlen heftig heraus. Schon während er es aber sagte, reute es ihn. Er zog sein Schnupftuch während des Gehens heraus, lüftete den Hut und wischte sich den Schweiß von der Stirne! Nun wiederholte er es aber doch noch einmal: ,,Ja, und man erzählt sich eben, daß Madame Simonetta wiederholt bei Ihnen war, selbst in Preßburg, und sie hat nicht allein deshalb unter den Eifersüchteleien ihres nun, Gott hab ihn selig, eben entschlafenen Gemahls zu leiden gehabt. Man soll einem Toten ja nichts Böses nachsagen, noch dazu, da man ihn noch nicht einmal in den Karner gebracht hat, aber er hat sie mitunter, was Sie nicht wissen werden, recht gequält. Er hat sie einzusperren versucht, und je länger er mit ihr verheiratet war, um so schlimmer wurde es. Die Büste, die Sie einstmals von Frau Simonetta angefertigt hatten, auch das werden Sie nicht wissen, hatte er in einem Wutanfall, als einmal einer der hofierenden Kavaliere der hübschen Lebzelterin zu offen charmiert hatte, total zerstört. Dabei war er ein ziemlich hemmungsloser Geizhals, der nur darauf bedacht war, seine Schätze zu häufen, seinen Besitz zu mehren und Eingang in die höfischen Kreise zu gewinnen. Sie, Meister Donner, haben ja von all dem nichts oder nur das Wenigste bemerkt. Sie waren immer zu sehr nur von Ihrer eigenen Arbeit erfüllt, als daß sie das hätte interessieren können!"

Donner hob lässig die Hand und ließ sie müde wieder fallen. „Madame Simonetta", erwähnte er, „hat viele Reisen unternommen."

„Ja, und es schien mir nicht befremdlich, es schien mir nicht Zufall zu sein, daß sie ihre durchaus nicht mühelosen Reisen, ihre oftmals vielleicht gar nicht notwendigen Reisen gerade in jene Gegenden lenkte, in denen Sie sich befanden!"

Donner sah zu Peter von Gehlen auf. Der ging nun so schnell, daß Donner ihm kaum zu folgen vermochte und beinahe außer Atem kam. von Gehlen sah geradeaus vor sich hin. Zwischendurch grüßte er ihm bekannte Passanten und verneigte sich in Flüchtigkeit. Sie gingen schweigend nebeneinander her. Als sie sich dem Mehlmarkte näherten, sagte Donner beiläufig, doch so laut, daß es Peter von Gehlen hören mußte: „Ich werde der Madame Neuhauser meine Kondolation darbringen."

Erst am Mehlmarkte mäßigte Peter von Gehlen seinen Schritt. Er blieb plötzlich stehen, nestelte mit der Linken an seinem Schlips und rückte mit der Rechten am Hut.

„Wollen Sie mir bitte, Herr Donner, meine Offenheit excusieren, aber ich erachte es als meine Pflicht, offen und immer aufrichtig zu sein."

Donner verschnaufte ein wenig, dann schmunzelte er: „Aber ich bitte Sie. Ich habe Ihnen doch selbst Anlaß dazu gegeben!"

Peter von Gehlen schien befriedigt: „Sie gehen also wirklich?"

„Warum nicht?"

„Ihre Frau!"

„In solchem Fall? Honny soit qui mal y pense! Ich fühle mich in meinem Tun und Lassen nicht gebunden, ich werde eines Tages ruhigen Gewissens vor meinen Herrgott treten und auch bestehen können. Dessen bin ich sicher!"

Im Flur des Lebzelterhauses ging es bereits wie vor einem Bienenkorbe zu. Der Todesfall hatte sich in der Stadt überaus rasch herumgesprochen. Man hatte am Hause bereits auch eine schwarze Fahne aufgezogen, und die Kondolanten, besonders aber auch viele

Neugierige, beeilten sich, ihre Reverenz zu erweisen und jene Aufmerksamkeit zu zeigen, die die Gepflogenheit erforderte.

Mit einem Male war es Donner wieder unangenehm, in den ersten Schwarm geraten zu sein. Er hätte am liebsten wieder umkehren mögen, aber er war zu sehr in der Menge verkeilt, als daß er, bevor er sich seiner Pflicht entledigt, unbemerkt wieder hätte zurückgehen können.

Stufe für Stufe schob er sich mit die Treppe hinan, die er als Junger und Freier oftmals in unbeschwerter Seligkeit hinaufgelaufen war, doppelstufigen Schrittes, die Wendel entlang. Es überkam ihn wie ein Schwindel. Wie lange war das nun schon her und dennoch, wie unmittelbar war jetzt gerade in dieser Stunde die Vergangenheit. Auf dieser Treppe, in dieser Enge des Hauses hatte er Simonetta begegnet, als er sie das erste Mal nach ihrer Verehelichung sah. Donner war seiner selbst in diesem Augenblick nicht sicher, es war ihm, als müsse er Halt und Besinnung verlieren, die Bezähmung über sich selbst. Wie sollte er nun Simonetta gegenübertreten?

Aber da stand er bereits in der Stube. Es roch nach Aufbahrung: Blumen, Kerzen und Kränze. In langem schwarzen Kleide stand Simonetta in der Mitte des Raumes und nahm die Kondolenzen an. Zwischendurch gab sie Lisa, die dienstbereit in ihrer Nähe stand, sich ergebende Wünsche weiter, und die Frau eilte sofort, sie zu erfüllen.

Raphael sah Simonettas blondes Haar. Es stand kontrastierend zur Tristheit und Monotonie dieser Umgebung. Er sah ihre großen sanften Augen, ihren Mund . . . Sie schien reifer, dennoch nicht viel älter geworden zu sein. Der würdige Ernst der Stunde verlieh jedenfalls ihrer Gestalt etwas Unnahbares, Königliches.

Als sie Raphael gewahr wurde, erhellte sich ihr Antlitz. Sie streckte ihm beide Hände entgegen: ,,Raphael!" rief sie, ,,daß du sofort gekommen bist . . ."

Georg Raphael klebte die Zunge am Gaumen. ,,Es geziemt sich . . ." antwortete er, aber er kam nicht weiter. Er neigte sich über ihre Hand und küßte sie.

,,Ich weiß", erwiderte Simonetta; ,,und ich danke dir. Ich bin glücklich, daß du mich nicht vergißt."

Er sagte nur ihren Namen: ,,Simonetta!"

„Ich glaube, ich werde dich brauchen", flüsterte sie. „Ich stehe diesen Dingen so teilnahmslos gegenüber. Es ist mir, als betreffe mich dies alles überhaupt nicht, als hätte ich dies alles nur zu erledigen."

Peter von Gehlen stand dicht bei Raphael, aber er verstand nichts vom geflüsterten Dialog. Als die Reihe an ihm zur Kondolation war, sprach er monoton und mechanisch. Simonetta verstand nur Wortfetzen von dem, was er sagte: „Meine Teilnahme, Madame, nochmals meine aufrichtigste Teilnahme." Sie reichte ihm oberflächlich die Hand.

Einer nach dem anderen verbeugte sich und schob sich schnell wieder weiter. Peter von Gehlen frug etwas. „Es kam überraschend", hörte sie Donner sagen. „Ein Herzschlag, eben als er daran war, im Geschäfte einen Wachsstock abzuspulen." Georg hätte nicht zu sagen vermocht, wie er wieder zur Straße gekommen war. Seine Gedanken hatten sich in einer Hastigkeit überstürzt, denen er zu folgen nicht fähig war. Die kühle Luft der Straße brachte ihn erst wieder zur Besinnung.

Der Wiener Künstler stößt zeitlebens die Stirne wund an einer großen Mauer, auf die ein Herz aus Fließpapier geklebt ist. Die große Mauer ist die Wiener Indolenz und das Herz aus Fließpapier das vielgerühmte goldene Wiener Herz.

Rudolf von Alt

Im Jänner 1738 überreichte Georg Raphael Donner dem Magistrat der Stadt Wien die Entwürfe zu seinem Mehlmarktbrunnen. Ein der Eigenwilligkeit des Barock entsprechendes, vielgegliedertes Beckenoval trug im Mittelpunkt auf verwundenem Podest eine die Vorsehung darstellende weibliche Gestalt, die von vier fischetragenden, wasserspeienden Kindern umgeben war.

Der Beamte, der Donners Entwurf zuerst zu Gesicht bekam, rief aus: „Endlich einmal etwas anderes." Mit diesem Ruf hatte der Kampf um Donners Werk begonnen. Es hatte Aufregung verursacht, Ereiferung, Ehrgeiz entfacht und gegeneinander aufgestachelt. Wogen des Für und Wider huben ihr Spiel an. Kräfte, die sich längst im Geheimen gebildet und gesammelt hatten, begannen sich zu regen. Wie Feuer im Winde verbreitete sich Donners Idee, einen Brunnen statt aus Stein zu hauen aus Metall zu gießen. Matielli bestürmte die Magistratsbeamten, sich für seinen Entwurf zu verwenden, und suchte persönlich auch den Bürgermeister zu beeinflussen. Er witterte zu Recht die große, ja, ahnungsvoll, unüberbietbare Konkurrenz, die ihm, erst scheinbar nur spielerisch herausgefordert, dann aber durch den überragenden Entwurf unvorhergesehen bedrohlich, durch Raphael Donner erstanden war. Daß er damals Donner zur Mitarbeit am konkurrierenden Werke aufgefordert hatte, war mehr überhebliche Selbstsicherheit denn Edelmut gewesen. Nun aber sah er sich unmittelbar betroffen und von der Angst gepackt, vielleicht doch vor diesem, zumindest weiteren Kreisen noch unbekannten Wiener kapitulieren zu müssen. Damals hatte er solche Schwierigkeiten nicht bedacht, hatte es kaum geahnt und noch weniger vermutet, nun aber war die Wahrheit wie ein für ihn erschreckliches Gespenst zur Tatsache geworden. Er bot alles auf, was in seinen Kräften stand, und sparte auch an lockenden Einmischungen nicht. Daß er in Glaron zuvörderst seine stärkste Stütze fand, war selbstverständlich. Er begab sich auch zum Akademiedirektor Jakob von Schuppen und suchte sich seiner zu versichern. Der aber war über seine Stellungnahme noch unschlüssig. Er hatte zwar das unbedingte Können Donners erkannt, war aber ein zu ängstlicher, auf seine Stellung bedachter Mann, als daß er sich hätte sofort bedenkenlos zu diesem bekennen wollen. Aus den ihm aus der Vergangenheit bekannten Fällen erwog er seine Stellungnahme und schloß, daß die Würfel zu Matiellis Gunsten fallen würden. So tastete er sich an dessen Seite. Auch in Christoph Strudel, dem Sohne des früheren Akademiedirektors, den man anläßlich seiner alterswegen erfolgten Enthebung vom Amte in den Freiherrenstand erhoben hatte, fand Matielli einen Verfechter seiner Sache. Strudel war Offizier des Wiener Bürgerkorps und mit der Tochter des inzwischen schon verstorbenen Schmiedemeisters Basilius Raab verheiratet. Diese trug noch insgeheim Groll aus ihrer Jugendzeit gegen Donner mit sich, weil dieser damals ihre verliebten und begehrlichen Blicke so vollkommen unbeachtet gelassen hatte. Sie war es letztlich, die ihren Gatten dazu bewog, sich an Matiellis Seite zu stellen. So schieden sich die Geister, bezogen ihre Stellungen, um hart auf hart zu kämpfen, und bereiteten sich zur Entscheidung vor.

Donner wußte davon nichts. Er war zu sehr selber in seinem Werke, als daß er sich an irgendwelchen Intrigen beteiligt hätte, geschweige denn, daß ihm der Gedanke gekommen wäre, solche auch nur anzunehmen.

Von Salzburg aus indessen entwickelte Glaron mit ungeheurer Intensität seinen Hilfeplan für Matielli. Er versuchte alle ihm zur Verfügung stehenden Mittel seinen Intentionen gemäß einzusetzen und fand hierin gierig geheime Befriedigung, an Donners Niederlage mitwirken zu können.

Unbekümmert indes schuf Donner mit Begeisterung weiter an seinem Werk. Er zweifelte gar nicht daran, daß man es ausführte. Seine Brüder Mathias und Sebastian freuten sich mit an seiner Arbeit und rieten ihm da und dort nach besten Kräften. Müller, der mit Donner an der Akademie die Fertigkeit des Kupferstechens lehrte, empfand Stolz und Freude über Donners Arbeit, und ebenso stolz auf ihren Meister waren Donners Schüler, vor allem Öser, Wurstbauer und auch Brenner, der Sohn des Goldschmiedemeisters, bei dem einst Donner selbst zur Lehre gegangen war. Auch Carnavese stand an Donners Seite. Am öftesten jedoch traf Donner in diesen Tagen mit Sebastian Knox zusammen, jenem Steinmetzmeister, der im Falle der Ausführung des Donnerschen Entwurfes die Marmorumrandung des Brunnens anzufertigen ausersehen war. Donner, Knox und Marmorschleifer Prechtl saßen manche Abendstunde mit den Plänen, Verbesserungen, Details und Materialsorgen, die die Marmorarbeit des Brunnens betraf, beschäftigt beisammen und brüteten wohl oft darüber die halbe Nacht.

Einsam, wie immer in Tagen, in denen sich große Dinge formten, war Eva Elisabeth, Donners Weib. Jedoch empfand sie diese kaum mehr, da sie in ihrer Welt, die sich auf die Alltäglichkeitsarbeiten beschränkte, so voll beschäftigt war, daß sie Einsamkeit fast nicht mehr bedrückte. Sie nahm es als selbstverständlich, nichts anderes als Gattin oder, wie sie es ja im Ehevertrage schwarz auf weiß vor sich hatte, liebste Ehewirtin eines Mannes zu sein, der Künstler war.

Ende Februar trat der Magistrat erstmals zur Beratung über die eingereichten Entwürfe zusammen. Schon bei der ersten Wahl traten Matiellis und Donners Entwürfe in engsten Entscheid.

„Was soll uns die Providentia in unserer Stadt, Fürsichtigkeit üben wir immer“, rief einer. „Nehmt lieber eine Fortuna mit dem Füllhorn, das könnten wir brauchen!“

„. . . und ein goldenes Engelchen mit einer Posaune, die es uns zubläst!“ höhnte ein Widerpart.

„Wer ist schon dieser Donner?“ rief ein dritter: „Hat man überhaupt schon etwas von dem Mann gehört?“

„Ihr seht doch, daß er was kann! Wollte man immer nur jenen bringen, die bereits pragmatisiert dazu sind, wir degenerierten mit all unserer Kunst!“

„Man muß jedem Chancen geben!“ fiel ein anderer ein. „Für die Zukunft entscheidet nicht die Protektion, sondern das Können!“

„Kann Matielli vielleicht nichts?“

„Das hat niemand gesagt, aber Privileg soll er eben keines haben. Man muß auch einem andern die Chance geben, noch dazu, wenn er ein Wiener ist!“

Die Stimmen redeten sich in Eifer. Sie übersprangen und verwirrten sich, daß der Bürgermeister seine Räte wiederholt mit der Glocke zur Ruhe mahnen mußte. An diesem Tage kamen sie zu keinem Resultat. Man war hart aneinander geraten, hatte Für und Wider in harter Meinungsäußerung erhitzt erwogen, aber es war keine Einhelligkeit oder etwa auch nur eine Mehrheit zu erreichen gewesen. Die Stimmen des Inneren wie auch des Äußeren Rates waren derart unterschiedlich, daß schließlich der Stadtanwalt in seiner Eigenschaft als kaiserlicher Beamter von seinem Entscheidungsrecht Gebrauch machen mußte und die Sitzung des Rates zu einem anderen Termin vertagte.

Von diesem Kämpfen hinter den Kulissen des Rates drang nichts an Donners Ohr. Eines Tages brachte ihm ein Bursche einen Brief in die Werkstatt. Er erbrach das vielgefaltete Schreiben und las: „Euer Liebden Raphael, ich bin ganz persuadiert, daß Er meiner Bitte Gehör schenken möchte und zweifle nicht, daß es Ihm unverzüglich werde möglich sein, zu mir zu kommen. Ich wäre Ihm, lieber Raphael, unendlich verbunden, denn ich bin in steter Unruh wie eine arme Hindin und in trister Einsamkeit wie ein verlorenes Schaf. Hab Er mich in Seinem Gedächtnis, lieber Raphael, und komm Er bald, recht bald. Ich erwarte Ihn sehnlichst und bin bis dahin die Simonetta Neuhauserin, amica dilectissima."

Der Brief war zweifellos von Simonetta, aber sie hatte ihn nicht selber geschrieben. Das erste, was Georg Raphael dachte, als er das Schreiben zu Ende gelesen hatte, war, sie braucht dich. Was aber mag es sein? Er ließ das Blatt sinken, lehnte sich etwas an die Werkbank zurück und schloß die Augen.

Öser kam vorbei und frug ihn: „Ist Euch nicht gut, Meister? Schlechte Nachricht?"

Donner lächelte: „Nein, durchaus nicht . . ."

Das Glöckerl über der Eingangstüre bimmelte. Der behäbige Steinmetzmeister, mit dem Donner wegen der Marmorarbeiten für den Brunnen in Verbindung getreten war, kam herein. Donner schob den Brief in die Tasche und ging ihm entgegen: „Schönen guten Tag, Meister Knox! Was führt Sie zu mir?"

„Grüß Euch, Meister Donner, könnt's Euch wohl denken!"

„Geld?"

„Erraten!“

Sebastian Knox zog aus seiner Hosentasche einen Tabaksbeutel hervor und bot ihn Donner geöffnet an: „Toback ist mein Leben, dem hab' ich mich ergeben“, sang er, aber Donner lehnte ab: „Ich mag das Zeug nicht . . . Kommen Sie weiter!“

Knox vollendete erst die Tabakszeremonie mit Bedächtigkeit, dann griff er in die andere Tasche: „Vielleicht ist nun dieses Euer Geschmack?“ Er hatte ein Stanitzel hervorgeholt, das er Donner hinhielt. Donner griff mehr aus Höflichkeit als aus Gelüsten zu und schob ein Stück in den Mund. Es war picksüßes Zeug und klebte zwischen den Zähnen. Er dankte und murmelte: „Nun aber komm Er!“ Er bot Knox einen Stuhl an.

Umständlich überließ Knox die Fülle seines Gewichtes dem hölzernen Möbel, dann zog er eine Schrift hervor, entrollte sie und bot sie Donner mit zusammengekniffenen Augen an. „Ich habe alles gewissenhaft errechnet. Erschrecken Sie nicht, aber es ist viel!“

„Warum sollte ich erschrecken? Der Magistrat, der den Auftrag gibt, wird ihn bezahlen.“

„Sie haben recht, aber der Magistrat wird dem den Auftrag geben, der billiger ist, und wird erst dann bezahlen, wenn alles ausgeführt ist. Ich aber muß schon vorher zahlen. Material, Löhne, Sie wissen ja, wie teuer alles ist und was alles drum und dran hängt!“

„So meinen Sie, daß der Magistrat primär auf Billigkeit achten wird?“

„Mein Gott, das will ich nicht gerade gesagt haben, aber ich bin in erster Linie Geschäftsmann, und ich habe meine Erfahrungen, besonders mit dem Magistrat. Ich weiß auch, wie das ist mit dem Geld. Zum Schluß hängt doch immer alles davon ab!“

Donner lächelte: „Ich brauche nie Geld, wenn man von mir nicht welches verlangte!“

Feist grinste Knox: „Ich wollt', ich könnt' auch so gleichgültig sein in diesen Dingen, aber wissen Sie, die Kraft, die das Geld gibt, ist sehr groß; sie beruhigt, und wer hat, der hat eben . . .“

„Sie haben alles berechnet?“

„Zweitausend Gulden!“

„Nein!“ Donner erschrak. „Aber das muß doch billiger zu machen sein!“

„Das sagen alle immer wieder, und doch haben sie keine Ahnung. Sie denken zu wenig kaufmännisch! Ich möchte nur sicher gehen für den Fall, daß Sie den Auftrag bekommen!"

„Lieber Knox! Was ich dann an Geld flüssig habe, werde ich Ihnen gerne zur Verfügung stellen, und ich zweifle nicht daran, daß auch der Magistrat das Seine dazu tun wird."

„Ihr Wort in Gottes Ohr. Ich weiß, wann man Matielli für seinen Röhrenbrunnen an der Universität bezahlt hat, und ich sehe es auch jetzt wieder beim Bau der neuen Kirche der Elisabethinerinnen. Wenn's um die Honorarnote geht, dann sind sie alle gleich. In Geldsachen bin ich kein Optimist!"

„Sie haben vielleicht recht, ich lebe ohne Geld glücklicher!"

„Da widerspreche ich nicht einmal. Nur lebt man mit Geld besser!" Knox erhob sich: „Wenn Sie mir helfen, dann bin ich beruhigt!"

„Erst muß der Auftrag da sein!"

Die Männer verabschiedeten sich.

Nachdenklich ging Donner von der Türe wieder zurück. Ihm wurde die Macht seines Idealismus bewußt. Er dichtete an seinen Gedanken weiter und verzichtete auf die nach Eitelkeit und Geld gierigen Schwätzer. Er verachtete die schamlose Schönrederei und den gemeinen Realismus. Im innersten Kern seiner Seele lebte nur allein sein Werk. Die Intensität solchen Idealismus, der sich selbstbewußt verschloß, machte ihn für die Menge dadurch fremd. Noch war er nicht allein. Aber er spürte bereits, daß er dem Werk bedingungslos verfallen war.

Er schob seine Hände in die Tasche und fühlte dabei Simonettas Brief. Er nahm ihn vor, entfaltete ihn und versuchte ihn wieder zu lesen. Sein Auge blieb an der Schrift haften. Es waren eigenwillige, große, klare Schriftzüge. Ein eigentümlicher Duft stieg von dem Blatt auf. Auch darin war Simonetta. Was war es doch, daß ihn diese Frau immer wieder zu binden verstand? Ich weiß, daß Eva mit mir ist, und Eva weiß, daß ich immer zu ihr stehen werde. Es ist also nicht einfach eine schwächlich menschliche Beziehung, die billigerweise abzulenken imstande war, sondern vielmehr eine geistig positive Beeinflussung, die seinem Denken förderlich war. Er beschloß, ihrer Bitte zu folgen.

Die selbe Lisa, die mit Simonetta gealtert war, öffnete die Türe. Sie ließ Georg Raphael Donner eintreten und bat ihn zu warten, da sie ihn der Frau Neuhauserin melden wolle. Es dauerte nur wenige Augenblicke, da kam sie schon zurück: „Die gnädige Frau läßt bitten!“

Wie ein ruheloser Vogel, der gegen die Gestänge eines Käfigs flattert, zuckte Donners Herz, als er in Simonettas Zimmer kam. Er sah ihr an, daß sie sich eben noch beeilt hatte, Schneerosen, die in offener Schale standen, ein wenig zu ordnen, aber es war mehr eine Geste der Verlegenheit denn eine Notwendigkeit gewesen. Auch Simonettas Herz schlug bis zum Halse hoch. Donner sah sie so, über die Blumen gebeugt, das Haar in seidig lichten Wellen gelockt über einem sanften Nacken. Nun blickte sie zu Georg auf, und er sah ihr direkt ins Gesicht. Seit Preßburg war es das erste Mal wieder, daß sie allein waren. Simonettas Schönheit war reifer, durchgeistigter, erschütternder geworden.

„Warum siehst du mich so seltsam an, Georg?“ sagte sie. Das war ihr Willkommensgruß, und Georg antwortete: „Deine Augen sind Rätsel, Simonetta!“ Simonetta richtete sich jetzt erst ganz auf und ging ihm entgegen. Er nahm ihre Hände und küßte sie.

„Sanfte, liebe Hände“, sprach er.

„Ich habe sie mehr geschont als mein Herz. Es hat viel gelitten!“ Ihre Worte klangen wie ein Geständnis.

„Du hast mir geschrieben!“

„Ja, ich habe dir schreiben lassen!“ sagte sie schlicht: „Ich brauche dich!“

„Du siehst, daß ich sofort gekommen bin!“

„Du mußt mir etwas Zeit lassen!“

„Ich weiß nicht, wer du bist, sagte ich, da wir uns begegneten, und zeichnete dich. Sprich, wie dir ums Herz ist!“

„Das ist leichter gesagt als getan. Ich bin sehr einsam gewesen in dieser Ehe, und aus einer Einsamkeit, die lange währte, vermag man nicht so leicht herauszufinden!“

„Ich verstehe das. Auch ein Künstler ist immer einsam. Ich habe eine Frau, die mich liebt, die mich umsorgt, ich habe Freunde und ich habe meine Arbeit, aber ich verstehe, daß ich einsam bleiben muß! Das können eben Durchschnittsmenschen nicht begreifen.“

„O doch, ich schon!" meinte Simonetta kleinlaut und lud Georg Raphael gleichzeitig mit einer Handbewegung ein, sich neben sie zu setzen. Er aber nahm ein Kissen und hockte sich ihr zu Füßen. Vom Fenster her kam das nachmittägliche Licht des weichenden Winters. Der Schnee war zerschmolzen, und der Frühling verkündete sein unnennbares Dasein geheimnisvoll stark, wie der Duft einer Morgenblume, die, wenn es tagt, sich im ersten Sonnenstrahl auszuhauchen beginnt.

„Ich wollte dir Blumen bringen . . ."

„Du bist da, das genügt . . ."

„Am Platze unten bauen sie. Die Leitung des Wassers für den Brunnen wird verstärkt. Die Wasser werden von den Bergen her kommen. Auch ich habe einen Entwurf eingereicht."

„Ich weiß davon, Georg, ich weiß mehr von dir, als du ahnst. Ich glaube, es dir schon gesagt zu haben."

Mit vergnügter Arglosigkeit schloß das selbstverständlich harmonische Gefühl ihrer Übereinstimmung den Gedanken an einen etwaigen Frevel aus, den sie dabei zu verüben im Begriffe waren. Diese Unbefangenheit war es gerade, die, was ihnen freilich in Natürlichkeit gar nicht zum Bewußtsein kam, und die etwaig hinzukommenden Fremden diese Begegnung durchaus als etwas Unverdächtiges erscheinen ließ. Simonetta war darauf vorbereitet gewesen, und sie verstand ihre Gefühle zu verbergen.

„Hast du dein Hündchen noch?" frug Raphael.

„Poeni, nein, der lebt nicht mehr, er wurde vom Huf eines Pferdes getroffen. Nun bin ich einsam. Ich hatte Repräsentationspflichten zu erfüllen. Sie haben mir nichts bedeutet, aber sie haben mir über vieles hinweggeholfen. Nun ist auch das nicht mehr. Ich bin jetzt wirklich reich und könnte jeden meiner Wünsche erfüllen."

„Jetzt, Simonetta, darfst du nicht mehr weitersprechen. Ich weiß jetzt, wie es um dich steht. In solchen Dingen sind wir alle gleich, und keiner ist mehr, keiner besser. Man darf und soll nur nicht daran rühren. Vielleicht ist gerade das jenes göttliche Gesetz, das wir Schicksal nennen. Ich verstehe dich, Simonetta, und rufe mich auch immer, wenn du mich brauchst, aber verlange nicht etwas, das vor den Menschen undenkbar wäre. Als Modell darfst du es sein, und du wirst es sein . . ."

Über seinen Gedanken vergaß er der Frau, neben der er saß. Trotz der Späte des Nachmittags herrschte noch lebhaftes Treiben auf dem Platze. Vor der Mehlgrube war die größte Bewegung. Raphael sah den Platz entlang und kam wieder in seine Arbeit. Für den großen Platz würde eine Figur mit vier Putti allein, wie er sie eingereicht hatte, viel zu unansehnlich sein. Man müßte den Platz erweitern. Figuren an den Marmorrand des Brunnens setzen, lose, ungezwungen. Flußgestalten, Männer und Frauen . . . Simonetta und Eva.

Er spürte Simonettas Blick.

„Du denkst an deine Arbeit?“ sagte sie.

„Ja“, gestand er, „ich habe daran gedacht.“

Simonetta frohlockte. „Ich bin glücklich, daß du bei mir bist. Ich wollte dich so vieles fragen, und ich hätte dir so viel zu sagen gewußt, nun aber sehe ich, daß ich das gar nicht zu tun brauche. Mein jetziges Gefühl ist so unsagbar wohltuend, daß ich mich sogar vor dem kommenden Alleinsein nicht mehr fürchte.“

Raphael aber war wieder in seiner Arbeit: „Ich werde dich als Fluß gestalten.“ Er wandte sich plötzlich um und sah zu Simonetta hin. Seine Blicke glitten den Konturen ihrer liegenden Gestalt nach. Die Gedanken der beiden, die nebeneinander hergelaufen waren, fanden sich in diesem Augenblicke. Simonetta spürte, daß er sich in sie versenkte. Sie errötete, aber sie wagte es nicht, ihre Stellung zu verändern, sich zu bewegen. Sie hatte den Arm über die gepolsterte Lehne des Sofas gelehnt, das Haar schimmerte, und die dunklen Lider waren geschlossen. Er sah sie nackt. Überall der volle, doch beherrschte Reichtum der zeitlos reifen fraulichen Natur.

Beide fieberten irgendwie, und gewittergleich loderte ihre Liebkosung in der Enthaltsamkeit. Die letzte kühle Helligkeit glitt verschwindend aus der Dämmerung. Über Simonettas abgewandtes Gesicht fiel Schatten. Ihr Nacken und ihr Haar trugen das letzte Leuchten des Tages. Der matte Glanz, die dunkle Farbe des fließenden Samtkleides an ihr spielte in sanfter Bewegung unter ihrem gleichmäßig glücklichen Atemzug.

Lisa klopfte und trat unmittelbar darauf ein. Ob sie nicht ein wenig Feuer machen solle, frug sie, und Simonetta nickte.

Der Zauber der entrückten Stunde jedoch war damit verweht.

„Ich muß wieder gehen. Es ist spät geworden!" entschuldigte sich Raphael.

Lisa hatte das Feuer im Kamin entzündet, und das knisternde Lohen des aufprasselnden, entfachten Holzes erfüllte den Augenblick.

„Komm bald wieder!"

„Ja", nickte er, beugte sich über ihre Hand und küßte sie. Als Lisa die Lampe anbrannte, verließ er die Stube.

Der Bürgermeister mahnte zur Ordnung: „Meine Herren, seien Sie sich der unbedingten Objektivität Ihres Amtes bewußt. Lassen Sie sich nicht zu hitzigen, unüberlegten, fanatischen und fruchtlosen Debatten hinreißen, ehe man zu Ende mit den Erwägungen gekommen ist!"

Mit einer Geste gab er das Wort dem Referenten weiter. Die Stadträte hatten sich etwas beruhigt.

„Ich selber möchte nur abschließend noch etwas sagen und dann mein Gutachten für das Projekt des Bildhauers Donner abgeben. Ich halte seinen Entwurf, und das ist meine ureigene, persönliche Meinung, geradezu als klassischen Ausdruck unserer Tage. Man gebe diesem sculptori optimo eine Chance. Das Prinzip des Renaissancebrunnens scheint mir glücklich geweitet und gelöst. Es zeigt bei einfacher Darstellungsweise eine gesteigerte Aktivität des Ausdrucks und trotz des plastischen Reichtums eine strenge, fast asketische Konzentration."

„Mir paßt die Vorsehung oder Providentia, wie er sagt, nicht", warf ein Stadtrat ein. „Eine Fortuna mit dem Füllhorn oder meinetwegen die Vindobona selber wären mir lieber."

„Der doppelköpfige Janus macht es nur besonders deutlich, daß wir bei uns in allem immer zu viele Köpfe bei einer Sache haben, in der sie sich berufen fühlen, mitzureden . . ."

„Das ist doch hier anders gemeint; es ist ein Blick, der gleichzeitig in die Vergangenheit wie auch in die Zukunft weist, also zeitlos und immerwährend sein soll. Man soll doch die Künstler nicht immer falsch interpretieren."

„Jeder, wie er es eben versteht. Was hat man denn bisher schon von diesem Künstler gehört?"

„Er hat immerhin zwei Werkstätten und Gesellen, und man kann doch niemandem bloß deshalb das Können absprechen, bloß weil er einigen Herren noch unbekannt ist?"

„Es gibt Fabrikanten, die zwanzig Arbeiter haben und doch darum noch lange keine Künstler sind. Aber der Donner ist ja selbst in engeren Fachkreisen so gut wie unbekannt!"

„Gefällt Ihnen der Entwurf oder nicht?"

„Ich muß gestehen, daß mir der Entwurf gefällt, aber es wäre für die Stadt doch vorteilhafter, einen klingenderen Namen hersetzen zu können!"

„Donner wirkt aber doch an der Akademie, und dann nenne ich nur die Städte Preßburg, Linz und Salzburg!"

„Erinnern Sie nur an Salzburg lieber nicht. Sie werden das Gutachten des Fürsterzbischöflichen Amtes gelesen haben – oder nicht? Schrieb nicht selbst ein Glaron darinnen, daß man das Werk des Meisters wohl anerkannt, nicht aber als besonders überragend empfunden habe, so daß man also von einer befürwortenden Stellungnahme lieber absehen wolle . . ."

„Und warum bleibt man nicht bei Matielli?"

„Ja, warum soll, wenn ich gleich die Gegenfrage stellen darf, nicht auch einmal ein Plan, ein genialer Gedanke eines noch unbekannten Meisters zur Ausführung kommen können, eines Meisters, der dazu noch Wiener ist. Aber es ist leider bei uns schon einmal so, daß sich der Rat der Stadt der eigenen Kräfte immer zuletzt besinnt, daß er sich von Intrigen und Quertreibereien immer so lange einspinnen und umgarnen läßt, bis die Künstler verbittert resignieren oder fortziehen!"

Wieder schaltete sich der Bürgermeister ein: „Kommen wir jetzt aber zum Schluß. Wir dürfen doch nicht immer wieder in endloser Folge dieselben, oftmals vorgebrachten Argumente wiederholen. Ich meine, wir hätten nun alles Für und Wider erwogen. Wir haben die Gutachten verschiedenster Persönlichkeiten eingeholt und die Ausführung, das Material und überhaupt alles, was damit zusammenhängt, bedacht und wirklich reiflich erwogen. Wir haben die beiden Projekte Matiellis und Donners, da sie am ansprechendsten waren, in die engste Wahl gezogen. Lassen Sie jetzt einfach Ihrem persönlichen guten Geschmack den Ausschlag geben und zu Ende kommen. Die Zeit drängt, und der Stadtrat muß den Auftrag vergeben, da er ihn doch bis spätestens zu Ende des kommenden Jahres bereits vollendet wissen will. Ich rekapituliere daher noch einmal: Aus den beim Magistrate eingelangten Projekten für den neu geplanten Mehlmarktbrunnen kamen, wie schon erwähnt, die Entwürfe Matiellis und Donners in die letzte Wahl. Wenn wir, abgesehen von den künstlerischen Gesichtspunkten, die beide hochwertig sind und daher auch kaum mehr zur Debatte stehen, auch auf die sachlichen Argumente eingehen, so müssen wir noch einmal überlegen. Das Projekt Matiellis ist in Stein, dasjenige Donners in Metall auszuführen. Finanziell gesehen hat sich Meister Donner erbötig gemacht, den Entwurf zum gleichen Preis wie das Matiellische Steinprojekt, also um die Summe von sechshundert Gulden, auszuführen. Es ist daher vom Stadtrate letztlich zu erwägen, wofür man sich entscheiden will. Ich persönlich meine, der Stadt einen besseren Dienst zu erweisen, wenn ich mich für Donners Statuen von Bronze oder harter erzener Komposition dijudiciere. Außerdem bitte ich, bei Ihrer Erwägung überdies noch das argumentum ad hominem entscheiden zu lassen, das einem, wie Sie sagen, noch unbekannten, aber doch einheimischen Künstler, ohne daß ich dabei gegen unseren hervorragenden Meister Matielli eingestellt wäre, eine Chance gibt, ein Werk zur Ehre unserer Stadt zu schaffen und sich selbst auch allhier in publico eine immerwährende Ehre einzulegen. Ich selbst verwende mich daher aus den Ihnen jetzt genannten Gründen für den Entwurf des Bildhauers Georg Raphael Donner und bitte Sie auch, damit bei einer etwaig weiteren Möglichkeit der Verzögerung der Angelegenheit der Stadtanwalt nicht wieder sein Veto geltend mache, zu diesem meinen Vorschlage zustimmend Ihre Hände zu erheben. Die Bestätigung möge dann vom kaiserlichen Hofamte des Grafen Althan höchstpersönlich erfolgen. Ich möchte, da ich diesen Entschluß von Ihnen jetzt erbitte, vorher Ihre Aufmerksamkeit noch auf einige äußere Umstände lenken, die mich in meinem Vorschlag bestärkt haben. Wenn diese Umstände auch nicht als unmittelbar bestimmend bei der Vergabe eines solchen Auftrages gelten, so ist es doch sicher, daß ein gewisser Einfluß von außen her auch immer dabei mitspielt. Wir haben, da wir in begrenzter Kompetenz die Geschicke unserer Stadt zu lenken und zu verwalten berufen sind, auch solche Faktoren zu bedenken. Der Friede zu Wien, den unser (erlauchter) allergnädigster Herr mit Frankreich schloß, der an der Seite Rußlands gegen die Türken geführte Krieg soll uns ermahnen, gewissenhaft, gerecht und vorausschauend zu handeln. Gewiß hat die Kunst in ihrer schöpferischen Intuition primär nicht eine durch das Zeitgeschehen bedingte Färbung. Ihre Prägung aber wird dennoch andrerseits doch so von ihrem Geiste erfaßt und durchdrungen sein, daß der Künstler darinnen unbewußt gerade diese Zeit, in der er lebt, widerspiegelt und damit aber auch bewahrend festhält für Generationen und vielleicht sogar, aber das wissen wir ja alle nicht, für Jahrhunderte. In diesem Sinne plädiere ich für den mir ohne allen Zweifel überlegen erscheinenden Meister und Künstler Donner."

Der Bürgermeister Johann Edler von Zahlheim sah in die Runde. Seine Rede hatte die Kampfhähne unter den Stadträten beschwichtigt und auch die hartnäckigsten Widerspruchsgeister so weit auf sich besinnen lassen, daß sie sich den Worten des Bürgermeisters nicht mehr zu entziehen vermochten. Als man zur Abstimmung schritt, wurden derer, die ihre Hände für Donner erhoben, immer mehr, und so kam es, daß der Entscheid zu seinen Gunsten fiel, allen von den Gegnern ins Feld geführten Argumenten zum Trotz; zum Trotz schließlich auch allen Intrigen und Kämpfen, die Glaron in hinterhältiger Weise und die Matielli in offenem, ehrlichem Bemühen wetteifernd geführt hatten. Graf Althan bestätigte den vom Magistrate eingebrachten Vorschlag, und bereits einige Tage nachher hielt Donner den heißumstrittenen Kontrakt für den Mehlmarktbrunnen am Neuen Markte zu Wien in Händen.

Nun war es soweit; nun hatte er auch, wonach er gestrebt: Anerkennung, Erfüllung.

Nun galt es, dem Auftrag gerecht zu werden. Vor seinem Gewissen war ihm nicht bange: die Arbeit war bereits fertig für ihn. Dieser Auftrag war jetzt sichtbares Zeichen. Er stand mit einem Male in den Mittelpunkt des öffentlichen Interesses gerückt, und das war es, was ihn über das Bisherige erhob, was ihn auszeichnete, aber auch zugleich erfüllte.

Die Vergebung des Auftrages für den Brunnen, bestehend aus einem Sockel für die Gestalt der Providentia und vier fischetragenden Putten, an Georg Raphael Donner hatte sich in den interessierten Kreisen der Stadt rasch herumgesprochen. Man war darüber erstaunt, daß der Magistrat, in Abweichung seiner hier fast traditionell erscheinenden Gepflogenheiten, einem heimischen Meister ein solches Werk anvertraut hatte, und allein schon die Tatsache der Vergebung des Auftrages an Donner war für ihn das Faktum erworbener Ehre in publico, von dem der Bürgermeister gesprochen hatte.

Einer der ersten, die zu Donner kamen, war Knox.

„Ich gratuliere, Meister Donner, hab' ich gut den Daumen gedrückt? Man hat sich für Sie eingesetzt, ohne daß man Sie kennt. So etwas gibt's auch, ha, ha . . ." Er lachte feist.

„Schönen Dank!" erwiderte Donner: „Aber ich glaube, es ist alles so gekommen, wie es kommen mußte . . ."

„Sie meinen, daß Sie den Auftrag jedenfalls . . ."

Donner unterbrach ihn. „Ich habe ihn bekommen und damit auch Sie den Auftrag für den Marmor des Beckens. Ich glaube, Sie können zufrieden sein!"

Knox wandte kleinlaut ein: „Nur mit der Finanzierung . . ."

„Das bleibt so, wie wir es besprochen haben!"

Donner ging und holte von irgendwoher Geldscheine hervor. Er zählte sie auf und legte sie vor Knox hin: „Da!" erklärte er: „Tausend Gulden. Das ist alles, was ich augenblicklich habe, aber ich glaube, für jetzt ist es genug!"

Gierig leuchtenden Auges zählte Knox die Scheine nach. So viel Geld hatte er schon lange nicht auf einen Haufen gesehen. „Es ist mehr als die Hälfte!" sagte er, dann stellte er hiefür Quittung aus und schob das Geld in die Brusttasche. „Man erzählt sich ja, daß es heiße Kämpfe im Magistrat gegeben habe, ehe es soweit war. Ein gewisser Glaron soll ganz besonders eifrig von außen her dagegen gewirkt haben. Auch Strudel und Rameder haben sich für das Matiellische Projekt und nicht für Ihres ausgesprochen, selbst der Akademiedirektor hat sein Urteil für Matiellis Projekt abgegeben. Die ganze Sache hat anfänglich ziemlich düster für Sie ausgesehen, und doch, Sie wußten es; und darum habe ich Sie beneidet, daß Sie so ganz unbeteiligt der ganzen Sache gegenüberstanden, einfach so, als ginge es Sie gar nichts an."

„Lieber Knox", rezitierte Donner bedächtig: „Wir Menschen glauben immer, wir könnten die Dinge in irgendeiner Form beeinflussen, dabei ist all unser Tun und Lassen eine Folge des bisherig Geschehenen, ein Nur-aus-sich-selbst-heraus-Weiterentwickeln. Es ist ja so billig, sich auf Erfolge etwas einzubilden, die einem eine Welle unvermutet zugetragen hat. Die nächste kommt und spült sie wieder weg. Wahre und dauernde Erfolge kommen nicht aus dem lauten Tag, sondern nur aus der stillen und emsigen Arbeit." Donner klopfte Knox auf die Schulter: „Nicht wahr, lieber Knox?" lächelte er, „Ich habe recht?!"

Knox nickte nur etwas verlegen und griff verstohlen nach seiner Tasche, als wollte er danach fühlen, ob sich das Geld noch an seinem Platze befände. „Ja", sprach er, „das heißt, ich weiß es nicht. Es ist nur gut, daß alle Menschen so verschieden sind."

„Es ist schon so, wie ich sage, glaub Er mir!" Donner sah ihn fest an, daß Knox fast unruhig wurde unter seinem Blicke. „Die einen meinen für die Ewigkeit zu schaffen, indem sie viel Geld zu raffen, Gunst und Lohn zu erringen suchen, und die anderen sind immer arme Hunde, denen man Prügel vor die Füße wirft, die man in allem und jedem knapp hält, die man unterdrücken möchte, wo es nur geht, die sich aber letztlich doch immer wieder allen Mißhelligkeiten zum Trotz durchsetzen . . ."

Knox wurde es ungemütlich. So kannte er Donner nicht. Donner zählte nicht zu den redseligsten Leuten, die er kannte und mit denen er zu tun hatte. Er schien ihm bisher ein Einsamer gewesen zu sein, einer, der bisher ausschließlich seine eigenen Wege gegangen war und niemals um irgendwelche billige menschliche Gunst gebuhlt oder geeifert hatte, geschweige denn dazu jemals genötigt gewesen wäre. Nun aber sah er, daß er genauso ein Mensch wie alle anderen war, einer, dem eine große Freude jetzt etwas die Zunge gelöst und der nun seiner bisher zutiefst verborgenen Verbitterung etwas Luft gemacht hatte. Knox behagte dies durchaus nicht. Ihm war der andere Donner lieber. Es entsprach seiner etwas eigensüchtigen Art nicht, derlei zu hören, darum lenkte er jetzt auch vom Thema ab.

„Ich beginne also sofort!"

Donner war's zufrieden. „Sie leiten die Verhandlungen wegen Ankauf des Steinmaterials ein, aber, und das möchte ich Ihnen jetzt schon sagen, ziehen Sie eine Erweiterung bereits in Betracht. Ich habe noch weitere Vorschläge zu machen!" Er mochte vielleicht ähnlich wie Knox gefühlt und es bei sich schon bereut haben, mehr aus sich herausgegangen zu sein, als es am Platze war. Gott sei Dank aber, dachte er, habe ich nicht allzuviel verlauten lassen, laut aber sagte er: „Auch ich beginne sofort. Ich werde mit der nächsten Post nach Preßburg fahren. Sie wissen, derlei große Vorhaben kann ich hier in Wien noch gar nicht ausführen. Vielleicht wird indes das städtische Gußhaus am Alsergrund fertig, das man, wie ich hörte, bereits zu bauen begonnen hat, und wenn es soweit ist, kann ich die Fertigstellung immer noch dort veranlassen!"

Mathias Donner gesellte sich ihnen zu. „Du könntest aber vielleicht doch hier bleiben", meinte er. „Hier könnten wir dir doch helfen in deiner Arbeit . . ."

„Ach Mathias, du weißt doch, daß man in Preßburg schon lange auf mich wartet. Und dann könnte ich mich hier doch kaum umdrehen, wollte ich wirklich alles hier machen. Ich müßte unbedingt größere, bessere Räume haben. Aber ich werde sicher kommen, sobald es an der Zeit ist. Lieber wäre es mir ja schon. Ich bin ohnedies die ganze Zeit meiner Arbeit bisher fast von Wien fortgewesen. Du weißt auch, wie schwer es Eva hat, aber sie ist tapfer und sagt kein Wort!"

„Alles hat eben seine Licht- und Schattenseiten . . ."

Donner sah seinen Bruder an: „Du weißt doch, was ich immer sage?"

Mathias nickte: „Es kommt immer alles, wie es kommen muß!"

Da verabschiedete sich Knox: „Es bleibt so, wie wir es besprochen haben."

Ein wunderbarer Frühlingstag lag über der Stadt.

Ein Zug Vögel flog über den Himmel. Es waren große dunkle, schwerschlagende Krähen, die vom Osten her kamen, um hier den Winter durchzustehen. Donner dachte an seine erste Preßburger Fahrt und an die Zigeunerin, und er suchte sich die Wellen der inzwischen vergangenen Jahreszeiten vorzustellen, die alle Spuren in sein Denken und damit in sein Leben gegraben hatten. Wie schnell war doch die Zeit vergangen. Nun war er 45 Jahre alt, und auf welche Ergebnisse bleibender Art konnte er verweisen? War sein Werk etwa oberflächlich? Die ein Leben lang durchdachten Gedanken, die durch lebendige Tage vom Auge aufgenommenen Bilder hatten sich gespeichert, und sie konzentrierten sich jetzt zu einer geballten Fülle, die explosiv expandieren mußte. Fünfundvierzig Jahre waren vergangen in einem Leben voll Schönheit, auch wenn es nicht gerade ohne Sorgen abgelaufen war, in einem Leben voll Mühe, dennoch aber in einem Reichtum erfüllender Abläufe. Wieviel Zeit lag noch vor ihm? Das wußte man nicht, aber es schien ihm jetzt, daß alles in diese Zeit hineingepreßt worden war, mit der fertig zu werden ihm nun wirklich Anstrengung bedeutete. Dennoch drängten sich gerade jetzt auch die schöpferischen Aufgaben zur Reife, zur Erfüllung. Alle Voraussetzungen waren gegeben. Die Aufträge lagen vor, die Werkstätten arbeiteten. Die helfenden Hände arbeiteten bewundernd mit, und seine Schöpfungen begannen sich den anderen zu offenbaren. Die seelische und formale Kraft, die aus Donners Händen scheinbar mühelos und undurchdacht quoll, erwies sich als künstlerische Harmonie, die sich als starkes Widerbild wirklichen Lebens darstellte. Im augenblicklichen Affekt gewann er sich das Auge, im längeren Vertiefen auch die Seele.

Welche Gedankenfülle vergeudet sich im Leben? Ihre Tiefen auszuloten, ist nur dem Künstler gegeben, und ihre wesentlichsten Kostbarkeiten bewahren zu dürfen, ist der Lohn. All der technische, der kaufmännische und verwaltungsmäßige Kram, der mit Donners schöpferischer Arbeit parallel lief, konnte ihm nichts anhaben. Über allem stand jetzt sein Werk. Die aus den 45 Jahren gespeicherte Kraft verlieh ihm erfüllende Bewältigung. Die schwarzen, schweren Vögel zogen mit weiten Schwüngen ihre Wellen in den unsichtbaren Luftmeeren, die tief und einsam waren wie jetzt der weite Himmel.

Als Donner in Preßburg ankam, fand er arg verlotterte Zustände vor. Jeder der Gesellen fast hatte auf eigene Faust Meister gespielt und dabei die vorhandene und klar vorgegebene Arbeit doch recht nachlässig und fast zu bedächtig vorgenommen. Mancherlei Unstimmigkeiten gab es zu regeln und Verkorkstes wieder zurechtzurichten, ehe er an die neue, eigene Arbeit gehen konnte. Er begann mit der Providentia und begann die Entwürfe Gestalt werden zu lassen. Die Arbeit ging ihm erst nur zäh von der Hand. Er suchte seinen Ausweg in der Gestaltung der ruhenden Nymphe, und sie gab ihm schließlich auch wirklich erlösende Brücke zu den großen Brunnenfiguren. Mit zunehmendem Gelingen befeuerten sich auch wieder Donners Eifer und Energie. Mit der wachsenden Wärme des in diesem Jahre 1738 unheimlich früh einsetzenden Sommers erlahmte jedoch wieder seine Agilität. Er konnte schließlich nur mehr morgens und abends arbeiten, weil zu anderer Zeit keine Bewegung mehr ohne Schweißausbrüche möglich war. So gesellte sich zu einer aufkeimenden Unrast nach Erfüllung noch die Angst zu, gesetzte Termine nicht einhalten zu können. In einem Vortermin entstand auch tatsächlich einmal eine Verzögerung, so daß er sich schließlich beim Akademiepräfekten Jakob von Schuppen wegen Aufschubes seiner Rückreise nach Wien entschuldigen mußte. Wohl war die Figur der Providentia nun schon seit April fertiggestellt, aber nun machten ihm das Formen der Putten und die Feinarbeit Schwierigkeiten, die er nicht gerne den Gesellen anvertraut wissen wollte und er darum lieber selber damit zu Rande kommen strebte.

Überraschend bestellte zu diesem Zeitpunkt der Magistrat der Stadt Wien in einem ausführlichen Schreiben Marmorreliefs für zwei Wandbrunnen der unteren Sakristei des Stephansturmes mit den Themen „Christus und die Samariterin“ und „Hagar in der Wüste“. Tatsächlich stellte Donner die andere Arbeit zurück und machte sich an die Anfertigung eines Reliefs aus rotem Wachs für die „Samariterin“. Dann verfiel er wieder der Besessenheit und arbeitete fast an mehreren Projekten zugleich.

Eine aus diesen Tagen aus Wien kommende Nachricht verständigte ihn davon, daß sein Schüler Wurstbauer, der am ausgeschriebenen Wettbewerb der Wiener Akademie teilgenommen hatte, mit seiner Arbeit eine Preismedaille errang, doch habe ihn sein Klassenkollege sofort danach angeklagt, daß er die Preisarbeit mit Hilfe seines Lehrers, also Donners, ausgeführt habe. Diesen empörte die Zumutung derart, daß er sich dazu Zeit nahm, eine Entgegnung zu formulieren, sie zu Papier zu bringen und diese mit der nächsten Post nach Wien zu senden. Er bezeugte darin, daß sich sein Schüler

Wurstbauer wohl tatsächlich in seiner Werkstätte im Aktmodellieren geübt habe, und er bestätigte auch, diese Arbeiten zuweilen korrigiert zu haben, doch habe er dem Schüler nachdrücklichst verboten, jemals eine solche Arbeit an die Akademie einzureichen, und er nehme auch an, wie er Wurstbauer kenne, daß er sich strikte daran gehalten habe. Er schlage darum im weiteren vor, die beiden Rivalen mit einer gemeinsamen Arbeit in ein Zimmer zu weisen, um so leicht feststellen zu können, wessen Arbeit tatsächlich die wertvollere sei. Wenn überdies die Anklage ihre Richtigkeit hätte, würde man unschwer seine Hand erkennen müssen, er wäre ein schlechter Bildhauer, wäre dies nicht der Fall und er machte nichts Besseres. Zudem sei die Anklage schon deswegen völlig irrig, da er sich zur genannten Zeit weder in Preßburg noch aber in Wien, sondern in Graz aufgehalten habe. Der Tag überbrückte auch dieses Intermezzo.

Die nächste Nachricht, die von Wien kam, war die Mitteilung, daß das Gußhaus am Alserbache fertiggestellt sei, daß die Modelle nach Wien und der Guß der unfertigen Teile dort zu Ende gebracht werden können. Diese Nachricht nahm Donner mit Freude auf, und er beschloß auch, von dieser Möglichkeit sofort Gebrauch zu machen. Er beschäftigte sich sofort damit, seine Arbeiten in Preßburg abzuschließen und sie zur Weiterarbeit nach Wien vorzubereiten. Leider nahmen die Vorbereitungsarbeiten, die Transportbesprechungen mit den Donauschiffern und den Arbeitern, die Verhandlungen mit seinen Gesellen und schließlich die Verpackung des benötigten Werkstätteninventars so lange Zeit in Anspruch, daß mit der eigentlichen Übersiedlung nach Wien erst zu Anfang des Monates Juni begonnen werden konnte.

Die Gesellen, die wieder die eiserne Hand des Meisters spürten, die Zielbewußtheit seiner Arbeit erkannten, erwiesen sich auch wieder eifriger, und sie halfen tüchtig mit. Donner schickte Franz Kohl nach Wien voraus, um die Ankunft des Transportes so in die Wege zu leiten, daß die Weiterarbeit am Guß und die Fertigstellung ohne weitere Verzögerungen erfolgen konnten.

So wurde dann in den ersten Junitagen ein eigener Schlepper mit den Gußmodellen, dem Sockel und Hauptfiguren, dem Werkstättenmobiliar und Inventar beladen und nach Wien verfrachtet. Lediglich ein ganz geringer Werkzeugbestand blieb noch unter der Obhut seines Gesellen Rupert Weigel zurück, der erst mit Anbruch der herbstlichen Tage und der endgültigen Fertigstellung der letzten Arbeiten, mit denen Donner in Preßburg noch beauftragt war, nach Wien folgen sollte.

Als die Pferde angetrieben wurden und Donner von der Plätte aus vor sich die entgegenströmende Donau lang sah, die Wälder rundum und himmelwärts, atmete er befreit auf. Es war ihm wie bei jener Fahrt nach Linz, als bräche wieder ein neuer Abschnitt an, als begänne wieder eine neue Zeit, als setze sich eine neue Hoffnung. Das Trübe schien vergessen, all die Widerwärtigkeiten ausgelöscht und die Bitternisse, die Hast und die Sorgen, die Intrigen, die immer wieder manches umdunkelten. All das war verwischt und verlöscht. Es ging dem Werke zu, dem Werke, das diesmal besonderer Art war und mit dem er sich, wie es der Bürgermeister höchstselbst ausgesprochen hatte, in publico eine immerwährende Ehre würde erwerben können.

Ein Lied saß ihm in der Kehle, und er vermischte es summend dem Raunen und Rauschen der ungebändigten Wasser. Ein Kormoran stieg vor ihm aus den Büschen des Auwaldes auf und flog mitten in das Licht der großen, blendenden Sonne.

Auf der Donaufahrt hatte er einen jungen Fischer gesehen, der mit einer Lanze nach Fischen gestochen hatte. Ein alter Fischer hatte ihn ausgelacht und gemeint, daß dies ein Unsinn sei, in einem Wasser wie der Donau nach Fischen zu stechen, das könne man in kleineren Gewässern tun, die von den Bergen kämen und klarer wären, in denen etwa die scheuen Salmfische und die Forellen leben, aber nicht hier. Der Junge achtete aber nicht darauf und stach sich wirklich einen großen Karpfen heraus. Da hatte ihm dann der Alte nichts mehr gesagt. Den Alten aber hatte, wie zuvor auch den Jungen, Raphael Donner gezeichnet.

Eine seiner ersten Arbeiten in Wien war es, daß er die beiden fertiggestellten Reliefs aus weißem Marmor, die „Samariterin“ und die „Hagar“, dem Magistrate ablieferte. Der Magistrat übernahm die Arbeiten auch und honorierte sie prompt, ließ sie aber nicht aufstellen, sondern bat Donner um die Ausführung eines neuen Reliefs „Die Taufe Christi“ als Gegenstück zu dem Relief „König David opfert das von den drei Feldherren gebrachte Wasser". Die beiden Reliefs jedoch bekamen Rahmen, die Donners Bruder Sebastian anzufertigen hatte, und wanderten dann in die kaiserliche Schatzkammer.

Für Donner war dies nicht mehr von Belang. Er stand bereits wieder in der weiteren Arbeit.

Der Herbst kam rasch. Wieder schien die Sonne trübe, blaß, fast winterlich. Der Himmel war wolkenlos und kalt und hatte selbst zu dieser frühen Stunde dunkellilafarbene Ränder. Der Wind, der am Morgen stark in die Kastanienbäume des Heiligenkreuzer Hofes geblasen hatte, kam nun nicht mehr stoßweise, als Wirbel, sondern wehte milder und gleichmäßig von Norden und wandelte sich wieder so zur Milde des Herbstes. Raphael Donner war bereits in der Werkstätte gewesen und hatte dort an den Brunnenfiguren gezeichnet. Nun vertauschte er fast plötzlich seinen Arbeitskittel mit dem Straßenrock, raffte ein paar Zeichenblätter zusammen und ging dem Mehlmarkte zu.

Es war etwa um die neunte Morgenstunde, als er in den Lebzelterladen trat. Das Faktotum verkaufte einer Mademoiselle eben einen Wachsstock und die Lebzelterin Simonetta sprach mit einem etwa vierzigjährigen Manne. Als sie Donner so plötzlich eintreten sah, erstarb ihr das Wort. Sie gab Donner die Hand und stellte die beiden Herren einander vor: „Herr Paul Troger, der bekannte Maler, und Herr Bildhauer Donner!" Die Männer verneigten sich und begrüßten einander.

„Ich habe schon von Ihnen gehört!" begann Paul Troger. „Und ich bin jetzt auf Ihren Brunnen sehr neugierig!"

Raphael Donner wußte nicht, was er sagen sollte. Etwas unsicher sah er Simonetta an. Diese antwortete: „Sie werden gewiß dazu Gelegenheit haben, wie aber andererseits auch Herr Donner Gelegenheit haben wird, etwas von Ihren Arbeiten zu hören. Sie arbeiten doch, wie ich jetzt erfuhr, an dem Deckenfresko der Kaiserstiege in Göttweig? Herr Troger hat auch bei den Ursulinerinnen gewirkt. Er ist aus Tirol zu uns gekommen."

Verlegen meinte Donner: „Ich freue mich wirklich!" Im Innersten aber war er bereits ganz woanders.

 Troger sagte jedoch bereits: „Die Freude ist an mir. Ich habe mir schon immer gewünscht, Sie kennenzulernen, und ich hätte Sie auch gerne einmal gemalt!"

,,Ich bin durchaus nicht unnahbar, aber ich glaube, bei mir wäre es schade um die Leinwand und die Farben! Machen Sie lieber einen Kupferstich."

,,Sie dürfen nicht so bescheiden sein. Außerdem bin ich primär Maler und bevorzuge daher die Farben!"

Simonetta pflichtete bei: ,,Raphael Donner ist immer so bescheiden gewesen."

Donner war das sichtlich unangenehm, daß man sich so eingehend mit seiner Person beschäftigte. Ablenkend erwähnte er darum nur: ,,Ich habe es noch nie zu bereuen gehabt. Das Leben hat mich nie verwöhnt, und Menschen, die ihr gerüttelt Maß an Leid und Arbeit zu tragen haben, sind meistens bescheiden!"

Traumhaft schien Donner erschüttert, und Simonetta fühlte, daß Georg Raphaels Denken in anderen Sphären lag. Sie versuchte bereits abzuschwächen, als Troger sagte: ,,Sie haben recht, ich nehme Sie beim Wort, ich komme sehr bald, Sie zu zeichnen."

,,Ich werde zu vermitteln suchen!" fügte Simonetta bei und winkte ihrem Faktotum, daß er Troger die Dienste und weitere Ehren erweise. Simonetta hatte gefühlt, daß in Raphael etwas drängend kämpfte und rang. Sie gab Donner die Hand und führte ihn aus dem Laden und die Treppe hoch.

,,Ich habe an deiner Nymphe gearbeitet. Du erinnerst dich an Preßburg und an Poeni. Diese Arbeit habe ich fertiggestellt, und ich wollte sie für den Brunnen verwenden. Aber es ist nicht das, was ich mir vorstelle!"

,,Es war doch eine Zeichnung, um die ich dich beneidete, ja um die ich mich beneidete, da sie schöner ist, als ich es bin."

,,Ich bin nicht zufrieden, es muß anders sein!" Wie in Trance ging er nach Simonetta hinauf. Sie versuchte ablenkend zu plaudern: ,,Ich bin jetzt immer im Geschäft, ich brauche diese primitive Arbeit . . ." Sie brach plötzlich ab. Jeder Schritt erinnerte an Vergangenes. Das spürten beide, und das Bewußtsein war wie ein Fieber um sie. Nun waren sie im Zimmer. Raphael hob die Hand, und wie zeichnend phantasierte er. ,,Nackt und frei, aufrecht an einen Felsen gelehnt, nein, träumend, sinnend ins Wasser blickend, dennoch gelagert, statisch, nichts von bewegten, flackernden Linien, sondern ein wonnig beruhigendes Aufsteigen und Senken weicher Wellen, flammendes Anschauen fliegender Träume, Festhalten der Bewegung und erstarrendes Heben und Fallen weicher Wellen, sanft wie das Ersterben eines Flusses im Versinken einer Melodie.“ Simonetta war weitergeschritten, und mechanisch ging ihr Raphael nach. Aber er hatte bereits seinen Block und fieberte mit seinem Stift. „Tändlerisches und Spielerisches neben wunderbarem Ernst. Ruhe, weiche schmiegsame Ruhe in allem. Nur die Frisur des Haares dem Nacken gegenüber kontrastiert, gleichsam dämmend und gebunden.“ Ein Kleidungsstück nach dem anderen war gefallen, und Simonetta hatte sich seinen Gedanken entsprechend gefügt. Über den Schoß war ein leichtes Gewebe geworfen, gewunden, und die rechte Hand versuchte die Blöße der Brust zu decken.

Donner redete weiter: „Am Rande des Beckens ruhen vier Flüsse in Menschengestalt. Der Flußgott als Mensch, alt die Enns und jung die Traun, aber die Eva ist die Ybbs, und du bist die March. Aus Schilfumgebung erwachsen sie, und immer, immer wieder fließen die Wasser aus Urne, Muschel, Eimer und speiend aus dem Fisch . . . Erinnerst du dich, Simonetta?“

„Ja, Georg, ich erinnere mich . . .“

Wie aus weiter Ferne kam ihre Stimme, ihr Körper aber lag nackt vor ihm.

Georg Raphael skizzierte, und dabei erzählte er: „Keinen Augenblick, seitdem ich wieder aus Preßburg zurück bin, kam ich zur Ruhe. Wie aus verfallener Kraft ein müdes Zucken neuen Willens tritt, habe ich immer wieder gearbeitet, gearbeitet bis spät in die Nacht. Es hat in Preßburg begonnen und findet kein Ende, auch hier nicht. Im Gegenteil, es ist alles brennender geworden, seitdem ich den Auftrag endlich zugesprochen bekam. Ich brauche aber jetzt Licht, heitere Wärme und festliche Luft. Spürst du, was ich brauche? Kaum eine meiner Figuren hätte ausreichend Platz. Wohl hat Kohl etwas vorgearbeitet und sich nach etwas umgesehen. Er hat auch in einem Gartenhause Managettas einen ansprechenden Raum gefunden, aber da bedarf es noch vieler Arbeit, ihn verwendungsfähig zu machen. Du weißt, wie ich dich damals mit Poeni gezeichnet habe.“ Wieder kam er darauf zu sprechen. Ein Flügel half seinen Gedanken zu neuen Schwüngen, aber er saß mit beiden Füßen in der Gegenwart im Raum und vor der Frau, die genauso da war, wie er sie seinen Träumen abgerungen hatte. Glanz lag in seinen Augen, lohendes Brennen. Er atmete langsam und schwer. Von dem Platze draußen her strömte das gleichmäßige Geräusch täglichen Gelärmes: Hufeklappern, Rollen der Räder, Schritte, Gespräche und Rufe.

Simonetta wagte den Einwand: „Und Eva, deine Frau?"

Ich sagte es schon: „Sie ist die Ybbs, du aber bist die March. Die Flüsse vereinigen sich nur in der Donau. Nichts sonst . . ."

Wieder warf Simonetta ein: „Du übernimmst dich in deiner Arbeit!"

Georg aber antwortete auf den vorherigen Gedanken: „Eva Maria ist mir Ehefrau. Sie durfte mir nicht Mutter sein. Ich bin aber mit allem zufrieden. Was mir das Höchste ist, weißt du."

„Ja!" flüsterte sie und blieb ruhig. Nur mit ihren Augen folgte sie Georg Raphaels Bewegungen. Wie flüsternd sprach sie später: „. . . und was bin ich dir dann?"

Donner hielt einen Augenblick in seinen Bewegungen inne. Sie meinte, seine Augen müßten sie durchbohren. Nun erst wurde sie sich auch ganz ihrer Nacktheit bewußt, genauso wie damals, als sie frug, bin ich schön, und er geantwortet hatte, schöner noch. Aber dazwischen lagen die Jahre und die Reife. Georg schaute lange und bewegungslos auf sie. Alles an ihr sprach, redete zu ihm: die kecken Hügel der Brüste, die Wellen und Mulden des Leibes in ihrem Zusammenhang, das Delta des Schoßes, das wie Moos unter dem dünnen Gewebe schimmerte.

„Du bist mir Simonetta!" war seine kurze Antwort.

Sie wurde still und frug nichts mehr, bis er ging.

Nach und nach brachte man die gußbereiten Modelle in das halbfertige Gußhaus am Alserbach, aber das war den gestellten Anforderungen noch immer nicht gewachsen, daher ging alles nur schleppend von der Hand. Auch mit der Werkstätte in der Stadt war Donner nicht mehr zufrieden. Alles platzte aus den Nähten, es beklemmte ihm die Brust, je länger er die erhöhten Anforderungen zu bewältigen hatte. Es bedurfte mehr Licht und größerer Räume für seine Arbeiten, darum beschloß er, vom Heiligenkreuzer Hofe auch seine Wohnung nach dem Managettaschen Gartenhause am Heumarkte zu übersiedeln. Das gab viel Arbeit, dennoch ging er sie an. Er selber sah und kümmerte sich um alles. Jedes Werkzeug, die Schräg- und Flacheisen, alle gekröpften Arbeitsmittel und Modellierhölzer, mit denen er gearbeitet hatte, kannte er und wußte um sie. Gutsche, Geißfuß, Modellierbock und Knüppel trug er zusammen, er wußte, wo sie zu finden waren und was fehlte oder zu ergänzen war, und seine Brüder halfen ihm dabei.

Fanatischer Eifer strömte von ihm aus und übertrug sich entflammend auf seine Umgebung. Wurstbauer, der durch Donners Brief rehabilitiert worden war, kam, ihm überschwenglich zu danken. Seine Prüfungsarbeit war tatsächlich Donners Vorschlag gemäß wiederholt worden, und der Preis wurde ihm darauf zweifelsfrei zuerkannt. Moll, sein anderer Schüler, mit dem er einer nebensächlichen Kleinigkeit wegen in unbedeutende Zwietracht gekommen war, fand wieder zu ihm, und schließlich nahmen auch die gesamten Kunstkreise der Residenz lebhaften Anteil an der Herstellung der Brunnenfiguren. Es war, als wüchse eine Lawine, die sich erst in der Erfüllung des Gusses erlösen sollte. Je stärker dies Donner auch erkannte, desto mehr wandte er sich aber auch der Ausführung seines Erweiterungsentwurfes zu.

Noch hatte er seine Werkstätte in Preßburg nicht zur Gänze aufgegeben. Sie wäre ihm zur Ausführung seines Auftrages, weil wesentlich günstiger, noch willkommener gewesen als das eigentlich dem Zwecke noch nicht vollkommen entsprechende Gartenhaus, aber es hatte sich andererseits die Schwierigkeit in der Bewältigung der Transporte herausgestellt, wie der erste Versuch ergeben und bewiesen hatte. So kam es, daß er eigentlich an drei Stellen arbeitete und doch mit keiner ganz zufrieden war.

Die Mittelfigur des Wasserbeckens, die Fürsichtigkeit mit dem Schilde des Januskopfes und die vier mit den Fischen spielenden Kinder waren jedenfalls so weit, daß er sie einem wohlwollenden Rate zur Besichtigung freistellte. Bei der Gelegenheit dieser Visitation, in der sich der Stadtrat mit Donners Werk außerordentlich zufrieden zeigte und bei der man ihm als Honorar nicht nur die Summe von 1700 Gulden, sondern auch einen zehnfachen Ratspfennig, der in Münze 42 Gulden betrug, aushändigte, überreichte Donner seinen Vorschlag, den Brunnen durch weitere vier auf einem Bassinrand locker angebrachte Figuren, die in die Donau mündende Nebenflüsse darstellen sollten, zu erweitern.

Überraschenderweise fand dieser Vorschlag zustimmende Begeisterung, zumal eine solche künstlerische Ausdehnung zugleich auch eine der Stadt repräsentativere Aufmachung verlieh, und es bedurfte überhaupt keiner nennenswerten Debatte mehr darüber im Rate. Man hatte einfach im gezeigten Werke Donners bereits die unbedingte Ebenbürtigkeit mit jenem Matiellis erkannt und damit zugleich auch erstmals für die heimische Kunst entschieden, die hier einen ersten Kampf gegen die jahrhundertelange Invasion der bevorzugten Italiener bestand. Das Wohlwollen, mit dem Donner ausgezeichnet ward, brachte ihm auch einen neuen Auftrag. Er sollte in die Architektur unter dem Gitter eines bestehenden Balkons das Relief der Befreiung der Andromeda als Brunnenmotiv einbauen, welcher sich im Hofe des Rathauses befand. Dafür und für den Plan der Erweiterung des Brunnens auf dem Mehlmarkte kam der Auftrag zu gleicher Zeit. Der Kontrakt, vier liegende Figuren zu dem Brunnen auf dem Neuen Markt betreffend, lautete: ,,Am heute zu Endegesetzten Datum ist zwischen einem wohledel-hochweisen Stadtrat allhier an einem, dann dem Herrn Raphael Donner hochfürstlichen Esterházyschen Baudirektor anderen Teile nachfolgender Kontrakt aufgerichtet und geschlossen worden und zwar

Erstlichens, so verspricht Herr Raphael Donner zu dem neu aufzurichtenden Brunnen auf dem Neuen Markt über die hiezu bereits verfertigte und bezahlte Statue noch vier andere, jedoch liegende Figuren ohne Postamentern, als welche der Magistrat und zwar von Stein hiezu verschaffen wird, gleichfalls von Blei und Zinn gegossener jede sieben und einen halben Schuhlang, dann drei und einen halben Schuh hoch, und zwar diese längstens zu künftig Georgi dieses jetzt neueingegangenen 1739. Jahres zu liefern.

Andertens sollen durch diese obbemeldten Figuren die vier in die Donau sich ergießenden Flüsse in Österreich vorgestellt, und zwei hiervon in Gestalt eines Mannes, die übrigen zwei aber in weiblicher Gestalt gebildet, jedes eine Urne in den Händen haltend, diese aber also eingerichtet wird, auf daß das daraus fließende Wasser in das Bassin füglich hineinrinnen möge. Dazu verschafft

Drittens ein löblicher Magistrat nicht nur allein das erforderliche Zinn und Blei und zwar zu einer Figur vier, und zwanzig Zenten Blei, und zwei ein halben Zenten Zinn, sondern auch das benötigte Holz, wie auch die Kohlen. Dann gestattet auch derselbe, daß diese vier Figuren in dem neuerbauten und der Stadt angehörigen Gießofen gegossen, item das Blei und Zinn hinaus und die Figuren wiederum herein bis auf den Neuen Markt geführet, die Unkosten aber aus dem gmr. Stadt-Ober-Kammeramt bezahlt werden sollen und weil

Viertens der Herr Donner willens ist, diese Figuren in dessen Wohnung zu Preßburg zu modellieren, also sollen jene auf dessen Gefahr und Spesen auf dem Wasser bis an das allhiesige Roßauer Ufer gebracht, was den Fuhrlohn, wie auch auf- und abladen bis zu dem Gießofenbetrag wird, von der gmr. Stadt bezahlt werden wird, auf gleiche Weise, und was

Fünftens das Aufsetzen anlangt, solle zwar von Herrn Donner dasselbe ohne weiter anverlangter Bezahlung vorgenommen, die Tagwerker aber: oder was sonsten noch hiezu erforderlich sein möchte, ohne dessen Entgelt abermals von der Stadt bestritten werden:

Wann nun:

Sechstens die Lieferung deren vier verakordierten Figuren beschehen sein wird, verobligiert sich ein löblicher Stadt-Magistrat vor dessen Mühe Gieß- und Ausarbeitung demselben um eine jedwedere dergleichen Figur 300, zusammen aber 1200 Gulden, und zwar bei Beschließung dieses Kontraktes 400 Gulden, der über Rest aber deren 800 Gulden/ :wenn alles in vollkommenen Stand gebracht sein wird:/aus gmr. Stadt-Ober-Kammeramt gegen Quittung und zwar mit dem Versehen bezahlen zu lassen, daß gleichwie Er Herr Donner mit der ersten Figur ihm einen großen Ruhm erworben hat: als solle mit diesen allhier kontrahiert, und darauf folgenden vier anderen Figuren seine Bekannte Dexterität kontinuiert werden; alles getreulich, und ohne Gefährdte zu wahren Urkund dessen sind dieses Kontrakts drei gleichlautende Exemplaria unter gmr. Stadt mittleren Sekret Insigl, und sein Herrn Donners Fertigung aufgerichtet, das erste hiervon in gmr. Stadt-Ober-Kammeramt gegeben, das anderte dem Herrn Kontrahenten behändiget, das Dritte aber auf Gmr. Stadt-Buchhaltung beibehalten worden. So beschehen Wien den 3. März 1739."

Die Herstellung des Brunnens gestaltete sich für Wien tatsächlich zum Ereignis, da der Erzguß in Österreich so gut wie vergessen schien und auf sehr niederem Niveau stand. Mehr und mehr zollte man jetzt auch Donners schöpferischer Kraft Bewunderung und Anerkennung, da er mit einer bewundernswerten Leichtigkeit und Selbstverständlichkeit, förmlich aus dem Handgelenk heraus, Dinge gestaltete, um deren Vollendung und Formung sich die mit ihm gleicherweise tätigen Künstler rauften, mühten und plagten und deren hauptsächlichste Schwierigkeit wohl in der Meisterung der Anatomie lag, soweit sie eben für solche plastische Gestaltung unbedingt erforderlich war.

Die Gußstätte am Alserbach wurde zum Rendezvousplatz der bildenden Künstler Wiens, und bei der liebenswürdigen Kollegialität, welche damals die junge Wiener Schule verband, ist leicht abzusehen, daß Donners freier Geist, seine geniale Weise, seine kühne Technik, von der er jedoch kaum Aufhebens machte, zur Nacheiferung drängten. Zunächst waren es seine Brüder, die die Gelegenheit wahrnahmen, selbst an ihres Bruders Werk tätig mitzuarbeiten, dann aber auch die Fachgenossen und hauptsächlich auch sein Schüler Moll, der sich wieder insbesondere in der Bildhauerei aus weichem Metall versuchte.

In Donners Werkstätte im Gartenhause Managettas war man jedenfalls in fieberhafter Eile um die Ausführung des großen Auftrages bemüht, und die mitgliederreiche Arbeitsmannschaft hatte alle Hände voll zu tun. Donner war auch in dieser Hinsicht ein guter Organisator und Koordinator.

Von der Absicht, die vier Ergänzungsfiguren allesamt in Preßburg anzufertigen, war Donner sofort nach Erhalt des zweiten Kontraktes abgekommen. Er bereute es durchaus nicht, denn er fand auch so in diesen Tagen kaum Zeit, nach Hause zu gehen, da Werkstätte und Gußhaus in fast einer Wegstunde Entfernung voneinander lagen. Er schlief nun einfach im Werkstattraum, und schließlich veranlaßte er auch Eva, der umständlichen Haushaltsführung wegen die Wohnung im Heiligenkreuzer Hofe überhaupt gänzlich aufzugeben und ebenfalls in einem Nebenhause des Gartenhauses Quartier zu beziehen. Zu all der Hast der Arbeit kam zwar dadurch auch noch der Wirbel der Übersiedlung. Den allerdings hatte in überwiegendem Ausmaße die Umsicht Eva Maria Elisabeths zu tragen und zu bestreiten. Schließlich kam man aber auch da bald so weit in Ordnung, daß sich die handsamere Vereinfachung und die Verminderung der Differenz an Weg und Zeit sich für alle Beteiligten recht günstig und wohltuend auswirkte. Die verlassene Wohnung im Heiligenkreuzer Hofe wurde vom alten Altomonte übernommen, und die durchgeführte Übersiedlung war gleichzeitig für Öser Anlaß, seinen bereits lang geplanten Domizilwechsel nach Dresden endlich zu vollziehen.

Parallel mit diesen weitgreifenden Umstellungen in den äußeren Gepflogenheiten Donners begaben sich ebenso wie im Geschehen des Staates auch in der Stadt selbst vielerlei Ereignisse, die letztlich auch wieder nicht ohne gewisse Rückwirkungen auf Donner und seine Arbeit im besonderen blieben. Der eben geschlossene Friede zu Belgrad war krönender Ansporn und treibende Ursache zu erhöhter Feierfreudigkeit sowohl seitens des Hofes als auch durch die Bevölkerung selbst. Zu jeglichen Anlässen fanden Bälle und Soupers statt. Kammerkonzerte und neue Kontradanses wurden veranstaltet, und Garten- sowie Parkfeste bildeten den Kern aller Vergnügungen der höfischen und adeligen Gesellschaft.

Aber auch den Bedürfnissen des Volkes wurde weitgehend Rechnung getragen. So erbauten Antonio Galli Bibiena und sein Bruder Giuseppe, jene Mitglieder der bekannten Architekten- und Dekorateurfamilie, die auch vor Jahren das Hetztheater errichtet hatten, im Auftrag des Kaisers ein Triumphtor, das so weite Anerkennung fand, daß es ihnen später einen weiteren Auftrag zur Anfertigung eines ebensolchen in Dresden einbrachte.

S. Knox mühte sich indessen mit seinen Gesellen redlich, das breit ausladende, für den Mehlmarktbrunnen bestimmte Marmorbecken, das ebenfalls Donner entworfen und skizziert hatte, rechtzeitig fertigzustellen, und mancher Fluch preßte sich zwischen die Zähne des ehrgeizigen und dabei doch auf möglichst geringen Arbeitsaufwand bedachten Mannes ob der von Donner geforderten Genauigkeit. Auf dem Platze des Mehlmarktes selbst war man ebenfalls bereits mit den Vorarbeiten beschäftigt. Die Wasserleitung, die der Speisung des Brunnens zu dienen hatte, war als nicht ausreichend befunden worden und mußte durch weitere Verstärkungsrohre den höheren Ansprüchen angepaßt werden. Dazu war wieder die Erschließung weiterer Wasserquellen vonnöten, die man erstmals aus den Gebieten der Berge um Wien herleitete.

Donner gab um diese Zeit unter der Notwendigkeit der Zeitbedrängnis seine Lehrstelle an der Akademie wieder auf und schlug hiefür seinen Schüler Johann Nikolaus Moll zum Nachfolger vor. Diesem Wunsche wurde in überraschend schneller Erledigung seitens des kaiserlichen Hofbauamtes stattgegeben.

Ein neuer, zusätzlicher Auftrag für die Anfertigung eines Reliefs „Die Taufe Christi" mit einem vom 10. Jänner 1739 datierten Vertrag des Magistrates der Stadt Wien erreichte Donner jetzt erst in diesen Tagen. Er modellierte seinen Entwurf in Gips, arbeitete parallel an dem Basrelief der „Andromeda", indes die Werkstätte bereits mit der Ziselierung der Brunnenfiguren beschäftigt war. Diese Gleichzeitigkeit der Handlungen versetzte ihn in einen gewissen Zustand des Hinschwindens seiner Kräfte, die seiner körperlichen Konstitution auch nicht gerade förderlich war. Die unermüdliche Schaffenskraft, das rastlose Tagwerk, der dauernde Aufenthalt in Gußhaus und Werkstätte hatten ihn leichter ermüden lassen, als es je vordem der Fall gewesen.

In Preßburg war er noch frei gewesen und hatte ab und zu des Abends noch Spaziergänge gemacht und war hinausgekommen. Nun aber, obwohl er die Enge des Heiligenkreuzer Hofes mit der freieren Freundlichkeit des Gartenbezirkes vertauscht hatte, war trotz eifrigster Bemühungen seiner Frau nicht zum bescheidensten Ausspannen oder gar etwa zu Spaziergängen Zeit gewesen. Und wenn ihm wirklich das Werk nicht alle Kräfte abverlangte, dann verwendete er die Zeit für seine „Andromeda", die nach Vollendung der Brunnengestaltung zu seiner Lieblingsarbeit geworden war.

Der Zeitpunkt, zu dem die Enthüllung und die feierliche Übergabe des Brunnens erfolgen sollten, kam immer näher. Die neue

Wasserleitung auf dem Platze war verlegt, und Knox war mit der Aufstellung des Brunnenbeckens so weit, daß nun alle Hände beider Werkstätten damit zu tun hatten, die Figuren selbst daran zu befestigen, sie anzuschließen, zu montieren und zu verkitten. Auf schweren, niederen Streifwagen waren, von vier Pferden gezogen, in sorgsamer Behutsamkeit die Figuren vom Managettaschen Gartenhause nach dem Mehlmarkte gebracht worden. Auch der Magistrat hatte Hilfskräfte zur Verfügung gestellt und auch alle Vorsichtsmaßregeln getroffen, die beim Transport nötig waren und die sich schließlich auch bei der Aufstellung als notwendig ergeben hatten. Leider hatte sich schon bei der ersten Wasserprobe die errechnete Wassermenge aus den verstärkten Quellzuflüssen noch immer zu gering erwiesen, daß man in aller Eile um eine weitere Verstärkung bemüht sein mußte und von der Quelle des Valezianischen Gartens auf der äußeren Wieden noch einen weiteren halben Zoll Wassers abzweigen mußte. Die für den 4. November 1739, dem Namenstag des Kaisers, vorgesehene Eröffnung konnte aber dennoch als gesichert angesehen werden.

Zitternd flackerten Glockenklänge über die fast noch schlafende Stadt. Es war noch früh am Morgen. Die Nebel hüllten diesig die in die braune Stille des Herbstes erkahlten Sträuche und Bäume in schlierende Schleier. Noch war der Herbst nicht dem Winter zu weichen bereit, aber der kalte Duft und die Schwermut der abebbenden Tage wurden spür- und sichtbarer. Donner war an das Fenster seines Zimmers getreten und schwelgte im Blick über den Garten hinweg zur Stadt . . . Nagende, fast quälende Unruhe hatten Donner nicht zur Ruhe kommen lassen, und es hatte lange gedauert, bis er überhaupt aus der Erregung heraus in den Schlaf fand. Die letzten Tage waren besonders hart und schwer gewesen, und es schien, als nähmen die Schwierigkeiten kein Ende, denn jedem gelösten Problem gesellte sich ein neues, wieder ungelöstes dazu und schien Mühe und Werk endlos verlängern zu wollen. Sein Schlaf war unruhig und leicht gewesen, und selbst jetzt noch, aus dem erleichternden Schlaf zum Morgen erwacht, hingen seine Hände, wie er sich in den Morgen trank, schwer von den Schultern, und sein bleierner Kopf wollte sich müde und mehr noch als sonst der Schulter zuneigen.

In dem zum Morgen dämmernden Garten sang eine Nachtigall ein trauriges Lied. Aus den verfallenden Farben strömte ihm die Feuchtigkeit des Morgens entgegen, und nur mühsam schimmernd drang allmählich die Sonne durch. Es wurde wärmer, und der Tag versprach, schön zu werden. Donner wusch sich, kleidete sich an und beeilte sich, fertig zu werden. Es gab so viele Dinge, denen man gerecht werden mußte, so man einmal in den Mittelpunkt der öffentlichen Aufmerksamkeit gerückt war. Eva war helfend bei ihm, und sie suchte schweigend dort zu helfen, wo er hilflos schien. Ein Zweispänner war bestellt worden, in dem Donner mit seiner Frau und den Brüdern zur Stadt fahren sollte. Man hatte gemeinsam beraten, wie man sich verhalten würde, anpassen wollte und den Tag in das Programm einfügen werde. Aber es kam alles anders. Es war vorgesehen, daß man noch, ehe das Gefährte anrollen würde, ein ausgiebiges Frühstück einnehmen wollte, doch meldete sich, ehe noch die Vorbereitungen dazu vollendet werden konnten, ein livrierter Kutscher, der dazu befohlen war, Herrn Bildhauer Donner zum Stadtmagistrate zu bringen, um von dort gemeinsam mit dem Bürgermeister zum Festplatze zu fahren. Zuerst war man von dieser Tatsache überrascht, fügte sich aber dann sofort dem neuen Umstande und änderte alles anpassend ab.

Es war so üblich, sich am Namenstage des Kaisers alljährlich in bestmögliche Festgewandung zu kleiden. Fahnen in den Farben der Stadt und des kaiserlichen Hauses flatterten über den Straßen. Die Tore und Fenster der Hauptstraßen waren mit Girlanden und frischem Reisig geschmückt. Die Leibgardisten exerzierten ihren Paradeschritt und traten hölzern stramm weitaus zum klingenden Spiel. Alt und jung zog durch die Straßen und ergab sich gierig und gern der festlichen Stimmung.

Als Donner so ganz allein in dem prunkvollen zwiespännigen Gefährte durch die Straßen fuhr, fühlte er sich recht unbehaglich, und er wünschte sich im stillen irgendwohin in eine verlassene Einsamkeit. Aber jetzt saß er nun einmal auf dem Präsentierteller und sah, daß die Leute mit Händen zeigten, nach ihm wiesen und sich mancherlei zuflüsterten. Er blieb darum, wissend, nichts ändern zu können, mit geheimem Grimme und hölzern lächelndem Gesicht tapfer und steif auf seinem Platz im Winkel der Kutsche. In diesen

Minuten beschloß er bei sich, zunächst keine Arbeit mehr anzunehmen und für die nächste Zeit gründlich auszuspannen, nichts zu tun und einfach zu ruhen.

Vor dem Arkadenhause am Graben, in dem Bürgermeister von Zahlheim wohnte, hielt der Wagen. Buben umstanden bald die Kalesche, und sofort blieben auch die Bürger stehen in neugieriger Distanz, dennoch aber mit offenen Mündern. Als nach geraumer Zeit der Bürgermeister in vollem Ornate kam, erhob sich Donner, doch war jener in seiner Begrüßung fast devoter als Raphael, der, nun etwas ruhiger geworden, das Kommende über sich ergehen zu lassen bereit war.

Nun rollte der Wagen zum Mehlmarkte. Aus allen Häusern quollen die Neugierigen und strömten dem Platze zu. Sie sammelten sich in plaudernden Gruppen und späterhin zu geschlossenem Spalier. In festlich vergnügter Erwartung schwatzten sie durcheinander, und je näher sie dem Festplatze kamen, um so gedrängter staute sich die Masse. Alles, was in Wien Rang und Namen hatte, wollte bei diesem Ereignis zugegen sein. Donner schien es, als wäre er nicht mehr er selbst, als wäre er eine jener Gestalten, die das Gefeiertwerden als eitle Notwendigkeit betrachteten oder sogar auch zu ihren ehrgeizigen Bedürfnissen rechneten. Er haßte sich in dieser Stunde, aber er war in seiner passiven Gegenwart nicht fähig, etwas zu ändern.

Der Wagen hielt. Amarantrot gekleidete Lakaien standen in Doppelspalier und säumten den Weg der geladenen Gäste und des vorgezeichneten Festplatzes. Teppiche und Blumen, Blattwerk und Lorbeer schmückten den Weg zur Balustrade.

Noch lag der Brunnen verhüllt, aber die Wasser rauschten schon. Die Vertreter der Kirche und des Hofes nahmen die Plätze ein. Langsam füllte sich die Tribüne. Als Donner neben dem Bürgermeister zu seinem Platze schritt, begann das Musikkorps der Stadtgarde zu spielen und unterbrach damit das bunte Lärmen. Von fern her scholl steigend das Vivatrufen und Jubeln der Menge. Es kam näher. Die kaiserliche Karosse rollte an. Alle erhoben sich von den Sitzen, dann begann die Feier . . .

Donner, wie gelähmt, stand still und schloß die Augen. Erst als die Hülle des Brunnens fiel, fand er sich selber wieder. Sein Werk stand da. Vollendet. Das seidenartig glänzende, schimmernde Blei des Brunnens verlieh dem feierlichen Augenblick unbegreiflichen Zauber. Eine Minute lang war es so still, daß man nur das Rauschen der Wasser hörte, erst dann sprang wieder zögernd der Lärm auf.

Donner stand unbewegt und hörte die Ansprache nicht. Das Leben um ihn her war wie erloschen, nur sein Brunnen lebte noch und begann zu leben. Der milde Seidenglanz des weichen Metalls verströmte im diffusen Licht der schwachen herbstlichen Sonne leibhaftiges Leben, und steigernd wuchs der sinnliche Reiz der Gestalten. Die March, die Ybbs, der alte Fischer und der kraftvolle Jüngling, sie alle trugen sein Herz, seine Sehnsucht und seine Lebendigkeit. Sein Werk hatte sich von ihm gelöst, stand allein und sah durch die Providentia hinaus in eine wunderbare Ferne und Zukunft, verheißend und stolz . . .

Die Welt um Donner war versunken.

Ein Junge kreischte auf, deutete auf die nächste der weiblichen Brunnenfiguren und platzte heraus: ,,Das ist ja die Mehlmesserin!"

Diesen Satz hörte Donner aus der Menge heraus, aber er tat so, als hörte er ihn nicht. Er war von Schmeichlern und Fragern umgeben. Er wurde beglückwünscht, und man sprach auf ihn ein, daß er kaum allen Bescheid zu geben vermochte. Des Kaisers Tochter wünschte ihn zu sehen. Sie war in Vertretung des Vaters gekommen, und auch Kardinal Graf Kollonitsch entbot ihm den Ausdruck seiner Anerkennung. Er sah, wie sich seine Frau und seine Brüder freuten und wie sie seiner Anerkennung teilhaftig waren. Eine warme, freundliche Stimme sprach auf Donner ein, und als er sich dem Sprecher zuwandte, sah er zwei tiefdunkle, glänzende Augen.

Er wurde vorgestellt: ,,Dompropst Monsignore Franz Otto Kochler von Jochenstein aus Gurk."

Höflich verbeugte sich Donner: ,,Eure Eminenz, Hochwürden?"

,,Ich bewundere Sie!" sagte dieser. ,,Ich kann mich von den Gestalten nicht loslösen. Die männlich ernste, dennoch jedweder Sentimentalität abholde Mollstimmung, die ihre Figuren zeigen, begeistert mich. Die wundersame, strenge Rundlinie, die dennoch die Weiche der Formenbehandlung glücklich vereint, ist einmalig. Ich habe so etwas noch nicht gesehen. Die Seele scheint wie befreit von den stürmischen irdischen Leidenschaften und allein im Körper verankert zu sein . . . ich verstehe es nicht, mich so richtig auszudrücken, aber wes Herz voll ist, dem geht der Mund über!"

Demütig stand Donner vor dem gütigen Herrn: ,,Eure Eminenz beschämen mich. Ich habe nichts anderes mit meiner Kunst versucht, als objektiver Mittler von Symbolen zu sein. Ich wollte in dieser Arbeit keine Spur meiner Persönlichkeit oder auch nur einer jeweiligen Wendung meines eigenen Lebens, weder Freude noch Schmerz oder auch nur das geringste Zeichen einer Laune erkennen lassen . . ."

,,Es ist einfach ein Geschenk Gottes, etwas mühelos zu bilden, was andere mühevoll zu bilden suchen. Darum komme ich jetzt zu Ihnen, und darum habe ich jetzt auch eine Bitte an Sie!"

,,Eure Eminenz haben eine Bitte? Was soll ich?"

,,Ich bitte nicht für mich. Vielleicht darf das zugleich auch Ihr Dank an den Schöpfer sein, der Ihnen diese Gabe lieh."

Donner sah den Geistlichen fragend an.

,,Hier ist nicht der Ort dazu, aber ich bin noch einige Tage hier. Ich erwarte Sie im Erzbischöflichen Palaste hier und möchte es Ihnen dann sagen!"

Da Donner darauf nichts zu antworten wußte, frug ihn der Propst: ,,Darf ich Sie erwarten, Meister Donner, werden Sie kommen?"

Donner nickte. ,,Ich komme!" antwortete er. ,,Ich werde morgen kommen!"

Die Verlockung einer ahnungsvollen Ungewißheit erfüllte ihn den ganzen Tag. Alles, was sich in diesen Stunden sonst noch begab, die Schmeicheleien, die Lobeshymnen, die Gratulationen, Festessen und Honneurs der um ihn Scharwenzelnden erschienen ihm nur unwesentlich und lästig, als Pflicht nur, der er weder entgehen durfte noch konnte. Abends hatte ein Ball, ein großes Souper zu seinen Ehren stattgefunden, bei dem er und seine Familie anwesend zu sein hatten. Wohl hatten diese ihm einen Teil seiner Verpflichtungen abgenommen, aber ihn davon zu befreien oder etwa gar ihn davon zu erlösen, wie er es zuinnerst gerne gewollt hätte, vermochten sie nicht.

 War eigentlich Simonetta dabei gewesen?

Als Georg Raphael Donner am nächsten Morgen über die Straßen zur Stadt ging, hatte er das Gefühl, daß ihn die Leute anders grüßten als sonst. Sie schienen ihm irgendwie devoter, irgendwie begieriger und neugieriger und so, als ob hinter jedem Gruße der Gedanke stünde, seht, das ist der Mann, von dem der neue Brunnen ist. Er hatte der Einladung, zum Magistrat zu kommen, gefolgt. Man hatte ihn dort beglückwünscht, ausgefragt, allen vorgestellt, daß er am liebsten hätte auf und davon laufen wollen. Dann war ihm auf Gulden und Kreuzer genau die Summe gezahlt worden, die ihm vertraglich zugesichert war. Auch Knox hatte sofort sein Geld bekommen, aber die Rückzahlung des Betrages, den ihm Donner vorgestreckt hatte, schien er dabei vergessen zu haben. Erst viel später erinnerte er sich dieser Pflicht.

Am 7. November 1739 stand im ,,Wienerischen Diarium" unter dem Titel ,,Die Enthüllung des Brunnens" folgendes zu lesen:

,,Am Mittwoch, den 4. November, als an dem Fest des Heil. Kardinals, und Erzbischofs zu Mailand Karl Borromäus, wurde bei Hof Ihrer Kaiserl. Königl. Cathol. Majestät, unseres Allergnädigsten Herrn, Glorwürdigster Namenstag in höchst-feierlichst, und kostbarster Gala mit den gewöhnlichen Glückwünschen begangen.

An eben denselbigen Allerhöchsten Namenstag ist auch der neue schöne Springbrunnen, welchen der allhiesige Löbl. Stadt-Magistrat auf dem sogenannten Neuen Markt durch Herrn Raphael Donner, Statuarium, verfertigen und errichten lassen, eröffnet worden: in der Mitte dieses Brunnens ist eine die Fürsichtigkeit mit dem gedoppelten Janus-Kopf vorstellende Bildsäule aufgerichtet, welcher unter dero Postament vier Genii, die Donau durch Ausgießung des Wassers aus vier Fischen bedeutend, zugeordnet sind, und auf dem Bassin herum die vier Hauptflüsse von Österreich, die Traun, die Enns, die Ybbs und die March, so sich in die Donau ergießen, und durch ihre beihabende Zeichen kennbar sind, zierlichst liegen, diese gesamte Statuen sind von einer besonderen Komposition künstlich verfertigt."

In wirrer Stimmung des Herzens betrat Donner das Erzbischöfliche Palais beim Churhause. Er wurde, nach Vorbringen seines Begehrens beim Pförtner, sofort zum Dompropst geführt und vorgelassen. Dieser kam ihm entgegen und begrüßte ihn herzlichst: ,,Ich freue mich, daß Sie gekommen sind, doppelt jetzt auch darum, weil ich eben durch meinen Kurier die Nachricht bekommen habe, daß ich rasch wieder zurückkehren möge!"

,,Ich bin gerne gekommen, Hochwürden, und höre Ihren Wunsch!" entgegnete bescheiden Georg Raphael Donner.

,,Ich möchte nicht noch einmal wiederholen", erwähnte der Dompropst und lud ihn dabei ein, Platz zu nehmen, ,,wie sehr mich Ihr Können beeindruckt hat, und dieser Eindruck ist es auch, der mir den Gedanken gegeben hat, Ihnen einen von mir lange schon gehegten Plan zu übertragen, daß Sie ihn in die Wirklichkeit, in eine ewige Gegenwart berufen mögen . . ."

,,Eure Eminenz", erwiderte jetzt Donner ahnungsvoll, ,,ich bin redlich müde geworden durch diese meine letzte und eigentlich bisher größte Arbeit, und sie hat schon alle meine Kräfte bis ins Letzte in Anspruch genommen, daß ich eigentlich jetzt keinen anderen Wunsch hätte, als etwas auszuspannen!"

,,Sie dürfen nicht schon vorweg etwas abschlagen", unterbrach ihn der Dompropst, ,,was ich Ihnen bisher noch nicht einmal habe vortragen geschweige denn habe erzählen können!"

Mit gütigen großen Augen sah Kochler von Jochenstein Donner an, und dieser fühlte sich seltsam von seinem Blick gefangen. Aufrichtigkeit und Ehrlichkeit lagen in solchem Leuchten vor ihm, daß er nicht weiter abweisend zu sein vermochte, außerdem lockte ihn doch die Neugier, was er ihm zu sagen habe. Mit leiser Stimme flüsterte er: ,,Ich höre . . ."

,,Ich habe die heftigsten Vorwürfe meiner Abtei zu ertragen", begann der Propst, ,,daß ich durch große Aufträge an Künstler das Vermögen des Stiftes verschleudernd mindere. Man will mir und meinem Confrater, dem Maria Josef Freiherrn von Reichenbach, deshalb den Prozeß machen. Glauben Sie mir aber, ich handle nicht leichtsinnig. Ich sage mir, daß es gerade der Künstler ist, der zuvörderst den Herren lobt und daß das läppische Geld, das auf solche Art der Ehre Gottes dient, besser angelegt ist als in menschlichen, allzumenschlichen Werten. Es führte zu weit, jetzt darauf näher einzugehen. Ihr Werk aber war es, welches mich in dieser meiner Absicht und welches diese meine Gedanken tiefer bestärkt haben,

Ihnen meinen Plan vorzutragen, und darum möchte ich Ihnen nur näherkommen, möchte, daß Sie mich verstehen, und nur darum erzähle ich Ihnen davon."

Unverwandt blickte Donner auf den Mann vor ihm. Die schlichte und einfache Kutte stand zu dem lebendigen Gesicht des gütigen Mannes mit den schlohweißen Haaren in wunderbarem Einklang.

„Im Mittelschiff unserer Domkirche zu Gurk steht ein von Meister Vogelsang aus Klagenfurt geschaffener Altar. Ich weiß nicht, ob Sie schon einmal in Gurk gewesen sind und den Dom kennen."

Donner schüttelte den Kopf. „Nein", murmelte er, „ich bin noch nie dort gewesen."

„Nun, jedenfalls hat der Altar im Laufe der Zeit so sehr gelitten, daß er als verloren gelten muß. Außerdem behindert er seiner Größe wegen sehr stark die Sicht auf den Hochaltar. Ihn zu restaurieren lohnte sich nicht, darum möchte ich gerne, daß er ersetzt werde, daß Sie ihn gestalten!"

Donner hob abwehrend die Hand.

Der Geistliche aber ließ es nicht zu, daß er irgend etwas sagte: „Lassen Sie mich, bitte, erst mit meinen Gedanken zu Ende kommen. Die Idee dazu ist mir nicht erst durch Ihren Brunnen gekommen, sie hat sich mir durch ihn nur bestätigt. Ich bin eigentlich zu ganz anderem Zwecke nach Wien gekommen, und auch das möchte ich Ihnen nun kurz sagen. Unser Gotteshaus hat eine hölzerne Kanzel. Sie durch ein Werk zu ersetzen, das dem würdigen Platze entspricht, ist meine Absicht. Dafür suchte ich einen Bildhauer, beides ist mir nun durch Sie zu einem Ganzen geworden, und darum bitte ich Sie jetzt."

Wieder wollte Donner etwas sagen, noch immer aber ließ es der Stiftsvorsteher nicht dazu kommen. „Ich bin noch nicht am Ende. Wenn ich Ihnen sagte, daß ich nicht erst durch Ihren Brunnen dazu gekommen bin, dann ist es nur das Ergebnis meiner langen Suche gewesen. Ich habe viel herumgehorcht und auch viel in der Welt gesehen. Ich habe mir den neuen Mailänder Dom angesehen, aber ich kenne auch Ihren ‚Paris'. Dadurch wieder kam ich auf Ihren ‚Nepomuk', auf den ‚Martin' und auf Ihre Arbeiten an der Elemosynariuskapelle. Ich habe mit Fischer gesprochen, mit Hildebrandt und mit . . ."

Donner platzte dazwischen: „. . . mit Glaron."

„. . . mit Althan und Kollonitsch. Mit Glaron nicht. Ich kenne Glaron. Ich kenne ihn besser, als Sie denken. Den Mann haben Sie nicht zu fürchten. Den haben Sie nie zu fürchten gehabt, und jetzt brauchen Sie ihn noch viel weniger zu fürchten. Er war immer ein Intrigant, und er war immer als solcher bekannt. Eines Dieners Gottes ist das sicherlich nicht würdig, jedoch man hat dies erkannt und ihn bereits von Salzburg an eine andere Stelle abberufen. Dies aber nur ganz nebenbei. Solche Menschen sind es nicht wert, daß man sich mit Ihnen überhaupt auch nur beschäftigt. So also bin ich zu meiner Bitte und damit zu Ihnen gekommen. Lassen Sie mich es nicht umsonst getan haben. Zur Ehre Gottes und als Ihren Dank auch zugleich: Helfen Sie an unserer Kanzel mit!"

Donner antwortete nichts. Reglos saß er da, mit geröteten Wangen, nur um seine Lippen spielte ein leises Lächeln, zuckend und bewegt. Er sah nicht mehr den Dompropst an, er schien durch ihn hindurchzusehen: „Wie stellen Sie sich das vor?"

Der Geistliche sah, daß er den Künstler bereits gewonnen hatte: „Die beiden Ihnen wohl bekannten Hofingenieure Bibiena werden die Kanzel bauen. Sie ist etwas breit und ziemlich prunkhaft. Die bekannten Bildschnitzer, ich weiß nicht, ob Sie sie kennen, Kaspar Eckhart und Leopold Wasserbauer, werden die Zierate am Holze schnitzen." Donner brannte. Es klang heiser und ungeduldig: „Und ich . . .?"

„Ich denke mir, daß Sie Reliefs mit symbolischen oder biblischen Motiven wählen, gestalten und somit verlebendigen könnten. Die Predigt Johannes des Täufers etwa, des Saulus Sturz, Elias' Himmelfahrt oder die Gesetzgebung am Berge Sinai. Allgemein könnte es aber auch nur etwa die Bestrafung des Bösen, die Belohnung des Guten oder ähnliches sein."

Donner wiederholte: „Die Bestrafung des Bösen, die Belohnung des Guten . . ."

Nun wußte der Geistliche, daß er Donner gewonnen hatte: „Vor allem aber geht es mir um den Kreuzaltar in der Mitte des Domes."

Dann folgte eine lange Pause. Donners geflügeltes Herz trug wirbelnd geniale Gedanken. „Ich will mir's überlegen, ich will es versuchen!" erwähnte er dann, sonst nichts.

Der Dompropst drängte ihn nicht. Nach einer längeren Pause erst wieder begann er: ,,Kommen Sie nach Gurk. Sie sind herzlichst eingeladen, und sehen Sie sich selbst einmal alles an Ort und Stelle an. Dort können Sie sich auch ein paar Tage Ruhe gönnen und dann mit neuer Kraft an Ihre Arbeit gehen. Die geschäftlichen Dinge werden Sie nicht belasten. Das Blei und Zinn, das Geld und alle anderen banalen Werte und Voraussetzungen, die Sie brauchen, werden Sie bekommen!"

Raphael zögerte noch, innerlich aber hatte er bereits zugestimmt, und als ihm Monsignore Franz Otto Kochler von Jochenstein die Hand hinstreckte und sagte: ,,Schlagen Sie ein . . .!", da konnte Donner nicht mehr anders und schlug ein. Er lachte, er atmete tief auf und war irgendwie glücklich, irgendwie befreit. ,,Nun haben Sie mich eingefangen, Monsignore."

Der Dompropst lachte: ,,Nein, Meister Donner, Sie sind nicht der Mensch, der sich fangen läßt. Sie haben zugestimmt, weil Sie es selber wollten, weil das Ihr Dank sein wird!"

,,Mein Dank . . . ja, mein Dank an Gott!"

Als Donner in sein Gartenhaus zurückkehrte und voll Freude seiner Frau von seinen neuen Plänen zu erzählen beginnen wollte, lachte sie ihn aus: ,,Du bist doch unverbesserlich, Georg. Du sprichst, daß du dir jetzt ein wenig Ruhe gönnen wolltest, daß du einmal ausspannen willst, und kaum ist der Rummel vorbei, sind auch schon wieder neue Pläne da."

Georg war ob dieser Rede etwas bedrückt, da er innerlich zugeben mußte, daß sie recht hatte, jedoch er zuckte nur die Achseln und sagte: ,,Ich kann doch nichts dafür. Ich kann doch nicht aus meiner Haut, und weiß Gott, wie lange mir noch Zeit bleibt . . ."

Eva Maria redete: ,,Davon darfst du nicht sprechen. Ich hatte mich nur so gefreut. Ich dachte, du würdest mir vielleicht doch jetzt etwas von deiner Zeit widmen, daß wir zusammen gingen, besonders da du mich ja die ganze Zeit bisher wirklich nicht verwöhnt hast. Ich bin dir nicht böse, aber etwas weh tut es schon. Ich plage mich den ganzen lieben langen Tag, ich habe dir geholfen, wo ich konnte, ich wasche, putze, koche, ich suche dir abzulesen, was in deinen Augen steht, du aber merkst das alles einfach nicht."

„Verzeih mir Eva, ich merk' es schon, aber, ach Eva, daß doch die kleinen Dinge für manchen Inhalt sind."

Eva Maria verstand nicht, was er meinte, aber Donner plauderte weiter: „Es zeigt sich jeder auf seine Art, ich habe das Weite im Sinn, das Große . . ."

Eva versuchte zu scherzen. Sie lachte und raufte ihm durch die Haare: „Komm, du großer Mann, die Suppe ist heiß."

Raphael hatte das Bedürfnis gehabt, von seinem Besuch beim Dompropst, von dem neuen Plan, mit dem er sich bereits wieder beschäftigte, zu erzählen. Durch das Gespräch aber war es ihm auf einmal, als säße ein Pfropfen in seiner Kehle. Er verbarg seine Gedanken hinter einem gleichmütigen Gesicht und löffelte langsam seinen Suppenteller leer.

Nach Tisch verkroch er sich ins Atelier, aber er arbeitete nicht. Am frühen Nachmittage verließ er, ohne ein Wort zu sagen, das Gartenhaus und ging zu Simonetta. Über die kleine Wendeltreppe lief er zu ihrer Wohnung empor. Lisa öffnete ihm, er huschte an ihr, ohne etwas zu sagen, vorbei und direkt in Simonettas Raum. Er wußte, daß dies ungehörig war, aber er konnte nicht anders. Simonetta stand zwischen Kissen und Truhen. Roben, Mäntel, Wäsche, Gedecke und Leinenzeug lagen in wildem Durcheinander ringsum. Sie schien Ordnung zu machen, und als sie aufschaute, sah sie sich plötzlich Georg Raphael gegenüber: „Georg!"

„Verzeih mir, wenn ich dich überfalle, wenn ich dich störe. Ich habe dich am Namenstage nicht gesehen."

Simonettas Herz schlug schneller, sie gab ihm die Hand. „Ich bin dort gewesen", erläuterte sie. „Ich habe dich gesehen, aber du warst von den Großen der Stadt umgeben. Ich brauchte nicht aus dem Hause zu gehen, du weißt es, aber du konntest mich nicht sehen, weil ich mich verbarg."

Donner sah fragend zu ihr auf.

„Dennoch war ich zweifach bei dir . . ."

„Zweifach?"

„Ja, denn nun bin ich auch dauernd im Brunnen . . ."

Donner verstand, was sie meinte, aber Simonetta sprach bereits weiter: „Ich bin sehr glücklich, Georg, und ich habe dir sehr viel zu danken."

„Ich habe dir zu danken, ich bin es, der dir zu danken hat!“ Er ergriff ihre Hände und wollte sie küssen, aber sie entzog sie ihm und legte ihre Hände an seine Wangen. Leise und bebend schlang sie ihre Arme um ihn und küßte ihn.

Donner schloß die Augen. Ein tiefer Atemzug entrang sich ihm. Da ließ ihn Simonetta bereits wieder los. An einer Hand führend, zog sie ihn zum Fenster. Sie wies auf den Brunnen, der wie in einem Märchen dauernd seine Wasser spie. „Ich bin mit dir verbunden, mit deinem Werk.“

Ein breites ruhiges Gefühl erwärmte Georg. Freude erfüllte ihn. Er begann von sich und seinen neuen Plänen zu erzählen, und Simonetta hörte ihm zu, andächtig und still.

Wer durch mich eintritt, dem gebe ich die Weide des Lebens. Richtig aber tritt der ein, der eine gütige Rechte und ein mildes Herz hat.

Dom zu Gurk, Südportal, Bogenrand

Ein dunkler Herbst verendete im Dezember. Noch ließ das frühe Dämmerlicht den Almboden in den müden Farben leuchten, und der schwarze Tannenwald reckte sich müde in die graublauen Farben des Himmels. Die Luft war still, voll Feuchtigkeit und roch nach Pilzen und Pech. Reglos und still versank der milde Tag. Gurgelnd und träge floß die Gurk in silbernem Weiß durch das mäßig breite Tal. Die Türme des Stiftes mit ihren barocken Zwiebelhelmen ragten in goldenen Schatten der Schwermut zwischen den Waldbergen hoch. Eine Kuhschelle tönt lockend von der Wiese her in die feuchten Schatten der Au, und das rasche Absinken der Dämmerung wird von den verhüllenden Dunstschleiern des Abends verschluckt.

Donner fröstelte. Er war der Postkutsche entstiegen und mit seiner Tasche stehen geblieben, noch als das Hufen der Pferde längst verklungen war. Er schritt den Mauern des Stiftes zu und kam zum Südportal. Er erkannte das Relief des segnenden Heilandes mit dem Buch in der Rechten: Ego sum hostium (Ich bin der Eingang). An einer kleinen Seitentüre betätigte er den Eisenklopfer. Ein behäbiger Pförtner öffnete und frug nach seinem Begehr.

„Ich bin Georg Raphael Donner aus Wien und bitte Sie, mich zum Dompropst Franz II. Otto Kochler von Jochenstein zu führen, er weiß von meinem Kommen."

Der Pförtner hieß ihn folgen und schloß das Tor wieder hinter sich. Sie gingen nebeneinander her, ohne ein Wort zu sprechen. Im zunehmenden Dunkel vermochte Donner kaum mehr die Umgebung zu erkennen, aber er folgte mit Sicherheit dem vorausschreitenden Pförtner. Er wurde in ein großes, nüchtern kaltes Gelaß geführt und angewiesen, Platz zu nehmen. Die hohen schmalen Fenster gaben kaum mehr Spuren eines Lichtes. Donner hörte nur die schlürfenden Schritte des Pförtners, er hörte ihn kramen und poltern, aber er wußte nicht, was er tat. Der Mann war daran, in der Feuerstelle ein Feuer zu machen.

Beim roten, krachenden Geflamm der auflohenden gepechten Scheite wurde auch der Raum freundlicher und hell. Der Pförtner verließ Donner, der näher ans Feuer ging und die Hände erwärmte, bis das Frösteln verschwand.

Nach wenigen Minuten kam der Pförtner wieder. Er trug eine dampfende Schüssel auf einem Brett, und neben ihr lagen Brot und Speck. Das stellte er auf den Tisch und legte ein Besteck dazu. Donner schnupperte und merkte erst jetzt, daß er tatsächlich Hunger hatte.

Der Pförtner lud ihn ein, Platz zu nehmen, und Donner ließ sich nicht lange bitten. Er möge sich sättigen und sich dann zur Ruhe begeben, sagte der Pförtner. Der Propst wisse von seiner Ankunft, zu ihm wolle er ihn aber erst am anderen Morgen führen, da sich Eminenz nach den Exerzitien sofort zur Ruhe begebe. Donner versuchte erst etwas dagegen einzuwenden, ließ es aber dann bleiben, da er sah, daß der Pförtner recht hatte, und fügte sich.

Allein im Raume, sah er sich erst um. Er war nüchtern, aber dennoch wohnlich, und in einer Ecke stand eine Bettstelle, strohsackbedeckt und mit härener Decke versehen. Gesättigt legte er sich hin.

Das Flackern der Flammen zeichnete groteske Schatten an die Wand und spielte zuckend bis weit hinauf zum Gewölbe. Eine Heimlichkeit lullte ihn ein, und bald hatte ihn lähmender Schlaf umfangen.

So muß das Sterben sein, hatte er noch gedacht.

Schon am frühen Vormittag ließ ihn der Dompropst zu sich bitten. Donner fand freundlichstes Willkomm, und nach wenigen Minuten fühlte er sich wie daheim. Monsignore Kochler lud ihn ein, Stift, Kirche und Krypta zu besichtigen, und seine persönliche Führung war fachkundig, gründlich und gewissenhaft.

Von der Gründung durch die reiche Gräfin Hemma von Friesach-Zeltschaf, die das Nonnenkloster erbauen und bereits um 1043 weihen ließ, angefangen, berichtete der Dompropst, und er wußte, genauer fast als der Chronist, von der Aufhebung des Klosters und der Zuweisung einem neugegründeten Bistum zu erzählen, vom Bau der Südwand, der Apsiden oder den Gewölben, von der hundertsäuligen Krypta oder den Westemporefresken und verstand es, den Gast für den romanischen Tischaltar, die Löwen, Basilisken und Holzreliefs am Hauptaltare zu interessieren, ihn auf den Christophorus aufmerksam zu machen, auf das Fastentuch und ihm die Fresken beim Hochaltar und die vielen anderen Dinge zu erläutern. Besonders wies er auf die erst in jüngster Zeit entstandenen Bauten hin, so den zu einer barocken Kapelle umgebauten achteckigen Karner, die Todesangstkapelle oder den Conradinischen Hemmaaltar, daß Donner wie berauscht schien und dadurch die Ehre des Auftrages noch tiefer zu schätzen begann. Noch vom Eindruck, den ihm die Krypta und das Fastentuch des Malers Konrad von Friesach geboten hatten, übermannt, kehrte er mit seinem Führer zum Platz zurück, den zu gestalten er Auftrag hatte. Er fand ihn leer vor. Der Altar des Meisters Vogelsang war bereits abgetragen worden. Mächtig und hoch wirkte das schlichte Schiff der ungewöhnlich hochräumigen Oberkirche. Still und starr stand Donner davor, und visionär erstand ihm das Bild der klagenden Maria zu Füßen des Kreuzes. Tröstend und ruhig gesellte sich der Schutz des flügelspreitenden Engels hinzu. Schlank wie auf Golgatha das Kreuz selbst und Jesu Leib in der Auferstehung verheißenden Ruhe, menschlich, dennoch majestätisch über den Knien der Mutter liegend, gleichsam als Podest gestreckt, darüber die Last einer ganzen Welt getürmt zu werden vermochte, Pietà . . .

. . . und Kinder.

Sein Innerstes, die bange Sehnsucht, die ringende Schwermut und der stille Ernst seines sich verschenkenden Wesens paarten sich in seiner Vision, die sich ihm durch den ergreifenden Inhalt des Motivs zu fast schon vollendeter Plastik schloß.

Die visionäre Maria trug sonderbarerweise die Züge seiner Mutter, und in der schmerzlichen Verklärung Christi fand er des Vaters Gesichtsausdruck in zeitlos menschlicher Gültigkeit.

Der Propst berührte ihn am Arm.

Mit der ihn kennzeichnenden, etwas schiefgeneigten Kopfhaltung war Donner dagestanden und hatte aus leuchtenden Augen in die Weite des Raumes geblickt. Nun schrak er zusammen. Die Vision war verschwunden.

Als der Dompropst am nächsten Tage Donner auch in die nähere
 Umgebung führen wollte, fiel Schnee aus kristallener Höhe. Hart

war die Erde vom hektischen Frost der Nacht, und die wehende Luft schmeckte nach Bitterem. Milder blies der Wind in sie und fegte in stäubendem übermütigen Wehen über Hügel, Heide und Busch zu den tanndunkeln Wäldern hinauf. In das pulsend lebendige Spiel der Natur mischten sich die Klänge der Domglocken. Die Ufer der Gurk säumten blaues kristallenes Eis wie versteinerte Träume.

Auch Donner empfand das Verlangen, hinaus in die Schneebezirke der Menschen zu gehen. Aber dann kamen sie nach wenigen verständigenden Worten wieder davon ab, denn der Monsignore meinte, daß es besser wäre, zunächst einmal eine Schlittenfahrt zu tun, da der Schnee jetzt doch noch zu wässerig und zu schwer wäre und jetzt nur das Schuhwerk tränke, und dabei aber habe man an allem nur die halbe Freude. Die Anregung zu einer Schlittenfahrt brachte den Bildhauer wieder auf den Gedanken, diese mit seinem beabsichtigten Bleiberger Besuch zu verbinden. Der Dompropst war damit einverstanden, und daher geschah es dann auch so.

Zwei Tage danach fuhr Donner im Schlitten über Villach nach Bleiberg, tätigte dort in der Hütte seine Abschlüsse und kehrte wieder nach Gurk zurück. Er hielt sich dann nur mehr einige Tage auf, nahm einige Maße, fertigte noch Skizzen an und kehrte gerade um die letzten Tage im Advent nach Wien, nach Hause, zurück. Die Weihnachtsfeiertage waren still und geruhsam, und sowohl Georg Raphael wie auch Eva genossen in vollen Zügen den Frieden dieser Tage.

Donners erster Neujahrsbesuch in der Stadt galt Simonetta, jedoch er traf sie nicht zu Hause an. Der alte Wolfstriegel stand hinter der Theke und kassierte, und ein Mädchen, das Donner noch nie gesehen hatte, bediente die Kunden. Donner begrüßte Wolfstriegel herzlich, wünschte und frug nach Simonetta. Wolfstriegel sah ihn an und sagte nichts. Er strich die Silbermünze ein, die vor ihm lag, und gab kleines Kupfer zurück. Dann schloß er die Kasse ab und bedeutete Georg Raphael, daß er mit ihm kommen möge.

„Du bist nicht hier gewesen?“ frug er, als sie sich allein im Nebenraum befanden.

„Nein, ich war in Kärnten. Warum?“

„Simonetta ist fort!" erzählte Wolfstriegel: „Sie ist noch an dem Tage fort, an dem du bei ihr warst."

„Du weißt davon, daß ich bei ihr war?" zögerte Donner und versuchte sich zurückzuerinnern. Er hatte es übersehen, daß damals alle Kästen offen gestanden hatten, daß Kleider und Wäsche in Unordnung lagen. Simonetta war ihm kaum entgegengekommen, aber er hatte ihre heiße unbändige Freude gespürt, und ihr Kuß war anders, durstig und brünstig gewesen, wissend und reif, verlangend und mütterlich, daß Raphael beglückt und dennoch erschreckt zugleich darüber war und er sich aber auch den Taumel seiner stillen Empfindung nicht eingestehen wollte. Nun erst wurde ihm jene Vergangenheit wieder zur Gegenwart.

„Sie ist fort, wieder einmal abgereist?" fragte er.

Wolfstriegel erstaunte: „Du weißt nichts?!" Er zog die Augenbrauen hoch.

„Nein, ich weiß wirklich nichts!" beteuerte Donner.

Wolfstriegel sah ihn scharf an: „Dann weißt du also auch nicht, warum sie ging?"

„Nein, ich weiß es nicht!" Es klang bang und gedehnt.

„Sie floh um ihrer selbst willen!"

„Erzähle!" drängte Donner: „Du weißt mehr."

Wolfstriegel schob sich eine Kiste zurecht, setzte sich darauf und stützte ein Bein an sein anderes. „Zu des Alten Lebzeiten hatte sie schon die Hölle im Haus. Der Alte war eifersüchtig wie ein grüner Junge und machte ihr Szenen, die du dir nicht vorstellen kannst. Er hat sie gequält und gepeinigt, daß sie ihn nur um des Geldes willen geheiratet habe. Nun, mein Gott, es war ja so, aber er hat ihr vorgeworfen, daß sie nach des Buhlen Bett verlange, und es hat nicht viel gefehlt und er hätte sie geschlagen. Alle wußten davon, nur du gingst blind durch die Welt. Sie suchte deine Begegnung, aber sie wollte deine Ehe nicht stören. Als dann der Alte gestorben war, schien es besser zu werden, aber es war wieder nur Schein, denn die Leute begannen wieder zu reden. Da stand sie dann von früh bis abends im Geschäfte, man konnte sie sehen, man konnte jeden ihrer Wege verfolgen, gleich ob sie nur zur Kirche ging oder Einkäufe besorgte, immer, wo es nur war, war sie allein. Jedoch das Gerede verstummte nicht. Als dann dein Brunnen enthüllt wurde, sagten alle, die Mehlmesserin, und sie meinten damit die Lebzelterin. Das gab den Ausschlag. Dazu kam aber, daß sie dich wirklich schätzte und verehrte und daß sie aber dies alles vor dir verbergen wollte und auch konnte, was ihr auch tatsächlich gelungen zu sein scheint, da du sagst, daß du nichts weißt, und ich glaube es dir auch. Ich sehe sie noch, wie, als du das letzte Mal von ihr gingst, ein Weinen aus ihr brach, das mir ans Herz griff. Und dann ist sie fort. Sie hat mir das Geschäft anvertraut, bis, ja ich weiß jetzt nicht, was ich noch berichten soll."

Wolfstriegel schwieg. Donner stand an den Türstock gelehnt und hatte die Augen geschlossen.

„Alles!" forderte Donner tonlos. „Alles mußt du mir erzählen. Das war nicht alles. Du weißt noch mehr. Wo ist sie jetzt?"

Wolfstriegel wurde verlegen: „Sie ist . . ." Er begann regelrecht zu stottern: „Sie ist nach Frankreich, soll ich dir sagen, in ihre Heimat zurück . . ."

Donner begehrte auf: „Das ist nicht wahr. Hier war ihre Heimat. Hier war sie zu Hause, hier in Wien!"

Wolfstriegel senkte den Blick. „Ich weiß nicht", sagte er langsam und schwieg dann plötzlich wieder.

„Nun?"

Der Meister wurde ungeduldig, aber Wolfstriegel rührte sich nicht.

„Du mußt es mir sagen. Du kennst mich doch. Du weißt doch von mir, und du weißt auch, daß sie nie zwischen mir und meiner Ehe gestanden hat! Ist ihr etwas zugestoßen?"

Wolfstriegel knetete an einem Wachsklümpchen. „Nein", antwortete er, „bestimmt nicht, sie ist gesund und lebt."

„Ich bitte dich!"

Eine Pause entstand, in der man das Kommen und Gehen der Käufer hörte, das Quietschen der Türe und das Bimmeln des Glöckchens darüber.

„Sie ist im Kloster."

„Nein."

„Ja, es ist wahr, nur sollt' ich es nicht sagen. Niemandem sollte ich es sagen und dir am allerwenigsten, und nun bist gerade du der allererste."

Raphael schluckte ein paarmal, aber er sagte nichts. Nach ein paar Minuten raffte er sich zusammen. „Ich danke dir. Ich verstehe jetzt ihren Wunsch und werde ihn auch achten. Ich weiß, daß auch du ihn bewahren wirst."

Er hielt Wolfstriegel die Hand hin, und dieser schlug ohne zu zögern ein. Dann wandte sich Donner zum Gehen.

„In welches Kloster?" frug er noch zögernd, fast stimmlos.

„Zu den Ursulinerinnen."

Am 12. Jänner 1740 traf der vom 8. Jänner datierte Auftrag auf die Marienklage aus Gurk ein.

Donner stürzte sich auf und in seine Arbeit. Acht Zentner Blei, acht Zentner Zinn, zweitausend Gulden. Er rechnete und zeichnete. Er entwarf und formte. Er kannte keine Müdigkeit, keinen Schlaf. Er war jetzt siebenundvierzig Jahre, stand in vollster Arbeitsfreudigkeit und schöpferischer Kraft, und sein Brunnen hatte seinen Namen bekannt gemacht, so sehr bekannt gemacht, daß er nur mehr der Donnerbrunnen hieß. Man kam mit Aufträgen und Anfragen zu ihm, mit Bitten und Wünschen, und in seiner bescheidenen, heiteren Art vermochte er niemanden abgewiesen oder unbeschenkt ziehen lassen. Um die Führung des Geschäftes an und für sich kümmerte er sich fast überhaupt nicht mehr. Auch das Geld war für ihn bedeutungslos geworden. Hatte er viel, war er nicht geizig, hatte er nichts, klagte er nicht. Er sah nur darauf, daß seine Leute pünktlich ihren Lohn bekamen und daß das Material, das er kaufen mußte, immer pünktlich bezahlt wurde. Nur die Arbeit war alles, das andere war ihm gleichgültig.

Mit dem Entwurf und der Arbeit am Kreuzaltar und den Reliefs für die Kanzel des Domes zu Gurk begann er sofort. Nebenbei hatte man ihm die Figur einer Muttergottes für den Klosterneuburger Friedhof und sonst noch kleinere Arbeiten in Auftrag gegeben. Von der Nikolai-Brüderschaft war er um die Gestaltung eines Tabernakels gebeten worden. Alle diese Dinge machte er sozusagen nebenbei. Da er für den Tabernakel keinen Betrag forderte, nahm ihn die Brüderschaft als Mitglied auf und versuchte ihn wenigstens damit zu ehren, aber er machte sich nicht viel daraus.

Um die Zeit etwa, da das von der Gemeinde begonnene und gebaute Gußhaus nächst dem Alserbache vollkommen fertiggestellt war, erhielt er erst die schriftliche Bestätigung auf den bereits vor geraumer Zeit erteilten Auftrag für den ,,Andromeda"-Brunnen in der Architektur unter dem Gitter des Balkons im Hofe des Rathauses.

Einmal, es war die Zeit, da der Mai all seine Blütenpracht verschüttete und die Drosseln aus den Büschen her lachten, kam Christian Strudel zu Donner. Strudel war bei der Wiener Stadtbürgerwehr, die lange Zeit hindurch bestanden hatte, in diesen Tagen aber aufgelöst worden war, Fähnleinführer bei der Corporation gewesen und versuchte nun, bei Donner Arbeit zu finden. Seine Frau, die geborene Basilia Raab, die Donner von Jugend her kenne, hätte ihm dazu geraten, sagte er. Er habe nun die Absicht, das schwiegerelterliche Geschäft zu übernehmen und zu führen und möchte sich darum vorher bei ihm noch einige Kenntnisse erwerben.

Donner entgegnete ihm, daß er wohl grundsätzlich nichts dagegen einzuwenden hätte, aber nur bescheiden eben meine, daß für das Schmiedehandwerk der Arbeitsplatz bei einem Bildhauer doch nicht das Richtige sei. Er verwies ihn an einen Schmied, der ihm sicher bessere Kenntnisse, vor allem solche, mit denen er als Schmied in spe etwas anfangen könne, vermitteln würde. Strudel redete daraufhin davon, daß er zu Feinerem geboren sei und er nur gemeint habe, daß ihm Donner auf einfachere, um nicht zu sagen bequemere Art dazu verhelfen würde. Er hätte sich dafür sicher großzügig erkenntlich gezeigt. Der Meister jedoch erläuterte, man brauche sich dessen nicht zu schämen, wenn man einmal dreckige Hände bekäme und man auch wirklich ehrlich schwere Handarbeit dadurch kennenlerne. Eine schöne Uniform wäre sicher ganz schön und aufgeputzt spazieren laufen vielleicht noch schöner gewesen, aber ein dreckiger, blauer Arbeitskittel sollte eben durchaus auch nicht verachtet werden. Daraufhin zog sich Christian Strudel wieder zurück und empfahl sich.

Donners unermüdliche Arbeit spornte auch alle anderen an, und dieses gemeinsame Schaffen an den alle ergreifenden Motiven beschleunigte die Fertigstellung des Werkes derart, daß sie zu einer weit früher als vorgesehenen Zeit erfolgte, die beauftragten Relieftafeln mit eingeschlossen.

In der ersten Augustwoche war wirklich alles soweit: Donner rüstete zur Aufstellung in Gurk. Er bereitete die Gesellen, die er mitzunehmen beabsichtigte, darauf vor, stellte die Werkzeuge und Geräte zusammen, die ihm erforderlich schienen, und setzte sich schließlich eines schönen Tages an der Spitze dieser kleinen Expedition in Bewegung.

Über Baden, Wiener Neustadt und durch das Mürztal ging der Weg, dann weiter nach Leoben, das Murtal entlang nach Judenburg und Neumarkt. In Friesach, obwohl nun eigentlich schon unweit des Zieles, legte man noch eine größere Rast ein. Donner strich dort im Städtchen umher, ging ins Dominikanerkloster, in die Bartholomäuskirche und fand schließlich auch noch Zeit, auf den Petersberg zu steigen. Müde vom Gehen und Schauen, gab er das Zeichen zur Weiterfahrt für den zweitfolgenden Tag.

Es waren glühend sommerheiße Tage, und die Wolken zeigten ihre starren weißen Brüste. Von der Schwere der Sommerlüfte durchsprüht, zogen sich die Stunden. Donner lief mehr neben dem schweren Wagen her, als er auf dem Kutschbocke saß. Einer seiner Fuhrleute war auf dem Wege krank geworden, so daß er sich in Friesach genötigt sah, einen Holzknecht als Ersatz zu dingen.

Nach den Zwischenwässern ging es an einer Stelle der Straße so sehr bergauf, daß die derben Pferde alle Mühe hatten, den schweren Wagen freiweg nachzuziehen. Donner half mit und griff, wie die anderen auch, selbst in die Speichen der Räder. Als es endlich geschafft schien und man über dem Berge war, befreiten sich die Männer an einer Quelle vom Schweiße, der ihre Hemden durchnäßt hatte, und auch die Pferde ließen sich eine Abreibung mit Tüchern gerne gefallen. Dann taten sie sich noch an Speck und Most gütlich, und als sie schon daran waren, ihre Mittagsrast wieder abzubrechen, kam der Holzknecht noch zu Donner. ,,Ich dank' recht schön!" sagte er.

Donner sah ihn verwundert an: ,,Wofür?"

Der Holzknecht wurde verlegen. ,,Ah nixe", murmelte er, ,,is scho gut, nur fürs Mitmachen. Ich hab' mir nämlich zerscht denkt, Ihr seid's a Höfischer."

Raphael schmunzelte und bedeutete ihm, sich noch ein wenig neben ihn zu setzen. ,,Ah", meinte er, ,,und auf die bist du wohl nicht gut zu sprechen, was?" Als der Holzknecht merkte, daß man ihn so brüderlich ansprach, wurde er zutraulicher: ,,Na, wirklich net."

,,Nun und warum?"

,,Ja mei, sein ganzes Leben war mein Vater in der Robot und hat sich geplagt und geschuftet, wo es nur gangen ist, und wie er dann alt und krank worden ist, dann hat man ihn auf die Straßen g'setzt und er ist wie ein Hund verkommen. Ich war auf der Walz. Vom Salzburgischen aus bin ich in die Welt gezogen und hab' mich recht und schlecht bisher durchbracht. Dann hat mir ein Freund zugredt, in den Krieg mitzugehen, der da zwischen Preußen und Österreich war. Weiß Gott was alles, ein faules Leben, zu fressen und Geld, Ehr und sogar den Friedrichs-Orden hat er mir versprochen, aber ich bin halt doch wieder losgezogen und in die Arbeit gegangen, ich bin halt nun einmal schon so blöd, denn was ich wolln hab', wirklich wolln hab', das kann ich nicht erreichen, und das andere ist mir gleich."

,,Nun, und was hast du denn wirklich wolln?"

,,Ich schnitz' gern!" schwätzte er eifrig, ,,aber ich weiß, es reicht mir nicht dazu . . . Darum hab' ich mich gemeldet, wie ich gehört hab', daß Sie die Bildwerke nach Gurk brächten."

,,Und du möchtest sie sehen?"

Des Knechtes Augen leuchteten. Donner sprang auf und hieß ihn folgen. Er kletterte auf den ersten der beiden Wagen und löste die Kotzen und Decken, welche die Bleireliefs verdeckten.

,,Sieben Platten sind's für die Kanzel. Wasserbauer und Eckhart schnitzen die Rahmung dazu. Kennst du sie?"

,,Eckhart kenn' ich!" erwiderte der Knecht: ,,Was der kann, möcht' ich auch können. So ein Schnitzer tät' ich gern sein."

,,Soll ich ihm's sagen, ob er's dir vielleicht lernt?"

Beinahe wäre der Holzknecht Donner oben auf dem Wagen um den Hals gefallen, aber er beherrschte sich.

,,Sechs größere und vier kleinere Platten sind's", erklärte Donner. ,,Der Christus als guter Hirte, die erlöste und die verdammte Seele, die Predigt, die Himmelfahrt, die Bekehrung und wie Moses die Gesetzestafeln empfängt."

Donner deckte der Reihe nach alle Tafeln auf. Sie lagen zuoberst über den Kisten, in denen Gerät und Werkzeuge verstaut waren. Das Silbrige des Bleis glänzte im Schein der verströmenden Sonne. Stumm stand der Knecht neben dem Bildhauer, dann zog er seinen filzigen alten Hut und faltete die Hände: „Mein Gott, da ist ja die ganze Welt drin. Himmel und Höll, der Herrgott und der Teufel. Sonn und Blitz, und aus den Wolken meinet man, daß der Donner käm."

Raphael sah den jungen, ungeschlachten Kerl neben sich an. Täuschte er sich oder stand da wirklich eine Träne in seinen Augen?

„Das ist die erlöste Seele und der Engel", erklärte Donner weiter, „und das ist die verdammte und der Teufel. Ganz ruhig habe ich alles sehen wollen, weißt du, je ruhiger man selber ist, um so geschickter kann man den wahren Charakter einer Seele schildern. Verstehst du das, was ich sagen will? Ich hab' das schon bei meinem ‚Paris' in Salzburg schon versucht, aber damals hat's noch gar nicht so recht geklappt." Donner hatte dies alles fast wieder nur zu sich selber gesprochen, aber der Knecht hatte die Worte aufgegriffen: „Ich kenn' den ‚Paris', ich bin in Salzburg gewesen, und das sind Sie?"

Donner lenkte ab: „Die Predigt Johannes, die Bekehrung des Saulus." Der Reihe nach lagen die trapezförmigen, etwa sechzig Zentimeter großen Tafeln da, sie waren alle den Gedanken gefolgt, die damals der Dompropst in Wien ausgesprochen hatte. Jetzt, als er sie so nebeneinander daliegen sah, erschrak Donner einen Augenblick lang vor sich selber. Er sah sein Werk wie eine fremde Arbeit an, und er empfand die Vollendung der Gestaltung als Ausdruck zeitloser Gültigkeit.

„Sie dürfen nichts sagen!" murmelte der Holzknecht nach langer Pause, in der auch Raphael wieder zu sich selber zurückfand.

„Was darf ich nicht sagen?"

„Was ich Ihnen gesagt hab', dem Eckhart. Ich bleib' da schon lieber Holzfäller bei meinen Bäumen draußen im Hochwald!"

Donner gab keine Antwort. Er breitete die Decken über seine Reliefs und verschnürte sie wieder. Die anderen Fuhrleute und Gesellen halfen dabei mit. Von der Marienklage, die auf dem anderen Wagen aufgeladen war, und die aus fünf Hauptteilen und einigen einzeln gearbeiteten Details bestand, sprach man überhaupt nicht. Die sie bereits kannten, wußten es, und die es ahnten, glaubten bedingungslos: Sie war noch größer, noch reicher im Gegenständlichen und im Inhaltlichen, beherrschter, voll visionären Schwungs.

Donner wollte aus dem Schweigen dieser Minuten flüchten, aber es gelang ihm nicht. Er sprach wie ins Leere: „Kunst steht über der Zeit. Irgendwie schließen sich immer wieder die Kreise des Lebens."

Als Donner am 30. August 1740, also etwa siebeneinhalb Monate nach Auftragserteilung, mit dem fertigen Werk in Gurk anrollte, fand er eine für Kochler und ihn peinliche Lage vor. Die schweren Anwürfe gegen den Dompropst, nämlich Ungehorsam gegen den Bischof, hochfahrendes Wesen, schlechte Behandlung der Konventualen und eine unsachgemäße Wirtschaftsführung, die das Stift an den Rand des Ruins gebracht habe, hatten sich verdichtet.

Aus diesen Gründen fand eben in diesen Wochen durch eine von der Regierung, noch von Karl VI. eingesetzte Kommission eine strenge Wirtschaftsprüfung statt. Deshalb wurde auch Georg Raphael Donner gleich einen Tag nach seiner Ankunft in Gurk als Zeuge verhört. Die Kommission bestätigte die Übernahme und gestattete die Aufstellung der gelieferten Pietà, verbat aber Donner, die weiteren noch in Aussicht genommenen Arbeiten, ein Tabernakel für den Kreuzaltar und ein Triumphkreuz, anzufertigen.

Wenige Tage nach jenem 29. Oktober 1740, an dem Karl VI. gestorben und Maria Theresia, seine Tochter, den Thron Österreichs bestiegen hatte, wurde vor das Managettasche Gartenhaus eine Sänfte getragen, der der Weißperückte entstieg. Auf einen Stock gestützt, von der Schwäche zunehmenden Alters gezeichnet, dennoch die Hilfe der ihn begleitenden Bediensteten zurückweisend, kam er zu Donner. Seine Augen waren stechend und lagen glänzend in tiefen Höhlen, und neben wissender Ausgeglichenheit war auch eine gewisse Unruhe aus einem zuckenden Flackern zwischendurch herauszulesen.

Als ihn Donner sah und erkannte, kam er ihm entgegen und

streckte ihm beide Hände hin: „Herzlich willkommen!" begrüßte er. „Es ist schon lange her, daß Sie mich besuchten!"

„Meine Reverenz!" erwiderte der Alte. Er tat, als hätte er nichts gehört. „Sie sind weg gewesen, Meister Donner?"

„Ich war in Gurk. Ich habe meinen Kreuzaltar aufgestellt und die Reliefs hingebracht. Jetzt arbeite ich am Brunnen fürs Rathaus."

„Ich hörte. Andromeda, des Äthiopierkönigs Kepheus und der Kassiopeia Tochter, die, an den Felsen geschmiedet, dem Meerungeheuer preisgegeben ist."

„Die Arbeit ist mir lieb geworden. Von allen meinen Arbeiten bisher schien mir jedes Mal die letzte als die liebste."

„. . . und welche halten Sie für Ihre beste?"

„Nun fragen Sie, als müßte ich schon sterben!"

Bedächtig schüttelte der Perückte den Kopf. Delphisch meinte er: „Das weiß man ja nun nie genau, das hängt meistens auch nicht einmal mit dem Alter zusammen, wenngleich die Aussicht, was nicht zu leugnen ist, jedenfalls immer näher rückt. Aber so war die Frage nicht gemeint!"

„Ich verstehe Ihre Frage, so wie sie gemeint ist, aber ich kann sie nicht beantworten. Ich habe mich in allem immer bemüht, mein Bestes zu geben, sonst hätte ich mich ja vor mir selber schämen müssen. Ich habe auch immer versucht, mich in meiner Kunst zu konzentrieren. Vielleicht bin ich eben dadurch in einen gewissen Gegensatz zu dem Menschenideal unserer Tage überhaupt gekommen. Ich weiß es nicht, denn ich habe einem ausdehnenden ungestümen Temperament die Beseeltheit und den Reichtum der inneren Werte, der leichten, ich möchte fast sagen leichtfertigen, prunkliebenden Neigung eine bange Schwermut und den mir ureigenen stillen Ernst, dessen ich mir bewußt bin, gegenüberzustellen versucht. Vielleicht ist dies nicht richtig, viele aber sind schon falschen Göttern nachgelaufen."

„Das mag sein, wenn Sie von der Ansicht und Meinung Ihrer lieben Zeitgenossen ausgehen, die wollen nicht verstehen und verkennen prinzipiell. Aber Sie haben als Künstler das Recht und sogar die Pflicht, eigene Wege zu gehen, neue Wege zu weisen."

„Ich habe darunter gelitten!"

„Niemand weiß das besser als ich, aber Sie waren nicht der erste und werden nicht der letzte sein. Selbst ein Leonardo da Vinci wurde einstens von einem seiner Auftraggeber an den Hof verpflichtet, aber nicht weil er Maler war oder als Wissenschaftler, sondern nur, weil er so ganz nebenbei auch musikalisch war."

„Und findet sich ein Gönner der Kunst, bezichtigt man ihn der Verschwendung!"

„Sie meinen die Dompröpste Kochler von Hohenstein und Maria Freiherrn von Reichenbach!"

„Auch davon wissen Sie?"

Der Alte zuckte phlegmatisch die Achseln.

„Man hat ihnen den Prozeß gemacht, weil sie angeblich durch zu große Aufträge für die Kunst das Vermögen des Stiftes verschleudert hätten. Man hat auch mich in der Zeit, als ich dort war, einvernommen und mich gefragt, ob der Kunst zugewendete Subventionen als Verschwendung zu bezeichnen wären, und man war unwillig über mich, weil ich es verneinte. Es sind immer Neider, die Zwietracht erwecken. Sie mögen zwar im Augenblicke triumphieren, aber die Zeit mißt wägend und gerecht das Schicksal."

„Sie selber sind auch nicht zufrieden?"

„Wer unter uns Menschen könnte sagen, daß er jemals restlos zufrieden sei? Ich bin nun an die achtzig Jahre und habe unter drei Herrschern gedient. Man spricht nicht gerne von unangenehmen Dingen, es bringt auch keinen Gewinn. Gewiß habe auch ich einstmals gemeint, revolutionieren zu müssen, aber das Schicksal hat mich immer stupriert. Immer war noch mit dem Wechsel der Monarchen auch ein Wechsel der Trabanten verbunden, und das ist auch jetzt immer noch so. Honoris causa durfte ich der Kanzlei dienen. Nun aber wird mich die neue Kaiserin sicher pensionieren. Es ist jeder zu ersetzen, aber der Wert und Unwert eigenen Lebens ist es, der um die Klarheit ringt. Von Ihnen bleibt einmal das Werk. Was aber bleibt von mir? Eine Nationalbibliothek, eine Winterreitschule und damit der Name Fischer von Erlach werden Jahrhunderte überdauern. Ihr Werk und Name wird zeitenlang bestehen. Was jedoch soll einstens von mir klapprigem Alten, so einflußreich er auch seinerseits gewesen sein mag, erzählen? Und doch weiß ich, daß ich auch einer jener bin, die bestimmend an ihrer Zeit Anteil hatten. Es wechselt die Welt, es wechseln die Formen. Genies sind einmalig, aber Menschen wie mich gibt es zu Hunderttausenden. Wie der Sand am Meer sind sie nur Dünger dem Großen. So versuche ich mir immer wieder selber Antwort zu geben, bis das letzte Stäubchen der Sanduhr meines Lebens verronnen ist. Und doch, sehen Sie, das ist das Sonderbare, trage ich immer noch, auch jetzt noch, eine Sehnsucht nach Großem, Schönem, Edlem, der Sie unbewußt leicht in den Gesetzen der Kunst Ausdruck verleihen."

„Den Gesetzen der Kunst, wie sie Dogmatiker festzuhalten und fast mechanisch zu vermerken belieben, habe ich mich wenig verpflichtet gefühlt. Ein Künstler geht den Weg, den er gehen muß. Er fragt nicht, mach' ich's richtig, gefällt es so? Er baut auch sein Leben nur nach der von ihm für richtig anerkannten Notwendigkeit, und bloß dieser Weg ist es, der von den Gesetzen vorgezeichnet wird. Was aber sind Gesetze? Sind sie nicht selber wieder nur von Menschen geschaffen, so zwar, daß sie sich freier bewegen möchten, ihnen aber dennoch nicht unterliegend verfallen sollen. Können nicht Gesetze auch wieder abgeändert werden? Wohl Gesetze, nicht aber erkannte Notwendigkeiten! Die Sehnsucht ist da, darin haben Sie recht, und die ist der Ihren gleich."

„Was ist Sehnsucht?"

„Sehnsucht ist das Göttliche in uns!"

„Sehnsucht ist das Unerreichte!"

„Sie ist und wird immer in und bei uns sein, und wenn sie in der Jugend den Idealismus befeuert und beflügelt, so ist sie es auch in der Reife und sogar im Alter immer wieder, die in der Arbeit am Werk zur Erfüllung spornt, drängt und treibt."

„Die Wahrheit ist es, die ich in Ihrem Werke immer so sehr bewunderte und schätzte. Sie sind nie eitel gewesen, und Sie sind auch durch die Ehren, die Ihnen zuteil wurden, nicht eitel geworden."

Donner lachte: „Wer behauptet, er sei nicht eitel, ist es erst recht, denn die ärgste Form der Eitelkeit ist doch die innere Überzeugung, nicht eitel zu sein!"

„Eitel ist so viel wie nichtig, vergeblich. Es ist nicht die Eitelkeit um leere Dinge, um Gescheites oder Dummes. Die Eitelkeit, die ich Ihnen zubillige, ist jene Kraft, die zu Hochleistungen führt, dennoch kennen und brauchen Sie sie gar nicht, da Sie ihrer nicht bedürfen und auch von ihr frei sind, weil Sie ein Künstler sind!"

„Ich bitte Sie, mich nicht zu beschämen!"

„Das will ich nicht! Und ich bin überzeugt, daß Sie sich auch als Seiner Katholischen Majestät Kammerbildhauer treu bleiben werden, treu dem Ich in Ihrer Kunst!"

„Als Kammerbildhauer?"

Der Alte zog jetzt aus dem faltigen, samtschwarzen Wurfe seiner Gewandung eine pergamentene Rolle, an der das kaiserliche Sigill baumelte: „Es war eine der letzten Signaturen, die weiland Seine Majestät unter den gräflichen Althanschen Vorschlag zu setzen geruhte. Ich habe, und das ist der eigentliche Grund meiner heutigen Visite, die Ehre, Ihnen hievon Mitteilung zu machen und Ihnen diese Beurkundung auszuhändigen. Ich will nun auch der erste sein, der hiezu gratuliert." Er gab Donner die Hand.

Donner ergriff sie und verbeugte sich etwas linkisch: „Ich danke Ihnen. Ich danke, ich bin überrascht . . . und weiß jetzt nicht, was ich sagen soll!"

„Sagen Sie am besten gar nichts!" erwiderte lächelnd der Alte. „Damit zeigen Sie Ihre Empfindung am schönsten und ehrlichsten. Ich werde Ihren Dank dann schon entsprechend interpretieren."

Zitternd und drückend fühlte Donner die grabeskalte Hand in der seinen.

An der Türe des Raumes pochte es.

„Ja!" rief Donner mit lauter Stimme.

Ein Lakai trat ein und verneigte sich: „Ich bitte, Eure Exzellenz aufmerksam machen zu dürfen . . ."

„Ja, ja, ich komme schon . . ." und wieder zu Donner gewendet, erwähnte der Alte: „Man hat mir nur eine kurze Zeit für die Audienz mit Ihnen zugestanden. Ich habe sie aus eigenem überschritten, und ich habe sie gerne überschritten, weil es vielleicht die letzte war. Jedoch das weiß man ja nie. Sprechen wir nicht davon. Schaffen Sie noch recht viel Schönes und behalten Sie mich bitte in Ihrer Erinnerung!"

„Exzellenz!"

„Herr Kammerbildhauer!"

Der Weißperückte wandte sich zum Gehen. Auf seinen Stock gestützt, Donner noch einmal zunickend, verließ er den Raum.

Der Lakai folgte ihm.

Man kann nur erlangen, wozu man reif geworden ist, und es kann in der geistigen und charakterlichen Entwicklung keinen Sprung geben.

Wilhelm von Humboldt

An zwei Arbeiten zugleich hatte Donner gearbeitet, an der Ziselierung der „Befreiung der Andromeda" und an der Meißelung für das auf eine Marmorplatte aufgesetzte und bereits fertiggestellte Bleiguß-Bildrelief des Grafen Johann Kaspar Cobenzl für dessen Grabmal im Grazer Dom, als ihn ein Unbehagen überfiel. Das ahnende Lied der Krankheit schlich sich zu ihm. Abwechselnd überfluteten ihn Wärme und Kälte, daß er bald einheizen, bald alle Fenster und Türen aufreißen ließ. Dann mußte er sich zu Bett legen, da er fieberte. Eva Maria Elisabeth braute ihm heiße Getränke und legte Tücher um seinen Kopf. Donner, der in seinem ganzen Leben bis nun nie ernstlich krank gewesen war, sagte seiner Frau, daß sie doch nicht so viel Aufhebens machen solle. Es sei nichts anderes als eine Verkühlung, die sich anderntags sicher schon wieder gebessert haben würde. Aber der nächste Tag brachte eine Verschlimmerung. Donner fieberte und phantasierte so sehr, daß sich Eva Maria nicht mehr zu helfen wußte und in die Stadt lief, einen Arzt zu holen. Nach vielen Stunden bangen Wartens kam endlich, abgehetzt und dennoch langsam und gewichtig zugleich, der vielgeplagte Arzt. Er redete mehr, als es sonst bei Ärzten üblich ist, und erzählte, dieweilen er den Puls Donners fühlte, daß er sich darauf berufen könne, ein Schüler des berühmten Doktor Van Swieten zu sein, der seinerzeit ebenso nach etwa siebenjährigen Vorlesungsbesuchen, wie auch er jetzt bei Boerhaave, zum Doktor promoviert habe, daß die horrenden Taxen der Rigorosen dazu zwängen, unverhältnismäßig hohe Gebühren von den Patienten zu erheben, um überhaupt nur die Schulden abdecken zu können, die die Promotion verursachte, und daß dabei dennoch die medizinische Kunst, vor allem aber ihre Praxis, alte, ja altertümlichste Formen und Konditionen vor sich sehe, unmögliche Spitäler vor allem, daß ferner noch viel geschehen müsse, ehevor man hier überhaupt von Zweckmäßigkeit sprechen könne. Dann zitierte er lateinische Sentenzen, die niemand verstand, diagnostizierte einen Scirrhus und verschrieb im übrigen einige Pülverchen und Mixturen auf großen Rezepten, die in der kaiserlichen Hofapotheke „Zum goldenen Sterne“ in der Kärntnerstraße nächst dem Stock im Eisen angefertigt und behoben werden sollten, schrieb und kassierte dann zugleich die Rechnung und empfahl sich schnell und fast unhöflich kurz.

In der folgenden Nacht phantasierte Donner in zunehmendem Maße. Grauenvoll und düster sprach er von seinem Vater, schwül und verzaubert von einer gelben Rose und hohl und gedehnt von einer hundertsäuligen Krypta. Er zeichnete Visionen des Kreuzes nach und sank dann erschlafft in die Müdigkeit einer göttlichen Ruhe. Nach diesem eruptiven Ausbruch wurde seine Atmung flach und mühsam. Bläulich und verfallen schien das Gesicht, nur seine Augen glänzten wie sprühendes Glas im Licht tausender Sonnen. Nach dem Erwachen aus dem ermattenden Schlaf erkannte er am Morgen des 14. Februar 1741 seine Frau, die an seinem Bette saß und übermüdet seine Hände hielt.

„Wir ewig Sterbenden, was ist der Tod?“ frug er verklärt.

Eva Maria wehrte ab: „Wovon sprichst du?“ Sie vermochte aus der Enge ihres Tages nicht in die Wirklichkeit zu finden. „Du hast dich einfach verkühlt und wirst morgen schon wieder an deine Arbeit gehen können!“

Raphael spürte und wußte es besser. Er tat, als hörte er sie nicht, und sprach seine Gedanken laut aus: „Wie eine Fledermaus schwirrt der Tod herbei. Er löscht all das Schöne und die Sorge gleichermaßen. Er ist ein Von-der-Erde-Gehen, wie die Geburt ein Auf-die-Welt-Kommen ist. Vorher ist nichts und nachher ist nichts, und beides geschieht unter Schmerzen. Vielleicht ist es das Ende, vielleicht, aber wie sagte doch die alte Exzellenz: aber das weiß man ja nie!“

Er nahm die Hände seiner Frau und suchte ihren Blick: „Ich habe dir viel abzubitten. Ich habe viel versäumt bei dir. Um meiner Arbeit willen habe ich dich sehr vernachlässigt. Ich weiß, daß du dies oft empfunden, manchmal nicht verstanden und es oft anders ausgelegt haben magst und mir doch davon nichts sagtest. Dafür danke ich dir. Ich weiß auch, hättest du mir etwas gesagt, ich hätte es dennoch nicht zu ändern vermocht, ich war zu sehr und immer doch mehr mit meiner Arbeit verhaftet. Man muß einem Menschen wie mir viel, sehr viel verzeihen."

Eva versuchte seinen Gedanken zu folgen, aber Donner sprach bereits weiter: „Es waren auch Frauen auf meinem Wege, und das ist das ewige Dilemma des Künstlers vor seiner Gattin: Sie wird ihm darin in ihrer lieben, engen, kleinlichen Weiblichkeit nicht zu folgen vermögen, ihm aus ihrer beschränkten Häuslichkeit heraus nicht folgen können und ihn daher oft und oft mißverstehen, trotzdem habe ich mir nichts zu vergeben. Wenn ich mich in meinem Tun und Lassen immer frei gefühlt habe, wahrscheinlich auch zu egoistisch meine Zeit verwendete, so nehme ich doch an, daß ich vor Gott auch in der Ehe ruhigen Gewissens bestehen werde. Wenn es Nacht wird, gehen unsere Sterne am weiten Himmel auf, und ich werde von dir und zu ihnen eingehen nach göttlichem Gesetz."

Eva Maria Elisabeth weinte.

„Warum tust du das, warum weinst du, Eva? Muß man nicht auch einmal den Mut haben, darüber zu reden? Gedanklich habe ich mich in meiner Pietà schon damit auseinandergesetzt. Sie war, wenn ich es jetzt so sagen darf, mein künstlerisches Testament. Jetzt aber ist es auch an der Zeit, mein menschliches zu machen. Hol mir bitte darum jetzt Freund Raab, den Schmied, und auch den Steinmetz Wenzl vielleicht. Es wird nicht viel sein, was ich zu bestellen habe. Du weißt, daß ich vom Geld nie allzuviel gehalten habe, sehr zu deinem Leidwesen, das weiß ich auch. Bitte schau, wir haben ja niemanden, dem zu vererben sich etwas lohnte, und für dich allein wird es schon reichen. Unsere Anna, das Katherl, es mußte gehen . . ."

„. . . und ein zweites durfte nicht mehr sein, sei mir nicht bös, ich weiß es!"

„Aber ich habe doch viele Kinder, Maria Elisabeth, viele Kinder, und ich weiß, die werden bleiben."

Da sie sah, daß Donner glücklich war, schwieg sie. Er aber bat jetzt: „Nun geh und tu mir den Gefallen!"

Sie ließ ihn allein und ging zu Anton Raab und zu Johann Wenzl und bat sie um deren Zeugschaft. Sie leisteten Folge, und Sebastian, der Bruder, brachte zu Papier, was ihm Georg diktierte:

„Im Namen der allerheiligsten Dreifaltigkeit Gottes des Vaters, des Sohnes und des heiligen Geistes, Amen, hat Herr Georg Raphael Donner kaiserl. Kammer-Bildhauer bei zwar schwacher Leibesdisposition, jedoch bei gutem Verstand, uns seinen Letzten Willen, als hierzu mündlich erbetenen und zu End eigenhändig unterschriebenen Zeugen eröffnet, wie folgt:

Erstlichen hat er seine Seele der grundlosen Barmherzigkeit Gottes und der Fürbitte der allerseeligsten Jungfrau Maria, wie auch aller lieben Heiligen und Schutzpatrone befohlen, den Leib aber der Erden, und soll andertens dieser dem christ-katholischen Gebrauch nach mit dessen Frau Ehekonsortin Elisabeth Donnerin mündlich abgeredtermassen zur Erden bestattet werden.

Drittens hat Selber wegen Lesung der heiligen Messen zu Trost seiner armen Seele, es ebenfalls der Disposition gedacht seiner Frau Ehekonsortin überlassen.

Viertens hat Selber in die vier Spitäler, nämlich in den Klagbaum, in das Armenhaus, in das Bäckenhäusel, und nach Sankt Marx in jedes einen Gulden zusammen aber vier Gulden verschrieben, und da

Fünftens eines jeglichen Testamentes Grund, die Einsetzung eines Universal-Erben ist, hat also Selbiger seine Frau Ehekonsortin in Ansehung der ihm während der Ehe erwiesenen Lieb und Treu, in all seinem Vermögen und was sein genannt werden kann, zu einer wahren Universal-Erbin eingesetzt und benannt, also daß sie hiemit wie auch mit dem von Ihre erzbischöflichen Gnaden Herrn Grafen von Esterházy auf 25 Jahr in Bestand genommenen Steinbruch, wo von der bestandene Kontrakt von weiland Ihrer kaiserlichen königlichen katholischen Majestät Karl VI. glorreichsten Andenkens ist konfirmieret, wie nicht weniger mit der noch zur Verfertigung kommenden Arbeit als mit ihrem wahren Eigentum schalten und nach Belieben disponieren könne, und da schließlich diese seine Letztwillige Disposition nicht als ein zierliches Testament gelten sollte, so wollte er doch, daß solche als ein Kodizill und Geschenk des Todes wegen, oder auf andere Art, wie es immer sein kann gelten solle, seine gnädigste Obrigkeit bittend fest darob zu sein, damit hierwieder von niemand gehandelt sondern diesen seinen Letzten Willen in allweg nachgelebt werde, zu wahrer Urkund dessen haben wir dieses von Herrn Donner errichtete Testamentum Nuncaptivum eigenhändig unterschrieben, unsere Petschaft beigedrückt und sowohl von innen als außen gefertigt. So geschehen bei Wien, am Heumarkt den 14. Februar 1741 L. S. Anton Raab, bürgerlicher Schmidt gebner Zeug, L. S. Johann Wenzl Schmukku bürgerl. Steinmetzmeister, als mündlich erbetener Zeuge."

Donner war ermattet in die Kissen zurückgesunken. Eine hilflose Handbewegung war der Dank für den erwiesenen Freundes- bzw. Zeugendienst.

„Wasser . . ." bat er.

„Essigwasser", brummte der Schmiedemeister: „Es ist nicht gut, bei solchem Brande viel zu trinken."

Willig befolgte Elisabeth den Rat. Dann gingen die beiden Zeugen wieder, und auch Sebastian kehrte an seine Arbeit zurück. Als treue Wache aber blieb Eva Elisabeth bei dem Kranken.

Am Nachmittag des 15. Februar 1741 setzte bei Georg Raphael Donner überraschend die nach Luft ringende Atmung ein, als erschütterndes Zeichen eines nahenden Endes. Dennoch spiegelten sich Ruhe und zugleich eine gewisse Heiterkeit in seinen Augen: „Ein Brennen ist in mir, ein Brennen, fast noch verzehrender und stärker als meine Sehnsucht."

„Bald wirst du gesunden und wieder schaffen dürfen!" meinte Eva Elisabeth, mehr fast sich selber damit tröstend als Georg.

„Nein, Eva Maria, ich weiß, das ist das Ende. Das spürt man irgendwie. Ich hätte noch so gerne gelebt, aber wenn der, der mir das Leben gab, es wieder von mir fordert, darf sich weder mein Denken noch mein Wille dagegen sträuben. Ich will bereit sein, laß mein geflügeltes Herz . . ."

Das schwere Atmen seiner Brust stockte etwas. Das letzte Lohen eines verzehrenden Brandes flammte in der letzten furchtbaren Pause des aussetzenden Lebens auf.

„Hast du Schmerzen?" frug ihn Eva.

„Nein!" keuchte er: „Ich bin nur müde, sehr müde, ich möchte schlafen!" Und flüsternd setzte er nach einer Pause hinzu: „. . . aber ich bin zufrieden . . ."

Das waren seine letzten Worte.

Als Eva Maria erkennen mußte, daß er tot war, vermochte sie nicht zu weinen. Stumm und still, tränenlos, als sei sie sich der Größe ihres Verlustes nicht bewußt, saß sie da.

So fanden sie Donners Brüder, als sie nach Arbeitsende nachzusehen kamen, wie es ihrem Bruder ginge.

Das Lamento begann erst, als die Klageweiber anrückten und mit ihren Litaneien anhuben.

In einer durch Totenansage und Geschäftsgang verzögerten Mitteilung des ,,Wiener Diariums" erschien erst am 22. Februar 1741, dem Tage des angesetzten Begräbnisses, als unter den Verstorbenen vor der Stadt eingetragen, daß Herr Georg Raphael Donner, weiland Ihrer römisch-kaiserlichen Majestät Kammerbildhauer, im Managettaschen Gartenhause am Heumarkte zu Wien, 48 Jahre alt, laut einem Protokoll des Totenschreibamtes, von einer allgemeinen Entzündung ergriffen, am Brand gestorben sei.

Als Eva Maria Elisabeth diese Nachricht in der Zeitung las, heulte sie laut weinend auf, daß Sebastian, der schon am vergangenen Tage über den Geschäftsbüchern, -papieren, -rechnungen und -notizen gesessen hatte, unterbrach, aufstand und zu ihr hinging.

,,Elisabeth", sprach er, ,,ich fühle mit dir, ich weiß, es ist alles viel zu schnell gekommen, so unvermutet eigentlich, aber jetzt ist doch nun einmal nichts mehr zu ändern!"

,,Was soll nun eigentlich werden?" schluchzte sie.

,,Es wird viel Sorgen geben in der nächsten Zeit."

,,Wirklich, du meinst?"

,,Schau, Georg hat nur seinen künstlerischen Plänen gelebt. Um die finanziellen Dinge hat er sich, wie ich jetzt hier feststellen muß, so gut wie gar nicht gekümmert. In einer schlafwandlerisch sicheren Art, wie sie nur Künstler haben können, lief alles fast wie von selber. Mich wundert nur, daß die Schwierigkeiten nicht spürbarer waren."

,,Da es geklappt hat, hat er recht getan!"

,,Aber ich komme jetzt nicht zurecht. Das Begräbnis kostet Geld, aber es ist keines da. Wo ist bloß das ganze Geld geblieben?"

,,Hatten wir denn überhaupt jemals viel Geld? Du weißt, auch ich war in finanziellen Dingen nicht gerade gut bewandert. Ich war zufrieden, alle sättigen und einkaufen zu können, all das anzuschaffen, was wir brauchten und woran es eben fehlte, und da ich sehr sparsam war, reichte es, und ich frug nicht, woher es kam."

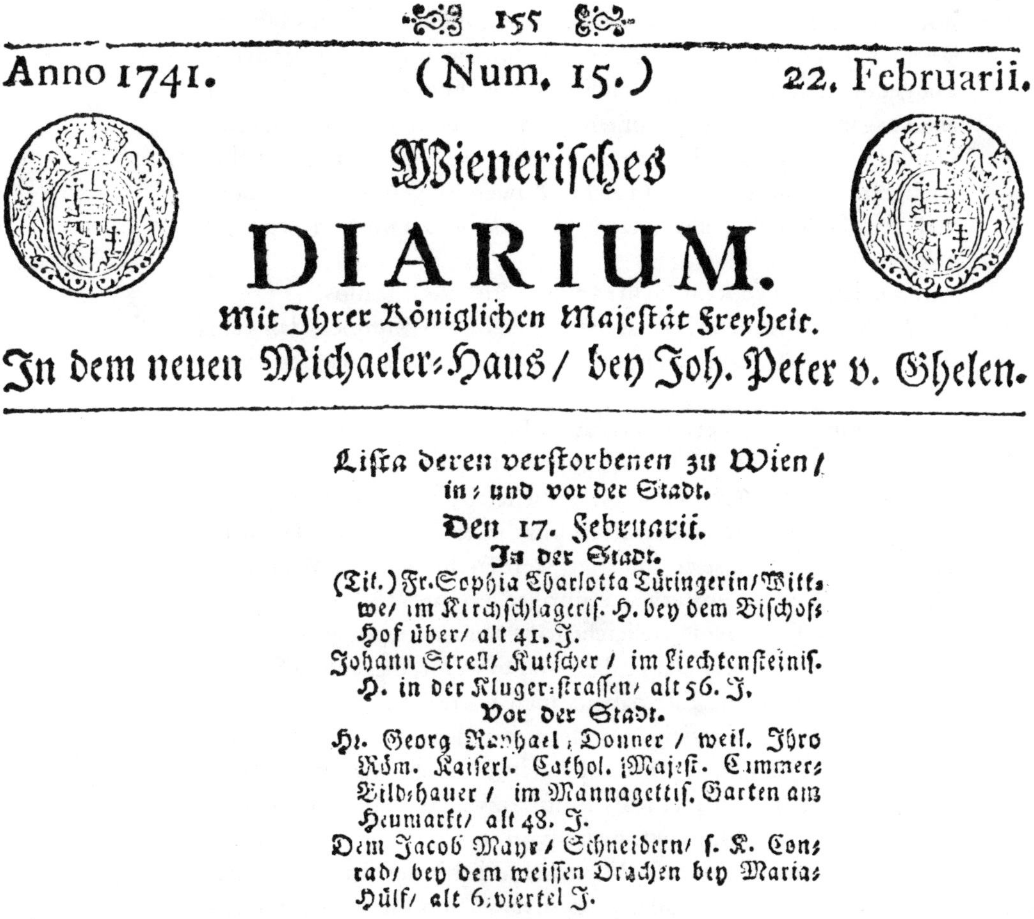
155

Anno 1741. (Num. 15.) 22. Februarii.

Wienerisches

DIARIUM.

Mit Ihrer Königlichen Majestät Freyheit.

In dem neuen Michaeler-Haus / bey Joh. Peter v. Ghelen.

Lista deren verstorbenen zu Wien / in- und vor der Stadt.

Den 17. Februarii.

In der Stadt.

(Tit.) Fr. Sophia Charlotta Türingerin / Wittwe / im Kirchschlagerisch. H. bey dem Bischof-Hof über / alt 41. J.

Johann Strell / Kutscher / im Liechtensteinis. H. in der Kluger-strassen / alt 56. J.

Vor der Stadt.

Hr. Georg Raphael Donner / weil. Ihro Röm. Kaiserl. Cathol. Majest. Cammer-Bildhauer / im Mannagettis. Garten am Heumarkt / alt 48. J.

Dem Jacob Mayr / Schneidern / s. K. Conrad / bey dem weissen Drachen bey Maria-Hülf / alt 6. viertel J.

Todesanzeige Georg Raphael Donners im ,,Wiener Diarium“ vom 22. Februar 1741

,,Darum hattest du aber auch nicht zu sorgen. Georg hat in den vergangenen Jahren recht gut verdient. Allein für die ‚Providentia‘ hat er eintausendsiebenhundert Gulden bekommen und zweitausend Gulden für die anderen Figuren. Für den ‚Andromeda-Brunnen‘ sind dreihundert Gulden eingegangen, und das sind schon viertausend Gulden zusammen. Das ist viel Geld. Dazu kommt noch die Summe von viertausend Gulden, die er aus Gurk erhielt. Wenn wir jetzt für das Material, die Spesen und all die anderen Dinge, die er selbst besorgen mußte, sagen wir zweitausend Gulden als Ausgaben abrechnen, müßten noch immer an die sechstausend Gulden verbleiben, aber es ist nichts da. Ich habe gesucht, nachgefragt, ob er irgendwelche Zuwendungen gemacht oder vielleicht Schmuck gekauft hätte, aber ich bin zu keinem Ergebnis gekommen."

„Wir haben also kein Geld?" fragte Elisabeth tonlos.

„Nicht ein bißchen! Das ist die Kehrseite des Ruhmes, daß man sich nachher mit den unangenehmen Dingen auseinandersetzen muß!"

„Wir müssen also etwas verkaufen!"

„Wenn nichts da ist? Die Anzüge vielleicht . . ."

„Oder etwas borgen fürs erste? Vielleicht kann Mathias . . .?"

„Weder seine silberne Salvatormünze noch seine Medaille, die er zur Krönung der Kaiserin anfertigt, werden ihm so viele Mittel einbringen, daß er für uns etwas erübrigen könnte!"

„Und das Testament, vielleicht hat er etwas deponiert?"

„Das kann noch recht lange dauern. Du weißt, daß solche Sachen bei den Ämtern keine Eile haben; auch hörte ich, daß dieser Akt nicht vor dem Zivilgericht, sondern vor dem des Oberhofmarschallamtes abgehandelt würde, da geht es noch langsamer."

„Da lebt man nun mehr als fünfundzwanzig Jahre mit einem Manne zusammen und weiß nichts von ihm!"

„Georg war nicht nur ein Mann schlechthin, er war primär ein Mensch und war als Künstler groß, Eva! Man mißt da mit anderen Maßstäben. Niemand wird einen wahren Künstler jemals voll verstehen können. Es ist eine eigene Welt, die er lebt, in die uns einzufinden mit unserem täglichen Gesicht einfach nicht gegeben ist. Es geht nicht nur uns so, die wir ihm durch die Bande des Blutes schon am nächsten gestanden haben. Es ist auch bei anderen so, und wir klagen nur um Dinge, die uns augenblicklich bewegen. Wir ermessen sicher nicht, was eigentlich alle mit ihm verloren haben!"

„Ich habe meinen Mann verloren!" seufzte Eva und weinte.

Um vier Uhr am selben Nachmittage sammelten sich vor dem

Managettaschen Gartenhause die Trauergäste. Langsam wuchs die Zahl. In gespenstisch traditionellem, fast grotesk anmutendem Zeremoniell begrüßten und verneigten sich die Leute. In Stille formierte sich dann der Zug und begann sich vom Trauerhause aus, einem ungeregelten Hügel über die Rabengestätte der Rabengasse zu, die in gerader Richtung gegen das Glacis auslief, zu bewegen. An der Spitze des Zuges ging die lange Reihe der Pfründner des St.-Nepomuk-Spitals, unter der Vorantragung ihres Schutzheiligenbildes mit Florumhängen, mit dem Verwalter des Spitals, Antoni Stropp. Dann kam, ebenfalls mit der Fahne des Patrons, des heiligen Nikolaus von Myra, die Nikolai-Brüderschaft, für deren Hauskapelle Donner den Tabernakel verfertigt hatte, weiters ein Kurat von St. Stephan, vor welchem das Pfarrbild dieser Kirche zum Beweis des zuständigen Pfarrechtes getragen wurde. Dem Priester und Kirchendiener folgte schließlich der leichte Sarg, von sechs Männern, mit Rosmarinzweigen auf den Hüten, getragen, umgeben von sechs bis an die Nase verhüllten, Windfackeln tragenden Kuttenbuben. Im Sarge lag Donner, in schwarzem Boy gehüllt, ein nicht alter Mann, dem der Tod die groß gespaltenen, feuerstrahlenden Augen geschlossen, die vom Ernst der Sorge gegen die Nase gesenkte Stirnfalte, der zwischen Lächeln und Schmerz schwebende Mund ausgeglättet, sein im Leben stets wie leidend oder sinnend seitwärts gegen die Achsel geneigter Kopf mit dem dünnen Haupthaare nun geradegestreckt und das Antlitz mit einer blendend weißen Farbe übergossen, so daß es dem Konterfeit Trogers ähnlich sah, der ihn knapp nach der Eröffnung des Brunnens auf dem Mehlmarkte porträtiert und das zuletzt in seinem Zimmer über dem Sterbebette gehangen hatte.

Dem Sarge folgten unmittelbar Mathias und Sebastian, dann Lorenzo Matielli, der ebenso wie Donner an der Akademie der freien Künste gewirkt hatte, der Akademiepräfekt Jakob von Schuppen, Hofbildhauer Pichler, dann der Lehrmeister im Kupferstich an der Akademie, G. A. Müller, schließlich alle die Werkgehilfen, darunter auch Kohl, Goda, Lampl und Prechtl, die Bildhauergesellen und Marmorschleifer und eine Reihe anderer Männer. Ihnen folgten die weiblichen Trauergäste, deren erste Eva Maria Elisabeth Magdalena Donnerin, geborene Prechtlin, die kinderlose Witwe war.

Solang der Zug noch zwischen der Stadt und der Vorstadt zu sehen war, hörte man das Kleingeläute der Glocken aus dem Stephansdom her. Als er von der Bockgasse in die Landstraße eingebogen, tönte der Schall der Glocken von der St.-Nikolaus-Kapelle, aus dem Friedhof vor dem Augustinerkloster auf der Landstraße, entgegen, sich mit dem Litaneigebete des Zuges vermengend.

Obenauf war am Himmel bei hellem Sonnenschein ein leichter Wolkenstreif aufgezogen, aus welchem einzelne schwere Tropfen herabfielen, die im Fallen glänzten und funkelten. Einige von ihnen waren auf dem Bahrtuche hängengeblieben und glühten vor dem Rot der Abendsonne, erhellt wie Rubine, spielten in den Farben der Iris, so daß die Decke einem mit Edelsteinen überstreuten Trauermantel glich.

Nach der Einsegnung in der Kapelle, deren Altar mit schwarzem Tuche behangen war, wurde der Sarg in die schon vorbereitete eigene Grabstätte versenkt. Jakob von Schuppen, der den Zug als erster zum offenen Grabe geleitet hatte, trat zurück, um den Brüdern Platz zu machen. Der Totengräber reichte nach altem Brauch auf seiner Schaufel die Erde, die man auf den Sarg werfen wollte. Mit dumpfen Schlägen fielen die Brocken auf den Sarg des Nimmererwachenden. Die lange Reihe derer, die den letzten Gruß boten, zog vorbei. Als letzte standen zwei Frauen. Die eine in ihrem schwarzen, langen, dichten Trauergewande, die ihr Leid sichtlich und weinend zur Schau trug, und eine andere im geistlichen Trauerhabit, die sparsam in dem Rahmen des sie knapp umschließenden Gewandes ein ebenmäßiges, friedvoll stilles, dennoch wächsern ausdrucksloses Gesicht sehen ließ. In den Händen hatte sie weglang eine gelbe Rose gehalten, die sie nun, wie man es fast anmerken mochte, von sich losriß und auf den aufgeworfenen Hügel zu Häupten des Bestatteten behutsam, fast zärtlich niederlegte.

Die beiden Frauen sahen einander an. Ihrer beider Blicke begegneten einander. Sekundenlang ahnend und innerlich fragend wagte sich aber dennoch kein Wort über ihre Lippen. Ungestellt blieb die Frage zwischen ihnen, die sie sich, innerlich gleich nahe dem Toten verbunden, ja auch nicht zu beantworten vermocht hätten.

In dem sich zur Nacht verdichtenden Dämmer schritten sie einsam ihrer Wege, der Stadt zu, deren Silhouette sich im winterlich erkaltenden Himmel scharf und fein, wie gestochen, abzeichnete.

Wolken, im letzten Spiel der Farben und des Lichtes, wandelten sich, verwoben sich und schlossen sich zu neuen Gebilden, immer wieder zerreißend und sich immer wieder vermählend und fliehend.

Gewaltig und stark fegte der Wind, pflügte die Zeit.

Gewaltig und stark pflügte die Zeit. Sie wandelte die Welt, die Umgebung und die Lebensbedingung nach den zeitbedingten Erfordernissen. Die Verlassenschaftsabhandlung des Donnerschen Testamentes fand tatsächlich erst am 27. August 1745 unter dem Kurator Bernhard Leopold von Tasser statt. Das vom 14. Februar 1741 datierte Testament war am 25. Februar 1741 in Gegenwart der Wittib Elisabeth Donnerin und Dies Fritz wie auch der beiden gefertigten Zeugen Anton Raab und Johann Wenzl Schmukku bei dem Obrist Hof Marschall Amt eröffnet und publiziert sowie auch von den beiden Zeugen umständlich beeidigt worden. Es wurde bei der Kanzlei aufbehalten und den Interessierten Abschriften hiervon zuerteilt. Am Umschlag des Testamentes war vermerkt: „Hierinnen ist Herrn Georg Raphael Donners Königl. Kammer-Bildhauers errichtete Testamentum Nuncupativum verschlossen. Gegengezeichnet von den beiden Zeugen.“ Dem Testamente war ein vom 28. November 1741 datiertes Nachlaßinventar beigeschlossen worden, welches folgenden Inhalt hatte:

„Über weiland des im abgewichenen Monat Februar laufenden Jahres 1741 allhier verstorbenen Herrn Raphael Donner, gewester Königl. Kammer-Bildhauers seeligen Verlassenschaft, welches zufolge Obrist Hof Richterl. Verordnunge de datis 7. Juli und 18. August praedicti anni durch die Königl. Obrist Hof Marschalls Gerichts Canzlei im Beisein der rückgebliebenen Wittib Elisabeth, dann Herrn Mathias Donner, Königl. Münzeisenschneider den 28. 9br. hierauf vorgenommen mithin die angezeigte Effekten beschrieben, und durch die gerichtl. Schätzmeistern bekanntlich Valentin Wischkofsky hofbefreiten Goldarbeitern und Johann Georg Ernst hofbefreiten Schneidermeistern ordentlich geschätzt worden: bevorab wird angemerkt: daß An baren Geld bei dem Todfall des Erblassers nichts vorhanden gewesen sei, sondern es hätten die zur

Bestreitung deren Funeral Unkosten und Entrichtung des denen Gesellen zustehend gewesenen Lidlohnes erforderlichen Geldmittel von guten Freunden entlehnt, auch von der Wittib drei alte Kleider per 42 fl verkauft werden müssen.

An activ Forderungen
habe der defunctus ein Marmor Steinbruch zu Gran in Ungarn von dem alldasigen Erzbischof tit. Herrn Fürst von Esterházy in Bestand gehabt, und dessentwegen mit dem allhiesigen Steinmetzmeister namens Steinbeck diesen Kontrakt geschlossen. Daß ermelter Steinmetzmeister dem defuncto gegen dem; daß er jährlich 2000 Schuch Marmir brechen lasse, jährlich 500 fl entrichten solle, wäre also von Georgi bis Michaelis laufenden 1741 ein halbjährl. Rate mit 250 fl ausständig id est 250 fl
An Besoldungs Ausstand
welche der defuncto bei der Königl. reservierten Kassa, jährlich a 500 fl zu genüssen gehabt, wäre nichts ausständig gewesen, sondern von dem defuncto bereits erhoben worden.
Hingegen hätte Ihre königl. Majestät, der hinterlassenen Wittib zu Gnad und Abfertigung eine halbe Jahresbesoldung von 250 fl auszahlen lassen, welche ad calculum inventary nicht ausgeworfen, sondern nur pro noticia angemerkt worden.

An Silber
Ein Degen von Prob. Silber, wägt beiläufig 15 Lot a 1 fl
15 fl
Ein Messer eine Gabel, und 2 Löffel von dto wegen beiläufig 9 Lot a dto 9 fl
An Kleidern und Weißzeug

Ein Kleid von meergrünem Tuch, Rock, Kamisoll mit Ponceau rotem Croiset gefüttert, und mit zwei Paar Hosen	36 fl	
6 feine Hemder a 1 fl 50 kr	9 fl	
6 ordinari dto 51 kr	3 fl	6 kr
6 Tischtücher von gewürfeltem Zeug a 56 kr	3 fl	36 kr
12 Tisch Serviet von dto Zeug a 9 kr	1 fl	8 kr
10 Paar Leilacher a 1 fl 30 kr	13 fl	
4 weiß-leinwandene Fenster-Vorhäng a 50 kr	2 fl	
1 einschichtiger von gedruckter Leinwand		45 kr

An Mobilien

3 Betten, zu jeden 1 Unterbett, 1 Tuchent, 1 Lend-Polster, 1 Kissen, samt weicher Bettstatt eines a 9 fl	27 fl
6 mit grünem Tuch überzogne Lehnsessel a 51 kr	3 fl 6 kr
5 Passauer Sessel a 40 kr	2 fl
1 kleiner Spiegel in vergoldetem Rahmen	6 fl
1 Nusbaumholzfurnierter Kleiderkasten	12 fl
1 dto Schubladenkasten samt Aufsatz, worauf die jurisdictions Sperre haftet	10 fl
2 Contrefait von dem defuncto und dessen Ehewirtin nicht geschätzt	
2 kleine Stücke Bastel-Malerei	4 fl
3 große Landschaften a 3 fl	9 fl
1 Gewichtuhr so schlagt im weichen Kasten	12 fl
1 silberne Sack-Uhr, so aber von dem Herrn defecto anoch in dessen Lebzeiten durch Herrn für 7 Dukaten versetzet worden und auch nicht viel mehr wert sein soll dahier auch mit nichts ausgeworfen worden	
5 grün Cadisene Vorhäng zusammen	2 fl
1 Nürnberger Teppich	24 kr
1 porzellanene Schale	1 fl
1 Teekanne und 2 erdene Schalen	45 kr
6 Pfund gesponnenes Garn a 18 kr	1 fl 8 kr
1 alte spanische Wand	1 fl 8 kr
1 Koffer	1 fl 25 kr
1 schlechtes Terzeroll	42 kr
Ein eiserner Ofen	3 fl
Hederichs Lexikon, Frisy Dictionarium, Ovids Metamorphosen und Pozzi Architekture zusammen	4 fl
96 Pfund allerhand Zinn, das Pfund 35 kr	33 fl 60 kr
33 Pfund untersch. Kupfer, das Pfund a 30 kr	9 fl 30 kr
1 Mörser von Messing 5 Pfund a 24 kr	1 fl 20 kr
11 Pfund schlecht gegossenes Kupfer a 18 kr	1 fl 98 kr
18 Pfund Stahl a 18 kr	3 fl 24 kr
beil. 1 Zenten brauchbarer Werkzeuge das Pfund 5 kr	5 fl
1½ Zentren alter unbrauchbarer dto a 3 kr	4 fl 50 kr

1	Blasbalg	6 fl	
1	Fuß Winden	4 fl	
1	eiserner Schraubstock	6 fl	
1	eiserner Mörser samt Stößel	1 fl	
1	Gips-Pfannen und 1 gr. Glutpfanne zusammen	1 fl	8 kr
1	Säge, eine große eiserne Zange, untersch. Eisenwerk zus.	2 fl	
1	eiserne Kette		18 kr
8	Fensterstangen aus Eisen a 6 kr		48 kr
	untersch. Abdrücke von Gips und Wachs, und dgl. Model welche aber weil meistens zerbrochen und ruiniert nicht geschätzt wurden		
	Summe dieses Inventariums	533 fl	17 kr
	Zu Urkund cc		
	dem Goldarbeiter wegen	24 fl	
	dem Schneider wegen	25 fl	9 kr

Die Hinterlassenschaft, soweit sie amtlich dargestellt erscheint, war also nicht beachtlich. Am 16. Februar 1741 war für die Anfertigung des „Andromeda-Brunnens" noch ein Betrag von 880 fl freigemacht worden; den restlichen Teil von 500 fl behob die Witwe Elisabeth Donner erst im Jahre 1743. Als besonderen Gnadenbeweis wendete die Kaiserin Maria Theresia der Witwe noch einmal einen Betrag von 250 fl zu.

Im Jahre 1744 heiratete die Witwe Donnerin den jüngeren Schüler und Gesellen Donners, Franz Kohl. Ob dies im Zwange materiell drückender Sorge oder wirklich aus anderen Gründen geschah, ist nicht feststellbar. Franz Kohl blieb eigentlich nur durch seine für die Peterskirche geschaffenen Bleiplastiken „Glaube", „Liebe" und „Hoffnung" in Erinnerung. Die Witwe verließ jedenfalls das vom niederösterreichischen Regierungsrat Managetta zur Verfügung gestellte Domizil. Auch ihre Ehe mit Franz Kohl verlief kinderlos.

Am Tage, an dem die Simonetta Neuhauserin, geborene Gretti, als Ordensschwester der Ursulinerinnen Simonetta Felicitas genannt, starb, stürzte das Neuhausersche Haus am Mehlmarkte ein und begrub unter seinen Trümmern das getreue alte Faktotum des Hauses, den Steffen Wolfstriegel.

Die Werke Raphael Donners dauerten in ihrem künstlerischen Werte unverändert und verstärkt als Ausdruck ihrer Zeit in die kommende. Die in Ruhe verharrenden, unbekleideten menschlichen Körper brachte Donner, ohne eigentlich eine ungewöhnlich reizende oder fesselnde Lage zu gestalten, in Geste, Mimik oder Draperie zum Ausdruck stärkerer Willenskraft und höherem ethischen Gehalt, als es die ganze Kunst des 18. Jahrhunderts aufzuweisen vermochte. Ihre kühle Schönheit zeigt den dem Meister eigentümlichen Protoklassizismus auf seinem Gipfel. Seine Kunst bedeutete eine Abkehr von der allumfassenden Natur des Barock, sein Lebensgefühl war zwar auf einen engeren Kreise beschränkt, brachte aber nach der Kraftverschwendung des Barock der Plastik eine neue, erstmalige Konzentration, die besonders am Brunnen der Österreich symbolisierenden „Providentia" beim Umschreiten deutlich wird: Von allen Seiten und besonders auch in den Achsen treten wechselnde und harmonisch ineinanderlaufende Ansichten hervor. Man hatte Donner bald als den größten Plastiker des 18. Jahrhunderts bezeichnet, und diese Gültigkeit wurde auch in den kommenden Jahrhunderten anerkannt und nicht bestritten.

Im Jahre 1770 wurden auf Befehl Maria Theresias noch die Figuren des Donnerbrunnens, wie er seit damals bereits fast ausschließlich schon genannt wurde, ihrer Schadhaftigkeit wegen abgetragen und ins Depot des Bürgerlichen Zeughauses gebracht, wo sie dem Bildhauer J. Martin Fischer zum Einschmelzen übergeben wurden. Der aber, ihren hohen künstlerischen Wert erkennend, das Blei mit seinem unnachahmlich matten Glanz ist Donners eigenstes Material gewesen, ließ sie 1801 restaurieren und brachte es auch zuwege, nach dem Tode Maria Theresias und deren Nachfolger Kaiser Joseph II., daß sie wieder aufgestellt wurden. Im Jahre 1873 mußten die Bleioriginale der Witterungsgefahren wegen durch neue, in der k. & k. Kunstgießerei Rohlich und Ronninger hergestellte, Bronzekopien ersetzt werden. Die Originale wurden dem Barockmuseum im Unteren Belvedere zu Wien übergeben und dort aufgestellt. Die Commune Wien nahm den wiederhergestellten Brunnen unter dem Bürgermeister Cajetan Felder in ihre Obhut. Im Jahre 1945 trug der Brunnen im Geschehen des Zweiten Weltkrieges schwere Beschädigungen davon und wurde erst im Jahre 1949 wieder erneuert und instand gesetzt.

Georg Raphael Donner wurde am Nikolai-Friedhof vor dem Augustinerkloster bestattet. Sein Grabkreuz wurde zehn Jahre nach seinem Tode entfernt. Im Jahre 1784 wurden, einer Anordnung Kaiser Josephs, die Auflassung des Friedhofes betreffend, zufolge die sterblichen Überreste nach dem Marxerfriedhofe gebracht. Das Grab jedoch ist heute unbekannt.

Am 30. Oktober 1906 wurde dem Genius Donners von der Hand R. Kauffungens eine Statue aus Bronzeguß, auf Kosten mehrerer Kunstfreunde, errichtet und auf dem Schwarzenbergplatze zu Wien enthüllt. An das Managettasche Gartenhaus, in welchem Raphael Donner starb, erinnert eine Tafel am Hause Wien 3, Marokkanergasse 3.

Die Schilderung des Leichenbegängnisses (S. 308 ff.) ist fast wörtlich dem Buche J. E. Schlager: Georg Raphael Donner, ein Beitrag zur österr. Kunstgeschichte, 1848, Kaulfuß, entnommen. Der Zusatzkontrakt über den Brunnen am Mehlmarkt (S. 268 ff.) sowie das Testament (S. 303 ff.) sind inhaltsgetreu wiedergegeben.

QUELLENVERZEICHNIS

Aus der Fülle der vorhandenen, verfügbaren und benützten Quellen sind nur die wesentlichsten hier aufgenommen.

J. E. Schlager: Georg Raphael Donner, ein Beitrag zur österreichischen Kunstgeschichte, 1848, bei Kaulfuß Prandl & Co dto, II. Ausgabe, Wien, 1853.

Albert Ilg: Gedenkschrift zur 200-Jahr-Feier der Geburt Georg Raphael Donners, Mai 1893, Wien, Verlag der bildenden Künstler Wiens.

A. Mayr: Georg Raphael Donner, 1907, Wien, und Georg Raphael Donner – mit einem Anhang über Mathias Donner, 90 phot. Aufnahmen von Josef Wlha mit kritischem Text, E. Bayer-Verlag, Wien, Leipzig, 1907.

H. Kabdebo: Mathäus Donner und die Geschichte der Wiener Graveurakademie in der ersten Periode ihres Bestandes, Wien, 1880.

Andreas Pigler: G. R. Donner, die Kunst Donners. Leipzig und Wien, 1928, Verlag Dr. Hans Epstein.

R. Pichler: Der Donnerbrunnen auf dem Neuen Markt, Wien, 1913.

A. Gessner: G. R. Donner, Das Meisterwerk, 10 Seiten, 19 Tafeln, Weise Verlag, Berlin, 1940.

Franz Karl Ginzkey: Der selige Brunnen, Novelle, P. Zsolnay Verlag, Die hundert kleinen Bücher, Wien, 1940, und persönliche Korrespondenz.

Dr. Anton Richard Franz: Raphael Donners Tod und Nachlaß. Aus „Aus unsere Heimat" S. 113–126, Wien, 1941.

Justus Schmidt: Kunst und Leben Georg Raphael Donners, St. Pölten, Zeitungsverlag, 1941, 31 Seiten, 12 Bilder, 8 Umschlagtafeln, Niederdonau: Ahnengau des Führers.

Bruno Grimschitz: Der Neumarktbrunnen in Wien, 1739, Verlag Gebrüder Mann, Berlin. Der Kunstbrief und Neubearbeitung, Universalbibliothek Reclam, 1959.

Josef Freiherr v. Hörmayer: Georg Raphael Donner. Aus dem österr. Plutarch. Lebensbilder großer Österreicher. Band 1, Belaria Verlag, 1946.

Kurt Blauensteiner: Georg Raphael Donner, mit 96 Bildern nach Aufnahmen von H. Glassner. Verlag Anton Schroll, Wien, 1944.

Gustav Gugitz: Lesefrüchte zu Georg Raphael Donners Schaffen. ,,Unsere Heimat" N. F. XX, 1949/7–10, S. 101. Herausgegeben vom Verein für Landeskunde v. Niederösterr. u. Wien, Touristik Verlag.

Alfred Schnerich: Georg Raphael Donners Tätigkeit für das Domstift Gurk, ,,Kunst und Kunsthandwerk", S. 409 ff., Wien, 1918.

Rudolf Guby: Die Domkanzel zu Passau. Ein Frühwerk Georg Raphael Donners. ,,Kunst und Kunsthandwerk" S. 41 ff., Wien, 1919.

,,Wienerisches Diarium" 1732 – 15. 11. 1732 – 7. 11. 1732, S. 973, und 22. Feb. 1741 (S. 164) – 7. Dez. 1763 (Anhang).

Waldemar Posch – Alfred Sammer: ,,Pietà" (Gesellschaft der Freunde der Akademie der bildenden Künste, 1977).

ABBILDUNGSNACHWEIS

Frontispiz: Bildarchiv der Österreichischen Nationalbibliothek, Wien; alle anderen Abbildungen stammen aus dem Archiv des Schroll-Verlages, Wien.

DIE ABBILDUNGEN

4

5

6

ELISAEI MORTUUS VIVIFICATUS EST

8

9

10

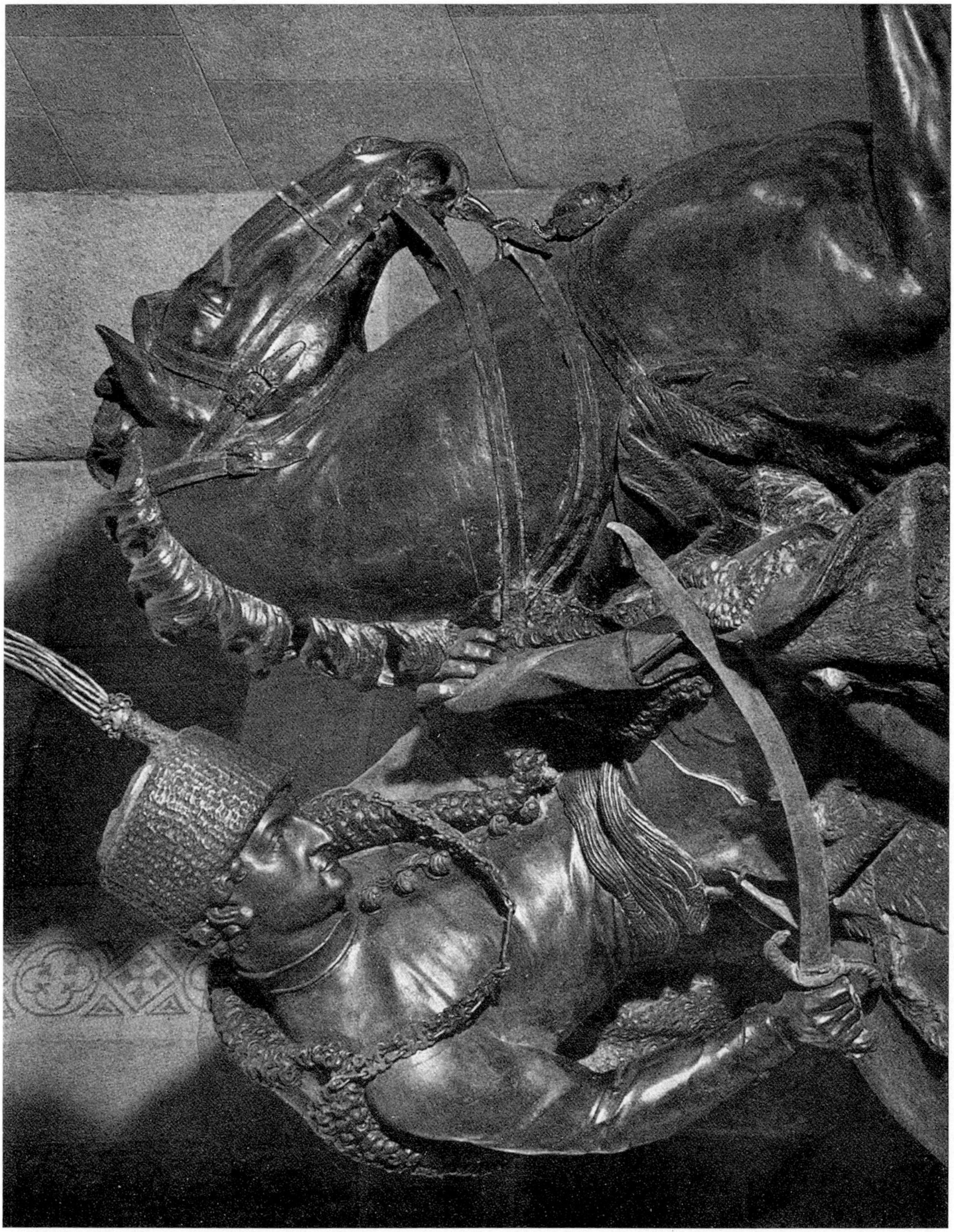

INRI

20

23

24

I N
R I

34

36

39

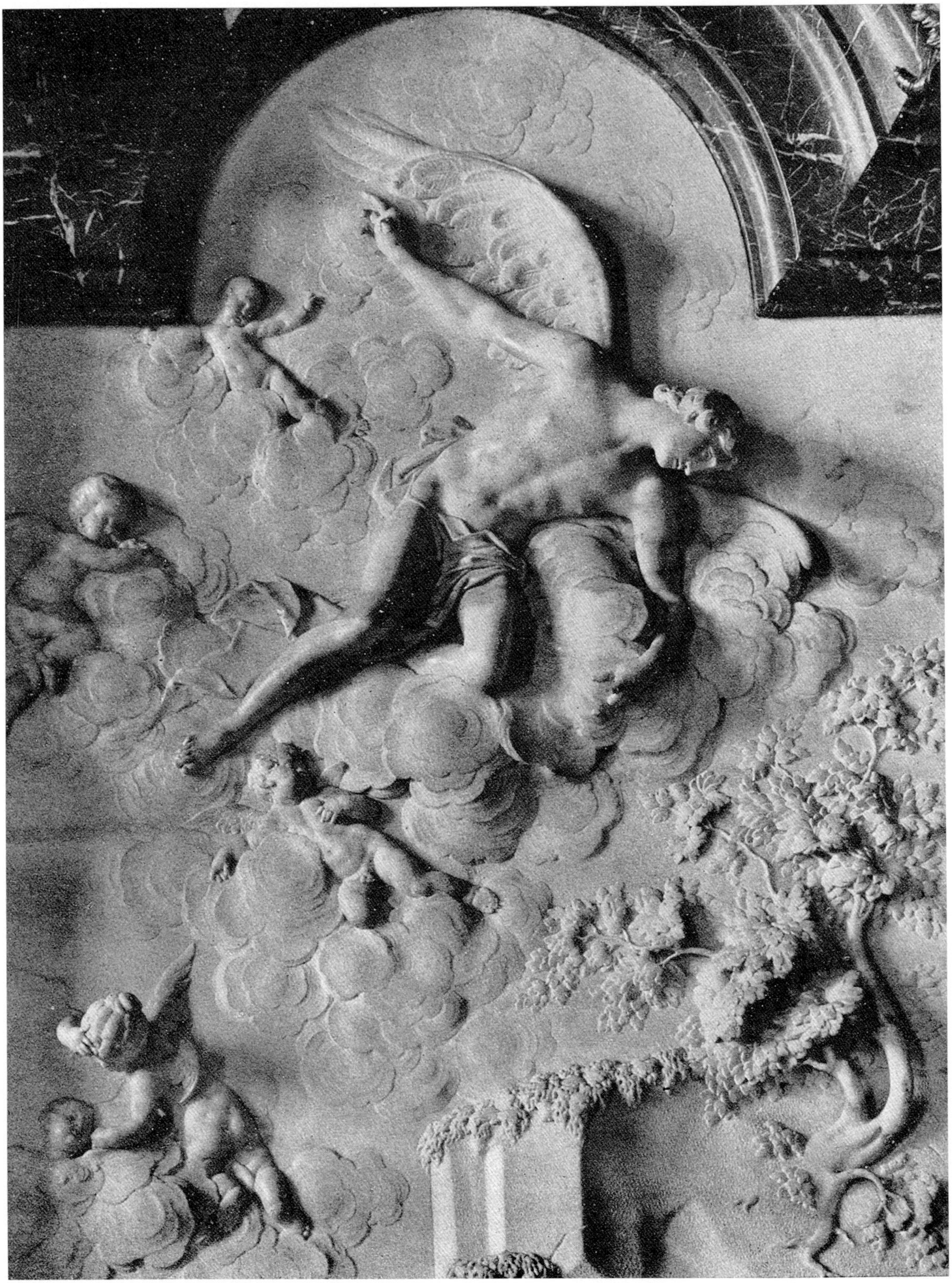

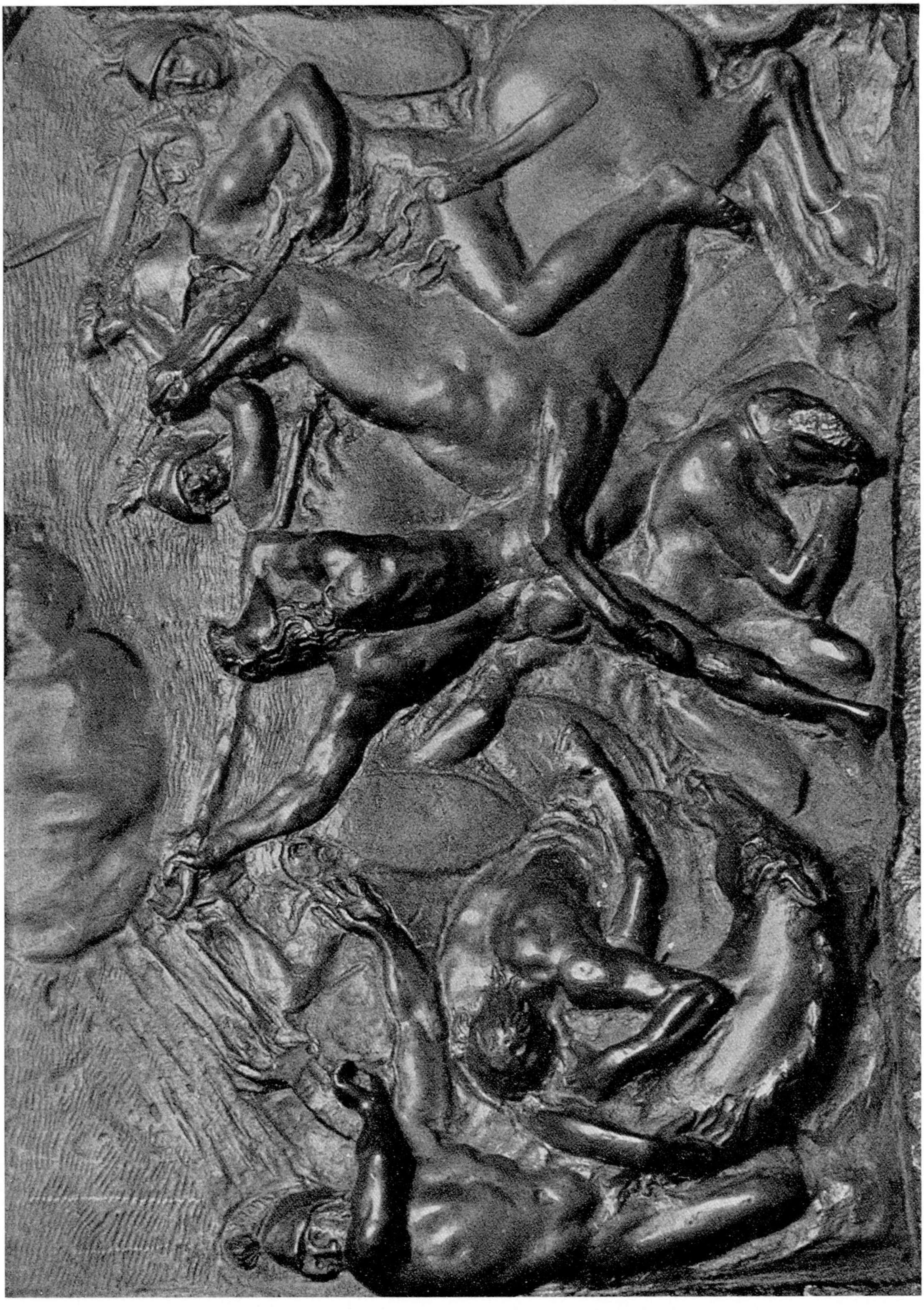

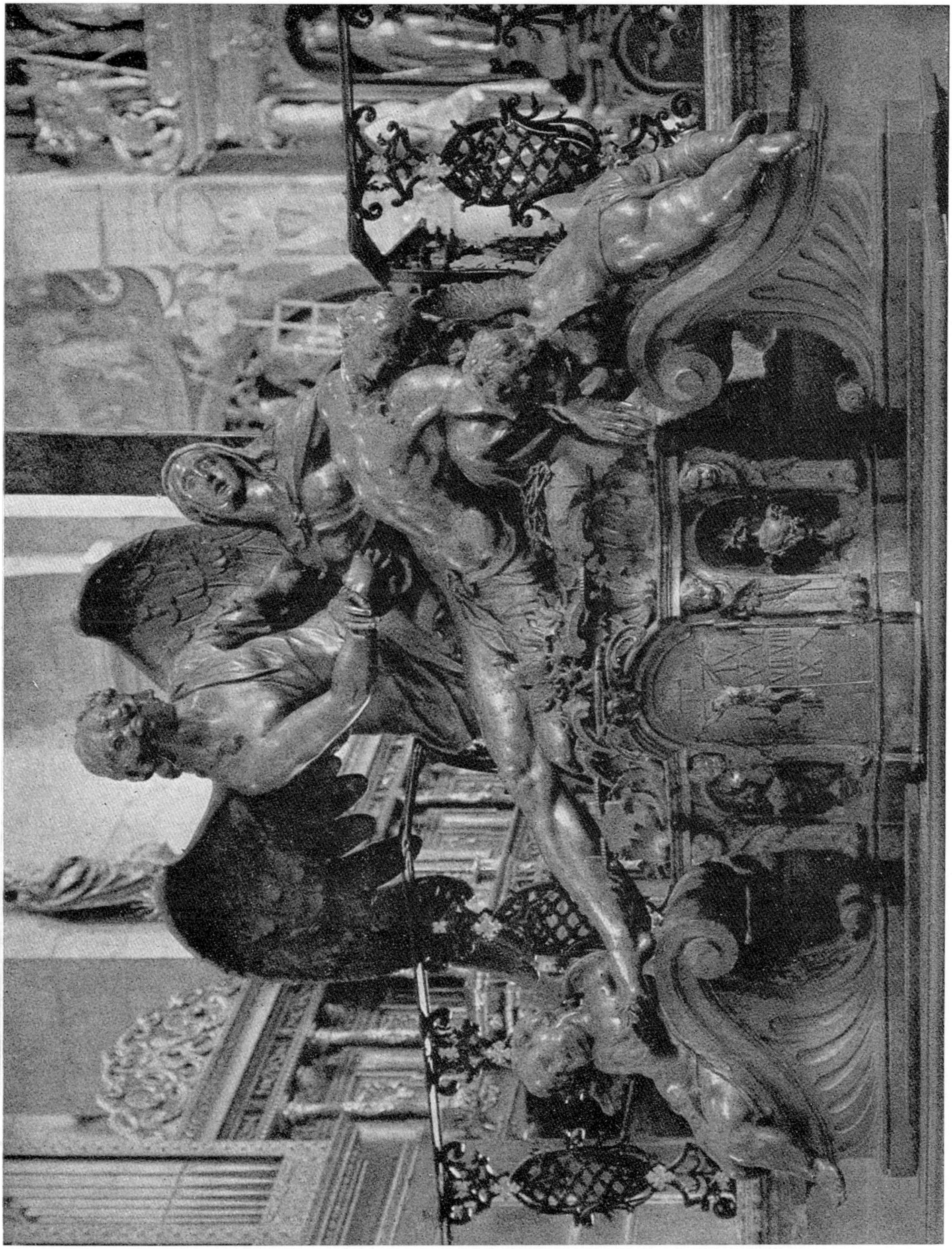

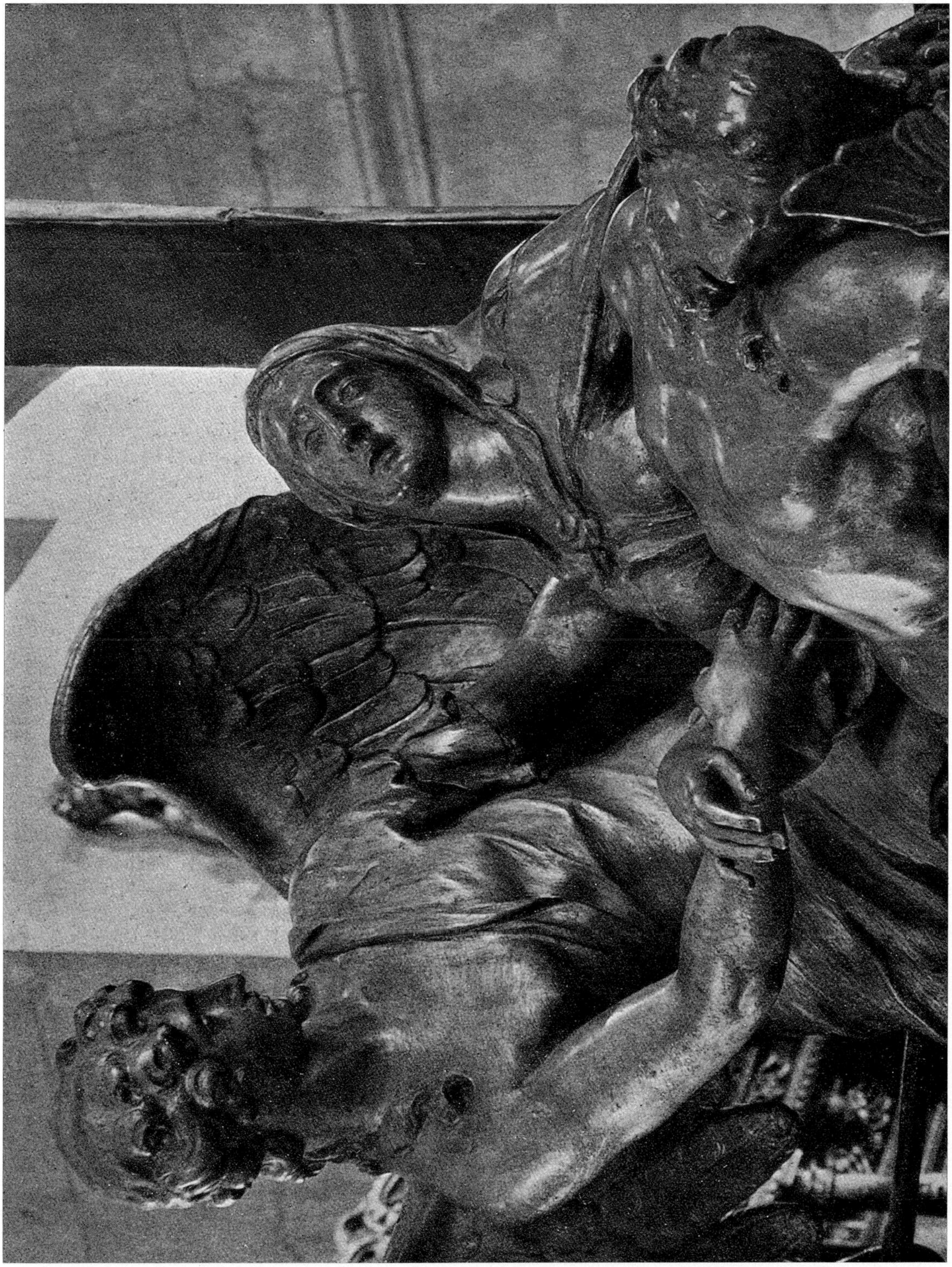